Franz Sandvoss

# FREIDANK

Franz Sandvoss

**FREIDANK**

ISBN/EAN: 9783741164125

Hergestellt in Europa, USA, Kanada, Australien, Japan

Cover: Foto ©Andreas Hilbeck / pixelio.de

Manufactured and distributed by brebook publishing software (www.brebook.com)

Franz Sandvoss

# FREIDANK

# FREIDANK

MIT KRITISCH-EXEGETISCHEN ANMERKUNGEN

VON

## FRANZ SANDVOSS.

BERLIN, 1877.

VERLAG VON GEBRÜDER BORNTRAEGER
ED. EGGERS.

# ROBERT UNGER

GEWIDMET.

# VORBEMERKUNG.

Wir geben im Folgenden den Text der Bescheidenheit, wie
er sich als Ergebniss unserer Untersuchung stellt, auch ohne die
kritisch-exegetischen Anmerkungen hoffentlich angenehmer und
unanstössiger zu lesen, als die geltende Vulgata. Diese kann jeder
sich reconstruiren, der das hinten angehängte Verzeichniss der
Abweichungen von der zweiten Ausgabe Wilhelm Grimm's ein-
sehen will.

Der kritische Apparat konnte hier entbehrt werden; wo er
nöthig war, ist er in den Anmerkungen herangezogen und gewissen-
haft benutzt. Weitere Forschung wird doch stets auf das Grimm-
sche Verzeichniss der Lesarten zurückzugreifen haben.

Die Reihenfolge haben wir nicht geändert, da man sich ge-
wöhnt hat, nach den Seitenzahlen der ersten Ausgabe Grimms zu
citiren und zudem gar nichts darauf ankommt, wo ein Spruch
eingereiht ist.

Die Rechtfertigung dieses Textes haben im einzelnen unsere
Anmerkungen zu übernehmen.

# HINNE LIGET FRIGEDANK.

(Paduaner Grabschrift.)

# FREIDANK.

1    Ich bin genant BESCHEIDENHEIT,
diu aller tugende krône treit.
mich hât berihtet Frîdanc;
ein teil von sinnen die sint kranc.


5 Swer gote dienet âne wanc,
deist aller wîsheit anevanc.

Swer umbe dise kurze zît
die êwigen fröude gît,
der hât sich selbe gar betrogen
10 und zimbert ûf den regenbogen;
swenne der regenboge zergât,
son weiz er wâ sîn hûs stât.

Swer die sêle wil bewarn,
der muoz sich selben lâzen varn.
15 Swer got minnet als er sol,
des herze ist aller tugende vol.

Swer âne got sich wil begân,
dern mac niht stæter êren hân.

Swer got niht fürhtet alle tage,
2    daz wizzet deist ein rehter zage.

Swelch mensche lebt nâch gotes gebote,
iu dem ist got, und er in gote.

Got hœhet alle güete
5 und nideret hôchgemüete.

Gote ist niht verborgen vor,
er siht durch aller herzen tor.
ez sî übel oder guot,
swaz ieman in der vinster tuot,
10 oder im herzen wirt erdâht,
daz wirt doch gar ze liehte brâht.

Al diu werlt lôn enphât
von gote als sie gedienet hât.

Vil selten ieman missegât,
15 swer sîniu dinc an got verlât.

a    Swer lebt ân gotes vorht und segen,
b    der mac keines guotes pflegen.

Wir suln mit allen sinnen
got fürhten unde minnen.

Der werlde drô unde ir zorn
ist gegen goto gar verlorn,
20 man muoz im flêhen unde biten;
er fürhtet niemens unsiten.

Diu aller kleinste gotes geschaft
vertriffet aller werlde kraft.
got geschuof nie halm sô swachen
25 den ieman müge gemachen:
der engel tiuvel noch der man
ir keinz ein flôch gemachen kan.

3    Got allen dingen hât gegeben
die mâze wie si sulen leben.

Got bezzer mâze wider gît
dan wir im mezzen zaller zît.
5 die liute snîdent unde mænt
als si ûf den acker sænt.

Got kan uns gerihte geben
dâ nâch alse wir hie leben.

Got rihtet nâch dem muote
10 ze übele und ouch ze guote.

swaʒ der mensche begât,
got rihtet als daʒ herze stât.
der wille ie vor den werken gât
ze guote und ouch ze missetât.

15 Got der durch alliu herze siht,
den möhte al diu werlt niht
erbiten eins unrehtes:
ern wil niht tuon wan slehtes;
ein kleine kint erbæte in wol,
20 swes man ze rehte biten sol.

Got zweier slahte willen hât,
· die er uns beide wiʒʒen lât:
er tuot wol allez daʒ er wil,
er verhenget ouch unbildes vil.
25 ræche er halbes daʒ er mac,
sô stüent diu werlt niht éinen tac.

Wolte uns got in pînen lân
4 sô lange als wir gedienet hân
(daz sîn genâdè wende),
sô würdes niemer ende.
6 diu buoch sagent uns für wâr
7 dâ sî éin tac tûsent jâr.

a Swer ein swarzeʒ îsen tuot
b in fiur oder in heiʒe gluot,
c diu swarze varwe lât eʒ sîn
d und gewinnet fiures schîn:
e sô der sünder sünde lât
f und dâr nâch grôʒe riuwe hât,
g so enzündet got den reinen muot
h reht als daʒ fiur daʒ îsen tuot:
i mit sînes geistes minne
k erfüllet er ime die sinne
l und gedenkt der sünde niemer mê;
m diu sêle ist wîzer dan ein snê.

Got alliu dinc geschaffen hât:
nieman er rehte wiʒʒen lât
10 waʒ krefte in sînen dingen sî;
da ist meisteil allez wænen bî.

Si jehent, got habe der werlde gegeben
michel êre und senftez leben:
doch ist ir senfte nie sô grôz,
15 unsenfte sî dâ hûsgenôz.
vil selten mir ie liep geschach,
ezn kæmen drîzec ungemach.

Diu zît sælde nie gewan,
dâ man gotes vergizzet an.

20 Man vergizzet gotes dicke
von süezem aneblicke.

Got manegen dienst enphâhet,
daz tôren gar versmâhet,
die brosmen sind vor gote wert,
25 der nieman obe dem tische gert.

Wir geloben alle gote mê
dan mit den werken ergê.

5 Durch sünde nieman lâzen sol
ern tuo doch eteswenne wol.

Niemens guottât wirt verlorn
wan der zer helle wirt geborn.

5 Swer niht rehte kan geloben,
der sol doch nâch rehte streben.

Got niht unvergolten lât
swaz ieman guotes begât;
dekeiner hande missetât
10 ungerochen niht bestât.

4 4 hete wir den himel zebrochen,
5 ez würde eines tages gerochen.

Gotes gebot niht übergât
wan der mensche den er geschaffen hât.
vische vogele unde tier
die habent ir reht baz danne wier.

15 Got hôrte Moyses gebet,
daz er den munt nie ûf getet:
swes noch ein reinez herze gert,
des wirt ez âne wort gewert.
des mundes bete ist leider kranc
20 âne des herzen fürgedanc.

*a*    Swer gebeten niht enkünde
*b*    der versuoche des meres ünde.

Mennegelîches gewizzenheit
vor gote sîne schulde seit.

Wiste got allez daz geschiht
ê er iht geschüefe od wisters niht?
25  die wîsen jehent er wiste wol
daz ie geschach unde geschehen sol.
6  got himel und erden umberinc
geschuof und dar in elliu dinc.
er geschuof den engel der sît wart
ein tiuvel durch sîn hôchvart,
5  dar nâch geschuof er einen man;
die zwêne nieman versüenen kan.
got wiste ir nît wol und ir haz,
ê ers geschüefe, und über daz
geschuof si got. wer scheidet sî?
10  daz tuot ouch got; der was dâ bî.

Wer kan den strît gescheiden
under cristen juden heiden
wan got der sie geschaffen hât
und alliu dinc ân iemens rât?
15  der wiste wol ir aller strît,
ê ers geschüefe, und ouch ir nît.

War umbe ein mensche sî verlorn
und der ander sî ze gnâde erkorn,
swer des frâget, dêst ze vil:
20  got mac tuon wol swaz er wil.
swaz got mit sîner geschephede tuot,
daz sol uns alle dunken guot.
waz mac der haven gesprechen,
wil in sîn meister brechen?
25  niht mêr muge wir wider got
gesprechen, kumt uns sîn gebot.
swie der haven vellet,
7  er wirt vil lûte erschellet:
er valle her oder hin,
der schade gât ie über in.

Ich wiste gerne ein mære
5 daz Adâm unschuldic wære:
*a* wand er brâht uns âne nôt
·*b* von grôzer senfte in grimmen tôt.


Got geschuof Adâmen
ân menneschlîchen sâmen:
Eve wart sît von ime genomen;
diu beidiu sint von megden komen.
10 diu erde was dô reine gar,
dô was Adâm sünden bar.
Die verlurn sît ir magetuom.
diu dritte maget hât megde ruom,
diu Krist gebar ân argen list,
15 und dô was maget und iemer ist.
der reinen megde kiuschcheit
krône ob allen megden treit.
Dô Adâm so reiner wart
verrâten von der hôchvart
20 und Eve wart überkemen,
do enhete der tiuvel niht genomen
für si beidiu durch den ruom
aller werlde rîchtuom.
Dô wart Krist alleine
25 für alle menschen reine:
der muoste uns wider gewinnen
8   mit götelîchen sinnen.
swer unsern glouben rehte kan.
der weiz wol wier uns wider gewan.


Krist vater âne muoter hât
5 und muoter âne mannes rât.
diu geburt Kriste wol gezam,
die ê noch sît nie man vernam.

Got alliu dinc geschaffen hât
von nihte: swer die kraft verstât,

10 den dunket daʒ ein wunder niht
. daʒ sît geschach und noch geschiht.
mich dunket niht ein wunder gar
daʒ ein maget Krist gebar:
nieman dáʒ für wunder habe,
15 daʒ Krist erstuont von dem grabe;
swer tuon mac alleʒ daʒ er wil,
dem ist wunders niht ze vil.
got lât uns zallen zîten sehen
grœʒer wunder, wil mans jehen.
20 wir sehen diu himelzeichen sweben
daʒ si gânt umbe sam si leben,
sunne mâne der sternen schîn:
waʒ mac gelîch dem wunder sîn?
von donre mac man wunder sagen:
25 er tuot daʒ ertrîch alles wagen.
got himel und erde lât zergân,
und wil dernâch ein schœnerʒ hân.
9 sô diʒ alleʒ samt geschiht
dast wider der êrsten kraft enwiht.
gotes wunder sint sô grôʒ,
des menschen sin ist gein in blôʒ.


5 Got vater einen sun gebar:
gedanc noch frâge hœret dar
wie er den sun gebære,
ê ie kein muoter wære.
gotes gebürte der sint zwô:
10 diu éine geburt diu ist sô hô,
ân frâge und âne antwurt
so ist sîn gőtelîch geburt,
sîn menschlich geburt erloubet wol
frâge und daʒ man sprechen sol.


15 Got nam an sich die menscheit,
den gebar ein maget ân alleʒ leit,
daʒ kint ist unser herre Krist,
der überquam des tiuvels' list,

der Even unde Adâm verriet,
20 do er si vom paradîse schiet.
der sun gewan uns hulde
nâch Adâmes schulde
mit sîner marter die er leit.
nû frôwet sich die kristenheit
25 daz Kristes tôt tôte unsern tôt;
sus sanfte komen wir ûz der nôt.
10    ist daz wir *redelîche* leben,
sünde und schulde ist uns vergeben
die uns von herzen riuwent
und sich niht wider niuwent.
5 erbermde unde genâden rât
von helle uns alle erlœset hât.


Got drîer slahte geiste hât
geschaffen: wiez dar umbe stât,
daz kan ich iu bescheiden wol
10 nieman anders wænen sol.
die engel mugen ersterben niht
den sêlen rehte alsam geschiht:
vische vogele unde tier
diu enhânt niht geistes alse wier;
15 ir geist hât des tôdes zant,
lîp und geist sterbent zesant.


Got hât drîer leie kint
daz kristen juden heiden sint:
die hânt ouch drîer slahte leben
20 und jehent diu habe in got gegeben.
diu leben sîn krump oder sleht,
si wellent alle haben reht.
waz got mit den kinden tuo,
da enhœrt niht tôren frâge zuo.
25 si wellent ir gelouben hân,
mîne kristen wil ich niemen lân.
11    swer mit gote wil bestân,
der sol kristen glouben hân.

Wa ûffe lige des meres grunt
und derde, wem ist daz kunt?
5 si jehent der himele der sîn drî
und derde mitten drinne sî.
deist ein michel wunder
daz himel ist obe und under,
und doch diu erde stille stât,
10 sô der himel umbe gât.
swer mir daz bescheiden wil
nâch wâne, deist ein kindes spil.
in gotes hende ez allez stât,
der alliu dinc geschaffen hât.


15 Himel und erde ist niender hol
ezn sî der goteheite vol.
von himele durch der helle grunt
gât sîn rîche zaller stunt;
diu helle stüende lære,
20 ob got niht drinne wære.

Der beste roup der ie geschach,
der was dô got die helle brach.


Got ist geschephede harte rîch:
er schepfet allez ungelîch
25 an wîbe unde an manne.
under ougen eine spanne
12 hât ir keinz gelîchen schîn;
wie möhte ein wunder græzer sîn?
an stimmen merket wunder,
si hellent alle besunder.
5 manc hundert slahte bluomen stânt,
die ungelîche varwe hânt.
deheiner slahte grüene ist gar
gelîche der andern; nemt es war.

Diu erde keiner slahte treit
10 daz gar sî âne bezeichenheit.
nehein geschephede ist sô frî
si'n bezeichne anderz dan si sî.

Avê Maria deist ein gruoz,
der tete uns maneger sorgen buoz.
15 er suonte den menschen unde got,
die wîlen brâchen sîn gebot.
mit dem gruoze wart verkorn
Adâmes schulde und gotes zorn.
durch den gruoz wart ûf getân
20 der himel daz er muoz offen stân.
mit dem gruoze daz ergienc.
daz got die menescheit enpfienc,
als lîp und sêle ein mensche ist,
also wart got und mensche Krist,
13 den du maget gebære
âne leit und âne swære,
des martel lôste uns alle
von Adâmes valle.
5 swelch sünder dich des gruozes mane,
dem hilf du und gedenke drane,
Maria, megede krône!
Maria, frouwe, lône
allen, die dich êren
10 und dîn lop gerne mêren,
mensch und alliu himelschar
mugen dich niht volle loben gar.
ezn wart nie lop sô lobesam,
sô daz dich got ze muoter nam,
15 erwelte ûz allen wîben.
frouwe, hilf vertrîben
mîn manicvalte missetât,
die mîn lîp begangen hât.
Maria, Kristes muoter,
20 swes du gerst daz tuot er.
bit in, frouwe reine
umb die kristenheit gemeine;
*a* si sîn lebendic oder tôt
*b* sô hilf in allen ûzer nôt.

Ich weiz wol daz diu goteheit
sô hôch ist, tief lanc unde breit

25 daz gedanc noch mundes wort
14      mac geahten sîner wunder ort.

    Der sunnen schîn ist harte wît,
ir lieht si allen dingen gît;
des hât si deste minre niht,
5 daz al diu werlt dâ von gesiht.
dem wurme ist sie gemeine
und blîbet sie doch reine.
diu sunne schînt den tiuvel an
und scheidet reine doch hin dan.
10 swaz der priester ouch begât,
diu messe reine doch bestât:
die kan niemen geswachen
noch bezzer gemachen.
diu messe und der sunnen schîn
15 die müezen iemer reine sîn.

    Der messe wort hânt solche kraft
daz elliu himelschiu hêrschaft
gegen den worten nîgent,
sô sie ze himele stîgent.

20    Man muoz von drîn dingen
alle messe singen,
gote ze lobe und zêren,
der cristen sælde ze mêren,
daz dritte ist aller sêlen trôst,
25 die werden suln von pîne erlôst.

    Zer messe dringet maneger für,
und mêre beitent bî der tür.
15    ein ieglich man die messe hât
mit dem glouben, swâ er stât,
und kument hundert tûsent dar,
ieglîcher hât die messe gar.
5 swer tûsent sêlen ein messe frumt,
ieglîcher ganziu messe kumt.

    Ein ieglich priester mîden sol
wîp vor der messe; daz stât wol.
daz hûs bedarf reine wol,
10 dar in got selbe komen sol.

Des priesters sünde ein ende hât
swenn er in engels wæte stât.
in der messe ist er ein bote
für alle cristen hin ze gote.

15 Hât ein hêrre ein hôchgezît
dâ man siben trahte gît,
dâ enmac niht volliu wirtschaft sîn
âne brôt und âne wîn.
als sint diu siben tagezît,
20 diu man gote zêren gît;
diu sint âne der messe kraft
vor gote ein kleine wirtschaft.

Wir suln die pfaffen êren,
sie kunnenz beste lêren;
25 wir mugen ir helfe niht enbern,
sô wir der frônen spîse gern.

*a* Gotes wort sint sæleclich,
*b* der si treit in einem buterich,
*c* den buterich sol man êren baz
*d* dan ein edel guldîn vaz.

Swer frôner spîse ze rehte gert,
16 swer der ist, derst wol gewert:
swer ir niht ze rehte gert,
swie vil der nimt, erst ungewert.

Swem drîer dinge nôt geschiht,
5 der bedarf urloubes niht.
gotes lîcham bîhte und touf,
die sint erloubet âne kouf.

Der pfaffen name ist êren rîch,
doch muoz ir lop sîn ungelîch:
10 tuot einer übel, der ander wol,
ir lop man iemer scheiden sol.
si suln einander bî gestân
ze rehte; daz ist wol getân.

Manc leie sünden mê begât
15 dan tûsent pfaffen, derz verstât.
der pfaffen schulde ist anders niht,
wan daz mit wîbelîn geschiht:

sô hebent die leien einen strît,
dâ maneger under tôt gelît;
20 roup und brant ist ir spil,
grôzer sünde ist harte vil,
der sich manic leie niht ensçhamt,
des verlürn pfaffen êre unt amt.


Got der schephet zaller zît
25 niuwe sêle, die er gît .
17     in menschen, dâ si wirt verlorn.
wâ verdient diu sêle gotes zorn,
ê si zer werlde wirt geborn?
disiu frâge ist uns ein dorn:
5 kristen juden heiden
die mugen ez niht bescheiden..

Wie diu sêle sî getân,
daz seit mir nieman âne wân.
ob alle sêle möhten sîn
10 in éiner hant, son künde ir schîn
nieman grîfen noch gesehen;
wie möhte græzer wunder geschehen?

Sî jehent, ez sî der sêle leit,
swâ si der lîp ze sünden treit:
15 wær diu sêle âne schulde,
sin verlür niht gotes hulde.

Diu sêle ist zallen stunden
zem lîbe alsô gebunden
daz si mit im muoz haben phliht,
20 swaz er guotes tuot od übeles iht.

Mîn lîp von anders nihte lebt
wan daz ein sêle drinne swebt.

Wie diu sêle geschaffen sî,
des wunders wirde ich hie niht frî.
25 wannens kume od war si var,
diu strâze ist mir verborgen gar;
hie enweiz ich selbe wer ich bin.
18     got gît die sêle, der nems ouch hin.

sie vert von mir als ein blâs
und lât mich ligen als ein âs.

Von winden manege nôt geschiht
5 die nieman grîfet noch ensiht:
diu sêle mac wol michel sîn,
doch hât sie hie vil kleinen schîn.

Der nebel füllet wîtiu lant,
und wirt sîn niemer vol ein hant.
10 den geist mac man niht gesehen,
und muoz doch grôzer krefte im jehen.

Helle und himelrîche
erkenne ich algelîche.
ich weiz ein teil des hie geschiht,
15 waz dort geschiht, des weiz ich niht:
wie ez dort geschaffen sî,
da ist mir allez wænen bî.

Ich enweiz selbe dritte niht ze vol
wes ich bin und war ich sol:
20 got weiz wol mîn selbes sin
und der tiuvel, wes ich bin.

Eins dinges frâge ich âne list,
daz ie was unde iemer ist,
ob daz ieman künne erlesen
25 wederz dâ langer müge wesen.

Man sol mîden unde lân
manegiu dinc durch argen wân.

19    Maneger an den sternen siht
und seit waz wunders schiere geschiht:
der sage mir einz (deist nâher bî),
waz krûte in sîme garten sî;
5 seit er mir ze rehte daz,
ich gloube des andern deste baz.


Drîer slahte menschen wâren ê,
der wart noch wirt nie mensche mê.
daz êrste mensche wart ein man
10 der vater noch muoter nie gewan.

daz ander vater nie gewan
noch muoter und quam doch vom man.
diu zwei noch grœzer wunder sint
dan daz ein maget gebar ein kint
15 von deme der tuon mac swaz er wil;
ime ist keiner kraft ze vil.
daz dritte mensche ein wîp gebirt:
daz niht von mannes sâmen wirt.
der keinz wart als daz ander niht:
20 daz wunder niemer mê geschiht.

Der aller geschepfede meister ist,
den irret niemens kunst noch list:
der mac ouch, wil erz gerne sîn
haben aller geschepfede schîn.

25 Reiner menschen wâren driu,
20 gar âne sünde wâren diu:
Adâm und Eve, daz dritte ist Krist;
enkeiner mê genennet ist.

Got durch den menschen mensche wart,
5 der von Adâmes hôchvart
verlôs daz himelrîche.
dô tet got gnædeclîche,
daz er in lêren wolte
wie er komen solte
10 ze sînes vater hulde
nâch Adâmes schulde.

Als lîp und sêle ein mensche ist,
alsô wart got und mensche Krist.
der got unde mensche ist,
15 Messîas, deist der wâre Krist:
des marter lôste uns alle
von Adâmes valle.

Got sînen sun gesendet hât
durch barmung unde gnâden rât
20 daz er den menschen lêrte
wie er von sünden kêrte.
swer des niht wil gelouben hân,
sô hât doch got daz sîn getân.

Den menschen got unsanfte lât,
25 den er sô tiure gekoufet hât.
nieman got verkiuset,
dan der sich selbe verliuset.

21      Alle menschen sint verlorn,
sin werden drîstunt geborn.
diu muoter hie daz mensche gebirt,
von toufe ez danne reine wirt,
5 der tôt gebirt uns hin ze gote,
swie er doch sî ein scharpher bote.

     Mir ist von manegem manne geseit
er phlege grôzer heilekeit:
als ich in sach, sô dûhte mich
10 er wære ein mensche alsam ich.

     Niun venster ieglich mensche hât,
von den lützel reines gût;
diu venster ob dem munde
diu müent mich zaller stunde.
15 ich muoz mich maneger dinge schamen,
diu an mir sint, durch bœsen namen.

     Dehein boum bœser obez treit
danne diu bœse menscheit.

     Der mensche ist ein horwic sac,
20 er hœnet aller würze smac.
den menschen lützel êrte
der im daz ebche ûz kêrte.
swer durch sich selben sæhe,
den diuhte der lîp vil smæhe.
25 swie schœne der mensche ûzen ist,
er ist doch inne ein füler mist.
swie wir den lîp hie triuten,
22      er muoz doch von den liuten.
swie liep der mensche lebende sî,
im ist nâch tôde unmære bî.
sô schœne ist nieman noch sô wert,
5 ern werde daz sîn niemen gert.

     Voü krankem sâmenz mensche wirt,
sîn muoter ez mit nôt gebirt:

sîn leben ist gar ein arebeit,
gewisser tôt ist ime bereit.
10 war umbe wirt eʒ iemer frô?
eʒ ist als in dem fiure ein strô.

Swer driu dinc bedaehte,
der vermite gotes æhte,
waʒ er was und waʒ er ist
15 und waʒ er wirt in kurzer frist.

Sus sprechent die dâ sint begraben
zen alten unde zuo den knaben,
daʒ ir dâ sît, daʒ wâren wir:
daʒ wir nû sîn, daʒ werdet ir.
20 ir komet her zuoz uns baʒ,
dan wir zuoz iu; wizzet daʒ.'

Lebete ein mensche iemer,
der lîp geruowete niemer:
daʒ herze klopfet zaller zît,
5 der âtem selten stille lît.
gedanke und troume sint sô frî,
si sint den liuten swære bî.

23 Swer muskât næme in den munt,
und wider ûʒ tæte ze stunt,
er wære im ê geuæme
und dar nâch widerzæme.

5 Sît wir uns selben widerstân,
wer sol uns dan für reine hân?
Ê ich nû der spîse wolte leben,
diu kinde wirt von êrste gegeben,
eins wilden wolves aeʒe ich ê,
10 eʒ tæte mir wol oder wê.
Swie wê dem menschen geschiht,
er gloubet doch dem andern niht.

Menneschlîchiu brœdekeit
deist der sêle herzeleit.

15 Manc mensche sich bekêret,
daʒ got von êrst baʒ êret
ein mânôt stille und offenbâr
dan dar nâch über zehen jâr.

Freidánk.

Manc reine mensche ist sô guot
20 daz er sô vil durch got getuot
daz ime sîns lônes über wirt
sô vil (des er doch sanfte enbirt)
daz er mac teilen swem er wil;
sant Pêter hât doch lôns ze vil.
25 sîn gewalt den er dâ hât
von himel unz in die helle gât;
solt er den niezen eine,
24 sô wær sîn êre kleine.
die heilegen sulen teilen sô
daz wir mit in werden frô;
diu kristenheit wær übel beriht,
5 genüzzen wir guoter liute niht.


Die juden nimt des wunder gar,
daz ein maget Krist gebar.
der mandelboum niht dürkel wirt,
so er bluomen unde nüzze birt:
10 diu sunne schînt durch ganzez glas:
so gebar si Krist diu maget was.

Die juden wundert wie daz sî
daz éin got ist, der genenden drî.
driu dinc an der harphen sint,
15 holz seiten stimme, ir siu ist blint:
diu sunne hât fiur unde schîn
und muoz doch éin sunne sîn
daz nieman kan gescheiden
ir einez von in beiden:
20 als wizzet daz die namen drî
éin got ungescheiden sî.
got ist, als ichz meine,
elliu dinc alleine.

Die juden wundert aller meist
25 daz vater sun der heiligeist
25 éin got sîn ungescheiden;
des wundert ouch die heiden.
es wundert ouch die sinne mîn
daz drî éiner müezen sîn

5 und éiner drî; daʒ weiʒ ich wol
daʒ ich des glouben sol.
ich sage iu mînes glouben zil,
got mac tuon alleʒ, swaʒ er wil.

Krist selbe zuo den juden sprach,
10 do ér des keisers münze sach,
ir sult got unde dem keiser geben
ir reht, welt ir rehte leben.'

Swer Kristes lêre welle sagen,
der sol sie ze liehte tragen:
15 sô muoʒ der ketzer lêre sîn
in winkeln unde in vinsterîn.
hie sol man erkennen bî
wie. ir lêre geschaffen sî.

Got hât geschaffen manegen man
20 der glas von aschen machen kan
und schepfetʒ glas swie er wil:
nû dunket ketzer gar ze vil
daʒ got mit sîner geschephede tuot
alleʒ daʒ in dunket guot.
25 sin wellent niht gelouben hân
26 daʒ man nâch tôde müge erstân:
daʒ got den man geschaffen hât
deist grœʒer dan daʒ er erstât.

Swie vil der ketzer lebenne sî,
5 ir keiner stât dem andern bî:
geloubetens alle gelîche,
si twungen elliu rîche.

Die kristen strûchent sêre
nâch der ketzer lêre;
10 die hânt sô maneger hande leben.
man möhte den heiden fride geben,
unz man eʒ hie geslihte
und dar nâch jeneʒ berihte.

Ob ichʒ vor gote sprechen tar,
15 sô dunket mich ze lützel gar
durch die Krist die marter leit.

als nû lebet diu kristenheit
(istz wâr, als an den buocheu stât),
son wirt des zehenden kûme rât.
20 suln ketzer juden heiden
von gote sîn gescheiden,
sô hât der tiuvel daz grœzer her,
ezn si dan daz im got erwer.

Eins dinges hân ich grôzen nît,
25 daz got gelîche weter gît
kristeu juden heiden:
ir keinz ist ûz gescheiden.
a die ime wæren undertân,
b die solten ez doch baz hân.


27    Got hât driu leben geschaffen,
gebûre ritter unde pfaffen:
daz vierde geschuof des tiuvels list,
daz dirre drîer meister ist.
5 daz leben ist wuocher genant,
daz slindet bürge unde lant.

Fünf wuocher die sint reine
und lützel mê deheine,
vische honc holz unde gras:
10 obez ie reiniu spîse was.
swem got der iemer günde,
diu wahsent âne sünde
und âne michel arebeit:
dehein erde reiner spîse treit.

15   Des wuochers pfluoc ist sô beriht,
ern bûwet noch *enrüeret* niht:
er gewinnet nahtes alsô vil
sô tages, der ez merken wil.
sîn gewin allez für sich gât,
20 sô al diu werlt ruowe hât.

Swaz ein wuocherære tuot,
sô wirt sîn lîp sêl unde guot
geteilet, sô er tôt gelît,
daz dâ von enwirt kein strît.
25 den würmen ist der lîp beschert:

die sêle dem tiuvel niemen wert:
28  sô nement sîn guot die erben gar
und enruochent war diu sêle var.
als schiere sô diu teile geschiht,
sîn teil engæbe ir keiner niht
umbe zwei der besten teile,
eb si joch wæren veile,
der tiuvel hât dekeinen muot
weder ûf lîp noch ûf guot:
so ist der erbe sô gewert,
10 daz er niht sêl noch lîbes gert:
so sint die würme sô beriht,
sin gerent der sêl noch guotes niht.
sus hât geteilt des tiuvels list
daz ieslich teil daz liebest ist.

15 Hôchvart, der helle künegîn,
wil nu bî allen liuten sîn.
swie biderbe oder bœse er sî,
sin lât doch niemens herze frî.

Hôchvart girheit unde nît
20 die habent noch vaste ir alten strit
der schein wol an Adâme;
sus verdarp sîn reiner same.

Hôchvart stîget manegen tac,
unz si niht hœher komen mac:
25 sô muoz si nider vallen;
29  diz bîspel sage ich allen.

Dem tiuvel nie niht liebers wart
dan unkiusche und hôchvart:
so ist des tiuvels herzeleit
5 dêmuot triuwe geduldekeit.

Armiu hôchvart ist ein spot,
rîche dêmuot minnet got.

Hôchvart vertrîbet alle tugent,
sô zieret zuht die edeln jugent.

10 Hôchvart unminne gîtekeit,
der ieglich nû die krône treit.

Ich weiz wol daz nie hôchvart
des heiligen geistes geselle wart.

Lucifer verstôzen wart,
15 von himel durch die hôchvart.

Sô man den hêrren flêhen muoz
daz man vellet an ir fuoz
und leistet gar ir gebot,
sô wænt ein tôre er sî ein got;
20 swer hôchvart dâ vermîden mac,
dast dem tivel ein grôzer slac.

Hôchvart twinget kurzen man
daz er muoz ûf den zêhen gân.

Hôchvart manege fuoge hât:
25 si slîchet in vil armer wât
und lûzet ouch dar inne
ân götelîche minne.

30 Durch hôchvart maneger vellet,
der sich zuo ir gesellet.

Von hôchvart was der êrste val,
der von himel viel ze tal.

5 Hôchvart wil des haben prîs,
si gât dicke in hanen wîs.

Hôchvart dicke strûchen muoz,
si siht vil selten an den fuoz.

Hôchvart niht kan vermîden
10 sin müeze manegen nîden.

Hôchvart manec gebærde hât,
diu wîsen liuten übele stât.

Hôchvart diu hât kraneches schrite
und vil wandelbære site.

15 Hôchvart manegen lêret
daz er den hals verkêret
daz er niht an gesehen kan
ze rehte weder wîp noch man.

Hôchvart ist der sêle tôt:
20 ir pîn gât für alle nôt.

.    Im selben niemen an gesiget
wan der der werlde sich bewiget.

Waʒ tuot diu werlt gemeine gar?
si altet, bœset; nemt es war.

25    Diu werlt gît uns allen
31    nâch honege bitter gallen.

Diu werlt strîtet sêre
nâch guote witze und êre;
ich weiʒ wol daʒ nie werltman
5 der drîer dinge genuoc gewan.

Zer werlde mac niht sÂeʒers sîn
dan ein wort daʒ heizet mîn.

Zer werlde niht sô süeʒes ist,
sîn betrâge ze langer frist.

10    Dirre werlde süeʒe diu ist gar
der sêle vergift; des nemt war.

Der werlt ist niht mêre
wan liep guot und êre.

Gitekeit frâʒ mit huore,
15 deist nû der werlde fuore.

Hiute liep, morne leit,
deist der werlde unstætekeit.

Swer got und die werlt kan
behalten, derst ein sælic man.

20    Got nieman des engelten lât,
ob er der werlde hulde hât.

Deheiu leben ist sô guot
sô dâ man ime rehte tuot.
swer hie ûf erden rehte tuot,
25 daʒ dunket ouch ze himel guot.

Diu tumbe werlt triutet
swaʒ man ir verbiutet.

32    Dirre tumben werlde sin
ist der sêle ein ungewin.

Der werlde ist nû vil maneger wert,
des got ze trûte niht engert.

5 Der werlde lop nû niemen hât
wan der übeliu were begât.

Diu werlt wil nû niemen loben,
ern welle wüeten unde toben.
swer roubes unde brandes gert,
10 untriuwe mordes, derst nû wert.

Diu werlt ist leider sô gemuot,
si nimt für adel ein kleine guot.

Der werlde maneger lachen muoz,
der wol erkande ir valschen gruoz.

15 Daz herze weinet manege stunt,
sô doch lachen muoz der munt.

Der lîp muoz der werlde leben,
daz herze sol ze gote streben.

Ie lœser und ie lœser,
20 ie bœser und ie bœser:
sus stât nu dirre werlde sin,
sus kam si her, sus gât si hin.

Swie grôz der werlde frôude sî,
da ist doch tôdes vorhte bî.

25 Swer mit der werlde umbe gât
und des deheinen meister hât,*)
mac der sünden widerstân,
den wil ich zoime meister hân.

Zer werlde niht geschaffen ist,
daz stæte sî ze langer frist.


Uns ist leider allen nôt
5 nâch deme daz uns got verbôt.
nâch sünden nieman runge,
der uns ze sünden twunge.
Swer sündet âne vorhte,
daz ist der verworhte:

---

*) *und des deheiniu meile hat, (?)*

10 swer nâch sünden riuwe hât,
des sêle mac wol werden rât.

Durch schande unde schaden sorclîch lât
manc man und wîp grôz missetât;
enwæren disiu drowe niht
15 ez geschæhe manic ungeschiht.

Der man sîn sêle tœtet
der sich ze sünden nœtet.

Swer sünden wil swie vil er mac,
deist lîbes und der sêle slac.

20 Swer ze sünden sælde treit,
deist diu grœste unsælekeit.

Swer sünden buoze in alter spart,
der hât die sêl niht wol bewart.

Nieman ist unreine
25 wan von sünden eine.

34 Swer merket sîne missetât,
die mîne er ungemeldet lât.
swer næme sîner sünden war,
der verswige der mîner gar.
5 der rüeget 's andern missetât,
der selbe hundert grôzer hât:
der hundert wil er wizzen niht,
als er ime der éinen giht.

Wir möhten sünden vil versteln,
10 wolt uns der tiuvel helfen heln.

Wir solten uns der sünden schamen
nu ist ez gar der werlde gamen

Swie der man sich kan bewarn
vor sünden, der hât wol gevarn,

15 Swie tougen ieman missetuo,
er sol doch vorhte hân dar zuo.

Sünde ich selten koufen wil,
der mac ich hân vergebene vil.

Treit ieman sündelîchen haz,
der vert doch selten deste baz.

Sünde ist süeziu arebeit.
si gît doch nâch liebe leit.

Dem sünde wirt ze buoze gegeben,
der möhte iemer gerne leben.

25 Wir getrûwen alle gote wol
und maneger mê denne er sol.
swer sünden niht vermîden wil,
35 der getrûwet gote alze vil.

Ezn wart nie græzer sünde
dan luges urkünde.

Swer mit sünden sî geladen,
5 der sol sîn herze in riuwe baden.
riuwe ist aller sünden tôt
sus kumt der sünder ûzer nôt.

Swâ got die wâren riuwe siht,
dâ wirt elliu sünde enwiht.

10 Swie grôz sî iemens missetât,
got dannoch mêr genâden hât.

So daz wazzer ûf ze berge gât
sô mac des sünders werden rât:
swenne ez fliuzet tougen
15 vom herzen ûf zen ougen.
diz wazzer hât vil lîsen fluz,
man hœrt in himel sînen duz.

Der zaher der von herzen gât,
der leschet manege missetât
20 die der munt niht mac gesprechen
noch der tiuvel tar gerechen.

Guoter gloube und reiniu werc
diu swendent der sünden berc,
als diu hitze tuot den snê;
25 den ungeloubegen wirt vil wê.

Swer sîne sünde weinen mac,
deist der sünden suones tac.

36 Maneger sündet ûf den trôst
daz der schæcher wart erlôst
von einer alsô kurzen bete

die er an dem kriuce tete;
5 hete er got iht ê erkant,
er hete genâden in ermant.
swer ûf den trôst sîn riuwe spart,
der vert lîhte der tôren vart.

Manic tôre vermizzet sich
10 'ich wil schiere bekêren mich,
und swaz ich sünden hân getân,
die wil ich mit einander lân.'
solhen rât der tiuvel gît,
unz maneger in der drûhe lit.

15 Erst tump, swer hie gerihten mac,
spart erz unz an den suones tac.

Swer sünde lât ê sie in lâze,
der vert die rehten wîsen strâze.
swer sünden volget an den tac,
20 daz er niht mê gesünden mac,
den lât diu sünde, er lât si niht,
daz leider liuten vil geschiht.

Swer von sünden vîren mac,
daz ist ein rehter vîretac.

25 Nieman tuot unrehte
wan der sünden knehte.

Swer wol lêrt und daz selbe tuot,
37    daz gît den sündern widermuot.

Mîn selbes sünde ist sô vil
daz ich der fremeden niht enwil.

Diu wunde niemer heil wirt
5 diu wîle dez îsen drinne swirt:
die wîle ein man treit sünden last,
so ist er rehter frôude ein gast.
Diu jugend sündet dicke vil
des si niht sünde haben wil:
10 so ergât durch des tiuvels rât
ein ungefüegiu missetât.

Diu grôze sünde tuot sô wê:
swaz sünde er hât vergezzen ê,

mit gedanke wirt diu niuwe
15 in der wâren riuwe:
sô klaget er daz er hât getân,
des lât in got sîn hulde hân.
dâ hât der tiuvel selbe sich
verrâten; alsô dunket mich.

20     Nie kein sünde wart sô grôz
sin habe mit riuwe widerstôz.

    Swie vil ein man guotes begât
die wîle er tœtlich sünde hât,
sîn güete gar verdirbet
25 ober ân riuwe stirbet.
ist daz er sich bekêret
und sîne guottât mêret,
38     swelch guottât ê verdorret was,
diu gruonet wider als ein gras
und blüet als ein mandelboum;
vor gote wirt sîn sünde ein troum.

5     Des siechen riuwe lützel frumt,
swenn ime der tôt sô nâhe kumt
daz er im an daz herze gât:
alle riuwe er danne lât
und klagt niht wan des herzen nôt;
10 alsus verleitet in der tôt.

    Swâ sünde ist âne riuwe,
diust zallen zîten niuwe.

    Swer mit gewalt unrehtez guot
erwendet, alsô maneger tuot,
15 dem volget allez sünde bî:
an gebôrner sünde ist er frî.

    Diu werlt sündet aller meist
ûf trôst der selten wirt geleist
daz sie sich bezzern welle:
20 der trôst ziuht zer helle.
swer sündet ûf gedingen,
dem mac wol misselingen.

    Swer den menschen schündet
mit râte daz er sündet,

25 diu sünde ûf sîme nacke lit,
ze der er sînen rât dâ gît;
und hât der deste minre niht
von dem diu sünde dâ geschiht.

    Got zwei dinc niht getuon mac,
diu tuon ich wol; daz ist mîn slac.
ich vinde mînen tiurren hie,
5 ich sünde, daz entet er nie.

    Wazzer lescht fiur unde gluot,
almuosen ouch daz selbe tuot,
daz leschet sünde zaller zît
dâ manz mit guotem willen gît.

10    Vier grôze lœne almuosen hât,
als frô der ist, der ez enpfât,
als vil sîn ist, als manege er gît,
als durft sîn ist in hungers zît.
swer gît mit guotem willen dar,
15 der enpfât die vier lœne gar.

    Almuosen bitet für den man
der selbe niht gebiten kan.

    Merket, swer für den andern bite,
sich selben lœse er dâ mite.

20    Swer eine valsche bîhte tuot,
dem wirt der ablâz selten guot.

    An mir wahset al daz jâr
sünde nagel unde hâr.

    Sünde nieman mac vergeben
25 ân riuwe und âne rehtez leben.

    Manc sünde kurze fröude hât,
nâch der vil langiu riuwe gât.

    Schame wirt sîn herze vol,
swan er ze rehte bîhten sol:
sô tuot ouch swære buoze wê;
erst sælic, derz bedenket ê.

5 Ob sünde niht sünde wære,
si solte doch sîn unmære
durch vil manege unreinekeit
die man von der sünde treit.*)


Ich sihe, daz mir senfte kumt,
10 daz rîcher tumpt und armer frumt.

Nieman ist rîche ân argen list
wan der gerne arm ist.

Swâ rîcher man gewaltic sî,
dâ sol ouch gnâde wesen bî.

15 Man sol sich gerne erbarmen
über die edeln armen.

Swer rîche ist, obe er teilen wil,
der hât iemer friunde vil.

Der rîchtuom ist von sælden niht,
20 dâ von nieman guot geschiht.

a Der rîchtuom ist für niht gar
b des man niht gebrûchen tar.

Swer sich zeinem rîchen man
gesellet, der verliuset dran.

Arme unde rîche
suochent ir gelîche.

25 Die rîchen friunt sint alle wert,
41 der armen friunde niemen gert.
wirt dem man daz guot benomen,
so ist er ouch von friunden komen.

Ein wîser man sol schône tragen
5 sîn armuot niht ze verre klagen:
die friunt vêhent in ze stunt,
wirt in sîn armuot rehte kunt.

Sô swache liute werdent rîch,
sost niht sô unvertregelîch.

10 Maneger wünschen niht verbirt,

---

der niemer deste rîcher wirt.

Daȥ mer nie deste grœȥer wart,
ob ein gans daȥ waȥȥer spart.
eins landes êre niht zeran,
15 was drinne ein ruchbære man.

Swer wîstuom êre, grôȥ rîcheit
mêrt, der mêrt sîn arebeit.

Die giregen und die rîchen
sol man zem mere gelîchen:
20 swie vil zem mere waȥȥers gê,
eȥ hete doch gerne waȥȥers mê.

Diu waȥȥersuht und daȥ mer
hânt für durst keine wer.

Vil dicke deȥ mer nâch waȥȥer gât
25 zem brunnen der sîn lützel hât:
eȥ bitet dicke ein rîcher man
den armen des er nie gewan.

42 Waȥ frumt dir, rîcher man, dîn guot,
sô dich der tôt nimt in sîn huot?

Eȥn ist dehein rîche man
ern müeȥe an sîme kinde hân
5 einen vîent über zwelf jâr,
eȥ sî·stille od offenbâr.

Die trehene schiere trucken sint,
die des rîchen mannes kint
weinent ob des vater grabe:
10 die sint schiere gewischet abe.
sô weinent armer liute kint
die âne helfe weisen sint,
der trehene flieȥent lange
mit jâmer über ir wange.

15 Die armen dunkent sinne blôȥ,
dâ bî der rîchen witze grôȥ.

Die rîchen alle wîse sint,
die armen sint an sinnen blint.

Armuot mac niht tugende hân,
20 wan si niht êren mac begân.

Armiu schame deist ein nôt
diu dicke machet ougen rôt.

Armuot mit werdekeit
deist verborgen herzeleit.

25 Hânt arme liute bœse site,
dâ verderbent sie sich mite.

Dem rîchen walde lützel schadet,
43 ob sich ein man mit holze ladet:
daʒ einen rîchen hebt unhô,
daʒ machet einen armen frô.

Den armen râtich, swie sie leben,
5 daʒ si doch guoten willen geben.
swer redet nâch des mannes site,
der behaltet in dâ mite.

Swen gnüeget des in gnüegen sol,
dem ist mit sîner habe wol.

10 Swen genüeget des er hât,
der ist rîche, swieʒ ergât.

a  Ich mîde vische manegen tac,
b so ich ir niht gehaben mac.

Dem armen ist niht mê gegeben,
wan guot gedinge und übel leben.

Man kan mit keinen dingen
15 rîchtuom zesamne bringen
ân sünde und âne schande gar;
des nemen die rîchen hêrren war.

Manc armer hêrre tugende hât
so er rîch wirt, die er danne lât.
20 Frœlich armuot
ist grôʒ rîcheit âne guot.

Wær aller liute sin gelîch,
son wære nieman arm noch rîch.

Untriuwe an deme schînet
25 swer lachende grînet.

44 Untriuwe schiltet manic man
der sie doch niht vermîden kan.

Für untriuwe ist niht sô guot
sô der getriuwelîche tuot.

5 Eʒ wænt ein ungetriuwer man
ich künne untriuwe als er si kan.

Nieman sich versüenen kan
mit eime ungetriuwen man.

Sich süenent valsche liute
10 ûʒerhalb der hiute.

Man siht nû leider selten
mit triuwen triuwe gelten.

Man siht nû ûʒen manegen glanz
der innen valsch ist und niht ganz.

15 Swer éine untriuwe begât,
da ist ouch ander missetât.

Unrehter gewinne
und unrehter minne
und untriuwe der ist sô vil
20 daʒ sich ir niemen schamen wil.

Ich hœre genuoge liute klagen
der triuwen münze sî verslagen.

Swâ valsch untriuwe widerstât,
da enruochich wederʒ beʒʒer hât.

25 Swer stæte an unstæte ist,
da ist ouch ander valscher list.

Eʒ machet dicke valscher gruoʒ
45 daʒ man mit valsche antwürten muoʒ.

Ein valscher man muoʒ iemer hân
ze guoten liuten bœsen wân.

Eʒ fliuʒet manegen liuten vals
5 âne kupfer durch den hals.

Den grœsten valsch den iemen hât
den decket ein vil lîhtiu wât.

Valschiu friuntschaft
hât an triuwen kleine kraft.

10 Nieman eine wunden mac
verheilen dâ ne schîne der slac.

So der slange lât die alten hût,
sô sticht in dorn unde krût:
sô riuwet in sîn tumber sin
15 und slüffe gerne wider in.
swier dan sliufet oder gât,
der zagel ime blôz bestât.
als ist der durch valschen rât
begât ein grôze missetât:
20 so er ez gerne widertæte,
sô ist ez ze spæte;
wie wol er sich dar nâch bewar,
man vingerzeiget iemer dar.

Und wære Jûdas zwir getouft,
25 dannoch sô hæte er got verkouft;
manger tæte noch durch miete
daz er got verriete.

46  Swer drîzec tugende begât,
und tuot er éine missetât,
der tugende wirt vergezzen,
diu missetât gemezzen.

5  Sît beide vater unde kint
einander ungetriuwe sint
und bruoder wider bruoder strebt
und mâc mit mâge übele lebt
uud sich diu werlt allesamt
10 enkeiner slahte sünden schamt:
swie vil man triuwe brichet,
daz die nieman richet
(roup und brant sint unberiht,
man fürhtet künec noch keiser niht:
15 æhte und ban sint tôren spot,
man lât durch si niht noch durch got):
sît rœmesch rîche sîget
und ungeloube stîget,
sô sult ir wizzen âne strît
20 uns kumet schiere des fluoches zît.

Swer valsch sleht und hat geslagen,
der muoz eim andern valsch vertragen.

Swâ ein diep den andern hilt,
da enweiz ich weder mê stilt.
25 der diep getörste niemer steln,
47 künder niht louken unde heln.

Ein ieglich diep der weiz vil wol
wie er der diube louken sol.

Unsanfte kan ein diep verheln
5 vorm andern der ouch kan steln.

Da enhilfet niht der friunde heln,
dâ mich die vînde sehent steln.

Swaz mit zwelven wirt verstoln,
daz ist unsanfte ein jâr verholn.

10 Der diep ist bœse nâhe bî,
sîn nâchgebûr wirt selten frî.

Schülte ein diep den andern diep,
daz wære ir nâchgebûren liep.

Ich wil mînes schatzes niht
15 verbergen dâ'z der diep siht.

Nüzze nieman stelen mac
ern habe z'ieglîcher einen' sac.

Die diebe soll man hâhen,
die miuse in vallen vâhen.

20 Der diep ist gar ân angest niht
swâ er vil gerûnens siht.

Swer eine kleine diube tuot,
der stæle ouch lîhte ein grœzer guot.

Ich weiz wol, Reizer unde diep
25 sint selten guoten liuten liep.

Ein kündic diep mit sorgen hilt
swaz er ûf sînen lîp stilt.

48 Nieman sol des haben muot
daz wuocher roup verstolen guot
gote sî genæme,
ez was ime ie widerzæme.

5 Swer den rihter pflihten siht

mit dieben, des doch vil geschiht,
des mac der diep geniezen wol,
sô man in verteilen sol.

Irriu wîp vrâz unde spil
10 diu machent tumber liute vil.

Durch wîp und spiles liebe
wirt manic man ze diebe.


Von spile hebt sich manege zît
sweren fluochen widerstrît.
15 ich zîhe niemen daz erz tuo,
dâ hœrt doch manc untriuwe zuo.

Sîn pfant vil dicke wettes stât,
swer sîn êre an würfel lât.

Würfel, huore, vederspil
20 hânt die triuwe derst niht vil.

Spil tuot manegen liuten leit:
ez lêret bœse kündekeit:
da ist vil lützel zühte bî
und wirt von schanden selten frî.

*a*    Von spile hebt sich grôziu nôt,
*b*  von spile lît ouch maneger tôt.


49    Den schiltknehten râte ich wol,
ir keiner gerne vinden sol:
ern sol ouch niht verliesen;  ·
sô mac man triuwe kiesen.
2  swer gerne vindet, gerne stilt,
swer gerne verliuset, gerne spilt.

Müezekeit hât daz reht,
si machet manegen fûlen kneht.

Müezekeit, vergezzen spîse
10 machent manegen man unwîse.

Swelch hêrre guoten willen hât
und sînen kneht den wizzen lât,
tuot er dan niht sîn gebot,
der kneht sündet wider got.

15 ‘ Der ougenschalc endienet niht
wan da eʒ der hêrre ane siht.

a   Under wîlen schalkhaft kneht
b durch trügenheit dient wol reht.

Swâ schalke magezogen sint,
dâ verderbent edeliu kint.

Slüffe ein schalc in zobeles balc,
20 dannoch wære er drinne ein schalc.

Der schalc mit valsche nîget,
so er ze hôhe stîget.

Die lôser sint den hêrren liep,
doch stelents ir êre alsam ein diep.

25   Der lôser schadet manegem man,
50   dem er niht gefrumen kan.

Die jâhêrren hânt den muot,
si lobent swaʒ der hêrre tuot;
dast ein ungetriuwer site,
5 dâ affent sie die hêrren mite.

Swer zwein hêrren dienen sol,
der bedarf liegennes wol.

a   Hânt zwêne hêrren éinen kneht,
b er dienet bêden selten reht.

Swâ man dienst für dienest hât,
dâ sol man dienen; deist mîn rât. ·
10 swâ sô dienest wirt verlorn,
dâ wære dienest baʒ verborn.

Der niuwe beseme kert vil wol
ê daʒ er stoubes werde vol:
alsam der niuwe dienest tuot,
15 vil willic ist sîn êrster muot.


Swer unreht wil ze rehte hân,
17 der muoʒ vor gote ze lerze stân.

20   Vor gote er wirt geswachet,
der reht z’ unrehte machet.

Vil dicke âne reht zergât
swaz unreht gewunnen hât.

Daz mich krûmbe dunke sleht,
25 und daz mich unreht dunke reht,
51 verbiene man mich iemer,
des geloube ich niemer.

Nû merket, swer unschuldic ist,
den kan deheines mannes list
5 mit keiner slahte sachen
vor gote schuldic machen.

Swer wizzeclîche dem gestât
der unrehte kriege hât,
swaz sünde mac dar umbe ergân,
10 diu muoz ûf sîner sêle stân.

Ich warte ie wanne unreht zergê,
sô wirt sîn ie mê unde mê.


Wir wünschen alters alle tage,
swanne ez kumt, sô istz ein klage.
14 Alter bringet arebeit,
minne senede herzeleit.

Alter mínner minne hât
drî riuwe, swiez ergât:
in riuwet daz er koufen muoz,
20 in riuwet unwerder gruoz,
in riuwet, swenner sich verstât,
daz er die sêle versündet hât.

Swer dem alter und der jugent
ir reht behaltet, deist ein tugent.

25 Diu jugent ie nâch fröuden strebt,
52 mit sorgen witze und alter lebt.

Die alten senent sich nâch der jugent,
die jungen wünschent alter tugent.

Hânt alte liute jungen muot,
5 die jungen alten, deist niht guot.

Singen springen sol diu jugent,
die alten walten alter tugent.

Swâ man lobet die alten site,
dâ schiltet man die niuwen mite.

10 Des jungen lop sich mêret,
so er den alten êret:
so ist des alten sælikeit,
swenner dem jungen iht vertreit.

Sô junc ist nieman noch sô alt
15 der sîn selbes habe gewalt.

Swer sînes mundes hât gewalt,
der wil mit êren werden alt.


Ein tugent minnet die ander tugent:
als tuot ein jugent die ander jugent.

20 Beide in alter unde in jugent
zimt niht sô wol sô zuht unt tugent.

Ein man sol swîgen in der jugent,
sô behaltet alter tugent.

Schame ist ein grôziu tugent,
25 si bezzert alter unde jugent.

53 Die jugent nieman kan gezamen,
sin welle sich dan selbe schamen.

a Swer sich niht liegens schamen wil,
b der volget eime bœsen spil.

Swer sich lüge niht enschamt,
der hât ein ungetriuwez amt.

5 Swer lebt ân êre und âne scham,
dern ruocht wær allen liuten sam.

Vil maneger hât der êren namen,
der wil sich doch der êren schamen.

Swâ von ein man sîn êre hât,
10 schamt er sich des, deist missetât.
man siht sich vil der liute schamen
ir êren und ir besten namen.
êst lützel namen âne schamen
wan hêrren unde frouwen namen.

15    Vorhte machet lewen zam:
éren besme daz ist scham.

Ez schadet vorhtelôsiu jugent:
sost nieman edel âne tugent.

Swer âne vorhte wirt erzogen,
20 an dem ist elliu tugent betrogen.

Nieman sol sîne liute lân
ân vorhte, wil er êre hân.

Elliu êre gar zergât,
der niht zuht noch meister hât.

25    Von zühten nie kein man verdarp:
unzuht dicke schande erwarp.

Sich mac mit manegen sachen
54    ein man wol veige machen,
der niht veige wære,
ob er unzuht verbære.

Swer swachen muote widerstât,
5 diu tugent vor allen tugenden gât.

Swer rehte tuot derst wol geborn:
ân tugent ist adel gar verlorn.

Er sî eigen oder frî,
der von geburt niht edel sî,
10 der sol sich edel machen
mit tugentlîchen sachen.

Sô ganze tugende niemon hât
ern müeze erkennen missetât.

Swer die sunnen wil erstrîchen,
15 der ensol niht sanfte slîchen.
man mac in kurzen wîlen
unsanfte tugende erîlen.

Swelch vederspil ist âne klâ,
dâ gestrîche ich niemer nâ:
20 mîn herze niemer dar gestrebt
dâ man âne tugende lebt.

Swer blinden winket, derst ein gouch;
mit stummen rûnet, derst ez ouch.

Der stumme niht gesprechen mac
25 und mac doch beten allen tac.

55 Dem blinden ist mit troumen wol,
wachend ist er leides vol.

Ein blinde gæbe sîn grîfen niht
umb daz sîn beste friunt gesiht.

5 Vil maneger hât der ougen niht,
des herze doch vil wol gesiht.

Wie sol der blinde sich bewarn,
wil sîn geleite unrehte varn?

Swâ blinde gât dem andern vor,
10 die vallent lîhte beide inz hor.

Wil sich ein blinde am andern haben,
die vallent beide in éinen graben.


Des honges süeze verdriuzet,
sô mans ze vil geniuzet.

15 Nû seht, daz honc, swie süeze ez sî,
da ist doch lîhte ein angel bî.

Des honges süeze wære guot,
wan daz sîn angel wê tuot.


Ûf minne und ûf gewinne
20 stânt al der werlde sinne.
noch süezer sint gewinne
dan keiner slahte minne.

56 Vil liep sint wîp unde kint,
gewinne dannoch lieber sint.

Sô der man ie mê gewinnet,
sô erz guot ie sêrer minnet.

5 Des mannes sin
ist sîn gewin.

Swar ie des mannes herze stât,
da ist sîn hort, den er dâ hât.

Nieman wolte sînen muot
10 gerne wehseln umbe guot.

Swer rîchet an dem guote,
der armet an dem muote.

Daʒ guot mac wol heiʒen guot,
dâ man mite rehte tuot.

15 Nieman der ze hêrren zimt,
der sîn guot ze hêrren nimt.

Swelch man ist des guotes kneht,
der hât iemer schalkes reht.

Nâch guote wirbet manic man,
20 und wirt deme ers übele gan.

Sanfte gewunnen guot
machet üppigen muot.

Daʒ guot sich niht vorheln kan,
eʒ sprichet dicke ûʒ dem man.

25 Man êrt daʒ guot an manegem man,
der tugent noch êre nie gewan.

Man êrt nû leider rîchen kneht
57 für armen hêrren âne reht.

Man frâget kleine an dirre zît
wie erʒ guot gewinne derʒ dâ gît.

Maneger ruochet 's andern guot,
5 der selten wol mit sîme tuot.

Nieman ritter wesen mac
drîʒec jâr und éinen tac,
im gebreste guotes,
lîbes oder muotes.

10 Swâ hêrren name ist âne guot,
daʒ machet dicke swæren muot.

Der man ist ellend âne guot,
swaʒ er kan od swaʒ er tuot.

Keines guotes ist ze vil,
15 dâ mite man guot tuon wil.

Swer guot mit nôt gewunnen hât,
deist wunder, ob erʒ sanfte lât.

Ze guote maneger witze hât,
der sich ze êren niht verstât.

20 Manc guot ist sô verfluochet
daz sîn got niht enruochet
daz ez ime ze dienste werde
ze himel oder ûf der erde.

Swer guot behaltet, sô erz hât
25 ze rehte, deist niht missetât:
des guotes sî lützel oder vil,
er mac ez geben swem er wil.

58 Man sol nâch guote werben,
sam nieman sül ersterben,
und sol ez dan ze rehte geben,
sam nieman sül ein wochen leben.

5 Rost izzet stahel und îsen,
sam sorge tuot den wîsen.

Sorge machet grâwez hâr:
sus altet jugent âne jâr.

Ezn wart nie künec noch künegîn,
10 diu âne sorge mohten sîn.

a Gedenken hœren unde sehen
b diu wellent nieman stæte jehen.

In éinem muote niemen mac
geloben einen halben tac.

Swer elliu dinc besorgen wil,
der hât billîche leides vil.

15 Swer den andern fürhten muoz,
dern ruochte würde im sorgen buoz.

Der werltman sorget sêre
umb liep guot und êre,
der minner umbe minne,
20 der girege umbe gewinne.
der tôre sorget alle tage
wie er unfuoge bejage.

Mich grüeჳent iemer sorgen
zem êrsten an dem morgen.

25    Den morgen sorget menneglich,
59    so ist der âbent fröuden rîch.

Hete ein âbent des er gert,
er wære tûsent morgen wert.

Swer sant und ouch der sternen schîn
5 wil zeln, der muoჳ unmüeჳec sîn.


Zen siechen hœrt der arzât,
die gesunden hânt sîn guoten rât.

Arzâte glîche hellent
sô glocken glîche schellent.

10    Ein siecher arzât nerte sich
michels gerner danne mich.

Fund ich so wîsen arzât
(ze deme suochte ich gerne rât)
der durch die liute möhte sehen,
15 dem wolte ich meisterschefte jehen.

Dem siechen kumt daჳ selten wol,
ob in der arzât erben sol:
er lât in lîhte sterben,
wænt er daჳ wîp erwerben.

20    Enthabung ist der beste list
der an den arzâtbuochen ist.

Dem lîp wir helfen allen tac,
dem nieman doch gehelfen mac,
und lân die sêle underwegen;
25 dâst hilfe, wolte ir ieman pflegen.


60    Diu nîdigen herzen
gewinnent manegen smerzen.

Nît tuot nieman herzeleit
wan im selben der in treit.

5 Grüene gel und weitîn
daჳ sol diu nîtvarwe sîn.

Swâ ein dorf ist âne nît,
ich weiz wol daz ez waste lît.

Swenne zorn haz unde nît
10 in allen klôstern gelît
und hinderrede, verkêrtiu wort,
sô ist aller dinge ein ort.

Nieman mac ze langer zît
grôz êre haben âne nît.

15 Swer allez daz wil rechen,
daz man im mac gesprechen,
der altet selten âne nît.
und âne engestlîchen strît.

Sich huop nît unde strît
20 ze himel bî der êrsten zît:
dâ von istz ein wunder niht,
ob ûf der erden strît geschiht.


Nû merket, swer sich selbe lobet
âne volge, daz er tobet.

61 Mîn éines loben ist ein wiht,
und volgens ander liute niht.

Sich selben nieman loben sol:
swer wol tuot, den gelobt man wol.

5 Swer sich lopt aleine,
des lop ist leider kleine.

Werltlich lop ie selten wart
ân lôsen und ân hôchvart.

Man lobt nâch tôde manegen man,
10 der lop zer werlde nie gewan.

Maneger lobt ein fremede swert,
het erz dâ heime, ez wære unwert.

Swer lop in sîme lande treit,
dast ein michel werdekeit.

15 Ein ieglich man wol lop vertreit:
schelten ist uns allen leit.

Swer die werlt mit êren hât,
dast ze lobenne, ob ers lât.

Swes ist ze lützel oder ze vil,
20 newederz ich dâ loben wil.
genuoc ist bezzer dan ze vil,
dâ man ez rehte merken wil.

Man hœret nû vil manegez loben,
daz man ê het für ein toben.

25 Swaz man lobet an dem man,
dâ kêrt er sînen flîz an.

Ich enlobe niemens schallen,
62 dâ man sich mac ervallen.

Mînes viendes munt
lobet mich ze keiner stunt:
und ist daz er mir guotes giht,
5 dazu ist im in dem herzen niht.

Ez sî durch wârheit oder durch haz,
son lobet man niht âne ein daz.

Nieman mac ze langer frist
schelten daz ze lobenn ist.
10 vil lîhte sprichet der munt
daz dem herzen ist kunt.


Ez vint an ime ein ieglich man
ze schelten gnuoc, derz merken kan.
manc schelten er verbœre,
15 der merkete wer er wære.

Swer niht wizze wer er sî,
der schelte sîner gebûre dri;
wellent ez die zwêne vertragen,
der dritte kan ez wol gesagen.

20 Ich schilte daz an manegem man,
deich selbe niht vermîden kan.

Man sol vergebene gâbe niht
schelten; des doch vil geschiht.

Swes leben ich schilte, der schilt daz mîn,
63    unz daz wir beide schuldic sîn.

Swer schiltet wider schelten,
der wil mit schelten gelten.

*a*   Swer schiltet daz man loben sol,
*b* lobt bœsiu dinc, daz zimt niht wol.

Ezn ist niht dinges alsô guot,
5 man scheltez wol, derz gerne tuot.

Ein lant nieman schelten sol
umb sînen hêrren; daz stât wol.

Nieman mac sich lüge erwern
noch vor schelten wol ernern.

10  Nieman der beschelten kan,
der êre selbe nie gewan.

Swer sich lât an schelten,
der mac sîn wol entgelten.

Swer sich scheltens wil begân,
15 der muoz der nasen angest hân
und der zungen diu ez sprichet
an den beiden man ez richet.

Wir schelten alle ein ander leben,
unz daz wir in den ünden sweben.

10  Ichn schilte niht swaz iemen tuot,
und machet er daz ende guot.

Nû wizzet daz gesellen drî
von hazze niemer werden frî.
friunt ich gerne haben wil,
64    und doch gesellen niht ze vil.
zwêne möhten lieber dagen
dan mit einander mære sagen.

Swer den man erkennen welle,
5 der werde sîn geselle.

Ezn hât dekein geselleschaft
mit ungelîchem muote kraft.

Des gesellen ger ich niht.
der vâret, ob er mich strûchen siht,
10 daz er mich nider drucke
und selten ûf gezucke.


Süeziu rede senftet zorn.
swer rehte tuot, derst wol geborn.

Guot rede ist ûf der erde
15 im aller hœhsten werde.

Des mannes witze ein ende hât,
swenne in grôzer zorn bestât.

Swer in zorne ist wol gezogen,
dâ hât tugent untugent betrogen.

20 Der tumbe in zorne richet:
der wîse sich besprichet.

Erst tump der richet sînen zorn,
dâ von er selbe wirt verlorn.

Swer in zorne ertobet, swer er sî
65 da ist niht guoter witze bî.
in zorne sprichet lihte ein man
daz ergste daz er danne kan.

Gelust nît hôchvart unde zorn
5 die sint uns leider an geborn.

Herzelieber friunde zorn
der wirt schiere verkorn.

Swer sich alsô richet
daz er sich selbe stichet,
10 der hât sich niht wol gerochen
dêr sich selbe hât gestochen.

Swer mir ze leide schendet sich,
daz riuwet in ê danne mich.

Sanfte ze tragen ist daz leit
15 daz ein man von schulden treit:
daz leit dem herzen nâhe gât,
daz man unverdienet hât.

Swaz mir aller leidest ist,
dâ für kan ich keinen list
20 ine müeze dran gedenken;
des enkan ich niht entwenken.

Ez dunket mich ein tumber muot
swer im selbe schaden tuot
sîme nâchgebûre ze leide:
25 ez geriuwets lîhte beide.

Frŏude unde herzeleit
nieman mit einander treit.


66  Man lidet græzer herzeleit
durch die helle, und græzer arebeit,
dan durch daz himelrîche,
und lônent doch ungelîche.

5  Zer helle drîe strâze gânt,
die zallen zîten offen stânt.
diu éine ist, swer verzwîvelôt,
des sêle ist êweclîchen tôt.
diu ander ist, swer übele tuot,
10 und sich dannoch dunket guot.
diu dritte ist breit und sô gebert
daz sie diu werlt gemeine vert.

Man gewinnetz himelrîche
drîer wîse unglîche.
15 einer ez mit gewalte hât,
der sich selben varen lât.
der ander sich ze himele stilt,
der guot ist unde daz sêre hilt.
der dritte kouft ez âne strît,
20 der eigen umbe almuosen gît.

Den tiufel twinget manic man
mit gotes worten, swer diu kan,
daz er muoz sprechen, unde seit
sîn schande und sîn herzeleit.

67  Durch wort ein wilder slange gât
zem manne, daz er sîn toben lât.

durch wort ein swert vermîdet
daz ez niht ensnîdet:
5 durch wort ein îsen niht enmac
gebrennen, gluotez allen tac.
elliu wort sint als ein wint
wider den diu in der messe sint.

Daz ich den tiuvel und den tôt
10 muoz vürhten, daz ist mir ein nôt:
und ir dewederz nie gesach,
und vürhte doch ir ungemach.
ich muoz zen beiden angest hân
und enweiz doch wie si sîn getân.

15 Der tiuvel kêret keinen list
nâch deme der sîn eigen ist:
swer sînen werken widerstât,
dar kêrt er list und argen rât.

Des tiuvels triuwe gât noch für,
20 ê man sîn dienest verlür,
stüende ez über tûsent jâr,
er vergæzes niemer umbe ein hâr.

Der tiuvel hât durch sînen spot
mê marterære denne got.

25 Den sâmen kan der tiuvel geben,
er velschet elliu rehtiu leben.

Swer under wolven schâf ist,
68 der hât betrogen des tiuvels list.

Der mich und al die werlt geschuof,
der hœrt gedanke als den ruof:
der tiufel weiz gedanke niht
5 wan als er an den werken siht.

Ob der tiuvel wære
der werlde rihtære,
er rihte baz, als ichz verstân,
dan noch die rihter hânt getân.
10 der tiuvel rihtet âne list,
als ime von gote erloubet ist.

Got mohte den tiuvel niemer baz,
gehœnen, der sô hôhe saz,
daz nuo diu kranke menscheit
15 die er verriet dâ krône treit.

So der tiuvel niht erwenden kan
guotiu werc an manegem man,
sô kêrt er manegen list dar zuo
und rætet daz ers sô vil tuo
20 daz ers niht müge verenden;
sus kan er tôren schenden.

Swâ mensche in guotem leben ist,
dar kêrt der tiuvel manegen list
wie ern unstæte gemachen müge
25 sô mit gedanke sô mit lüge.
er sent im iesâ in den muot
daz in sîn leben niht dunke guot:
69 so beginnet sâ sîn herze streben
ûz einem lebenne in ander leben.
als er danne unstæte wirt,
so ist er hie und dort verirt.

5 Driu dinc niht gesaten kan,
die helle, fiur und gîtegen man:
daz vierde sprach noch nie 'genuoc',
swie vil man ime zuo getruoc.

Mir sint stæteclîchen hî
10 mîner vînde leider drî,
diu werlt unde des tiuvels list,
mîn herze der dritte vîent ist.
got mac mich vor den zwein ernern,
dem herzen mac ich niht erwern,
15 wan daz wachet zaller zît,
sô der lîp mit slâfe lît.

Des herzen ouge hât niht bant,
ez siht durch mer und elliu lant,
durch himel und durch helle nider
20 siht ez und kumt doch schiere wider.

4*

Die uns guot bilde solten geben,
der vélschent vil ir selber leben:
die hœhsten tragent bilde vor,
diu manegen leitent in daȝ hor.

25 Swes leben ist wandelbære,
70   des lêre ist lîhte unmære.

Man volget michel mêre
éins guoten mannes lêre
dan zwelven die wol lêrent
5 und selbe ir jiht verkêrent.

Ich weiȝ wol daȝ ein horwic hant
selten weschet wîȝ gewant.

Wem mac der lûter waȝȝer geben,
den man siht in der hulwe sweben?

10 Swer râmic sî der wasche sich
und wasche danne ouch mich.

Swer des tiuvels werc begât
und des hœle niht enhât,
swaȝ dar umbe mir geschiht,
15 den hân ich für ein engel niht.
swer ein engel welle sîn,
der tuo eȝ mit den werken schîn.

Wie mac mir der gelouben iht,
der im selbe gloubet niht?

20 Daz dorfvolc ist niht wol beriht,
kan der pfaffe des glouben niht.

Swann ich des weges irre gân,
und sæhe ich tûsent blinden stân,
und stüende ein sehender dâ bî,
25 den frâgt ich wâ diu strâȝe sî.

Giengen hundert tôren vor
und vielen si alle in ein hor,
71   ein wîser man sol umbe gân
und sol si alle ligen lân.

Swer iu guote lêre gebe
und selbe jihteclîche lebe,

5 dâ nemet iu guot bilde bî
und enruochet wie dem andern si.

Diu kerze lieht den liuten birt,
unz daȝ si selbe zaschen wirt.

Manege vil guote lêre gebent,
10 die selbe unjihtecliche lebent.

Wê dem ougen daȝ gesiht
eim andern und im selben niht.
waȝ frumt daȝ ouge einem man,
dâ mite er niht gesehen kan?

15 Strûchet der daȝ lieht treit,
dast den nâch gênden leit.

Swer daȝ fiur erkenne,
der hûete daȝȝ in niht brenne.

Swer von der erden niht kan sagen,
20 der mac des himels wol gedagen.

Mich dürstet zuo vil maneger zît,
daȝ mir nieman trinken gît:
sô suoche ich lûterbrunnen ê
daunich zuo dem trüeben gê.

72 Lant und liute geirret sint,
swâ der künec ist ein kint
und sich die fürsten flîȝent
daȝ si fruo enbîȝent;
5 dâ wirt selten wol geriht;
Salomôn des selben giht.

In küneges râte niemen zimt,
der guot fürs rîches êre nimt.

Ein hêrre niemer kan genesen,
10 wellent ime die sîne vîent wesen.

Der fürsten herze unde ir leben
erkenne ich bî den râtgeben:
der wîse suochet wîsen rât,
der tôre sich nâch tôren hât.

15    Ein wîser hêrre gerne hât
wîte friunt und engen rât.

Man merket bî dem râte wol
wie man den hêrren haben sol.

Ein fürste der mac wol genesen,
20 wil er ze rehte meister wesen.

Swelch fürste frides und rehtes gert,
der wirt got unde der werlde wert.

Der hêrren lêre ist leider krump,
dâ von ist witze worden tump.

25    Die fürsten hânt der esel art,
73    si tuont durch niemen âne gart.

Manger durch sîne missetât
sîns knehtes kneht ze hêrren hât.

Ich enweiz niender fürsten drî,
5 der éinr durch got fürste sî.

Ich weiz wol daz der fürsten kint
den alten erbolgen sint.

Der fürsten obenhêre
stœret des rîches êre.

10    Swer mit gemache gerne sî,
der wese den fürsten selten bî.

Swer mit den fürsten wil genesen,
der muoz ein lôser dicke wesen,
oder lange sîn ein gast;
15 sîn dienst frumt anders niht ein bast.

Sô der wolf mûsen gât
und der valke scheren vât
nnd der künec bürge machet,
so ist ir êre geswachet.

20    Möhte ich wol mînen willen hân,
ich wolde dem keiser 'z rîche lân.

Nie kein künec sô ebene gesaz,
im würre dannoch eteswaz.

Maneger lebt mit êren,
25 dem ich ez sihe verkêren:

nieman doch gevelschen mac
gotes wort und liehten tac.

74  Soldes der keiser selbe swern,
ern kan sich mücken niht erwern;
waz hilfet hêrschaft unde list,
sît daz ein flôch sîn meister ist?

5  Der keiser sterben muoz als ich,
des mac ich im genôzen mich.

Swelch hêrre sterben muoz als ich,
wes möhte der getrœsten mich,
sô in ouch daz biever ane gât,
10  und in der zanswer bestât,
und er newedern mac ernern:
dem wil ich selten hulde swern.
des eigen wolte ich gerne sîn,
der der sunnen gît den schîn.

15  Swer weiz diu dinc ê si geschehen,
dem hêrren sol man êre jehen.

Von dem ich hœre dez beste sagen,
des-wâfen wolte ich gerne tragen.

Ezn hât nieman eigenschaft
20  niuwan got mit sîner kraft:
lîp sêle êre unde guot
ist allez lêhen, swie man tuot.

Seit ich die wârheit zaller zit,
sô funde ich manegen widerstrît;
25  dar umbe muoz ich dicke dagen.
man mac ze vil der wârheit sagen,
und seit ich halbes daz ich weiz,
75  sô müeste ich bûwen fremden kreiz.

Swer nû die wârheit fuorte
und die ze rehte ruorte,
die hôhsten tœten ime den tôt;
5  sie brechent swaz in got gebôt.

a  Vischære unde vergen
b  zolnære unde schergen

*c* die kunnen manigen bœsen list
*d* der dem tiuvel liep ist.

    Vil selten âne riuwe ergât
ingesibber hîrât.

    Nû merket wie diu werlt stê,
man siht nû lützel rehter ê;
10  und næme ein hêrre ein wîp durch got,
daz wær nû ander hêrren spot.
swer wîbes gert der wil ze hant
liute schatz bürge unt lant.
swelch ê durch gîtekeit geschiht,
15  diu machet rehter erben niht.
manc grôziu hêrschaft nû zergât,
daz si niht rehter erben hât.
der rehten lêhen ist niht mê,
in triuwen mîn, der wâren ê.

20    Magetuom unde kiuschcheit;
irn ist niht mê, swaz iemen seit.

    Ich sihe aller slahte leben
wider sînen orden streben.

    Tiuschiu lant sint roubes vol;
25  gerihte voget münze zol
die wurden ê durch guot erdâht,
nû sint sie gar ze roube brâht.
**76**  swaz man guotes ûf geleit
ze bezzerne die kristenheit,
die obersten und die hêrsten
die brechent ez zem êrsten.
5  die fürsten twingent mit gewalt
velt steine wazzer unde walt,
dar zuo wilt unde zam:
dem lufte tætens gerne alsam;
der muoz uns noch gemeine sîn.
10  möhtens uns der sunnen schîn
verbieten, wint ouch unde regen,
man müese in zins mit golde wegen.
si solten dâ bî bilde nemen
daz fliegen mücken flœhe bremen

15 si müent als einen armen man
der nie lant noch schatz gewan.
ir hêrschaft dunket mich ein wint,
sît bœse würme ir meister sint.

Mich dunket solte ein ieglich man
20 guot nâch sînen muote hân,
sô würde manic hêrre kneht,
manc kneht gewünne ouch hêrren reht.

Als ich die werlt erkennen kan,
son weiz ich keinen rîchen man,
25 daz ich sîn guot und sînen muot
wolte haben, swie er tuot.

Daz rîche stüende dicke guot,
77 und hæten s'alle glîchen muot:
wolten sie niht selbe einander lân,
so möhte in nieman vor gestân.

Die hêrren hânt ein tumben muot,
5 swaz einen solchen dunket guot,
daz muoz dan allez für sich gân;
den site nû die hêrren hân.

Swer die werden nider drucket
und die swachen für zucket,
10 von swelchem hêrren daz geschiht,
des werdekeit beger ich niht.

Swâ die halme ein hêrren welnt
unde ir hœhstez künne zelnt,
dâ mac der schoup wol wesen frô:
15 erst tiurer denne ein ander strô.

Swer wazzer in dem siebe treit,
dast verlorn arebeit.

Diu wazzer niender diezent,
wan dâ si sêre fliezent.
20 swelch hêrre liute ungerne siht,
da ist ouch êren schalles niht.

Vil verzichen und vil gebiten,
daz enzimt niht hêrren siten.

Swer nieman tar verzîhen,
25 der muoz geben unde lîhen.

Swer allez muoz ermieten,
der mac niht vil gebieten.

78    Gebieten machet hôhen muot,
daz' vorhtlich flêhe niht entuot.

Swelch hêrre niht gevolgen mac.
hêrren namen, dast frêuden slac.

*a*    Swâ grôzer schade und dar zuo schande
*b·* sint beide in eines hêrren lande,
*c* und hât der hêrre fürsten namen,
*d* er mac sich wol ir beider schamen.

5    Sô rîcher künec nie krône getruoc
ern hete doch armer mâge genuoc.


Got hât den wîsen sorge gegeben,
dâ bî den tôren senfte leben.

*a*    Des wîsen mannes sorgen
*b* gît ungemach verborgen.

Ezu hât nieman wîsen muot
10 wan der gotes willen tuot.

Die wîsen werdent gotes kint,
die andern alle tôren sint.

Dekein wîsheit niht vervât
wan ob der sêle wirdet rât.

15    Sîn selbes sin er mêret,
der wîsheit gerne lêret.

Swer niht enweiz und niht enfrâget
und niht kan unde in lernens betrâget,
und die kunst die er dâ kan
20 ze lernenne niemen gan,
und hazzet den der rehte tuot:
disiu driu sint tôren muot.

Frâge und wîsiu lêre
die machent michel êre.

79  Swer elliu dinc befrâgen wil,
  der hât wîsheit niht ze vil.

*a* Swer witze hât und künste list,
*b* sô wizzet daz der meister ist. .

  Swie vil der wîse witze gît,
  er ist doch rîche zaller zît.

5 Wîsheit michel elter ist
  dan kunst und al der werlde list.

  Daz wîsheit nieman erben mac
  noch kunst, daz ist ein michel slac.

  Swâ witze ist âne bescheidenheit,
10 dâ ist niht wan herzeleit.

  Die wîsen kunnen manegen list
  der fremede tumben liuten ist.

  Die wîsen manegez irret
  daz tôren lützel wirret.

15 Wîsheit überwindet übel,
  alsô twinget vaz der tübel
  daz ez niht rinne zaller zît;
  sus scheidet wîsheit manegen strît.

  Ich hœre sagen die wîsen:
20 ein nagel behalte ein îsen,
  ein îsen 'z ros, ein ros den man,
  ein man die burc, der strîten kan:
  ein burc daz lant betwinget
  daz 'ez nâch hulden ringet'.
25 der nagel der ist wol bewant,
  der îsen ros man burc und lant
  solcher êren geholfen hât,
80  dâ von sîn name sô hôhe stât.

  Gewalt den witzen an gesiget
  dâ man rehtes niht enpfliget.

  Ist nieman witzic âne guot,
5 son ist der armen keiner fruot.

  Ez ist vil manic wîser man
  der niht wol gereden kan.

Hât wîsiu wort ein wîser man,
ein tôre im niht gestrîten kan.

10  Swer niht wol gereden kan,
der swîge und sî ein wîser man.

Mit witzen sprechen daz ist sin:
daz wort enkumt niht wider in.

Wol im wart, der vil gereit,
15 und weiz er rehte waz er seit.

Ich næme eins wîsen mannes muot
für zweier rîcher tôren guot.

Manc tôre sprichet wîsiu wort.
künd ers bescheiden *an ein ort*.

20  Ein wîser man der hât für guot,
strâf ich in sô er missetuot:
und tæte ich eime tôren daz,
er wær mir iemer mê gehaz.

Dast aller tôren herzeleit,
25 swer in guot und êre seit.

Wâ diu wîsheit wesen sol?
diu ist in kleinen liuten wol
81    und mîdet manegen grôzen man
der wîsheit niht gepflegen kan.

Salmôn wîsheit lêrte,
Markolf daz verkêrte;
5 den site hânt noch hiute
leider manege liute.

Salmôn hat doch wâr geseit,
diu werlt sî gar ein üppekeit.

Swie grôzen schatz der tôre vant,
10 der was des wîsen sâ zehant.

Die wîsen möhten niht genesen,
solten si âne tôren wesen.

Die wîsen kurzewîle hânt,
sô si mit tôren umbe gânt.

15  Wîsheit dicke aleine stât,
sô tôrheit grôze volge hât;

doch muoʒ der tôre suochen rât
zem wîsen, swenne im missegât.

Nieman tôren volgen sol,
20 swer rehte tuot, der vindetʒ wol.

Die trônen nement der glocken war,
die wîsen gânt von selbe dar.

Der wîsen und der tumben strît
hât gewert vil manége zît:
25 er muoʒ ouch noch vil lange wern:
man mac ir beider niht enbern.

Swer verdient der tôren haʒ,
82    den hânt die wîsen deste baʒ.

Swer lebet nâch der wîsen site,
der verliust die tôren mite;
doch beʒʒer ist eins tôren zorn,
5 den daʒ ein wîser wære verlorn.

Swaz an tôren wandels sî,
dâ versinnen sich die wîsen bî.

Wîsiu wort und tumbiu werc
habent die von Gouchesberc.

10  Bî rede merke ich tôren,
den esel bî den ôren.

Der tôre verhilt deheine frist
swaʒ in sîme herzen ist.

Kentliche sin und tôren rât
15 vil selten lant betwungen hât.

Sît man eʒ alleʒ reden sol:
ein tôre funde den andern wol.

Funde ein tôre niuwe site,
im volgeten alle tôren mite.

20  Der tôre hât gesellen vil
die wîle er tôre wesen wil:
swenner mêret witzen kraft,
sô minnert sîn geselleschaft.

Sô tœrscher kumt mir niemen zuo
25 ern wæne daʒ erʒ beste tuo.

Der tôre sêre minnet
swaz er mit nôt gewinnet,
83   und swaz er sanfte möhte hân,
daz lât er lîhte hine gân.

Swer den tôren flêhen muoz,
dem wirt selten sorgen buoz.

5   Swer al die liute affen wil,
der wirt vil lîhte der affen spil.

Swie verre ich reit oder gie,
eime tôren kund ich entrinnen nie.

Swer mit der werlde wil genesen,
10 der muoz ein wîle tôre wesen.

Ich kan wol gouches tôre sîn
unz ez gât an den schaden mîn.

Der market wirdet niemer guot
wan sô man tôren schaden tuot.

15   Nieman sol ze langer zît
tôren lân unrehten strît:
er wænet anders daz er sî
wîser dan Salmônes drî.

Der tôren hœrich harte vil,
20 die jehent 'ich tuon wol swaz ich wil:
der dem hâre niht verbieten mac
ezn wahse naht unde tac.

Die tôren sint sô hêre,
si enbietent nieman êre:
25 daz ist ouch der esele pflege,
si entwîchent nieman von dem wege.

Swenne ein tôre kœse hât,
84   son ruochet er wie daz rîche stât.

Ein tôre næme des gouches sanc
für der süezen harpfen klanc.

Ein tôre wolte niht sîn leben
5 vil lîhte umb eines küneges gebeu.

Wir gevallen alle uns selben wol,
. des ist diu werlt gar tôren vol.

Swer wænet daʒ er wîse sî,
dem wont ein tôre nâhe bî.

10 Der tôre sünde niht verbirt
unz er im selbe unmære wirt.

Swer dem tôren sünde wert,
der hat ime die sêle ernert.

Den tôren dunket selten guot
15 swaʒ ein wîse man getuot.

Swer sîne tumpheit überstrebt
der hât guoten tac gelebt.

*a* Swer wil die tumpheit verjagen,
*b* der sol von wîsheit hœren sagen.

Dem tôren nieman slege wert
wan der in ouch hin wider bert.

20 Eʒ strîtet aller tôren muot
nâch dem daʒ man in tiure tuot.

Ein tôre in niht mêr bæte,
der lobte swaʒ er tæte.

Swer tôren welle stillen
25 der rede nâch ir willen.

Swer wil den tôren reiʒen,
der sol im vil geheiʒen.

85 So der tôren wille für sich gât,
son tuont si niht wan missetât.

Ein tôre maneger dinge gert,
der er mit schaden wirt gewert.

5 Swer inme sacke koufet
und sich mit kalen roufet
und borget ungewisser diet,
der singet dicke klageliet.

*a* Alter wîbe minne
*b* und junger liute sinne
*c* und kleiner rosse loufen
*d* sol nieman tiure koufen.

Ê ich ein tôre wolte sîn,
10 ich lieʒ ê Rôme, und wære eʒ mîn.

Maneger hât vil wîsen muot,
der doch vil tumplîche tuot.

Mit tumben tump, mit wîsen wîs,
daz ist nû der werlde prîs.

15 Erst wîse, der verliesen klaget
und gewinnes stille daget.

Rehtiu witze ist sælekeit:
liep wirt selten âne leit.

Kurzen man dêmüete
20 und rôten mit güete
und langen man wîsen,
die drî sol man prîsen.

Ezn ist deheiner selbe mê
wan einer, als ich mich verstê.

25 Ich weiz wol daz ein ieglich man
wol im selben guotes gan.

Manc tôre sêre gâhet
86 da im sîn schade nâhet.

Die tôren spottent maneges man,
daz er niht wol erwenden kan:
und lachent si nâch tôren site,
5 sô sol er allez lachen mite,
daz er den spot vertrîbe
und âne zorn belîbe.

Der wîse grôze sorge hât
wie sîner sêle werde rât.


10 Ich weiz wol daz ein milter man
genuoc ze gebenne nie gewan.

Geben tuot dem milten baz
danne versagen; wizzet daz.

Dem milten tuot versagen wê,
15 doch schamet sich der bitende ê.

Diu milte niht von herzen gât,
swer riuwe nâch der gâbe hât.

Diu milte niht ze lobe stât,
swer gît des er niht enhât.

20 Milte machet werdiu lant:
von obeȝe wirt der boum erkant.

Ern wart nie rehte milte,
den milte bevilte.

Swer rehte milte wil begân,
87 der muoȝ gebrest durch milte hân.

Der karge dem schatze dienen muoȝ,
und wirt im niemer sorgen buoȝ:
so ist der milte wol gemuot,
5 dem dienet schatz und ander guot.

Biscolve lêrent milte niht:
grôȝen hôven sam geschiht;
swer bî den beiden alten sol,
dem wirt diu malhe selten vol.

10 Ich weiȝ ouch daȝ selten wirt
bî eigenem brôt ein milter wirt.

Diu milte ist von tugende niht,
diu durch fremeden rât geschiht.

Den milten niemen kan gedrôn:
15 si hânt hie lop, vor gote ir lôn.

Rehtiu milte nie verdarp,
sô karkheit grôȝe schande erwarp.
erge hât dicke erworben
daȝ künege sint verdorben.

20 Ich sach ie, swaȝ der karge spart,
daȝ eȝ dernâch dem milten wart.

Den hunden ie ze teile wart
swaȝ man vor dem munde spart.

Der karge verstolne ê driu verlür
25 ê er mit willen éinȝ verkür.

Ein karger man niht vinden wolte
guot daȝ er geben solte.

88 Swie kargen muot der karge truoc,
er dûhte sich doch milte genuoc.

So der gouch daz êrste loup ersiht
so entar er sichs gesaten niht:
5 er fürhtet daz es ime zerinne;
daz ist ouch karger sinne.

Sîm herzen dicke wê geschiht,
der niht gerne ezzen siht:
wie möhte im iemer wirs geschehen,
10 er muoz sich selben ezzen sehen;
izzet er, daz ist ime ein nôt,
izzet er niht, sô lît er tôt.
von sus getâner arebeit
.wirt er niemer âne leit.

15 Den ziegel und den bœsen man
nieman volle waschen kan,
sô daz daz luter ab in gê;
si sint ze jungest trüebe als ê.

Des môres hût unsanfte lât
20 ir swarze varwe die si hât:
des pardes hiute alsam geschiht,
diu enlât ir maneger flecken niht:
als wizzet daz ein übel man
sîn übel niht vermîden kan.

25 Swâ der bœse wirt erkant,
dâ schiuhet man in sâ zehant.

a Swer bœsen liuten dienet iht,
b des wirt im zwâre niemer niht
c gedanket kleine als umbe ein hâr:
d er muoz im selbe tuon für wâr.

Ein bœse man unsanfte treit
89 êre unde grôze rîcheit.

Swaz der bœse bœses siht
daz seit er und des besten niht.

Swie bœslich ieman habe getân,
5 er wil doch sînen bœsern hân.

Man merket nû daz bœste gar
und nimt des besten lützel war.

Der bœse deʒ bœste merken sol,
sô tuot dem frumen daʒ beste wol.

10 Der bœse dicke dulten muoʒ,
unwirde unde swachen gruoʒ.

Die kinde æʒen ungetwagen,
solte ir laster niemen sagen.

Ein bœser selbe wol verstât
15 daʒ er niht ganzer tugende hât:
hæte er êre unde guot,
als im erteilt sîn selbes muot,
sô wær sîn êre kleine,
und hæte ze leste keine.

20 Ein bœser man mê êren gert
dan er sich selben dunke wert.

Swer der frumen hulde hât,
der hât der bœsen lîhte rât.

Den frumen man immer loben sol,
25 sô tuot er deste gerner wol.
den bœsen nieman sol vertragen,
man sol in doch ir laster sagen.

a Eim bœsen giftigen man
b sol man legen pîn an.

90 Swer biderbe unde bœse hât
ie glîche, daʒ ist missetât.

Die bœsen nieman nîden sol:
den frumen gan ich nîdes wol.

5 Swer den frumen übele hât,
den bœsen wol, deist missetât.

Swanne ein frum man wol getuot
derst sælic, hâtʒ diu werlt für guot.
swanne ein frum man missetrit,
10 so erschreckent ime al sîniu lit.

Ein ieglich frum man mîdet wol
swaʒ er ze rehte mîden sol,
daʒ ein swachgemuoter man
niemer wol gemîden kan.

15 Der bœse niemer sol verstân
wie sich der frume muoz begân.

Ze friunt ich baz behalten kan
zwelf frume dan éinen bœsen man.

Noch bezzer ist der bœsen haz,
20 dann ir friuntschaft; wizzet daz.

Swann ich der bœsen hulde hân,
sô hân ich etewaz missetân.

Man sol hân mit den besten pfliht,
den bœsen liuten volgen niht.

25 Wer kan die besten ûz gelesen,
swenne nieman wil bœse wesen?

Der bœse vil ungerne siht
91  swâ den frumen guot geschiht.

Swer gîtekeit und erge hât,
deist gruntvest aller missetât.

Dem kargen herzeleit geschiht,
5 so er gît oder geben siht:
so ist des milten herzeleit,
swenne er ieman iht verseit.

Ich wolt durch daz niht vinden guot
daz ich tæte als maneger tuot,
10 der zert ân êre und âne got,
und wirt dar nâch der liute spot.


Gerne wære ein iegelîch
in sîme lebenne êren rîch.

Ein man umb êre werben sol,
15 swenne er wil, die lât er wol:
ob er gewinnet lasters vil,
dazn lât er niht, swenne er wil.

Swer *liute* und êre welle hân,
der sol sîn guot niht lân zergân.

20 Swer âne riuwe welle leben,
der sol sîn êre niemen geben.

Swer tugende und êre welle begàn,
der muoz sîn eigene sinne lân.

Sîn êre er selten krenket,
25 der sich enzît bedenket.

92 Unverdâhtiu mære
sint dicke wandelbære.

Der werlt ist niht mêre
wan strît umbe êre.

5 Mit senfte nieman êre hât,
als ieze disiu werlt stât.

Nieman hât ân arebeit
wîstuom êre grôz rîcheit.

Der füle gert niht mêre
10 wan senfte leben ân êre.

Wie sol des lasters werden rât,
dem sîn êre ze laster stât?

Von rehte des mannes êre stât
dar nâch als er sich selbe hât.

15 Maneger vorschet mêre
nâch schanden dan nâch êre.

Swer sîn laster decken kan
und zorn, der ist ein wîser man.

Swem ich sîn laster hilfe tragen,
20 der sol mîn laster niemen sagen.

Ich sol den strît gerne lân,
des ich schaden und laster hân.

Der schade ist wol an geleit,
der des mannes laster übertreit.

25 Mich müet daz maneger êren gert
unverdient und âne wert.

Swer êren sich bewegen hât,
93 des lobes tuon ich lîhten rât.

Swen man nû vürhtet, der ist wert:
der êren nieman guoter gert.

Éro und alliu werdekeit
5 sint âne volleist nider geleit.

Ros schilt sper hûbe unde swert
diu machent guoten ritter wert.

Hengest kocher unde bogen
die hânt manegen kneht betrogen.

10 Êre muoz koufen manic man
von dem der êro nie gewan.

Mit unstaten êre
müet die wîsen sôre.

Unrehtiu heimelîche
15 tuot nieman êren rîche.

Swer êr niht übersehen wil,
der hât iemer sorgen vil.

Êre kan nieman genden,
gæb er mit tûsent henden.

20 Êre nieman genden kan,
doch gert ir wîp unde man.

Ein man sol lop und êre bejagen
und got doch in dem herzen tragen.

Nieman sô vil êren hât,
25 ern wizze wol wan er si lât.


Trunkenheit wirt selten guot,
si toupt und velschet wîsen muot:
sist ein roup der sinne gar:
sist tôdes bilde; des nemt war.

5 Swâ toube und trunkene liute sint,
swer mit in rûnet, derst ein kint.

Trunkenheit wirt selten frî
da ensî sünde und schande bî.

Sorge zorn und trunkenheit
10 die bringent siechtuom unde leit.

So der wîn kunt in daz houbet,
*sost armuot gar* betoubet.

Swer sine sünde weinen mac,
so er trunken wirt, dast tiufels slac;
15 dem solte zaller stunde
der becher sîn am munde.

Ein vihe daȝ lützel sinne hât,
swenne eȝ heim von velde gât,
so erkennet iegelîcheȝ wol
20 hûs und hof, dar in eȝ sol:
sô trinket leider manic man
daȝ er hûs noch hof erkennen kan;
diz laster liuten vil geschiht
und geschiht doch dem vihe niht.

25 Eȝ trunken tûsent ê den tôt
95 ê éiner stürbe in durstes nôt.

Mete und win sind beide guot
für sorge und dürfte und armuot.

Für durst mac niht beȝȝers sin
5 dan waȝȝer bier met unde wîn:
so ist ouch guot für hungers nôt
fleisch vische kæse unde brôt.
swer diu zesamne bringen mac,
der hât wol frœlichen tac:
10 hœret iht dinges mê dar zuo,
daȝ ist wol daȝ man daȝ tuo.

Unmæȝlich eȝȝen, tranc dar zuo,
tuont wirs dan mæȝlich hunger tuo.

Éin friunt ist nützer nâhe bî
15 dan verre zwêne oder drî.

Genâbert friunt ze nœten stât
dâ lîhte ein mâc den andern lât.

Gestanden friunt versuochtiu swert
sint ze nœten goldes wert.

20 Wol im der vil friunde hât:
wê im des trôst an in stât.

Friunde hân ich iemer vil,
swann ich ir niht bedurfen wil.

Ein schade friunt vil dicke muoჳ
25 dulten ungetriuwen gruoჳ.

96      Die wîl die biutele klingent,
die friunt dar gerne dringent:
verliesent sie ir klingen,
sô wirt dar kleine dringen.

5    Manic man vil friunde hât
die wîl sîn dinc iht ebene gât,
und hât doch bî in allen
vil lützel nôtgestallen.

Niemen weiჳ wâ er friunde hât,
10 wan soჳ an lîp und êre gât;
dâ wirt der rehte friunt erkant,
der valsche wîchet dan zehant.

Swie verre friunt von friunde sî,
dâ sol doch triuwe wesen bî.
15 swer mir ze triuwen wirt bekant,
den minne ich über daჳ vierde lant.

Swer friundes triuwe mit valsche gilt,
des friunts in dar nâch selbe bevilt.

Ein heimelîcher vîent tuot
20 dicke schaden und selten guot.

Manc riuwe der gewinnet
der sînen vîent minnet.

Swer an friunde missetuot
ze langer frist, daჳ ist niht guot.

25    Erst tump, swer triuwe suochet
dâ man ir niht enruochet.

Swer sich wil haben an den dorn,
97      so er vellet, der hât zwir verlorn.
swer ungetriuwen friunden klaget
sîn leit, daჳ wære baჳ verdaget.

Swâ guot ein friunt dem andern gît,
5 dâ hebet sich friuntschaft wider strît.

Swâ ein friunt den andern ladet,
kumt er ze dicke, ich wæne eჳ schadet.

Man mac mit lîhten sinnen
manegen friunt gewinnen:
10 doch sol er sîn ein wîser man,
der guoten friunt behalten kan.

Der man ist under friunden gast,
dem heime leides nie gebrast:
dem sælde und heil ist beschert,
15 der ist dâ heime swâ er vert.

Ich wil mir selben holder sîn
dan mînen besten friunden drîn.

Wirp selbe dîniu dinc,
sô kürzet sich daz tegedinc.

20 Der friunt wirdet niemer guot,
der lobet swaz sîn friunt getuot.

Mir gevelt der friunt niht wol,
des ich laster haben sol.

Swâ friunt von friunde scheiden wil,
25 der suochet gerne schulde vil.

Der friunde schiere sich bewiget,
swer alle zît niugerne pfliget.

98 Swâ friunt mit rede wirt verlorn,
dâ wær diu rede baz verborn.

Swer nieman wil ze friunde hân,
dem sol von rehte missegân.

5 Der rîche friunt sol hân für guot
den dienst den ime der arme tuot.

So getriuwes friundes ger ich niht,
der gerne wolte haben pfliht
mit mîme wîbe nâch unêren;
10 von dem sol man sich kêren.


Swâ man minne veile treit,
dâ koufent gouche unsælikeit.

Rehtiu minne frönde hât,
sô veiliu minne trûric stât.

15     Veiliu minne ist unwert
dâ man rehter minne gert.

Swes muot ûf veile minne stât,
der koufet lîhte missetât.

Ich weiz ein frömde mære,
20 swâ minne veile wære,
diu næme des alten schillinc
für des jungen pfenninc.

Unkiusche gelust von herzen gât,
dazn tuot niht ander missetât:
99     der andern sünden vil geschiht,
die gânt sô gar von herzen niht.

Minne und tanz hânt den ruon,
ieglîchèr wænt daz beste tuon.

5     Minne nieman darf versworn:
si kan sich selbe ân eide wern.
daz selbe reht wil minne hân:
si kan sich selbe zem lesten lân.

Minne lêret manegen man
10 sô lange unz er ir niht enkan.

Minne blendet wîsen man
der sich vor ir niht hûeten kan.

Manc wîp vil schône blicket,
unz sie den man bestricket.

15     Minne unde gîtekeit
die sint z' enpfâhenne bereit.

Minne nieman pflegen mac
sô tougen einen halben tac
ezn wizzen viere oder mô
20 oder lîhte sehse ê ez ergê.

Ich sihe nâch frömder minne varn
der sîn wîp niht kan bewarn.

Swer minnet daz er minnen sol,
dem ist mit éime wîbe wol;
25 ist si guot, erst wol gewert
swes man von allen wîben gert.

Ein man sol sîn kiusche3 wip

100   minnen für sîn selbes lîp.

Swer ein getriuwe3 wîp hât
diu tuot im maneger sorgen rât.

Ist schœne wîp getriuwe,
5 der lop sol wesen niuwe.

Triutet ein man ein wîp
sich erpfezzet al sîn lîp.

Swer minne triutet, den fliuhet sî,
und swer si fliuhet, dem ist si bî.

10   Manege riuwe gewinnet
der ha33et da3 in minnet.

Swâ wîp durch minne missetete,
da3 kam von der manne bete;
ein man ouch missetæte,
15 der in sô tiure bæte.

Ein wîp wirt in ir her3en wert,
swenn ir der besten einer gert.

Ein man wirt werder dan er sî,
gelît er hôher minne bî.

20   Diu wîp man iemer biten sol,
doch stêt in verzîhen wol.

Verzîhen *hôrtich ie die* bete,
swâ mans unredelîche tete.

Verzîhen was ie der frowen site,
25 doch ist in liep da3 man si bite.

Ein sinnic wîp mit reinen siten,
die endarf nieman lasters biten.

101   E3 minnent manege unminne;
da3 kumt von swachem sinne.

Durch nôt muo3 kiusche sîn ein wîp,
der nieman sprichet an den lîp.

5   Swie sêre ein wîp behüetet sî,
dannoch sint ir gedanke frî.

Dehein huote ist sô guot
sô die ein wîp ir selber tuot.

Der bœsen wîp man hüeten sol,
10 die frumen hüetent selbc ir wol.

Unrehtiu huote
kumt selten ze guote.

Betwungeniu liebe
wirt dicke ze diebe.

15 Als ein unkiuschiu missetuot,
sô spriche ich reinen wîben guot.

Ein reine wîp hât reinen lîp,
den hât selten ein unwîp.

Noch senfter wœre eins igels hût
20 am bette dann ein leidiu brût.

Ein leider man ist swærer bî
guoten wîben dann ein blî.

Swem vil der werlte des besten giht,
den hât sîn tumbez wîp für niht.

25 Swer liep hât, der wirt selten frî
vor sorgen dazz unstæte sî.

Sîn herze dicke trûric stât,
102 der ein ungetriuwez liep hât.

Swie heimlich man den wîben sî,
da ist doch grôziu fremede bî.

Kein man diu wîp erkennen sol,
5 si suln die man erkennen wol:
man sol ir tugende nemen war,
ir dinc sol niemau wizzen gar.

Swer wîbe tugende erkennen kan,
sô sint si tiurre dan die man:
10 si schament sich maneger missetât,
dar ûf der man niht ahte hât.

Manc man ein wîp versprochen hât
durch angelogene missetât,
und nimt von fremeden landen
15 eine mit drîzec schanden.

Ein man vil maneges êre hât
daz guoten wîben missestât:

die man vil manegez krœnet
des diu wîp sint gehœnet.
20 tuot ein wîp ein missetât,
der ein man wol tûsent hât:
der tûsent wil er êre hân,
des wîbes êre sol zergân.
dast ein ungeteiltez spil:
25 got solches rehtes niht enwil.

Der man sîn laster eine treit,
daz ist der manne sælekeit:
103 und wirt ein wîp ze schalle,
sô schiltet man si alle.

Für wâr, diu wîp sint ungelîch;
manegiu ist tugende und êren rîch;
5 ir tugende man wol scheiden mac
als die vinstrîn unde den tac.
daz swachiu wîp hânt wîbes namen,
des müezen sich die guoten schamen.
manc wîp vil grôzer tugende pfliget,
10 manegiu êren sich bewiget:
und sol der lop gelîche sîn,
daz ist âne den willen mîn.

Sol man ez allez hân für guot,
swaz ein ieglich wîp getuot,
15 sô schelte man ir keine,
und sî ir lop gemeine.

Manc wîp heizet löselîn:
wil ir der man ze fremede sîn:
durch frömder wîbe minne
20 verkêrt si lîhte ir sinne.

Manc wîp ist unstæte,
und hete si guot geræte,
diu niemer missetæte,
swie vil man sie gebæte.

25 Swer wîben sprichet valschiu wort,
der hât fröuden niht bekort.

Der wîbe muot stuont ie sô,
würdens alsô lîhte frô
vom manne als der man von in,
si heten iemer stæten sin.

104

Der wân ist allen tôren bî,
5 si wænent daz ir fröude sî
der wîbe fröude: daz ist niht;
sus ist manc guot wîp unberiht.

Sît man ez allez reden sol,
so ist zer werlde niemen wol
10 wan der ein liebez wîp hât
und sich ûf ir gnâde lât.

*a* Ein huore und ein katze
*b* die lebent in éinem satze.
*c* drîzec pfannen muose vol
*d* die verrâmt ein katze wol:
*e* het ein huore drîzec man,
*f* sie het ouch niht genuoc dar an.

*g* Wære der himel permint
*h* und dâ zuo daz ertrîch tint,
*i* und alle sternen pfaffen
*k* die got hât geschaffen,
*l* sie künden niht geschrîben
*m* daz wunder von den wîben.

Swer ie liebez wîp gewan,
der wænt die beste eine hân.

Sô stætez liep niemen hât
15 ern fürhte doch ir missetât.

Wîbes schœne manegen hât
verleit ûf grôze missetât.

Der wehsel nieman missezimt,
swer güete für die schœne nimt.

20 Man siht manege schœne
diu doch ist vil hœne.

Adâm unde Samsôn
Davît unde Salomôn

die heten wîsheit unde kraft,
25 doch twanc si wîbes meisterschaft.

Swie dicke diu wîp underligent,
den mannen sie doch an gesigent.

105 Er hât sîn ê niht wol bewart,
der sîn wîp mit eim andern spart.

Fremede scheidet herzeliep.
state machet manegen diep.

5 Herzeliep hât manic man
der doch verniugernet dran.

Swer herzeleit muoz eine tragen,
der mac wol von nœten sagen.

Nieman hin zer helle vert
10 durch spîse, der sie rehte zert:
swer ouch wîbe wil ze rehte pflegen,
der verliust durch daz niht gotes segen.

Swaz übels und guotes ist geschehen,
man muoz ein teil den wîben jehen
15 des besten und des bœsten,
des nidersten und des hœsten.

Der site dunket mich niht guot,
ob ein wîp nû missetuot,
daz des tiuvels er engiltet
20 und man in drumbe schiltet;
bî mînen triuwen des swüer' ich eit,
ezn ist doch niemen alsô leit.

Sô man an eime frumen man
ze schelten niht vinden kan
25 an muote noch an lîbe,
sô kêrt man hin zem wîbe
und schiltets ime ze leide,
106 und sint unschuldic beide.

Mit pfaffen und mit wîben
sol nieman schelten trîben.

Durch frŏude frowen sint genant:
5 ir frŏude frŏuwet elliu lant.

wie wol er fröude erkande,
ders êrste frowen nande!

Swâ kint sint bî der glüete,
da ist guot daz man ir hüete;
10 swâ wîp und manne sint zesant,
sie minnent lîhte dâ zehant.


Maneger wænt erkennen mich,
der selbe nie erkande sich.
erkande sich ein ieglich man,
15 er lüge den andern selten an.

Swer sich selbe erkennen kan
ze rehte, derst ein wîser man.

*a* Swer hazzet den der rehte tuot,
*b* des sin endunket mich niht guot.

Nieman alsô rehte tuot
daz ez alle liute dunke guot.

20 Swer sîme rehte unrehte tuot,
dem wirt daz ende selten guot.

Mich müet, swie wol iemen tuot,
ezn hât der fünfte niht für guot.

Swer nâch mînem willen tuot,
107 zuo dem trage ich holden muot.

Swer übel wider übel tuot,
daz ist menneschlîcher muot:
swer guot wider übel tuot,
5 daz ist götelîcher muot:
swer übel wider guot tuot,
daz ist tiuvelîcher muot.

Swer merket übel unde guot,
der weiz wol wann er missetuot.

10 Man wirt bî guoten liuten guot,
bî übeln übel, *sô manz tuot.*

Sô sêre nieman missetuot
ern welle gerne wesen guot.

Eȥ sî übel oder guot,
15 swaȥ ieman aller gernest tuot,
und twinget man in daȥ erȥ tuo,
ern kumt dâ niemer gerne zuo;
swie liep eȥ ime wære,
eȥ wirt im danne unmære.

20 Betwungener magetuom
hât vor gote kleinen ruom.

Si iehent swâ daȥ lihter sî,
dâ sî ouch daȥ bœser bî.

Manec man grôȥe arebeit
25 unbetwungen sanfte treit,
diu in diuhte swære,
ob ers betwungen wære.

108 Dehein boge sô guot ist
man müge in spannen daȥ er brist.

Swem die sternen werdent gram,
dem wirt der mâne lîhte alsam:
5 ichn vürhte niht des mânen schîn,
wil mir diu sunne gnædic sîn.

Gewoneheit diu ist rîch,
tumben liuten schedelîch.

Bœse gewoneheit
10 machet schaden unde leit.

Ein ieglich kint sich dâ nâch sent,
als eȥ diu muoter hât gewent.

Swer sîn kint niht ziehen kan,
daȥ ziuht vil lîhte der lantman.

15 Den bœsen vaȥȥen niemen mac
benemen wol ir êrsten smac:
den site ein man unsanfte lât,
des er von jugent gewonet hât.

Ein iegelîchen dunket guot
20 swaȥ er aller gernest tuot.

Üppigiu kœse
machent site bœse.

*a*     Unkiuschiu wort diu machent
*b* daȝ guote site swachent.

Swer sich flîȝet guoter site,
dem volget dicke sælde mite.

25     Swer wol gebadet und wol gebet,
daȝ gerou in selten, swer daȝ tet.

Er ist wîse swer den man
109     nâch sînen siten halten kan.

Die site nieman kunnen mac,
der man nû pfliget und ê pflac.

Mich dûhte vert vil manegeȝ guot,
5 daȝ hiure beswæret mir den muot.

Der hiure vaster, deme tuot wol,
daȝ er ze jâre slahen sol.

Ein man sluoc (daȝ was unheil)
al der werlt daȝ vierteil.

10     An einer stat ein hunt erbal,
daȝ über al die werlt erschal.

Z'einer zît ein esel luote
daȝ eȝ al die werlt muote.

*a*     Eȝ sint driu dinc alleine
*b* aller manne gemeine,
*c* pfaffen wîp und sîger wîn,
*d* begoȝȝen brôt magȝ dritte sîn.

Eȝ sint vier gotes geschaft,
15 der leben ist vil wunderhaft.
salamander spîset sich
mit fiure; daȝ ist wunderlich.
gamâliôn des luftes lebt,
der herinc waȝȝers, swâ er swebt,
20 der scher sich niht wan erden nert;
sus ist den viern ir nar beschert.

Fiur waȝȝer luft und erde
die giltet niemen nâch ir werde.

Erde und waʒʒer nider swebt,
25 fiur und luft ze berge strebt.

Swer altem hunt ein bant an leit,
der verliust sîn arebeit.

110  Swer liep wil sîn da'r unmær ist,
diu liebe wert deheine frist.

Vil maneger ist unmære
da'r gerne liep wære.

5  Swer liep dem andern leidet,
von fröuden er in scheidet.

Liep beginnet leiden,
so si sich wellent scheiden.

Vil dicke mir dâ liep geschach,
10 da ich mich liebes niht versach;
manegem ouch dâ leit geschiht,
da er sich leides niht versiht.

Vil dicke ich mich gestôʒen hân
da ich vil ebene wânde gân.

15  Swaʒ ie geschach od noch geschiht,
daʒ geschach ân sache niht.

Daʒ stât an des glückes rade,
êst als lîhte guot als schade.

Ichn weiʒ von nieman alsô vil
20 als von mir selben, swie ichʒ hil.

Swer in sîn selbes herze siht,
der sprichet nieman arges niht.

Ein man sol guot und arc verstân,
daʒ beste tuon, daʒ bœste lân.

25  Ein man sol guoten willen hân,
mac er der werke niht begân.
guot wille vor in allen gât,
111  der anders niht ze gebenne hât.

Uʒ iegelîchem vaʒʒe gât
als eʒ innerhalben hât.

6*

Natûre unde gewoneheit
5 der beider kraft ist harte breit.

Krût steine unde wort
diu hânt an kreften grôȥen hort.

Al diu werlt niht gesaten mac
des obeȥes und des krûtes smac.

10 Swer zéime helblinc ist erborn,
wirbt der nâch zwein, eȥ ist verlorn.

Swaȥ ieman wunders hât vernomen,
des wolter gerne z'ende komen.

a   Maneger der gelobet vil,
b   des er doch niht geben wil.

Ich wæne, nieman sô rîcher lebe
15 ern gelobe mê denne er gebe.

Gelûbde mac ein ieglich man
wol rîche sîn, der liegen kan.

Swer vil gelobet âne geben,
der wil ân nôt mit schanden leben.

20. Tætcu mir gelûbde wol,
der erwürbe ich schiuren vol.

Swer gît des er unsanfte enbirt,
diu gâbe baȥ verhalten wirt.

Diu gâbe tuot vil selten wol,
25 die man mit schame erbiten sol:
diu gâbe in hôher wirde lît,
die man ungebeten gît.

a   Daȥ wær vor gote stæte,
b   swer gæbe ê man bæte.

112   Diu gâbe ist zweier gâben wert,
der schiere gît ê man ir gert.

Swer dicke gelobet und niht geleist
den visch man aberelle heiȥt.

5   Dem ist wê der maneges gert,
und in nieman éins gewert.

Ein man die wîle er mêre gert,
son wirt er niemer wol gewert.

Ein gîtic herze niemen mac
10 erfüllen; dast ein dürchel sac.

Swer unrehter dinge gert,
den sol man lâzen ungewert.

Swer welle daz ich in gewer,
der sol ouch tuon des ich ger.

15 Bete ist worden âne scham,
so ist verzîhen reht alsam.

Im schadet keiner slahte kleit,
der ein reinez herze treit:
im frumet keiner slahte wât,
20 der ein valschez herze hât;
reinez herze und reiner muot
die sint in allen wæten guot.
funde ich veile solche wât,
dâ von der sêle würde rât
25 (ir solte ein elle tiure stân),
ich woltir eine spanne hûn.

Übrige schadet unde frumt:
113 den bœsen sie ze schaden kumt.

Mit frömde niemer wirt erkant
weder liute noch daz lant.

Frömder acker stuont ie baz
5 dan eigen sât; daz machet haz.

Swer ûf den lîp gevangen lît,
den dunket kurz ein langiu zît.

Swer merket waz er hât getân,
der lât mich sîne hulde hân.

10 Swer mit im selbe z'aller zît
vihtet, dast ein herter strît.

Möht ich mîn selbes meister sîn,
sô hete ich gar den willen mîn.
möht ich mir selbe widersagen,
15 sô müeste ich mînen rînt vertragen.

möht ich mir selbe ane gesigen,
ich hete mîn nôt gar überstigen.

Ich tuon mir selbe leides mê
dan al diu werlt; daz tuot mir wê.
20 mich lieze wol diu werlt genesen,
wolt ich mir selbe genædec wesen.

Des mannes unbescheidenheit
tuot im selben dicke leit.

Weme sol der wesen guot,
25 der an im selbe missetuot?

Swer sîn selbes vîent ist,
derst mîn friunt ze keiner frist.

114    Lât iu dise zît gevallen wol,
sît noch ein bœser komen sol.

Swaz hie âne triuwe ist,
daz wert dort deheine frist:
5 ez enwirt ouch niemer guot,
swaz man âne mâze tuot.

Swer kan behalten unde geben
ze rehte, der solt iemer leben.

Swer schône in sîner mâze kan
10 geleben, derst ein sælic man:
dâ bî mit spotte maneger lebt,
der ûz der mâze sêre strebt.

Maneger schallet z'éiner frist,
der iemer deste krenker ist.

15 Die *güsse* machent grôzen duz,
*und hânt dar nâch vil kleinen fluz.*

Daz mer ist tief unde naz,
doch büezet durst ein brunne baz.

Ein man den riemen snîden sol
20 nâch der hiute; daz stât wol;
machet ern riemen iht ze breit,
daz wirt im an der hiute leit.

Swer sîn golt an bare hût
spannet, dem ist ez alze trût.

25  Man sol vollen becher tragen
ebene, hœre ich dicke sagen.

Gelücke ist sinewel sam ein bal:
115  swer stîget, der sol vürhten val.

Ein man den nüschel kêret
als in daz weter lêret.

Der wân ist manegen liuten bî
5 · daz ir leben daz beste sî.

Ez dunket manegen tumben man
diu kunst diu beste, die er kan.

Betrogen ist ir aller muot,
die sich selben dunkent guot.

10  Swer zwei werc mit einander tuot
diu werdent beidiu selten guot.

Gedanke und ougen die sint snel,
gelücke daz ist sinewel.

Diu bant kan niemen vinden,
15 diu gedanke mugen binden:
man vât wol wîp unde man,
gedanke nieman vâhen kan.

Ezn sint niht [sô] dicker mûren drî,
ine gedæhte wol durch sî.

20  Ezn wart nie keiser alsô rîch
ichn sî im mit gedanken glîch.

Swaz mîn ouge reht ersiht,
daz weiz ich unde wæne es niht.
ich wæne maneges daz man seit,
25 unz ich ervar die wârheit.

Diu wârheit darf geziuges niht,
die man hœret grîfet unde siht.

116  Wænich unde Triuweswol
man zu den tôren haben sol.

Die liute kan ich ûzen spehen,
ich mac niht in ir herze sehen.

5 Brôt under spænen
erkenne ich âne wænen.

Wir leben al nâch wâne:
der sorge ist niemen âne.

Mich dunket, swâ ich eine bin,
10 ich habe tûsent manne sin:
und kum ich dâ die liute sint,
sô bin ich tumber danne ein kint.

Diu erde tûsent slahte birt,
der keinz gelîch dem andern wirt.

15 Der bluomen næme niemen war,
wærens alle gelîch gevar.

Vil manic schœne mensche gât,
daz doch ein bitter herze hât.

Mir ist ze manegen dingen gâch,
20 daz mich beriuwet schiere dernâch.

Unrehtiu gæhe schaden tuot:
reht gebîte diu ist guot.

Sich vergâht als schiere ein man
als er sich versûmen kan.

25 Swem gâch ist z'allen zîten,
der sol den esel rîten. .

Swaz seltsæn ist daz dunket guot,
117 sô manz den liuten tiure tuot.

Sô guotes ich niht erkenne,
mich verdrieze sîn etswenne.

Man mac aller hande spil
5 trîben unz sîn wirt ze vil.

Der sumer würde gar unmære,
ob er z'allen zîten wære.

Die âne sunnen müezen sîn,
den wære endanke des mânèn schîn.

10 Swem dicke herzeleit geschiht,
dem enwirret trûren niht:

swem nie herzeleit geschach,
dem ist trûren ungemach.

    Nâch trûren dunket frôude guot:
15 nâch frôuden wê daz trûren tuot.

    Nâch frôuden dicke trûren gât:
manc trûren frœlich ende hât.

    Ein ieglich dinc hât sîn zît:
leit nâch frôuden trûren gît.

20     Man sol bî frôuden wesen frô,
bi trûren trûrec, kumt ez sô.

    Frô mit ungeræte,
diu frôude ist unstæte.

    Bekumbertez herze
25 ist selten mit scherze.

    Swâ ein künne ûf stîget,
daz ander nider sîget.

118    · Ez dienet mâc nû mâge
ûf glîchen gelt der wâge.

    Sîn selbes schande er mêret,
der sîn geslehte unêret.

5     Swer heizez bech rüeret,
meil er dannen füeret.

    Swer sich ze kletten mischet,
unsanfte ers abe wischet.

    Nieman frumer mische sich
10 ze bœsen liuten, râte ich.

    Swer linden belzet ûf den dorn,
der hât ir beider reht verlorn.

    Diu klette·unde der hagendorn
diu tuont gæhen liuten zorn.

15     Diu geiz kratzet manege zît
von weiche, unz sî herte lît.
ern ist niht ein tumber man,
der senfte leben vertragen kan.

Swer niht sanfte kan geleben,
20 dem mac got wol unsenfte geben.

Wol im der dâ bûwet wol,
dâ er iemer leben sol.

Swer fliegen müge, der fliege alsô
weder ze nider noch ze hô.

25 Ez hœrt ein lûzenære
vil dicke leidiu mære.

Ein man sol stîgen in der jugent
119 von einer tugent zer andern tugent.

Niuwer dinge frôwet sich
ein ieglich man: sô tuon ouch ich.

Man frôut sich maneger niuwe,
5 diu schiere zergât mit riuwe.

Man siht vil selten wîssagen
in sîme lande krône tragen.

Ich geschach nie guoten bolz
âne vedern und âne holz.

10 Nieman ist sô wol geschehen
ern süle doch zer erden sehen;
wan er von erden ist genomen
und wider muoz ze erden komen.

Ein ieglich man vermîden muoz
15 den distel, gêt er barfuoz.

Wer ist nâhe oder verre,
dem niht arges werre?

Swaz ûf der erden frumes ist,
daz muoz fürhten mannes list:
20 so entuot dem manne niht herzeleit
daz bœste daz diu erde treit.

Der rîchen leben ist niht sô frî,
daz ez gar âne urliuge sî.

Kein urliuge als nâhe gât
25 als daz ein man dâ heime hât.

Swer vier urliuge samet hât,

der fride driu: dast mîn rât.
120 wil er in allen an gesigen,
er mac wol einhalp underligen.

Dehein schaft der ist sô lanc
ern sî sehs steben ze kranc.

5 Breite huoben werdent smal,
sô man si teilet mit der zal.

Unkrût wahset âne sât,
so eȝ schœnem korne missegât.

Swer niht baȝ gevaren mac,
10 der vert die naht und lât den tac.

Wir varn ie tageweide
ze liebe oder ze leide.

Ich weiȝ wol waȝ deme geschiht,
derȝ bœste merkt, daȝ beste niht.

15 Ich wæne kein unmâȝe sî
dâ ensî ein ander bî.

Nieman ist sô vollekomen
daȝ er dem wandel sî benomen:
ân wandel niemen mac gesîn,
20 deist an al der werlde schîn.

Ich wæne daȝ iht bettes sî
da'n sî ein bœsiu veder bî.

Manc dorn schœne bluomen birt,
des stechen doch vil sêre swirt.

25 Vil manic schœne bluome stât,
diu doch vil bitter wurzel hât.

Swelch wise ist gemeine,
121 der gras ist gerne kleine.

Swâ daȝ fiur ist bî dem strô,
daȝ brinnet lihte, kumt eȝ sô.

Schade schimpf ist dicke leit
5 und lasterlîchiu wârheit.

Swer sîn laster decken wil
mit mînem schaden, dast ze vil.

Swaz iu sî liep daz man iu tuo,
daz tuot ouch ir; daz hœrt dar zuo:
10 swaz iu sî von iemen leit,
daz tuot niht; daz ist sælikeit.

Dar umbe hât man bürge,
daz man die armen würge.

Swelch hûs mê wirte hât
15 dan éinen, daz hûs zergât.

Vil manic laster in vergât,
der sîne gebûre willic hât.
swer mit êren wil genesen,
der muoz mit sînen gebûren wesen.

20 Ez seit vil lîhte ein gebûr
vom andern, ist sîn trinken sûr.

Ich muoz hœren unde sehen,
und sol doch niemens laster spehen.

Maneger rüeget selbe sich
25 unde zîht es danne mich.

Ez sprechent gnuoge ir selber schaden:
die füeren daz si hânt geladen.

122 Swer vorschet nâch dem schaden mîn,
ich frâge ouch lîhte nâch dem sîn.

Ein gebûr seit von dem andern dicke,
und lît er in demselben stricke.

5 Swâ brinnet mîns gebûres want,
dâ fürhte ich mîner sâ zehant.

Den gebûren schadet, sind sie rîch,
wirt in der voget ze heimelîch.

Ein gebûr genuoc êren hât,
10 der vor in sîme dorfe gât.

Enhein man sô nâhe schirt
so der gebûr der hêrre wirt.
daz schern er wol billîche kan,
wan man ez ime vor hât getân;
15 arweiz bône und linse
setzet' er ê ze zinse.

Dar umbe sint gedanke frî,
daȝ diu werlt unmüeȝec sî.

Swer sich mit eiden fristet,
20 der hât mich überlistet.

Stæch ieclich eit als ein dorn,
irn würde niht sô vil gesworn.

Sô grôȝiu witze ist niemen bî
daȝ er wiȝȝe wier geschaffen sî.
25 nû seht in spiegel tûsent stunt,
ir werdent iu [selben] niemer kunt.
swer sich besiht in spiegelglase,
123     den dunket krump sîn selbes nase.

Swie dicke ein tôre in spiegel siht,
er kennet doch sîn selbes niht.

Erst tump der lieben sâmen
5 sæt in starke brâmen.

Swer berlîn schüttet für diu swîn,
diu mugen niht lange reine sîn.

Vil lîhte zerret sich der sac,
sô dar în niht mêr enmac.

10   Den dornzwî unde den sac
nieman wol versüenen mac.

Swer wol reit unde übele tuot,
der hât niht gar getriuwen muot.

Wir geloben got mit worten vil:
15 der werc man niht für bringen wil.
schœniu wort enhelfent niht,
sô man der werke niht ensiht.
des mannes werc erzeigent wol
wes man ime getrûwen sol.

20   Sich hebet manic grôȝer wint,
des regene doch vil kleine sint:
man hebet manege sache hô,
diu lîhte vellet in ein strô.

---

*123, 10 dornzwî für dornzûn hat Bezzerberger gebessert.*

nû merket, swer ze wil gedrôt,
25 den fürhtet nieman umbe ein brôt.

Swer fürhtet donres blicke,
der muoȥ erkomen dicke.

124     Ich wil armen wîssagen
selten mînen kumber klagen.

Swie man ze walde rüefet,
daȥ selbe er wider güofet.
5 ein minne d'andern suochet:
ein fluoch dem andern fluochet.

Ich missevalle manegem man,
der mir ouch niht gevallen kan.

Swer übele von dem andern reit,
10 des wirt im zwir unde mê geseit:
ob sîn ze guote wirt gedâht,
des wirt niht halbes z'ôren brâht.

Ich kan mit allen sinnen
mir selbe niht entrinnen.
15 ich entrünne gerne, wiste ich war:
nû bin ich mensche swar ich var.


Der hunger ist der beste koch,
der ie wart oder wirdet noch.

Swen hungert, ist er wæte blôȥ,
20 son wart nie siechtuom sô grôȥ.

Siechtuom unde spîse kranc
diu machent kurze wîle lanc.

Swer âne hunger eȥȥen sol,
dem wirt mit spîse selten wol.

125     Sô sateȥ kint niht eȥȥen mac,
sô bittert ime des honges smac:
swem aber wê der hunger tuot,
den dunket sûriu spîse guot.

5     Diu beste spîse, der beste tranc,
der süeȥe wert niht spannen lanc.

Manic spîse dar bekumt
daჳ si mê schadet dan si frumt.

Manic spîse ist alsô guot
10 so ein ander, diu eht sanfte tuot.

Vil dicke frô houbet stât
an satem bûche, swer den hât.

Erst tump, der sîner kinde brôt
den hunden gît in hungers nôt.

15 Swâ wîp mit varwe ist bezogen,
dâ wirt ein man lîhte an betrogen.

Ein kint næm ein gemâlet eï
für ander driu oder zwei.

Ich hân vil manegen man erkant,
20 der golt suochte und kupfer vant.

Manic houpt hât goldes schîn,
dem doch der zagel ist kūpferîn.

Obe silber, enmitten zin,
dâ gît ein stūcke deჳ ander hin.

126     Der koufman dran verliuset,
der glas für rubîn kiuset.

Swer eins hundes hût ersiht
für zobels balc, des ist doch niht.

5 Niemen kan gemachen
von baste scharlachen.

Wart ie kagel êlîch kint,
ime stief vater und muoter sint.

Swâ kunst ist âne bescheidenheit,
10 da ist verlorn arebeit;
êr âne guot ist deme gelîch,
sô sint ân êre genuoge rîch.
waჳ touc der slegel âne stil
sô man die blöcher spalten wil?
15 diu glocke muoჳ den klūpfel hân,
sol si grôჳen dôn begân:

ze redenne hilfet kunst noch list  
swer lam an der zungen ist.

Eʒ dunket mich ein tumber sin,  
20 swer wænt den oven übergin.

Vil dicke er schaden schouwet,  
der über sîn houbet houwet.

Sô übele nieman ist getân  
ern habe doch zer schœne wân.

25 Mich dunket niht daʒ iemen sül  
127 ze lange harpfen in der mül.

Swâ nüʒʒe schelnt diu kindelîn,  
dâ mac des lônes lîhte sîn.

 

Ein nagel den andern dringet  
5 unz ern von stete bringet:  
vil dicke. ein übel daʒ ander muoʒ,  
vertrîben: sus wirt beider buoʒ.

Unmære ist mir des obeʒes smac,  
dar an ich niht erwurchen mac.

10 Der gebûr dâ niht glückes hât,  
dâ der wagen für diu rinder gât.

Der wagen hât deheine stat,  
dâ wol stê daʒ fünfte rat.

Swer sleht, der sol umbe sehen  
15 waʒ im dâ wider müge geschehen;  
ich weiʒ wol daʒ niemen mac  
verbieten wol den widerslac.

Swer dem hengest rüert die frete,  
sô sleht er ûf an der stete.

20 Diu louge machet schœne wât  
unz daʒ si selbe trüebe stât.

Ich erkenne drîer slahte nôt,  
daʒ vierde daʒ ist fröuden tôt.  
in jugende kiusche daʒ tuot wê:  
128 milte in armuot trûret mê:  
swen hungert, ob erz eʒʒen lât,

so er vil gouter spîse hât,
und sînen vîent minnen sol:
5 disiu dinc tuont niht wol.

Des vogels fluc, des visches fluz,
des slangen sluf, des donres schuz,
und wie gerâten süln diu kint,
die strâze uns allen fremede sint.

10 Swaz wir noch frôuden hân gesehen
daz ist uns als ein troum geschehen.

Mîn herze in troume wunder siht,
daz nie geschach und niemer geschiht.

Ein ouge wolte ich gerne hân
15 am nacke, möhtez dâ gestân:
vil unzühte mir geschiht,
der mir sus geschæhe niht;
vil dicke ich gerne sæhe
waz hinder mir geschæhe.
20 ein geschoz daz man vor ersiht,
daz schadet lützel oder niht.

Swen des niht verdriuzet,
daz er vil geschiuzet,
er triffet eteswenne dez zil:
25 als ist dem der beten wil,
er mac got biten in der zît
daz er im sîne schulde vergît.

129     9     Wær ich in keisers æhte,
10 ob ich den für in bræhte,
der ouch sîn hulde hete verlorn,
sô würde dem keiser lîhte zorn:
würb ich dem umbe hulde,
sô mêrete sich sîn schulde.

17     Mîne sprüche die sint niht geladen
mit lügen sünde schande schaden:
in disen vier worten stât
20 al der werlde missetât.
swer an diu vieriu sprichet baz
dan ich, daz lâze ich âne haz.

Swer zwêne. wege welle gân,
der muoʒ lange schenkel hân.

25 ein ieglich tier von banden strebt,
daʒ gevangenlîche lebt.

Nû merket, swer gevangen ist,
130 der kêret allen sînen list
wie er ledic werden müge,
eʒ sî mit wârheit oder mit lüge.
ob ich gebunden wære,
5 und wær daʒ bant iht swære,
ich günde es eime ieglîchen wol,
. der binden und enbinden sol,
daʒ er mich enbünde,
ob er mich lœsen künde.

10 Biscolve und geistlich orden
die sint ze spotte worden.
solten alle flüeche kleben,
sô möhten lützel liute leben.

Eʒ ist manc wîp unde man
15 daʒ niht guotes reden kan
und kan von übeln dingen
wol sagen· unde singen.

Swaʒ übels und guotes wirt getân,
daʒ muoʒ in drin dingen ergân:
20 wille wort werc diu hânt pfliht
an guote und übele swaʒ geschiht.

Der hamer und der anebôʒ
hânt vil herten widerstôʒ.

Zwêne [glîche] herte steine
25 malent selten reine.

Des brunnen fluʒ wirt selten breit
dâ man daʒ waʒʒer in treit.

131 Swer tugent und êre wil begân,
der muoʒ vil guote sinne hân.

Ichn gæbe mînen frîen muot
umbe deheiner slahte guot.

5 Eʒ ist ein ungefüeger gast
eim armen wirte ein müelich last;
ist der wirt ouch unbescheiden,
daʒ mac geschaden in beiden.

An guoten wegen ümbe
10 enschadet kein krümbe.

Swen man vindet âne wer,
den überrite ein krankeʒ her:
funde ich âne wer ein lant,
daʒ twunge ich wol mit éiner hant.

15 Man rîtet ein werhaften man
in sîme zorne ungerne an.

Swer schône grüeʒet einen man,
deme er doch niht guotes gan,
der stilt sich hin zer helle,
20 swie ers niht wiʒʒen welle.

Vil dinges man vergiʒʒet,
des man sich tiure vermiʒʒet.

Beʒʒer ist zwir gemeʒʒen
dan z'éinem mâle vergeʒʒen.

25 Swer sich selbe solte
schepfen swie er wolte,
der vergæʒe maneger hantgetât,
132  der got niht vergeʒʒen hât.
eʒ dunket in ein grôʒer prîs,
swer sich schepft in sackes wîs:
sô hangent zwêne ermeln dran,
5 als eime handelôsen man.

Swaʒ geschehen sol daʒ geschiht:
des guoten volge ich, des übeln niht.
swerʒ rehte merken wolte,
eʒ geschiht vil des niht [geschehen] solte.

10 Swen brôt von weiʒe dunket kranc,
der mache beʒʒerʒ und hab danc.

Swer mich der dinge bæte,
diu ich doch gerne tæte,

der bete solte ich in gewern,
15 wolt er ir zühteclîchen gern.

Lûter wîn, rein unde guot,
der junget alter liute muot:
bœser wîn, trüeb unde kalt,
der machet schiere jugent alt.

20 Daz mer mac nieman überwaten
noch der werlde sich gesaten.

Mîn ouge maneger slahte siht,
des mich niht gluste, sæhe ichs niht:
des ich vil wol enbære,
25 ob ez mir fremde wære.

Vilkarc unde Samkarc
die solten teilen drî marc:
133 Vilkarc woltez bezzer hân,
Samkarc woltez ime niht lân;
der strît ist ungescheiden
under den kargen beiden.

5 Swer den liuten allen
wil gar wol gevallen,
armen unde rîchen
muoz er sich gelîchen,
den übeln und den guoten,
10 den trûregen und den fruoten;
wil er ir aller hulde han,
er muoz vil selten müezec stân.

Der tumben klôsterliute sin!
der strebt her ûz, der strebt hin in.

15 Der münche wolte ich einer sîn,
der für wazzer trinket wîn.

Die beteverte wæren guot,
verkêrten sie niht reinen muot
an manegem manne iemer mê,
20 der dar nâch bœser ist dan ê.

Swes man von êrste beginnet,
der muot dar sêre brinnet;

soʒ beginnet alten,
sô geræt eʒ [ouch] kalten.

25 Swer mâlen welle, entwerfe ê
und schouwe wie sîn bilde stê.

Als der sieche den gesunden labet
134 und der tôte den lebenden begrabet
und man verfluocht der Sælden kint
und segent die verfluochet sint,
sô sult ir wiʒʒen sunder strît
5 daʒ uns kumt des fluoches zît.


Vier grôziu dinc sint uns unkunt,
diu wir doch nennen manege stunt,
got engel sêle unde der wint;
swie heimlich sie den liuten sint,
10 son seit mir niemen âne wân
wies alliu vieriu sîn getân.

Daʒ kristen glouben niemen mac
ergründen, daʒ ist tôren slac.
aller menschen gedanc.
15 ist unserm glouben ze kranc.
swer ergründen wil die gotheit,
dern weiz ze jungest waʒ er seit.

Ich lâʒe mich niht berouben
mînes rehten glouben:
20 mich kan ouch nieman bringen
von guoten gedingen.

Die græste fröude die ich hân,
dast guot gedinge und lieber wân.
gedinge ist aller werlte trôst,
135 daʒ si von sorgen werde erlôst.

Gedinge fröwet manegen man
der doch nie herzeliep gewan.

Gedinge uns græʒer fröude gît
5 danne uns gebe diu sumerzît.

Swelch hêrre gerne liute siht,
so er ir darf und anders niht,

den hêrren sol man eine lân,
so er gerne liute wolte hân.

10    Swie die liute geschaffen sint,
wir sîn doch alle Adâmes kint.

Ein man sol mit den liuten wesen,
mit wolven niemen kan genesen.

*a* Möht ich mich anders niht ernern,
*b* ich wolte mich mit wolven wern.

Diu nezzel schiere wirt erkant,
15 swer si nimt in blôze hant.

Maneger mir die strâze wert,
die er doch gerne selbe vert.

Swer mir leidet guoten sin,
derst lützel wîser denne ich bin.

20    Zwîvel bûwet selten wol,
des ist manc acker distel vol.

Al diu werlt niht enkan
ze gnâden bringen einen man,
ern welle danne selbe dar;
25 verlorn ist ir bete gar.

*a* Niugerne grôzen schaden tuot,
*b* si velschet manegen stæten muot.

Ez machent leidiu mære
vil dicke herzeswære.

136    Diu bœsen mære werdent wît,
daz guote mære zehant gelît.
sô daz mære ie verrer fliuget,
sô man ez ie mê geliuget.

5    Ich sihe wol eines andern nac,
den mînen ich niht sehen mac.

Ezn gewan nie man sô herten muot
ern tæte doch etswenne guot.
Verstolniu wazzer süezer sint
10 dan offen wîn, des jehent diu kint.

Der lewe enfürht des mannes niht
wan sô ern hœrt und niht ensiht.

Der lewe niemer sol geklagen
ob in die hasen wellent jagen.

15 Wærn alliu tier gelîch gevar,
sô vürhte der lewe ir breite schar.


137  9 Dem wolve enzimt niht schâfes wât,
  10 wan er niht kiusches herzen hât.

Swâ der wolf ze hirte wirt,
dâ mite sint diu schâf verirt.

Swer den wolf nimt ze râtgeben,
daz gât den schâfen an daz leben.

15 Swâ der wolf gerihtes pflege,
dâ gên diu lember von dem wege.

Daz mac wol sîn ein heilic zît,
so der wolf den schâfen fride gît.

Swie dicke ein wolf gemünchet wirt,
2 diu schâf er drumbe niht verbirt.

a  Ein wolf was siech: do er genas,
b er was ein wolf als er ê was.

Swâ der wolf den boc bestât,
dâ weiz ich wol werz bezzer hât.

Swâ ich weiz des wolves zant,
dâ wil ich hüeten mîner hant,
25 daz er mich iht verwunde:
sîn bîzen swirt von grunde.


138    Swie man vert den hunden mite,
si hânt doch iemer hundes site.

Eins rindes schenkel næme ein hunt
für rôtes goldes tûsent pfunt.

5 Gienge ein hunt tûsent stunt
ze kirchen, er wær doch ein hunt.

Man sol streichen vârnden hunt,
daz er iht grîne z'aller stunt.

Manc hunt vil wol gebâret,
10 der doch der liute vâret.

Der. hunt cnizzet hôuwes niht
und grînt doch sô erz ezzen siht.

Daz zwêne hunde ein bein nagen
ân grînen, hœre ich selten sagen.

15 Bî hunden und bî katzen
was bîzen ie und kratzen.

Der hunt hât leder gezzen,
sô man dienstes wil vergezzen.

Der hovewart und der wint
20 selten guote friunde sint.


Als sich der fuhs mûsens schamt,
sô hæter gerne ein hœher amt,

Swer dem fuhse mûsen wert,
der hât in spîse gar behert.

25 Der fühse müeste minre sîn,
wæren ir zegele guldîn.

139 Swie der fuhs sî ein schalc,
in verrætet kele unde balc.

Swer fuhs mit fuhse vâhen sol,
der muoz ir stîge erkennen wol.

5 Der biber muoz vil hôhe geben
sîne geilen umb daz leben.


Swer sich kratzet mit dem bern,
dem muoz sîn hant vil dicke swern.

Des beren zorniger muot
10 im selben dicke schaden tuot.

Hât ein ohse rindes site,
da enist niht grôȝes wunders mite.

Kumt ein ohse in fremediu lant,
er wirt doch für ein rint erkant.

*a*    Man hât ein heime gezogen kint
*b* ze hove dicke für ein rint.

15    Der ohse kumberlîche lebt
dâ er wider dem garte strebt.

Swâ der ohse krône treit,
dâ hânt diu kelber werdekeit.

Swer lobet des snecken springen
20 und des gouches singen.
der kam nie dâ der lêbart spranc
noch dâ diu nahtegale sanc.

Ein esel mit dem ohsen streit
umb fuoge und umbe hübescheit:
140    swelch dem andern dô vertruoc,
der was doch ungefüege genuoc.


Swâ man den esel krœnet,
da ist daȝ lant gehœnet.

5    Vert iemer esel reise,
dast der distele freise.

Der esel gurret ûf den wân,
er wænet wol gesungen hân.

Esels stimme und gouches sanc
10 erkenne ich âne ir beider danc.

Der esel sleht unde viht,
so er den wolf von verre siht;
dast wunder daȝ er stille stât,
so eȝ im an sîn leben gât.

15    Der esel kleine vorhte hât
zes lewen kreiȝe, swâ der gât:
daȝn tuot er niht durch argen list
wan daȝ er alsô narreht ist.

Swâ ein esel den andern siht
20 vallen, dar enkumt er niht;
nû seht daz ist ein tumbez tier
und ist doch wîser danne wir.

Maneger wolde gerne sîn
ein esel oder ein eselîn,
25 daz man seite mære
wie wunderlîch er wære.


141 Swer den mûl wil frâgen
von sînen hœhsten mâgen,
sô nennet er ê den œhein
dan vater oder friunde dehein.


5 Sunder gallen ist daz rê:
ân nît ist lützel tiere mê.

Des varhes stimme ist griuwelîch;
hœrt sie der lewe, er birget sich.


Diu mûs hât bœse hôchgezît
10 die wîle si in der vallen lît.

Ez hât vil selten wîsiu mûs
den fuhs geladen heim ze hûs.

Diu mûs ungerne ziuhet kint
swâ si weiz dâ katzen sint.

15 Man siht vil selten rîchez hûs
âne diep und âne mûs.

Swâ junger miuse loufet vil,
dâ hebt diu katze gerne ir spil.


Der frosch gewinnet lîhte schaden,
20 wil er den storch ze hûse laden;
die wîsen kunnen wol verstân
waz ich tôre gesprochen hân.

Die frosche welten einen voget
der si vil dicke nôtzoget;
142   durch ir ebenhêre
gâbens alle ir êre
dem storche, der si hiute hât
und ders ouch niemer mê verlât.

5   Der krebz gât allez hinder sich
mit füezen vil; dast wunderlich.

Der esel und diu nahtegal
singent ungelîchen schal.
die nahtegal dicke müet
10   swâ ein esel od ohse lüet.

13   Der pfâwe diebes sliche hât,
tiuvels stimme und engels wât.

15   Sich badet diu krâ mit allem flîz
und kan doch niemer werden wîz.

Des raben stimme ich fliehen wil:
sîn âtem tœtet vederspil.

Die gîre fliegent dicke dar,
20   dâ si des âses nement war.

Ein agelster sprach (des ist lanc)
frou Tûbe, lêrt mich iuwern ganc.
143   diu tûbe sprach ich lêre iuch gân,
mugt ir die alten bicke lân.'
si gienge nâch oder vor,

si bicte ie beidenthalp inz hor.
5 swer schalkeit lernet in der jugent,
der enhât niht stæter tugent.


Karadrîus ein vogel ist,
des sinne gânt für mannes list.
den siechen den er ân gesiht,
10 dem enwirret schiere niht:
swelch sieche niht genesen kan,
den gesiht er niemer an.


Des valken dinc niht rîche stât,
swenn er zer spîse miusen gât.


15 Des gouches sanc ist niender wert
wan dâ man bezzers niht engert.

Swaz man den gouch gelêret,
sîn sanc er niht verkêret.

Dem gouche sprechen wir ein gouch;
20 nû hœret sîne schalkeit ouch,
die man hât von ime geseit:
swâ diu grasemücke eier leit,
und des der gouch wird gewar,
er gizzet ir ir eier gar
144 und birget er diu eier sîn
der tœrin in ir nestelîn:
der lât er si im dâ hüeten
und ân sîn helfe uz brüeten.
5 diz bîspel ûf den menschen gât,
der keine witze z'êren hât,
und aber ze bœser kündekeit
im al die sinne sint bereit.

Der gouch der ist ein schœne vogel,
10 und ist doch bœse und dar zuo gogel.


Diu rephüenr einander stelnt
ir eier (daz si sêre helnt)

und brüetens ûz als ir kint.
als si ze vogelen worden sint,
15 sô nements ir rehten muoter war,
swâ si die hœrnt und fliegent dar;
si lânt ir stiefmuoter frî
und sint ir rehten muoter bî.
als stilt der tiuvel manegen man
20 von sîner muoter, swie er kan;
diu muoter ist diu kristenheit
diu nieman trôst noch gnâde verseit.
diu muoter maneger lêret
daz er von sünden kêret.
25 sost der tiuvel betrogen,
und ist sîn rephuon hin geflogen.

145    Mit sîner ougen schîne der strûz
brüetet sîniu eier ûz.

    Ein vogel heizt pellicânus,
der ziuhet sîne jungen sus:
5 sîn herzebluot er in gît
ezzen, unz er tôt gelît.
der selbe vogel gelîchet ist
ûf den genædigen Krist,
der ouch den bittern tôt leit
10 durch sîniu kint, die kristenheit.


    Nie man sô hôhen muot getruoc,
ern hete an éime wîbe genuoc.
sô wilz der hane bezzer hân,
dem sint zwelf hennen undertân.
15 daz er der zwelfer meister ist,
daz gât für Salomônes list;
doch wær sîn êre niht sô grôz,
hete er einen hûsgenôz.


    Mich dunket er sî iuweln slaht,
20 swer für den tac nimt die naht.

E{ ist den vogeln ein grô{er brest,
elliu jâr ein niuwe nest.

*a*   Man sihet bi dem neste wol
*b*  wie man den vogel loben sol.


Diu fliege ist, wirt der sumer hei{,
der küenste vogel den ich wei{.

146    Fliegen, flœhe, des tiuvels nît
die müent die liute z'aller zît.

'Dem lewen wolte ich fride geben,
lie{en mich die flœhe leben.

5   Diu mücke muo{ sich sêre müen,
wil si den ohsen überlüen.

Der bremen hôchgezît zergât
sô der ougest ende hât.

Die kevern fliegen unbedâht,
10 des vellet maneger in ein bâht.

Der kever sich selbe triuget,
swenner ze hôhe fliuget.


Ein smerl ist be{{er ûf den tisch
dann in dem wâge ein grô{er visch.


15 Swer den slangen blecken lêret,
von rehte er in versêret:
ze rehte e{ ûf in selben gât,
der dem andern rætet valschen rât.


Swem gæhes boten nôt geschiht,
20 der endarf des snecken niht.

Der snecke unde der regenwurm
die hebent vil selten grô{en sturm.

147    Man minnet schatz nu mêre
dan got lîp sêle und êre.

   Swer mit schatze umbe gât,
der tuot der armen lîhten rât.

5    Minne schatz und grôz gewin
verkêret guoter liute sin.

   Swâ schatz wider schatze broget,
der machet lîhte rîchen voget.

   Begraben schatz, verborgen sin,
10 dâ hât nieman von gewin.

   Des menschen herze ist z'aller zît
swâ sîn schatz verborgen lît.

   Des hordes samenære
sint selten miteteilære.

15    Dem horter wirt sîns hordes niht
wan daz ern weiz unde siht.

   Pfennincsalbe wunder tuot,
si weichet manegen herten muot.

   Hete der wolf pfenninge,
20 er funde guot gedinge.

   Man lieze diebe und wolve leben,
möhtens guot mit vollen geben.

a    Man sol phenninge rehte gern,
b die liute mugen ir niht enbern.

   Swer den pfenninc liep hât
ze rehte, dast niht missetât;
25 nû minnet man den pfenninc
148    für elliu werltlîchiu dinc.

   Er enist niht vollen karc,
swer nimt den pfenninc für die marc.

[VON ROME.]

   Alles schatzes flüzze gânt
5 ze Rôme, daz si dâ bestânt,
und kan doch niemer werden vol;

deist ein unsæligeʒ hol.
ouch koment alle sünde dar,
die nimet man den liuten gar,
10 und swâ si die behalten,
des muoʒ gelücke walten.

Swer Rômer site rehte ersiht,
der beʒʒert sînen glouben niht.

Rœmesch *sent* und sîn gebot
15 deist pfaffen unde leien spot.
æhte ban gehôrsame
die brichet man nû âne schame.
got gebe eʒ uns ze heile,
benne sint wol veile.
20 swer ouch valscher eide gert,
der vindet ir guotiu pfennincwert.

· Wâ sint si nû, der Rôme ê was?
ûf ir palasen wahset gras.
dâ nemen die fürsten bilde bî
25 wie stæte ir lop nâch tôde sî.

-149    Rôme twanc ê mit ir kraft
aller hêrren hêrschaft:
nû sint si schalken undertân;
daʒ hât got durch ir valsch getân.

5    Sant Pêter kam an eine stat
da in ein lamer almuosen bat.
nû hœret wie sant Pêter sprach,
do er den lamen ligen sach.
'silber golt ist ist fremede mir,
10 daʒ ich habe daʒ gibe ich dir.'
alsô gap er ime ze stunt:
er sprach 'stant ûf und wis gesunt.
gæbe noch der bâbest sô,
diu kristenheit wær alliu frô.

*a*    Ich hœre an dem buoche lesen
*b*  der bâbst sül lebende heilic wesen,
*c*  oder swie der bâbest werbe,
*d*  er sî heilic sô er sterbe.

*e* kumt nie kein bâbst zer helle,
ƒ sô tuo er swaʒ er welle.

15 Man giht vil daʒ der bâbest tuo,
da'n hœrt niht sprechennes zuo.
ob der bâbest danne ein mensche ist,
son hilfet kunst gewalt noch list
ern müeʒe ouch menneschlîche leben.
20 er mac uns guotiu bilde geben
und bœsiu bilde dar zuo;
got gebe daʒ erʒ beste tuo!

Daʒ der bâbest niht gesünden müge,
swer des giht, daʒ ist ein lüge.
25 der bâbest hât gewaltes vil,
doch mac er sünden, ob er wil.

Vil maneger hin ze Rôme vert,
150 der roup dar und dannen zert,
und giht der bâbst hab im vergeben
swaʒ er gesündet habe sîn leben:
und swem er schaden habe getân,
5 des hab' er in alles ledec gelân.
swer daʒ spricht der ist betrogen
und hât den bâbest an gelogen.

Dem bâbest anders niht enzimt
wan daʒ er sünden buoʒe nimt;
14 er mac dem riuwære
wol senften sîne swære.
alle ablâʒe ligent nider,
man gelte dann und gebe wider.
nâch gnâden und nâch minnen,
15 sus sol man suone gewinnen.

Swer mich der schulde möhte erlân,
die ich eim andern hân getân,
den wolte ich suochen über mer
âne swert und âne wer.

20 Sünde niemañ mac vergeben
wan got alein; dar sule wir streben.
diu gnâde eim esele wol gezimt,

daʒ er eim ohsen sünde nimt.
der abláʒ dunket tôren guot,
25 den ein gouch dem andern tuot.

Merbote und ander wirte,
gebûre unde hirte
151 die vergebent alle sünde dâ;
diu gnâde ist niender anderswâ.

Möhte mich der bâbst erlœsen wol,
ob ich eim andern gelten sol,
5 sô wolte ich alle bürgen lân
und wolt mich an den bâbest hân.

Der bâbest hete ein schœne leben,
möhte er schult ân riuwe vergeben,
sô solte man in steinen,
10 ob er der kristen éinen
oder deheiner muoter barn
lieʒe hin zer helle varn;
swer des giht, der hât gelogen.
ze Rôme maneger wirt betrogen.

15 Hete ein man mit sîner hant
verbrennet liute und drîʒec lant,
den gewalt hât der bâbest wol,
swaʒ buoʒe er drumbe lîden sol,
daʒ´ern der buoʒe wol erlât,
20 ob er die ganzen riuwe hât.

Swer lebet in des bâbsts gebote,
derst sünden ledic hin ze gote.

Der bâbest ist ein irdesch got
und ist doch dicke der Rômer spot.
25 ze Rôme ist 's bâbstes êre kranc,
über´fremediu lant gât sîn getwanc.
sîn hof vil dicke wüeste stât,
152 swenner niht fremeder tôren hât.

Swenn alle krümbe werdent sleht,
sô vindet man ze Rôme reht.
Rôme ist ein geleite
5 aller trügenheite.

die heilgen sol man suochen dâ,
guot bilde suochet anderswâ.

*a*  Ûf die stîge und ûf die stege,
*b* ûf die strâze und ûf die wege
*c* sô hât rœmesch gîtekeit
*d* vil manegen angel hin geleit.

Der bâbest sol ze rehte wegen
beide fluoch unde segen.
sîn swert snîdet deste baz,
sleht erz durch reht und âne haz.

Zwei swert in éiner scheide
. verderbent lîhte beide;
als der bâbst des rîches gert,
15 sô verderbent beidiu swert.

Daz netze kam ze Rôme nie,
dâ mite sant Pêter vische vie;
daz netze im nû versmâhet.
rœmesch netze vâhet
20 golt silber bürge unt lant;
daz was sant Pêter unbekant.

Sant Pêter was ze rehte ein degen,
den hiez got sîner schâfe pflegen:
er hiez in niht schâf beschern;
25 nû wil man schernes niht enbern.

Unreht ist ze Rôme erhaben,
reht gerihte ist abe geschaben.

153  Der bâbest sol des êre hân,
vor im niemer wirt getân
dehein unreht urteile.
der hof hât manegez veile,
5 des der bâbest niht engert.
ze Rôme ist dicke miete wert:
ze Rôme ist alles rehtes kraft
und alles valsches meisterschaft.

Rœmesch hof engert niht mê
10 wan daz diu werlt mit werren stê.

sin ruochent wer diu schâf beschirt,
daz eht in diu wolle wirt.

Beschorniu schâf sint niender wert
dâ man guoter wollen gert.

15 Des bâbstes êre ist manicvalt.
niender wære der gewalt
der dâ ze Rôme ist, anderswâ:
unreht enwære grœzer dâ.
læge Rôme in tiuschen landen,
20 diu kristen würde ze schanden.
maneger klagt waz im hie geschiht,
man enliez ime [hie] hâres niht.

Swaz dâ ze Rôme veiles ist
dâ siht man manegen valschen list.

a Swaz verstât in Rômer hant,
b lîhter lœst man juden pfant.

25 Wîp und pfaffen lebent dâ wol,
diu zwei nieman schelten sol:
der zweier zuht ist grœzer dâ
154 dan ich wizze iender anderswâ,
a âne zuo Messîne eine,
b dâ sint wîp kiusche und reine.

Swaz ze Rôme valsches ist,
daz gelobe ich niht ze langer frist:
swaz ich dâ guotes hân gesehen,
5 dem wil ich iemer lobes jehen.

Ze Rôme ist manic valscher list,
dar an der bâbst unschuldic ist.

Ze Rôme vert manc tûsent man
die der bâbest niht beschirmen kan,
10 sin werden her und dar gezogen,
dâ si an der sêle werdent betrogen
und dar nâch an dem guote;
dast ûz des bâbstes huote.
der bâbst dâ niht erwenden mac

15 stelen rouben naht unt tac.
swie vil dâ tôren leides geschiht,
eʒu lânt die andern drumbe niht.

[VON AKERS.]

Ich hân vil maneges wunsch vernomen,
der sprach ʽwære ich z'Akers komen
20 daʒ ich gesæhe deʒ reine lant,
ichn ruochte stürbe ich al zehant.ʼ
der sihe ich genuoc vil gerne leben
und heim ze lande sêre streben.

Die nâch uns suln her über varn,
25 den râte ich daʒ si sich bewarn.
155 an wehsele und an koufe
nemeu wir dêrsten stroufe.

Akers gar verslunden hât
silber golt ros unde wât
5 und swaʒ geleisten mac der man;
niht in des enpfliehen kan.
nû spottens unser ʒ'aller zît:
si sprechent ʽaleiz unde rît
in dîn lant hin über mer.ʼ
10 und kæmen z'Akers drîʒec her,
die funden als wir funden hân:
si tuont in als si uns hânt getân.

Ze Rôme und z'Akers ist ein sluoc
der iemer tôren hât genuoc.
15 sie hânt in kurzen stunden
schatzes sô vil verslunden
daʒ mich des iemer wunder hât,
daʒ er niht für diu hiuser gât.

Sît Akers niht wil erwinden,
20 sô ist beʒʒer schern dan schinden.
swer dannen bringet die hût,
der mac wol singen über lût.

Akers diu ist sühte rîch,
der tôt ist dâ sô heimelîch,

25 und stürben tûsent alle tage,
da enhôrte nieman lange klage.
diu êrste frâge die man tuot

156 nâch tôde 'hêrre, wa ist daʒ guot?'
sus nimt ir klage ein ende;
got schiere uns daʒ sende.
swer ungerne lange lebe,
5 dem râte ich daʒ er z'Akers strebe.

Kristen unde heiden
sint z'Akers ungescheiden:
aller bilgerîne kraft
scheidet niht ir gevaterschaft.
10 beide alten unde jungen
sprechent heidenische zungen.
in ist ein heiden lieber bî
dan zwêne kristen oder drî;
dâ von ist niht ein wunder,
15 slahents valsch dar under.

Z'Akers ist mir wol erkant
spîse luft liute unt lant;  ·
diu sint den Tiuschen dâ gehaʒ.
sô slîchet maneger über daʒ
20 zem frîthof, derst ein sælic wirt
dem manic gast ze teile wirt;
der tuot dâ [z'Akers] daʒ beste,
er enpfâhet alle geste.
z'Akers ist des tôdes grunt:
25 da ist niuwan tôt und ungesunt;
und stürben hundert tûsent dâ,
man klagete ein esel mê anderswâ.

157 Z'Akers sint verkêrtiu leben:
hât in diu der bâbst gegeben
ze buoʒe für ir missetât,
sô mac ouch Jûdas werden rât.

5 Z'Akers sint ungetriuwe kint:
ein her, des hundert tûsent sint,
daʒ ist schierre verkoufet dâ
dan zehen ohsen anderswâ.

Der bû den man ze Jaffe tuot,
10 der ist für heiden harte guot:
ern hilfet für die kristen niht,
die mit den heiden hânt gepfliht.
des landes helfe erzeiget wol
wes man in getrûwen sol;
15 und solte ez nâch ir willen gân,
der bû wær iemer ungetân.

Daz kriuce man für sünde gap
z'erlœsen daz vil hêre grap:
daz wil man nû mit banne wern.
20 wie sol man nû die sêle ernern?

Dehein ban vor gote verrer gât
wan als des mannes schulde stât.
gehôrsam ist alleine guot
die wîle der meister rehte tuot:
25 wil der meister ieman twingen
von gote z'unrehten dingen,
dâ sol man den meister lân
158 und sol dem rehten bî gestân.

Der ban sî krump oder sleht,
man sol in fürhten; daz ist reht.

Dem keiser wol gezæme
5 dazz rûnen ende næme,
daz er unde der soldân
nû lange hânt getân.
ob daz âne hôhen rât
z'êren und ze fröude ergât,
10 deist ein wunderlîch geschiht,
und gloubent des doch tôren niht:
ich hœre ouch wîse liute jehen
sin gloubens niht ê sie ez sehen.

Vilkarc unde Samkarc
15 solten teilen drî marc:
Vilkarc woltez bezzer hân,
Samkarc woltez ime niht lân;
der strît ist ungescheiden
under den kargen beiden.

20 der keiser und der soldân
hânt dem gelîch getân.

Wâ gefuor ê keiser über mer
im banne und âne fürsten her?
und ist nû komen in ein lant
25 dâ got noch man nie triuwe vant:
und hât nû manegen widerbot,
daz muoz got scheiden âne spot.

159　　Ichn ruochte wiez geschæhe,
daz ich daz heilic grap gesæhe:
so füere ich z'Akers in die stat,
dâ würde ich guoter spîse sat.
5 swelch schif mir z'êrste kæme,
daz wære mir genæme.
swaz man sô lange hât geseit
von disem lande, dast mir leit.
ez sî nû wâr oder gelogen,
10 si hânt manegen zuc gezogen.
ich füere gerne über mer
und schihte her wider ein ander her:
ich selbe wolte her wider niht
durch die untriwe diu hie geschiht.

15 Waz mac ein keiser schaffen,
sît [kristen] heiden unde pfaffen
strîtent gnuoge wider in?
dâ verdürbe Salomônes sin.
dem lande ist untriuwe an geborn,
20 des hânt *die lantliut ouch**) gesworn
daz si daz iemer stæten
mit ungetriuwen ræten.
untriuwe hôchvart unde nît
ze Surje selten gelît.
25 wirt des keisers kraft rehte erkant,
die müezen fürhten elliu lant:
*sin***) êre muoz hie stîgen
160　　oder sêre nider sîgen.

---

*) 159, 20 *des hânt dâ lant und liut gesworn?*
**) 159, 27 *s' rîches?*

Swaʒ der keiser hie begât
âne genuoger liute rât,
dast ir helfe und ouch ir sin
5 wes si getürren wider in.       ·

Gein Akers ist manc her komen,
von den ich allen hân vernomen
daʒ sie alsô verdurben
daʒ sie nie êre erwurben.
10 der ban und manic kristen
mit vil manegen listen
wolten siʒ erwendet hân,
nû hât doch got sîn êre getân.
daʒ sünder suln daʒ grap gesehen,
15 daʒ muoz nu âne ir danc geschehen.
got und der keiser hânt erlôst
ein grap, dast aller kristen trôst.
sît er daʒ beste hât getân,
sô sol man in ûʒ banne lân;
20 desn wellent Rômer lîhte niht.
swaʒ âne ir urloup guotes geschiht,
dem wellents keiner stæte jehen;
nû ist daʒ âne ir danc geschehen.
alle sünder sprechent wol dar zuo.
25 daʒ den fride ieman widertuo
von Rôme, mac uns niht geschehen.
græʒer êre [wolten] wir si jehen,
161 die in den landen müeʒen wesen
und des landes müeʒen genesen,
daʒ si enwolten 's vrides niht.
waʒ obe ein wunder noch geschiht
5 daʒ in ir hôchvart wirt benomen?
untriwe in muoʒ ze helfe komen.

Got die stat erlœset hât,
an der des glouben frôude stât.
waʒ bedurfen sünder mêre
10 wan 'ʒ grap und kriuces êre?

Wæren dem keiser die gestanden
die ime sîn êre wanden,

daz grap und alliu disiu lant
diu stüenden gar in sîner hant,
15 Nazarêt und Bethlehêm,
der Jordân und Jerusalêm,
dar zuo manic heilic stat,
dâ got mit sînen füezen trat:
Surje und Jûdêâ,
20 vil schœnes landes anderswâ.
die strâze uns alle offen stânt,
die zuo den hêren steten gânt.

Den Walhen an ir herze gât
daz sich der keiser niht enlât
25 verkoufen alse manic her
diu hie verdurben âne wer.

  Swer liute hât unde guot
162  und sich durch got der abe tuot,
getuot dar ieman valschen rât,
dast ein grôziu missetât.

Der ban der hât krefte niht,
5 der durch vîentschaft geschiht.
der dem glouben schaden tuot,
der ban wirdet niemer guot.

Akers hât verbannen
kezzel unde pfannen,
10 gesoten unde gebrâten;
nû müeze uns got berâten.

Des gelouben meister wellen toben.
got hêrre, wâ sol man dich loben,
sît dîn stat verbannen ist,
15 drinne dû, hêrre unde Krist,
würde gemartert und begraben?
dîns glouben êre ist abe geschaben,
sündern ist ir trôst benomen;
wâ sol man [nû] sünden z'ende komen?
20 des zwîvelt al diu kristenheit,
got hêrre, lâ dir wesen leit
daz nieman mac beschœnen.
der ban wil gehœnen

daʒ grap und al die kristenheit;
25 des wirt der ungeloube breit.

Ich sach daʒ man Kristes lant
ân offenlîche wer dâ vant.
163 dô man'ʒ gewinnen solte,
nieman'ʒ dô weren wolte.
der tiuvel hât daʒ lant ernert,
sît eʒ dô nieman hât erwert.
5 daʒ sîn niht mêre ertwungen ist,
daʒ understuont des tiuvels list.
swer schuldic sî daʒ rihte got
daʒ wir dâ sîn der Walhe spot:
und möhten tiusche liute
10 daʒ lant gewinnen hiute,
die Walhe sint in sô gehaʒ,
si gunnens [den] heiden michels baʒ.

Swer siech und arm ze Akers vert,
dem wirt vil lîhte dâ beschert
15 ein hûs von siben fűeʒen;
dâ kan man sűhte bűeʒen.

Für sünde nie niht senfter wart
dan über mer ein reiniu vart.
swer niemerʒ hêre grap gesiht,
20 sîn lôn ist deste minre niht.
swer mit rehter andâht
daʒ kriuce hât hin über brâht,
der sol von sünden ledic sîn;
daʒ ist der geloube mîn.

25 Akers ist des lîbes rôst
und doch dâ bî der sêle trôst.
164 des sult ir âne zwîvel wesen,
swer dâ [rehte] stirbet, derst genesen.


Daʒ ergste lit daʒ iemen treit,
daʒ ist diu zunge, sô man seit.

5 Diu zunge reizet manegen strît
und dicke lange wernden nît.

Swaz wir noch übels hân vernomen,
dast meistic von der zungen komen.

Diu zunge reizet manegen zorn,
10 dâ lîp und sêl mit wirt verlorn.

Ez hânt die übeln zungen
die guoten ûz gedrungen.

Diu zunge füeget manege nôt,
diu nieman endet wan der tôt.

15 Diu zunge manegen schendet:
si stümbelt unde blendet.

Diu zunge diu enhât kein bein
und brichet doch bein unde stein.

Diu zunge stœret liut und lant
20 und stiftet mort roup unde brant.

Von der zungen meistic vart
daz sô maneger meineit swert.

Swer eine übele zungen hât,
der füeget manege missetât.

165 Diu zunge triuwe scheidet
daz liep liebe leidet.

Diu zunge manegen unêret:
diu zunge reht verkêret.

5 Von der zungen daz ergienc
daz Krist an dem kriuce hienc.

Von der zungen dicke kumt
daz beide schadet unde frumt.

Ze êren wart nie bezzer list
10 dan der der zungen meister ist.

Diu zunge diu hât meistic pfliht
an guote und übele swaz geschiht.

Swâ diu zunge rehte tuot,
dâ enist kein lit sô guot.

15 Diu übele zunge scheiden kan
liebez wîp und lieben man.

Diu übele zunge ist ein vergift,
daz seit Davît an der schrift.

Manc zunge müeste kurzer sîn,
20 stüende ez an dem willen mîn.


Liegen triegen ist ein site
dem vil der werlte volget mite.

Liegen triegen dicke gât
mit fürsten an des rîches rât.

166 Liegen triegen sint sô wert
daz man ir z'allen koufen gert.

Liegens triegens ist sô vil,
daz man'z ze rehte haben wil.

25 Liegen triegen werder sint
ze hove dan der fürsten kint.

Liegen triegen hânt den prîs,
âne si dunket niemen wîs.

Liegen triegen hânt ir fuoz
10 gesatzt daz man in volgen muoz,

Liegen triegen tuont sô wol
daz ir ist al diu werlt vol.

Liegen triegen sînt bereit
ze velschen al die kristenheit.

15 Liegen triegen ist ein list
der wert vor allen listen ist.

Liegen triegen hânt die kraft,
si druckent alle meisterschaft.

Liegen triegen hânt gesiget
20 daz man nihts sô sêre pfliget.

Liegen triegen noch begât
daz sich zem andern niemen lât.

Liegen triegen füegent daz,
daz vater dem kinde wirt gehaz.

25 Liegen triegen swer diu kan,
den lobt man z'eime wîsen man.

Liegen triegen ist ein amt
167     des sich lützel hêrren schamt.

Liegen triegen got verbôt;
dâ von sint si der sêle tôt.

Liegen triegen noch bejagent
5 daz sie ze Rôme krône tragent.

Liegen triegen ist ein dorn
dâ von uns kumet gotes zorn.

Liegen triegen ist mîn klage,
dar umbe schilt ichs alle tage.

10     Liegen triegen lobe ich niht,
wan niemen guot von in geschiht.

Liegen triegen hazzet got;
swerz tuot der brichet sîn gebot.

Liegen triegen hânt daz heil,
15 sie hânt an allem lebenne teil.

Liegen triegen hânt daz reht,
sie machent krump mit worten sleht.

Liegen triegen sint sô grôz,
sie hœhent manegen ungenôz.

20     Liegen triegen sint sô kare,
sie machent von dem pfunde ein marc.

Liegen triegen ist ein schilt
dâ mit man manege schande hilt.

Liegen triegen ist ein bote
25 z'allen hêrren wan ze gote.

Liegen triegen sêre schadent,
die sêle si mit sünden ladent.

168     Liegen triegen swer diu lobet,
ir sult wizzen daz der tobet.

Liegen triegen hânt den strît
behalten in al der werlde wît.

5     Liegen triegen sint sô liep,
si machent manegen rîchen diep.

Liegen triegen sint zwei dinc,
si velschent manegen jungelinc.

Liegen triegen ist ein trôst,
10 der manegen setzet ûf den rôst.

Liegen triegen dringent für
ze bâbstes und ze keisers tûr.

Liegen triegen ist ein pfluoc,
der hât ackerliute genuoc.

15 Liegen triegen ist ein val,
des hât der tiuvel grôȥen schal.

. Liegen triegen sint sô trût,
man pfliget ir stille und über lût.

Liegen triegen rûement sich,
20 si erkenne der bâbest baȥ dan ich.

Liegen triegen manegen nert,
der doch bî den guoten vert.

Liegen triegen sint sô alt,
des ist ir kunst sô manicvalt.

25 Liegen triegen hânt die schar, .
in volgent nâch die liute gar.

Liegen triegen ist ein hac,
169 wol im der in vermîden mac.

Liegen triegen hânt den sin,
si ziehent liute vil nâch in.

Liegen triegen ist ein slac
5 der wert unz an den suones tac.


Swer wil umb êre liegen,
dern sol niht friunt betriegen:
eȥ schadet lüge sêre
und hilfet valscher êre.

10 Swer sô vil geliuget
und sô vil getriuget
daȥ man im niht geloubet,
des êre ist gar beroubet.

Nieman kan betriegen
15 den andern âne liegen.

Den nieman kan betriegen,
dem sol ouch nieman liegen.
swie dicke gote wirt gelogen,
er ist doch iemer unbetrogen.

*a*  Ich lêre wol einen man
*b* der wil lernen und ouch kan
*c* wie er lügen walte
*d* und doch die sêle behalte,
*e* und sage ime ouch dâ bî
*f* daz ime vil bezzer sî
*g* bescheidenlîche gelogen,
*h* dan mit der wârheit betrogen.
*i* ich lüge gerne deran
*k* daz ez keinem frumen man
*l* an lîp noch êre solde gân;
*m* daz wolde ich gerne understân
*n* mit mînen lügelisten:
*o* daz wolde ich gerne fristen.

20  Wer ist der der nie gelouc
und den nie lüge betrouc?

Ein man wol al die werlt betrüge,
wolde man glouben sîner lüge.

Man vert mit lügen durch daz lant,
25 her wider niht, wirt man bekant.

Wolde Krist gelogen hân,
170   die juden heten im niht getân.

Swer hiute seit die wârheit,
daz ist den lügenæren leit.

Swie unschuldic ist ein man,
5 man mac in dannoch liegen an.

Ez lachet dicke unschuldic man,
swenne man in liuget an.

Seit mir ein lügenære vil,
des gloube ich swie vil ich wil.

10 Ich gloube niht daz ieman müge
die wârheit machen z'einer lüge
od lüge z'einer wârheit,
ob mirz der bâbest selbe seit.

Funde ich veile einen huot
15 der für lüge wære guot,
und einen schilt für schelten,
die wolte ich tiure gelten.
het ich ein hûs für ungemach,
dem lieze ich selten fûlen 'z dach:
20 und einen turn für trûren,
den wolte ich hôhe mûren:
[und] für alter eine salben,
die striche ich allenthalben.
het ich für den tôt ein swert,
25 daz wære tûsent marke wert:
und für arger liute unkust
ein widerschiezend armbrust:
171 daz künde [mir] nieman gelten
und kæme ouch von mir selten.

Ein ieglich man ze schirme hât
lüge für sîne missetât.

5 Swer setzet ungewissiu pfant,
der muoz liegen sâ zehant.

Der schilt wert dekeine frist,
der für lüge gemachet ist.

Koste ein lüge ein kölnisch pfunt,
10 man lüge niht sô manege stunt.

Swer sich koufes wil begân,
der muoz sîn wâr sagen lân.
mich dunket niht daz ieman müge
vil verkoufen âne lüge.
15 ze market lützel iemen gât,
wan des muot ze triegen stât.
swer koufes pfligt, daz dunket mich
er triege ê er lâz triegen sich.

Swer koufen und verkoufen wil,
20 der gewinnet gerne an beiden vil.

Eʒn wart nie man sô wol gezogen
im enwære leit, wurd er betrogen.

Liegen scheidet friunde vil,
swâ man lügen glouben wil.

25 Swenne ich gerne liegen wil,
sô mache ich süeʒer rede vil.

Ich hôrte ie süeʒer rede genuoc,
172 diu eiter in dem zagel truoc.

Mir hât manic man gelogen
und wænt er habe mich betrogen,
den ich ouch künde betriegen,
5 wolte ich hin wider liegen.

a Man mac vil liute triegen
b mit gelübde und mit liegen.

Swenne nû kumt diu frist
daʒ dirre werlde ein ende ist,
sô mac ouch ûf der erden
liegens und triegens ende werden.

10 Wir hân lange daʒ vernomen
daʒ der Endekrist sol komen
vor dem jungesten urteile
ze guote und zuo unheile.

Bringet der Endekrist uns schatz,
15 er gewinnet kleinen widersatz.
dem glouben maneger widerseit
durch des schatzes gîtekeit.
kumt er her in tiuschiu lant,
manc hêrre biutet im die hant.

20 Mit hôchvart kumt der Endekrist
der aller sünden meister ist.
er wil got unde keiser wesen;
nieman guoter mac genesen.

Mit disen drin dingen

173    wil er die werlt twingen,
deist marter zouber unde schatz;
er vindet kleinen widersatz.
den fürsten gît er alse vil
5 daz si geloubent swaz er wil:
mit zouber er manic wunder tuot:
sus verkêrt er armer liute muot.
die rehten lîdent grôze nôt,
der wirt ouch vil gemarterôt.
10 der wâre Krist kam niht alsô,
ân hôchvart unde âne drô
kam er durch sîne güete
mit grôzer dêmüete:
mit gewalt er niemen twanc
15 zem glouben über sînen danc:
ern gap ouch nieman schatzes hort:
er lêrte uns götelîchiu wort.
Krist gap uns z'allen tugenden rât
und verbôt uns alle missetât:
20 mit zouber nieman er betrouc:
er ist got der nie gelouc.
swes lêre iu baz gevalle,
dem sult ir volgen alle.

174 25 Gotes gebot er brichet,
175 der übel mit übele richet.

Adâm solt éines gebotes pflegen,
daz selbe liez er under wegen:
nû suln wir leisten zehen gebot,
5 und sîn doch brœder, weiz got,
dan Adâm dô wære,
do im éin gebot was swære.

Ob ein man allez daz begât,
daz im got geboten hât,
10 dannoch sol er angest hân
wie ez sîn genâde welle verstân.

Got tet wol daz er verbôt
daz nieman weiz sîn selbes tôt:
wan wisten in die liute gar,
15 der tanz gewünne kleine schar.

Anevanc und ende
stênt in gotes hende.

Ez ist ein nôt daz niemen mac
dem tôde entrinnen éinen tac.
20 [daz solten wir nû sehen an
und got deste baz vor ougen hân.]

Wirn mugen mit keinen sinnen
dem tôde niht entrinnen.

Swie die liute wurben,
176 si sorgeten unz si sturben:
nnd swie si noch gewerbent,
si sorgent unz si sterbent.

.Swenne ich sterben lerne,
5 daz tuon ich niemer gerne:
die wîle ich iemer mac geleben
sô wil ich wider den tôt streben.

Swaz ich her gelebet hân,
daz dunket mich gar missetân.
10 ein lützel mir gevellet wol
daz ich noch geleben sol.
mich trôst der tac von morne mê
dan swaz ich hân gelebet ê.

Ein valscher trôst ist uns gegeben,
15 wir wænen alle lange leben.

Edele zuht schœne unt jugent,
witze rîcheit êre unt tugent
die wil der tôt niht stæte lân:
uns kumt daz wir verdienet hân.

20 Die alten lebent kurze frist,
der jungen einer niht génist:
swer hie geniset oder dâ,
er muoz doch sterben anderswâ.

So der man niht mê geleben mac,
25 sô gæb er 'z rîche umb éinen tac.

Hete ich hie swaz ich wolte hân,
daz müeste ich doch ze jungest lân.

177 Wir komen zer werlde âne wât:
in swacher wæte ouch sie uns lât.

Zer werlde ich blôzer komen bin,
sin lât ouch mich niht füeren hin.

5 Diu werlt nâch lanclîbe strebt,
hete Adâm unz her gelebt,
daz wære wider der êwekeit
niht eines halmes breit.

Der mensche ist sô brœde,
10 vil maneger hande tœde
sint im alle zît beschert,
swaz er tuot od swar er vert.

Wirn haben niht gewisses mê
wan den tôt; daz tuot mir wê.
15 ich weiz wol daz der tôt geschiht,
wenn oder wâ daz weiz ich niht.

Dem tôde maneger winket,
der âne durst trinket.

Diu werlt mit valsche wirbet,
20 einer birt, der ander stirbet.

Der tôt liep von liebe schelt
unz er uns alle hin gezelt.

a Ez sint morgen alle liute
b dem tôde nâher danne hiute.

c Der tôt die liute von uns stilt
d reht als der schâchzabels spilt.

Daz jâr gât hin, der tôt gât her:
er widerseit uns âne sper.

25 Vil maneger îlet hin ze grabe
als ob er sich versûmet habe;
daz îlen daz ist âne nôt,
178 er küre wol müezeclîche den tôt.

Vil manic man erstirbet
dar nâch als er wirbet,
der niemer übele erstürbe,
5 ob er rehte würbe.

Vor allen nœten ist ein nôt,
swaz nû lebt, daz fürht den tôt.
desn wirt mir niemer rehte wol,
ichn weiz war ich nâch tôde sol.

10 Mirn künde niemer liep geschehen,
solt ich niht friunt nâch tôde sehen.

Der tôt ist ein hôchgezît
die uns diu werlt ze jungest gît.


Got vordert an dem jungsten tage
15 sehs dinc mit grôzer klage:
'mich hungert und durste, ich was gast,
iuwer helfe mir dar zuo gebrast.
ich was siech und nacket gar,
des nâmet ir vil lützel war.
20 in dem kerker ich gevangen lac,
irn trôst mich weder naht noch tac.
swer mac der werke niht begân,
der sol doch guoten willen hân:
dâ mite wære er wol gewert
179 alles des er hât gegert.

Armer liute reiner muot
næm ich für aller keiser guot.


Himel und erde noch zergânt,
5 sô dazs in bezzern êren stânt.
êst wol daz himel und erde
mit fiure geliutert werde.
der tiuvel hât des himels luft
geunreint unz in der helle gruft,
10 so ist diu erde sünden vol,
daz man si beide reinen sol.

si muoʒ daʒ fiur erwaschen
ân koln und âne aschen:
und suln die erwerlten sîn
15 noch liehter dan der sunnen schîn.
dar nâch sol al diu werlt erstân,
ze stunt daʒ urteil muoʒ ergân.
dar zuo suln wir sorgen,
wan dâ wirt niht verborgen
20 dekeiner slahte missetât
wan die der man gebüeʒet hât.
fürsprechen hânt dâ kleinen strît,
wan Krist selbeʒ urteil gît:
die mînen willen hânt getân,
25 [die] suln in mîns vater rîche gân,
sô müeʒen die verworhten varn
180 zer helle mit des tiuvels scharn.'
sus schiere sint gescheiden
die lieben von den leiden.
sost ân ende iemer mê
5 den guoten wol, den übeln wê.
Krist der durch uns die marter leit
der enpfâhe dâ sîn kristenheit.


Got hêrre, gip mir daʒ ich dich
erkennen müeʒe und ouch mich.
10 hêrre, ich hân gesündet dir,
durch dîne güete sô gip mir
gelouben unde wâre riuwe.
durch dîne veterlîche triuwe
vergip mir mîne missetât.
15 durch erbermde und genâden rât,
durch dîne namen hêre,
durch dîner muoter êre:
[und] durch alleʒ himelischeʒ her
hilf daʒ ich die sêle erner.
20 tuo'ʒ hêrre, durch al daʒ gebet
daʒ mensche ie ze dir getet.
lâ mich genieʒen, hêrre Krist,
daʒ dich lobt alleʒ daʒ der ist.

durch dîne geschepfede alle
181    ner mich von 's tiuvels valle:
durch alliu wunder diu dû hâst
begangen unde noch begâst,
sô letze mich ûz aller nôt
5  durch dînen mennneschlîchen tôt,
und lâ dir ûf die gnade dîn
die kristenheit bevolhen sîn.
si sîn lebendic oder tôt,
sô hilf in, hêrre, ûz aller nôt.


10  Got vater aller kristenheit,
lop und êr sî dir geseit
von aller dîner hantgetât
die dîn sun erlœset hât.
durch daz opfer, hêrre Krist,
15  sô hilf uns, daz dû selbe bist,
daz wir gewinnen reinen muot
und uns dîn lîcham und dîn bluot
geliutere und goreine
von sünden algemeine.
20  swâ kristen sêle in pînen sî,
die erlœse durch die namen drî.

*

129, 1—8 nur in B.

Got in Dâvîdes spruche giht:
'ir sult mîne kristen rüeren niht;
ezn sol ouch mînen wîssagen
nieman arge zungen tragen'.
dio rehten kristen meinet got,
die gerne leistent sîn gebot,
und meinet niht die kristen mite,
die niht lebent nâch Kristes site.

*

136, 17—137, 8 nur in AB.

Diu lewin tôt ir kint gebirt,
von sîns vater galme ez lebende wirt.

Wider ir natûre und ir art
minnt der lewe und der part.

von ir zweier huores art
wart von êrste der lêbart;
doch ziuhet nu der lêbart
kint von sîn selbes art:
als edel sî aber niht enŝint
so der lewen unde der parde kint.

Nie tier sô snellez wart
âne vliegen sô der part.
Isidorus der wîse seit
von des pardes snellekeit
[wie] daz er dicke springe sich
ze tôde; daz ist wunderlich.

*

174, 1 nur in B.

Diz sint diu zehen gebot,
diu uns gebôt der wâre got:
dînen got soltu minnen
mit herzen und mit sinnen.
dînen ebenkristen, sich,
daz du den minnest alsô dich.
den vîretac man êren sol,
des bedarf lîp und sêle wol.
dînen altern soltu êre bern,
wiltu lange ûf erden wern.
dû solt nieman slahen tôt
durch keiner slahte nôt.
aller slahte unfuore
soltu mîden unde huore.
dû solt diube mîden
wiltu die hell niht lîden.
zuo unrehte sol dîn muot
niht gern ander liute guot.
ouch sol niht gern dîn lîp
eines andern mannes wîp.
wer sô behaltet dise gebot,
der sol wizzen âne spot,
daz er daz himelrîche
besitzet êweclîche.

*

# Abweichungen von der zweiten Ausgabe Wilh. Grimm's.

1, 1    fehlt ,
1, 3    fehlt ;
vor Zeile 5 die Überschrift: VON GOTE.
3, 19    erbæten     fehlt,
4, 1    gesündet
4, 7    e [grôze] sünde
4, 12    man giht
6, 6    süenen
7, 11    Adam und Eve bar
8, 19    grôziu
9, 2    ein niht
9, 20    ers
10, 15. 16 namen: samen.
12, 13 — 13, 22 a b stehen bei G. in der 2. Ausg. mit der Bezeichnung als
         unechte Stelle in den Lesarten.
13, 22    hiernach Überschrift: 2 VON DER MESSE.
14, 16    himelhêrschaft
14, 27    und wirt dem mêre bî der tür.
15, 5    swer tûsent éine
15, 6    sêle ir messe
15, 8    wîp od messe
15, 17    mac
15, 26    frônespîse
15, 27    frôner spîse
16, 23    flürn    hiernach Überschrift: 3 VON DER SELE.
17, 13    man giht
— 16,    flür
18, 18    ich weiz selbe dritte wol
18, 19    wer
18, 20    got und min
18, 20    tiuvel weiz wol wer
19, 6    folgt Überschrift: 4. VON DEM MENSCHEN.
— 9    der
— 11    der

19  18  ouch
21, 19  der bûch . . bœser
24, 5  hiernach Überschrift: 5 VON DEN JUDEN.
25, 8  tuon swaz er wil
25, 12  hiernach Überschrift: 6. VON DEN KETZERN.
26, 22  tiuvel
26, 27 *a b*  hiernach Überschrift: 7. VON WUOCHER.
28, 9. 10  die mâge hânt daz guot erkorn, dâ lîp und sêle ist von verlorn.
28, 14  hiernach Überschrift: 8. VON HOCHVART.
28, 16  diu wil bî
30, 20  hiernach Überschrift: 9. VON DER WERLDE
30, 24  bôset des nemt war.
31, 13  lîp
33, 3  hiernach Überschrift: 10. VON SÜNDEN
33, 12  durch sünde schande und schaden lât
33, 14  wæren die drî vorhte niht
33, 15  so
35, 9  ein niht.
37, 1  daz gât den sündern in den muot.
38, 1  verdorben
38, 14  arbeitet
—  15  aller
—  23  zündet
—  29  und hât ir [der]
39, 9  dâ man
—  10  sô grôzen lôn
—  12  des man dâ gît,
—  15  den lôn
—  18  man seit
40, 8  seit, hiernach Überschrift: 11. VON DEM RICHEN UND ARMEN.
—  9. 10  Ich sihe, (daz mir sanfte tuot) vil rîchen tump und armen fruot.
41, 14  ein lant des êre nie gewan,
—  15  ein rîcher bœser man.
—  27  daz
43, 23  hiernach Überschrift: 12. VON TRIUWE UND UNTRIUWE.
46, 17  êre
46, 22  hiernach Überschrift: 13. VON DIEBEN.
47, 24  daz strîter
48, 9  zorn unde spil
—  12  hiernach Überschrift: 14. VON SPILE
—  13  fluochen schelten widerstrît
—  15  ine spriche niht dazz ieman tuo
—  16  hœret manec
—  24 *a b*  hiernach Überschrift: 15. VON DIENSTE.
49, 9  müezec wât vergebeniu spîse
50, 7  gelückes
50, 15  hiernach Überschrift: 16. VON RECHTE UND UNRECHTE.

50, 17  ze rehte stân
51, 12  hiernach Überschrift: 17. VON DEM ALTER.
51, 17  alter manne minne
52, 17  hiernach Überschrift: 18. VON EDELE UNDE TUGENDE.
— 18  dandern tugent
54, 21  hiernach Überschrift: 19. VON BLINDEN.
55, 3  gæbeʒ
— 12  hiernach Überschrift: 20. VON DEM HONEGE.
— 18  hiernach Überschrift: 21. VON GEWINNE UND GUOTE.
56, 5  des mannes sin ist sîn gewin,
— 6  swanner mit sinne vert dâ hin.
— 20  ers niht wol gan
— 27  man êret leider
57, 4  rechent sandern
— 21  daz got niht
58, 4  hiernach Überschrift: 22. VON SORGEN.
— 17  der biderbe sorget sêre
— 18  umb liute
— 24  wie er brîen vil bejage
59, 5  hiernach Überschrift: 23. VON ARZATEN UNDE SIECHEN.
— 25  daz hulfe, hiernach Überschrift: 24. VON LOBE.
60, 22  hiernach Überschrift: 25. VON LOBE.
61, 27  ichn lobe
62, 8  sol
— 11  ist unkunt.  hiernach Überschrift: 26. VON SCHELTENNE.
63, 6  sîn lant
— 7  noch sînen hêrren
— 10  den
63, 19  in den hœnden sweben
63, 21  hiernach Überschrift: 27. VON GESELLEN.
64, 11  hiernach Überschrift: 28. VON ZORNE.
— 27  frâget, wer
65, 27  hiernach Überschrift: 29. VON DEM HIMELRICHE UND DER HELLE.
66, 20  eigen und
67, 2  da'r sich tœren lât
69, 7'  sprach nie
— 20  hiernach Überschrift: 30. VON DEN PFAFFEN.
— 24  in ein hor.
70, 5  ir wefc verkêrent.
71, 4  und ouch selbe rehte lebe,
— 10  die selbe unredelîche lebent.
— 24  hiernach Überschrift: 31. VON KÜNEGEN UND FÜRSTEN.
72, 18  loben sol
73, 7  den alten erben vîent sint.
— 16  valke keveren vût
74, 8—11  in Klammer
— 9  sô mich daz

75, 7   unreht hirût.
—  18   leben
—  19   wan drin: ich mein die rechten ê
76, 27   sicherheit diu wære guot,
77, 1   hætens alle glîchen muot:
78, 6   hiernach Überschrift: 32. VON DEN WISEN UNDE TOREN.
78, 17   niht weiz und niht frâget
—  18   [und niht kan]
79, 9   âne sælekeit,
81, 4   Marolt
—  21   die tôren .  . gloggen
—  22   gânt selbe
82, 14   geligen sin
—  16   wan daz ez nieman reden sol,.
83, 27   brîen hât,
84, 16   sîne kintheit
85, 6   mit tôren
—  10   wær si mîn.
—  19   mit dêmüete
—  23   dehein selbselbe
—  24   des ich mich verstê.
86, 9   hiernach Überschrift: 33. VON MILTEN UND VON KARGEN.
87, 6   diu iule lêret milte niht:
—  22   dem bœsen ie
—  23   vor dem frumen
88, 5   daz ez
89, 12   die bœsen
91, 11   hiernach Überschrift: 34. VON DER ERE.
93, 3   dér ôren
93, 25   hiernach Überschrift: 35. VON TRUNKENHEIT.
94, 5   swâ tobende und
—  6   swer die niht fürhtet,
—  10   die tuont den siechen dicke leit.
—  14   dast wînes slac;
95, 13   hiernach Überschrift: 36. VON FRIUNDEN
—  16   gemachet friunt
—  18   gewisse friunt
96, 17   valsch mit valsche treit,
—  18   daz wirt im lîhte selbe leit
98, 9   mit wîben
—  10   hiernach Überschrift: 37. VON MINNE UNDE WIBEN.
99, 7   wil milte hân:
—  27   getriuwez wîp
100, 6   triutet od halst
—  7   sich enpfenget
—  8   fliuht, den fliuhet sî,
—  9   sî jaget, dem

.  — 21  versagen
— 22  versagen
— 24  versagen
101, 15  als ein unwîp
— 16  guoten wîben
103, 17  lönelîn
104, 11 g  permît
— — h  ertrîch wît,
— 13  der besten
105, 12  fliust
— 19  des tiuvels
— 20  daz man in
— 21  bî mîner triuwe ich daz wol nim,
— 22  daz ez nieman leider ist dan im.
106, 10  und man zesamne sint,
— 11  sic machent lîhte dez dritte, ein kint.  hiernach Überschrift: 38. VON
ERKANTNISSE.
— 20  sîme dinge
109, 6  der hiure den vastet, der
— 7  den er
— 13 c  spiler wîn
111, 8  geahten
— 11  er ist verlorn.
— 14  ieman [sô]
— 23  vergolten
112, 3  heizet beiten,
— 4  der wil abe leiten.
— 10  übel
— 27  frömde
113, 1  ze staten kumt
— 7  lanc ein kurziu
114, 1  die zît
— 27  ist rehte sam
115, 12  ez sint gedanke und ougen
— 13  des herzen jeger tougen.
116, 1  Trûwesniht
— 2  die habent mit den tôren pfliht.
117, 18  zît hât ir zît:
118, 14  den liuten dicke zorn
— 16  von herde unz si weiche lît.
119, 18  lebend ist
— 20  sô tuot dem manne herzeleit
120, 5  huobe
122, 16  er ze zinse
123, 10  dornzûn
— 27  erschrecken
124, 10  im zwir mê

124, 16  hiernach Überschrift: 39. VON DEM HUNGER.
125, 14  hiernach Überschrift: 40. VON WANE.
126, 7  edel kint gelîch
—  8  dem stiefvater, dast wunderlîch.
—  11  êr âne nuz
—  12  doch ist ân êre niemen rîch.
127, 3  hiernach Überschrift: 41. VON GUOTE UND ÜBELE.
—  9  ich mich erworgen
129, 16  mîn schulde
—  21  ân
—  25  ein ieglich dinc
130, 10  dêchân
—  25  kleine.
132, 7  den guoten volge [ich], den übeln niht.
133, 10  den tôren
—  12  eine stân.
—  14  strebet her uz: wir streben hin in.
134, 5  hiernach Überschrift: 42. VON UNKÜNDE.
135, 25 a  niumære .
—. — b  ez
136, 10  hiernach Überschrift: 43 VON TIEREN.
136, 13  verzagen
139, 5.6  fehlen.
140, 22  wier.
141, 7.8  fehlen.
142, 21  (des ist niht lanc)
143, 13  niht rehte stât
—  14  ze fuoz nâch spîse gât.
—  19—144, 8  fehlen
145, 1—10  fehlen
146, 13  Ein simele
—  15  Swer slangen hecken lêret,
146, 20  dern bedarf
—  22  hiernach Überschrift: 44. VON SCHATZE UND PFENNINGE.
148, 7  ez ist für wâr ein übel hol.
—  21  vindet guotin
149, 3  schalkeit
153, 18  grœzer wære unrcht dan dâ.
—  21  klagt daz dort
—  22  man lieze im hie des hâres niht.
154, 11  dâs
155, 12  als uns
—  13  ist ein pfluoc
158, 9  ergât?
—  10  dast
—  26  widersatz
—  27  (daz muoz got scheiden) âne schatz.

159, 14  die [grôz]
160, 15  im âne ir danc
—   24  zuo,
—   25  widertuo.
—   26  , hinter Rôme fehlt der Punkt, hinter geschehen ebenso.
—   27  grœzer êre, wolde ers jehen.
161, 3   die enwolten frides wider niht.
—   23  den valschen  .
164, 2   hiernach Überschrift: 47. VON DER ZUNGEN.
—   19  manic lant
—   20  machet roup undo brant
165, 3   genuoge entêret
—   9   für schande
165, 20  hiernach Überschrift: 48. VON LIEGENNE UNDE TRIEGENNE.
169, 19 b  und niht kan
—   19 c  vier lügen walten
—   19 d  behalten:
170, 19  fûlez dach
172, 5 b  glübde.
—   9   hiernach Überschrift: 49. VON DEM ENDEKRISTE.
—   12  noch vor dem urteile
173, 15  âne sînen danc:
—   23  hiernach Überschrift: 50. VON GOTES GEBOTEN.
175, 11  hiernach Überschrift: 51. VON DEM TODE.
—   20. 21.  fehlen.
176, 25  grœberz
177, 20  einr
178, 13  hiernach Überschrift: 52. VON DEM JUNGESTEN TAGE.
—   16  'hunger, durst, ich was gast,
180, 7   hiernach Überschrift: 53. EIN GEBET.
—   15  gnûden
—   19  gener
181, 1   stiuvels

# ZU FREIDANK

## KRITISCH-EXEGETISCHE ANMERKUNGEN.

# Kritischer Grundsatz.

Freid. 107, 22. 23.

> Si jehent, swâ daz lîhter sî,
> dâ sî ouch daz bœser bî.

# VORWORT.

Der Verfasser der nachfolgenden Blätter befindet sich in der
Lage eines Mannes, der nach manchem Jahre geräuschloser und
von seinem ursprünglichen Berufe abseits liegender Arbeit das Be-
dürfniss empfindet, den Freunden zu bekunden, dass er auch so
ihrer nicht ganz vergass. Was kann er passlicheres thun, als
einmal die spärlich zugemessene Musse zusammenraffen und ob
auch von allen reichen Hilfsmitteln der gelehrten Heimat entblösst,
sich heimischer Schriftforschung wieder nähern? Und ist es das
schöne Italien, das den unstäten wie eine Sirene bezaubert hält,
so sendet er nach Deutschland lieber als andres eine Reihe von
Anmerkungen über einen deutschen Dichter, der selbst so manche
Beziehung zu Italien hat, auch die unerwünschte, dass er hier ge-
storben und begraben ist, über Freidank.

Es konnte, ja musste gewagt werden, dem viel doch nicht
immer glücklich behandelten Landsmanne mit neuen vielleicht
heilenden Arzeneien beizuspringen. Philologen sollten, wie Aerzte,
tolerant gegen einander und gegen die Vorgänger besonders sein.
Den Kranken absichtlich ruiniren gewollt hat ja keiner und an
Irrthum fehlt es auch der glücklichen Hand nicht.

Wilhelm Grimm hat viele Jahre seines arbeitsamen Lebens
an Freidank gewandt und keiner der weiss, wie er das gewaltige
Material beherrschte, wie selten ausgerüstet zu solchen Forschungen
er war, wird sagen wollen, er sei mit ungenügender Kraft an das
Werk getreten. Gleichwol lassen wir vieles, was er uns bietet,
als unbrauchbar ja als verkehrt, beiseite.

Im höchsten Grade verdient unsern Dank der gleichfalls ver-
ewigte Franz Pfeiffer; ohne ihn wären wir in der Erkenntniss
der wahren Bedeutung des Sammelwerkes, das als Freidanks Be-

scheidenheit berühmter war und noch ist als es verdient, nicht so weit gelangt. Und doch, was wäre er ohne seinen Gegner Wilhelm Grimm gewesen?

Sehr bescheiden giebt sich H. E. Bezzenberger (Frîdankes Bescheidenheit, Halle 1872), sagt er doch selbst, er habe sich nicht verhehlt, dass er ein wol über seine Kräfte reichendes Wagniss unternehme.

Wir dürfen sein Buch gewissermassen als den Abschluss und die Zusammenfassung der bisherigen Freidank-Kritik und Interpretation betrachten. Ist es in diesem Sinne äusserst werthvoll, so muss doch sein verdienstvoller Verfasser es dulden, dass er für mancherlei zu berichtigendes und häufiger in Anspruch genommen wird, als er persönlich verschuldet.

Es ist auch nicht die Meinung, seine allzubescheidene Ueberschätzung der Vor- und Mitarbeiter zu verdammen, ja wir versichern, dass uns keines belehrender Widerspruch, keines Zustimmung willkommener sein wird, als die seine.

So sehr der Verfasser wünschen muss, die Richtigkeit seiner Ergebnisse allgemein anerkannt zu sehen, so hat er doch auch das bängliche Gefühl, dass die Männer der gelehrten Zunft — es sollte sie ja nicht geben in der Wissenschaft, aber es giebt ihrer leider — es ihm verübeln mögen, dass er das einfache sah, wo es ihnen entging. Gewiss es werden Dinge vorzutragen sein, bei denen der Leser ausrufen muss: wie ist es denn möglich, dass man das nicht immer gewusst hat? Doch da hilft nun nichts, das Unrecht, Recht zu haben, muss begangen sein, fordert es doch zu so förderlicher Revanche heraus.

Vielleicht dient gegenwärtiges Büchlein auch dazu ein wenig, das die kritische Forschung unserer heimathlichen Dichtung einen Anstoss gewönne, wieder dem natürlichen bon sens das gebührende Recht einzuräumen und ein wenig von der Verstiegenheit der 'hohen Kritik' herabzugelangen.

Sestri Levante, am 1. August 1876

**F. S.**

Ich bin genant BESCHEIDENHEIT
diu aller tugende krône treit.
mich hât berihtet Frîdanc
ein teil von sinnen die sint kranc.

Der lateinische Uebersetzer — wir werden ihm später ein beson-
deres Capitel widmen — wagt sich gar nicht an eine Übertragung
dieser wunderlichen Zeilen, interessant ist aber, dass er die Plan-
losigkeit der Sammlung entschuldigt, da sie doch erbaulicher sei
denn erdichtete romanhafte Epik (Qnamvis ornata non sint mea
schemate dicta, Plus tamen aedificant sensus quam fabula ficta.)
Er hat also das berihten im Sinne von ordnen wenigstens nicht
zugeben wollen nnd darin hat er nur zu sehr Recht.   Die Erklärer
nehmen das. Wort berihtet so ziemlich in dem unbestimmten
Sinne, den es zulässt: 'mich hat Freidank verfasst, wenn nicht
geradezu gedichtet, so doch zusammengestellt, bearbeitet.'  Wol
mit Recht.   Wackernagel scheint es als das gestalten des dichte-
rischen Stoffes zu fassen, das ist wol schon zu viel.

Sehen wir die vertrakte vierte Zeile an.   Grion (s. Höpfner
und Zacher, Zeitschr. II, 422), auch hier überaus tiefsinnig, nimmt,
indem er den Namen Frîdanc Frid — anc abtheilt und den
seiner Meinung nach also gemachten, frei erfundenen Namen einen
nach Friede sich sehnenden bezeichnen lässt, die ganze Zeile
für eine Paraphrase dieses, ohne Grion's Hilfe bisher allerdings
unverständlichen Namens, es hiesse soviel als tristis est anima
mea.   Bezzenberger sagt: 'Freidank will zur Entschuldigung
etwaiger Irrthümer sagen, er habe jedoch nur einen

schwachen Verstand, also vielleicht nicht überall richtige Erkenntniss und gesundes Urteil'.

Nun spricht aber Freidank gar nicht von sich und seinen Sinnen, er sagt: ein teil von sinnen d. h. so mancher, das will sagen gar viele sinne. Es giebt so viel Verkehrtheit in der Welt und darum habe ich, Freidank diese Sammlung zur Unterweisung eingerichtet. Kranke sinne = perversitates, [auch ital. debolezza für sittliche Mängel] so 'gutten sin' mit, discretum sensum' übersetzt in der Görlitzer Hdschr. v. 185.

Dass die Bedeutung des Wortes krank im Mittelhochdeutschen sich mit der heutigen nur zum Theil deckt, dass unsre Krankheit ein siechtuom war, ist bekannt.

Das deutsche bescheidenheit wird nicht ungeschickt durch disciplina übersetzt, etwas subtiler nennt es der oben erwähnte Übersetzer discretio.

So kommen wir der Meinung der krausen Worte wol näher, als mit Bezzenberger's Deutung oder gar Grion's wahrhaft mystischer Verstiegenheit.

Pfeiffer fragt gelegentlich wann das Compositum bescheidenheit zuerst erscheine. Der erste, den er nachweisen könne, sei Gottfried von Strassburg. Es scheint, der Gebrauch dieses schoenen Wortes als Titel deute auf Freidanks Bekanntschaft mit den Anfängen der deutschen Speculation, die ganz treffliche Umdeutschungen oder Aneignungen theologischer und philosophischer Termini geschaffen hat.*) Wäre darin und in der Kenntniss Gottfrieds ein Fingerzeig für Freidanks Geburtsland zu erblicken? Wir werden mehr solche Winke zu erwägen haben.

**3,27 — 4,3**

wolte uns got in pînen lân

sô lange als wir gesündet hân,

(daʒ sîn genâde wende),

so würdes niemer ende.

Ist etwa zu lesen:

sô lange als wir gedienet hân

---

*) S. besonders was zu 129,9 ff. über das Wort gesagt wird.

d. i. verdient, verschuldet? Die beiden letzten Zeilen, obwo
nur in A., sind nothwendig, weil sonst zu dem hypothetischen
Vordersatze der Nachsatz fehlte.

4, 4. 5.

hete wir den himel zebrochen,<br>
ez würde eines tages gerochen.

Wie diese Zeilen hier unmittelbar anzuschliessen seien, ist nicht
klar. Ich möchte sie hinter 5,10 stellen, so dass ein Spruch
entstünde:

5,7 Got niht unvergolten lât,<br>
swaz ieman guotes begât;<br>
deheiner slahte missetât<br>
er ouch ungerochen lât.<br>
4,4 hete wir den himel zebrochen<br>
5 ez würde eins tages gerochen

4, 6. 7.

diu buoch sagent uns für wâr<br>
dâ sî éin tac tûsent jâr.

Dieses Distichon hat demnach als Ergänzung an 4, 3 her-
anzutreten. Der Dichter lässt das begründende denn (mhd. wande)
fort: es nähme kein Ende, denn ein Tag ist gleich tausend Jahren.

4, 7 a — m

swer ein swarzez îsen tuot<br>
in fiur oder in heize gluot,<br>
diu swarze varwe lât ez sîn<br>
und gewinnet fiures schîn:<br>
so der sünder [grôze] sünde lât<br>
und dar nâch grôze riuwe hât,<br>
so enzündet got den reinen muot<br>
reht als das fiur daz îsen tuot:<br>
mit sînes geistes minne<br>
erfüllet er ime die sinne<br>
und gedenkt der sünde niemer mê;<br>
diu sêle ist wîzer dan ein snô.

Nur in G H stehen diese Zeilen, die Bezzenbergern deshalb als unecht verdächtig sind, weil sie sehr an die spätern Mystiker erinnerten, Freidank sei jede mystische Richtung fremd. Es wäre aber wirklich Schade drum, wenn dem so wäre. Könnte der Gedanke nicht auch einem früheren Mystiker oder einem der diese alle beeinflussenden grossen Kirchenlehrer entlehnt sein? und sahen wir nicht bereits dass das Wort bescheidenheit selbst für sapientia oder disciplina dem Beginne der deutschen Speculation angehört? Es ist in der That einer der poetischesten Sprüche in der ganzen Bescheidenheit. Wäre es nur wegen des Mysticismus, so hätte es keine Not. Ich meine, auch 13, 23 — 14, 1 ist eines guten Mystikers nicht unwürdig*):

> Ich weiz wol, daz diu goteheit
> sô hôch ist, tief, lanc unde breit,
> daz gedank noch mundes wort
> mac geahten sîner wunder ort.

Oder 35, 12—17, wo von den erlösenden Thränen der Reue ausserordentlich schön gesagt ist, dieses Gewässer habe ganz leisen Fluss und doch höre Gott sein Geräusch (sînen duz), oder der pantheistische Gedanke 11, 15—20. Und so wäre noch mancher Spruch anzuführen, der durch Tiefe des Gedankens und Trefflichkeit der Form sich aufs vortheilhafteste von so mancher albernen und geschmacklosen Reimerei abhebt. Wer Freidank als Dichter aufzufassen noch heute im Stande ist, wenn er ihm auch, wie etwa Bezzenberger, nur geringe Orginalität belassen will — er steht darin im vollen Gegensatz zu Grimm und auf Pfeiffers Seite — der sollte vielmehr besorgt sein, ihm solche Perlen zu lassen. Ich meine freilich, und schon Lachmann hat das richtig gefühlt — dass Freidank durch und durch nur ein umdichtender (meinetwegen auch ein undichtender) Compilator ist und kein eben geschickter obenein. Es muss ein gutes Gedicht gewesen sein, in welchem der schöne Vergleich von der Reue mit der reinigenden Feuersglut so trefflich ausgedrückt war, mag ihn nun schon Freidank selber oder einer der nächsten Abschreiber des seiner Natur

---

*) Wir lernen ihn zu 13, 23—14, 1 noch kennen.

nach zur Completirung oder wie die hohe Kritik sagt, zur Interpolation einladenden Buches sich aufgelesen haben.

Dass Freidank den Ruhm habe, das überlieferte in einer ihm eigenen Weise verarbeitet zu haben, so dass die Sprüche uns als sein Eigenthum erscheinen, (s. Bezzenberger S. 47, vgl. auch S. 45 die Stelle: „Für den Leser konnte und kann es ja gleichgiltig sein, woher Freidank den Gedanken entnahm. So wie er vor uns liegt, in dieser Fassung ist er dessen Eigenthum".) bestreite ich auf das entschiedenste. Das beste bei ihm ist vielmehr immer dort zu finden, wo es ihm gestattet war, die vorgefundene Form unverändert zu lassen, d. h. wo die Form schon die seiner kurzen Reimpaare war.

Ist dagegen der Compilator genöthigt, sei es lateinisches in seine Verse umzusetzen, sei es strophisches der Lyrik in diese bequeme Form zu giessen, so missräth ihm die Arbeit oft auf eine wahrhaft klägliche Art. Wir werden dafür die Beweise erbringen.

Dass nur zwei Handschriften unsern Spruch bieten, scheint mir nicht ausreichend, ihn Freidanks Bekanntschaft abzusprechen, wiewol das Urteil darüber müssig ist. Hat nämlich Freidank, was hoffentlich zur Evidenz gebracht wird, doch nur Lesefrüchte zusammengestellt, so. ist ganz unerheblich, ob er selbst oder ein Nachfolger etwas dazu gethan. Die sämmtlichen Sprüche ‚von Akers‘ befinden sich nur in drei Handschriften ANO; sollen sie deshalb etwa auch dem Freidank entzogen werden?

Gewiss hätte unser Spruch ebenso gut unter Sünde oder Reue gesetzt werden können, wie hieher unter die Rubrik von gote, aber Bezzenberger hat selbst mit gutem Fuge gesagt (S. 56), es erscheine viel natürlicher, dass die grössere Unordnung das ursprüngliche biete, hält also unsere Rubra und die ganze Anordnung in A und den beiden Grimm'schen Ausgaben für nicht massgebend. Die Stellung eines Spruches ist für seine Beurtheilung gleichgiltig, soweit sich daraus nicht etwa ein Anhalt dafür ergiebt, ob er ganz blieb oder zerrissen ward.

Man hat, wenn wir richtig urtheilen, einer jeden Ueberlieferung, stünde sie auch nur in einer Handschrift, sofern nicht das Gegentheil nachzuweisen oder glaublich zu machen ist, zu concediren, dass sie ebenso gut von Freidank selbst notirt sein kann, wie von anderen. *)

Anders stünde es vielleicht, wenn die Handschriften eine sichere Stufenfolge erkennen liessen. Die Ueberlieferung ist in allen verderbt. Davon später.

5,20 *a b*

Swer niht gebeten künne
der versuoche des meres wünne.

Bezzenberger bemerkt: „steht nur in CGH und widerspricht zu sehr Freidanks Sittenlehre, als dass der Spruch echt sein könnte."

Abgesehen von dem eben über den kritischen Werth der Zahl der Handschriften Gesagten — vielleicht haben die anderen die Zeilen fortgelassen, weil sie sie nicht verstanden, wie sie sie vorfanden — macht hier die Vertrautheit mit Freidanks Sittenlehre stutzig. Was die drei Handschriften geben, ist nicht eben sehr tiefsinnig, ja kaum recht klar, aber es ist doch gewiss gut christlich gedacht: wer nicht beten kann, der versuche die Wonne des Meeres. Der Verfasser, dem eben die Woge des ligurischen Meeres im herrlichsten Mondschein unter den Fenstern ihr ewiges Lied singt, liesse den Gedanken allenfalls gelten, aber er bemerkt leider, dass das beten lernen für den, der's nicht kann, doch besser durch einen Sturm auf der See bewirkt wird und erinnert sich und die bisher dieser Stelle gegenüber so arglosen Interpreten des Freidank an das bekannte Sprichwort Noth lehrt beten und so ersucht er denn freundlichst, inskünftige lesen zu wollen:

Swer gebeten niht enkünde,
der versuoche des meres ünde.

---

*) Vergleiche pflegen zu hinken, aber man stelle sich einmal vor, wie durch vielfache fremde Theilnahme Büchmann's geflügelte Worte von Ausgabe zu Ausgabe reichhaltiger geworden sind. Käme nun noch hinzu, dass nach Büchmann's Tode — Gott schenke ihm noch lange Jahre! — ein Verleger fortführe, das Buch zu vervollständigen, so sollte wol die kritische Frage nach dem echten Büchmann in's Gedränge gerathen. Ähnlich steht es mit der Bescheidenheit.

Da haben wir es gleich, die drei einzigen Handschriften, welche den Spruch enthalten, verstanden das alte gute Wort ünde (pl., lat. undae) nicht mehr, oder vielleicht der eine Schreiber bloss nicht, dem die andern beiden dann folgten, wahrscheinlicher schon eine gemeinschaftliche Vorlage nicht, so dass sie alle drei so unschuldig wären, wie alle späteren Editoren.

Aber sind diese wirklich so ganz unschuldig? erkannten doch auch sié das Wort durch die leichte Verschreibung nicht hindurch, das doch noch bei Ambrosius Lobwasser und öfter bei Kirchen-liederdichtern des 16. Jahrhunderts begegnet. Vor allen, Wilh. Grimm hätte es nicht entschlüpfen sollen, da er es (Über Freidank S. 58) aus einer pfälz. Handschrift 341 bl. 89 citirt:

'mich dunket wir müeʒen baden alrêrst ûʒ den sünden mit reines herzen ünden, die ûf ze berge schieʒen und ûʒ den ougen flieʒen' [es sind die Thränen der Reue gemeint, von denen oben ein schœner Spruch Freidanks erwähnt ward];

MS. 2, 154a sîn unde die sint sinewel (die Wogen nämlich aus dem Brunnen des Herzens, die Perlen der Thränen (sinewel = ganz rund).

Auch der Stellé der Gudrun hätte man sich erinnern mögen 287, 4 swer die ünde bouwet, der muoʒ mit ungemache genesen oder Nib. 239, 7 (Zarncke) diu ros si ansluogen: der swimmen daʒ wart guot, wand in diu starke ünde deheine dâʒ bénam. Die Wörterbücher geben sicherlich zahlreiche andre Belege.

Dass man mir nun aber nicht einwerfe, die Form enkünde sei bei Freidank nicht nachweisbar — man muss ja auf seltsame Einwände gefasst sein — so citire ich

130, 8. 9. daʒ er mich enbünde
ob er mich lœsen künde.

Wie steht es nun mit Freidanks Sittenlehre? Mich dünkt, er kann sich den gar nicht übel ausgedrückten Spruch gefallen lassen. Wie bedenklich aber solche Kriterien überhaupt sind, wird sich bei der Besprechung zu 169, 19 fgg. wieder zeigen.

S. noch zu 63, 19.

7, 6—17

Got geschuof Adâmen
ân menneschlîchen sâmen:
Eve wart sît von ime genomen;
diu beidiu sint von megden komen.
10 diu erde was dô reine gar,
dô was Adâm und Eve bar;
diu verlurn sît ir magetuom.
diu dritte maget hât megde ruem,
diu Krist gebar ân argen list,
15 und dô was maget und iemer ist.
der reinen megde kiuscheheit
krône ob allen megden treit.

Die von Grimm Zeile 11 noch aufgenommene Lesart (nach C)

dô was Adam und Eve bar

was doch wol nur nackend bedeuten könnte, hat Bezzenberger
mit Recht nicht mehr zugelassen, da ganz unzweifelhaft v. 10
und 11 die Begründung der Behauptung v. 9 geben sollen, dass
sowol Adam als Eva von Jungfrauen gekommen seien: 10 sagt,
Adam kam von der Erde und die war damals, vor der Befleckung
mit dem Blute Abels durch Kains Mord, jungfräulich, reine,
11 sagt nun dasselbe von Evas Mutter, dem noch nicht durch
die Sünde befleckten Adam*). Darnach ist mit der meisten Hand-
schriften zu lesen:

dô was Adam [von] sünden bar

Zeile 10 ist reine vorzuziehen, wie auch Grimm in der 2. Ausgabe
beibehält (statt maget) und zwar deshalb, weil die ganze Auf-
fassung der Erde als Jungfrau sich auf die theologische Wort-
spielerei mundus Welt und adj. mundus rein zurückführt.

9, 2

dast wider der êrsten kraft ein niht

Hier wie 35 9

da wirt alliu sünde ein niht

*) Von Adam und Eva heisst es, dass sie ‚dirnun‘ waren, ehe sie
von dem obiz gegessen, das Gott ihnen verbot. Physiologus.

halte ich ein niht für einen alten Schreibfehler anstatt enwiht;
einwiht — denn auch diese Schreibung ist geläufig, ward eben
nicht mehr von den Abschreibern verstanden, sie nahmen ein als
Artikel.

10, 15. 16

ir geist hât des tôdes art,<br>
lîp und geist sterbent ein fart.

So giebt Bezzenberger auf Pauls Empfehlung der Hand-
schrift N. Wir werden sonst noch sehen (vgl. zu 58, 22), dass
dieser Handschrift, die man jetzt als die authentischeste betrachten
will, in zweifelhaften Fällen auch nur der Werth zusteht, den eine
Conjectur ihres Schreibers haben kann. Wir können das hier
bereits darthun.

Grimm giebt nach LMOPQ in der 1. Ausgabe:

des tôdes amt: samt

in der zweiten nach CDF:

des tôdes namen: samen.

Alles ist falsch, auch N (art: fart).
Das richtige war:

ir geist hât des todes zant,<br>
lîp und geist sterbent zesant.

War die Lesart von N (art: fart) die richtige, wie kämen
dann eine ganze Anzahl von Handschriften auf amt: samt und
wie gar CDF auf namen: samen? War denn art: fart über-
haupt misszuverstehen? Aber gesetzt, es hätte Anstoss erregen
können, welcher Schreiber hätte daraus amt: samt machen
können, offenbaren Unsinn? Wie kann gesagt werden, die Thiere
haben nicht wie wir unsterblichen Geist, sondern, 'ir geist hât des
tôdes amt'? Es ist eben Unsinn. Aber begreiflich wird dieser
Unsinn, wenn der Schreiber vorfand:

ir geist hât des tôdesz ant

das Versehen ist sogar sehr gering, er las tôdesz = tôdes und
behielt ant übrig, was keinen Sinn bot, wenn es nicht amt
sein sollte.

N hat schon nicht mehr das ursprüngliche vor sich gehabt, sondern eine von den Handschriften LMOPQ mit ihrem 'amt' (dem dann natürlich [ze] samt als Reim dienen muss), jedoch der Schreiber hat ein kritisches Gemüth, es scheint ihm nicht, das Amt des Todes für den sterblichen Geist der Thiere, da meint er denn 'mit leiser Hand' wie Lachmann zu sagen pflegte, ändern zu dürfen und setzt getrost:

> ir geist hât des tôdes art: fart.

CDF — welche es zuerst gewesen, mag ungefragt bleiben — conjecturiren auf Grund derselben anstössigen Vorlage amt: samt auf eigene Hand, unabhängig von N zwar, doch auch nicht glücklicher, wenn nicht das ein unverdientes Glück heissen soll, dass Grimm in der 2. Ausgabe es acceptirte: namen: samen.

Man könnte N eine gewisse philologische Akribie zugestehen, der geist hat des todes art giebt einen Sinn, er ist von arte dem Tode gehörig, jedoch im Reim haperts, denn ein fart ist wol so viel als ein mal (it. una volta) aber nimmermehr so viel als zugleich.

CDF, von samt (wol sament geschrieben) ausgehend, kommt natürlich auf den Reim namen, bedenkt aber nicht, dass es Unsinn ist zu sagen:

> ir geist hât des tôdes namen; .

denn das kann nur besagen: ir Geist heisst Tod.

Alle Schwierigkeit wird beseitigt, alle Verderbnisse der Handschriften lösen sich auf, sobald wir lesen

> ir geist hât des tôdes zant
> lîp und geist sterbent zesant.

Halten wir aber fest das Resultat: es ist nichts mit Paul's vollständigem Beweise', dass die sogenannte vierte Handschriftenclasse, an deren Spitze N als die vollständigste zu stellen, in vielen Fällen auch den bessern Text giebt. Vielmehr steht N auf demselben Grunde, wie die übrigen Handschriften auch, auf einer schon verderbten Vorlage, deren Verderbniss allerdings meistens in Lesefehlern oder im Missverstehen nicht mehr landläufiger Ausdrücke bestanden haben wird.

Da diese Vorlage selbst fehlt, so haben unsere sämmtlichen Handschriften in zweifelhaften Fällen nur den Werth der Conjecturen. Dass sie selbst hierin auseinander gehen, ist ein Vortheil, den die besonnene Kritik zu nutzen hat. Nicht die auf den ersten Blick unanstössigere Lesart hat die Wahrscheinlichkeit für sich, wir fanden ja und werden öfter noch finden, dass die gesammten Lesarten einen ihnen allen zu Grunde liegenden Anstoss zu beseitigen trachten. Selbst die Uebereinstimmung aller Handschriften giebt keine absolute Gewähr der Richtigkeit, da gewisse Fehler unabhängig von einander begangen zu werden pflegen.

Dies Ergebniss werden wir bei der Betrachtung von 58, 22 genau wieder finden.

Der Zahn des Todes ist an sich deutlich und bedarf keiner Belege, die sich aus allen Litteraturen beibringen liessen. Ich vergleiche wegen der Form und des Reimes:

> 137, 23. 24.  swâ ich weiz des wolves zant
> dâ wil ich hüeten mîner hant.

zant: zesant ist also in das Reimverzeichniss aufzunehmen.

> 11, 15. 20.
> Himel und erde ist niender hol
> ezn sî der goteheite vol.
> von himele durch der helle grunt
> gât sin rîche zaller stunt;
> diu helle stüende lære,
> ob got niht drinne wære.

Nur in M P Q und deshalb von Bezzenberger als zweifelhaft bezeichnet. Will man Freidank alles Mystische und damit auch pantheistische Anklänge absprechen, so ist ihm sein schönster Schmuck geraubt. Wir haben bereits (s. zu 4,7 a—m.) gesehen, dass die Echtheit ein illusorischer Begriff ist.

Wollen wir Freidank, der doch sonst als ein kirchengläubiger Katholik erscheint, auch die Ketzerei absprechen, die ihn so hoch ziert, wie sie deutsch gemüthlich ist, 7, 4. 5.:

> Ich wiste gerne ein mære,
> daz Adam unschuldic wære?

Zwar fährt er fort, [freilich nur in G]: denn er brachte uns in
den Tod, die Erbsünde würde für uns nicht dasein, gäbe es eine
Entschuldigung für ihn. Das ist ein egoistischer abschwächender
Zusatz, den wir gern vermissen. Aber auch so bleibt die ketzerische
Grübelei, die gegen die strenge Lehre der Kirche ringt. Das sind
Regungen, wie sie nach langer Geistesträgheit und in Folge der
Albigensischen Aufklärung in Deutschland wahrzunehmen sind.

12, 9—12.

> diu erde keiner slahte treit·
> daz gar sî âne bezeichenheit.
> nehein geschephede ist sô frî
> si'n bezeichne anderz dan si sî.

Auch diese Bemerkung steht nur in M P Q (wie 11, 15 — 20)
Sie ist einer Einleitung in einen sogenannten Physiologus entlehnt.
So heisst es in demjenigen des XI. Jahrhunderts (nach Joh. Chry-
sostomus s. bei Müllenhof und Scherer Denkmäler 2. Aufl. S. 204)
gleich im Eingang: Hier begin ih einna reda umbe diu tier, uuaz
siu gêslîho (geistlich) bezêhinen. Leo bezêhinet unserin troh-
tin u. s. w. Freidank hat eine ganze Reihe von Entlehnungen
aus solcher angewandten Naturgeschichte (s. 143 7 — 12, dort
fehlt die Ausdeutung des Vogels Karadrius auf Christus, doch
unterlässt er 144, 23 — 26 nicht das Rebhuhn auf den Teufel zu
deuten.) Wir finden solche Behandlung der Naturgeschichte höchst
abgeschmackt — Victor Hehn, Kulturpflanzen und Hausthiere,
redet mit vollem Recht von dem aberwitzigen Tiefsinn des
christlichen Mittelalters — die Kirche des Mittelalters duldete
keine andere und wenn man der heutigen vaticanischen den Willen
liesse, wären wir gar bald wieder so weit, wie Isidorus. Die
ganze Schöpfung ist nicht bloss zugleich ein poetisches Bild
oder Symbol der übersinnlich-theologischen Welt, sondern recht
eigentlich zu dem Zwecke gemacht, etwas geistliches zu bedeuten,
wobei die Dinge freilich an Bedeutung nicht gewinnen. So
bezeichnet z. B. die Gerte Arons die Jungfräulichkeit der Gottes-
mutter (24, 8 der Mandelbaum).

Was wir von der sogenannten Echtheit Freidankïscher Sätze halten, ist bereits gesagt. Speciell diese Zeilen, obwohl auch nur in drei Handschriften überliefert, wollen wir gern dem ersten Compilator, also Freidank selbst, zugestehen, da gar nicht abzusehen ist, zu welchem Zwecke ein sogenannter Interpolator sie sollte eingefügt haben; dazu sind sie doch allzu unbedeutend. Besser stünden sie wol freilich vor dem Abschnitte von Thieren 136, 11.

13, 23—14

S. in dem Capitel Entlehnungen.

14, 26—15, 6

zer messe dringet maneger für,  
und wirt dem mêre bî der tür.  
ein ieglich man die messe hât  
mit dem glouben, swâ er stât,  
und kument hundert tûsent dar,  
ieglîcher hât die messe gar.  
swer tûsent éine messe frumt,  
ieglîcher sêle ir messe kumt.

Man wird ohne weiteres oder doch wenigstens nach einigem Besinnen zugeben, dass die zweite Zeile so keinen Sinn giebt. Da hilft keine Interpretationskunst. Bezzenberger sagt: Mancher geht zur Messe und steht dicht am Altar und doch hat ein anderer, der an der Thüre steht, grösseren Segen davon: denn das Messopfer wird mit dem Herzen empfangen. Ganz schön, aber es ist die Rede von der Ganzheit der Wirkung der Messe für jeden Einzelnen, der Sinn ist: und kämen ihrer hundert tausent, es erhält nicht einer darum weniger davon, weil er etwa nicht nahe genug beim Priester stünde. Wenn der Priester tausenden die Messe celebrirt, so erhält gleichwol jeder ein ganz iu messe. Mit Recht ist zur Erläuterung dieser Meinung David von Augsburg angezogen worden.

Und wirt dem mê bî der tür würde ja das Gegentheil, eine ungleiche Vertheilung des Segens des Messopfers aussagen.

Was denn also? In den Worten bî der steckt das gute verbum beiten, warten, welches von einem Abschreiber nicht mehr verstanden ward*) und so entstand die jetzige Verderbniss. Man lese:

und mêre beitent bî der tür.

15, 2 als er dâ stât (nach JLMNOPQ). Das richtige swâ er stât bieten andere. Wo auch immer einer stehen möge, ob er vordringt zur Messe oder mit vielen andern an der Thür der Kirche, draussen, stehen muss, ohne selbst den Priester zu sehen noch zu hören, er empfängt seine Messe mit dem gläubigen Herzen, wie das Sonnenlicht für jedes Auge seine ganze Fülle hinstreut, ohne dem einen mehr dem andern weniger zu geben noch selbst dadurch an Glanz einzubüssen.

Hätte der Spruch beabsichtigt, das mehr oder weniger des Antheils am Segen des Messopfers zu bestimmen, so musste er das deutlicher ausdrücken, als durch die Zeile, in der man diesen Gedanken hat ausgedrückt finden wollen

mit dem herzen als er dâ stât

Doch davon ist hier nicht die Rede, es sei denn, dass man sich aufgelegt fände 15, 27—16, 3 unmittelbar folgen zu lassen

Swer frôner spîse ze rehte gert,<br>
16 swâ der ist, derst wol gewert.<br>
swer ir niht ze rehte gert,<br>
swie vil er nimt, erst ungewert.

Jedoch verbietet sich dieses Heranrücken durch die Erwägung, dass jetzt von dem Genusse des Abendmahles, vorher von dem Messopfer die Rede ist. Verführerisch ist zwar Zeile 16,1 swâ der ist, denn es correspondirt genau dem swâ er stât in 15,2 aber es ist auch leider nicht richtig, die Schreiber haben sich eben

---

*) Vielleicht, dass die Vorlage geschrieben hatte

biten bi der tür

und dass das Auge des Abschreibers von mêre auf bî der abglitt, das übrig bleibende: und mêre bî der tür führte leicht auf die Ergänzung wirt dem.

durch die Parallelität des Gedankens täuschen lassen. Wer die frône spîse nimmt, der kann eben nicht draussen bleiben und ihrer doch theilhaftig werden, wie es beim Messopfer möglich war, er musste nothwendig an den Altar und vor den communicirenden Priester hintreten. Also nicht swâ der ist sondern mit B swer der ist (die Handschrift schreibt wer) d. i. er sei hoch oder gering.

Die Anordnung der 4 Distichen 14, 25—15, 6 in der Myller-schen Ausgabe (= N), nämlich *a c b d*, ergiebt für die Auffassung nichts, doch scheint sie natürlicher.

Auf die Unbeholfenheit des Freidankischen Vortrags — es ist eben blosse Versificirung eines lateinischen Prosasatzes irgend einer theologischen Scharteke — braucht kaum besonders aufmerksam gemacht zu werden.

18, 18—21
Ichn weiz selbe niht ze wol
wer ich bin und war ich sol;
got und mensch, mîn selbes sin
und der tiuvel weiz wol, wer ich bin.

Ein verzweifelter Satz, doch verzweifelte die Interpretationskunst Bezzenbergers nicht. Wir müssen hören, wie er sich — von den klüglich schweigenden Vorgängern wol auch hier wie so oft im Stiche gelassen — damit abmüht. Vielleicht dankt er uns, wenn wir ihm nachher einen bessern Weg zeigen.

B. sagt S. 298:

'Wenn auch der Mensch sich selbst nach seinem Wesen nicht erkennt vgl. 17, 27., so weiss er doch kraft seines Gewissens (vgl. 110,19.20.) eben so gut, wie Gott, der Teufel und andere menschen (!), wer er sei nach seinem sittlichen Verhalten, und welches künftige Schicksal ihn darnach treffen wird; vgl. 89, 14. 15. (folgt eine Stelle aus Seneca die indifferent ist) nach der in II. (d. i. Grimm 2. Ausg.) aus P aufgenommenen Lesart wird der Gedanke ein anderer; ich halte jene für Aenderung des Schreibers, dem die Sentenz in ihrer ursprünglichen Fassung nicht klar war. Ueberdiess passt selbe dritte nicht zu den vier in v. 20. 21 aufgeführten'. Wer mag, nachdem er die obige Erklärung der Sentenz in ihrer angeblich ursprünglichen Fassung gelesen hat, dem Schreiber von P grollen, dass sie ihm nicht klar war?

P giebt in der That in Zeile 1 das richtige

ich weiz selbe dritte [niht ze] wol

Für ze wol möchte ich vorschlagen ze vol zu lesen, d. i. völlig, zu ich ist die Negation zu fügen, also

ich enweiz selbdritte niht ze vol

Die beiden andern Zeilen aber sind in folgender Weise herzustellen:

got weiz wol mîn selbes sin
und der tiuvel, wes ich bin

Es ist hier nämlich in Zeile 3 aus

das Wort            mînselbes
                  mensch

eingedrungen. Betrachtet man die völlige Sinnlosigkeit dieser Widerholung und die übermässige Länge der vierten Zeile, so ist auf der Hand, dass dort weiz wol zu tilgen und wer in wes zu bessern ist, was gleichfalls in der zweiten Zeile zu geschehen hat. Das weiz wol ist aus der dritten Zeile in die vierte gerathen.

Den Beweis für die Richtigkeit dieser Aenderungen erbringt der Sinn, der kein anderer sein kann, als: Von den drei an dem Heile, respective Besitze meiner Seele betheiligten, mir selbst, Gott und dem Teufel — daher ganz richtig ichn weiz selbe dritte niht ze vol — weiss ich selbst nicht. wem ich zugehörig bin und wohin ich soll, in den Himmel oder die Hölle, ob ich Gott gehöre oder dem Teufel. Diese beiden aber wissen es, sie kennen meine innere Natur (mîn selbes sin) und mein künftiges Loos. Somit lesen wir:

Ich enweiz selbdritte niht ze vol
wes ich bin und war ich sol;
got weiz wol mîn selbes sin
und der tiuvel, wes ich bin.

Selbe dritte passt allerdings nicht zu den vier in 20. 21., es passt aber nach Ausmerzung des mensche [das auch Grimm in der 2. Ausg. dran giebt] so gut, dass man es durch Vermuthung finden müsste, stünde es nicht in P.

Grimm tilgt wunderlicher Weise die Negation in der ersten Zeile, die doch von den drei Handschriften, die unsern Spruch enthalten NOP zwei geben NO (ich einweis selbiz [P selbe dritte) nit zu wol) und verkennt also den augustineischen Grundcharakter des ganzen Gedankens. Seltsam ist doch auch, dass bei Grimm wie bei Bezzenberger mîn selbes sin für das einfache ich stehen muss, da zwei Zeilen vorher schon ich selbe gesagt war. Wer kann so reden?

Grimm lässt Freidank sagen: ich selbst weiss wer ich bin und wohin ich soll, Gott und ich selbst und der Teufel weiss es, Bezzenberger: ich selbst weiss nicht wer ich bin etc., Gott und Mensch (er meint andere Menschen!), ich selbst und der Teufel wissen es.

Lassen wir diese Undenkbarkeiten.

Machen wir uns noch einmal die Geschichte der Verderbniss klar. Ein nachlässiger Schreiber setzte wol mîn selbes doppelt

got weiz wol min selbes min selbes sin

ein folgender las für das erste mensche und setzte und vor, so NO got und mensche mîn selbes sin. Das liegt nahe genug. Das metrische Gewissen endlich drängte dahin das weiz wol aus der dritten Zeile zur vierten zu rücken, die dadurch nur leider selbst verunstaltet ward.

Unser Spruch erinnert an den bekannten des Martin von Biberich (s. Wackernagel Lesebuch II. Ausg. Schluss)

Ich leb und weiss nicht wie lang,<br>
ich stirb und weiss nicht wan,<br>
ich far und weiss nicht wohin:<br>
mich wundert dass ich frœlich bin.

Die Frage, wie der Mensch überhaupt fröhlich sein könne, begegnet auch bei Freidank; sie dürfte leicht ein erkleckliches älter sein als er und das 13. Jahrhundert.

Den matten Gedanken 177, 13—16, den 9 Handschriften haben würde man im Freidank gern entbehren.

19, 7—20.

Gr.   Drîer slahte menschen wâren ê,
    der wart noch wirt nie mensche mê,
    der êrste mensche wart ein man
10  der vater noch muoter nie gewan.
    der ander vater nie gewan
    noch muoter und quam doch vom man.
    diu zwei noch grœzer wunder sint
    dan daz ein maget gebar ein kint
15  von deme der tuon mac swaz er wil;
    ime ist keiner kraft ze vil.
    daz dritte mensche ein wîp gebirt,
    daz ouch von mannes sâmen wirt
    der keinz wart als daz ander niht:
20  daz wunder niemer mê geschiht.

Zeile 17 haben A B C D E G H und mit ihnen Grimm in beiden Ausgaben daz dritte, J L M N O P Q daz vierde, nach ihnen Bezzenberger, der auch hier mit Paul die grössere Ursprünglichkeit der Handschrift N bestätigt sehen will.

Die Entscheidung, was hier das richtige sei, ist für die Werthschätzung der Handschriftenclassen wichtig und deshalb müssen wir noch einmal und öfter (s. das bereits zu 10, 15. 16 ausgeführte und weiter unten zu 58, 22) auf eine Untersuchung eingehen, die mit dem Werthe der vorliegenden Reimerei in keiner Proportion steht und die Geduld des Lesers etwas auf die Probe stellt.

Nehmen wir an, N böte, wie Paul und mit ihm Bezzenberger will, das ursprünglichere, so enthielte der Spruch also die Aufzählung von vier, nicht von drei Arten von Menschen. Ich will dagegen nicht einwenden, was sonst nahe liegt, dass gleich der Beginn nur von drei Arten zu handeln beabsichtigt (drîer slahte menschen waren ê), denn es ist Freidank auch sonst wol eigen, nach solcher Einleitung doch noch eine Nummer vier zuzugeben, wie es einer meiner Lehrer that, der zu sagen pflegte: da sind nun drei Fälle zu unterscheiden, erstens, zweitens, drittens, viertens und der im Eifer auch wol noch ein ferner und endlich zugab. So Freidank z. B. 69, 8. Auch dass der nächste Spruch wieder von denselben drei [reinen] Menschen handelt Adam, Eva und Krist, soll nicht betont werden.

Man könnte ja meinen, in Zeile 17—20 solle im Gegensatze zu der wunderbaren Entstehung der drei Arten von Menschen (Adam — ohne Vater und Mutter, Eva — auch ohne Vater und Mutter aber doch vom Manne — Krist von Gott als Vater und einer Mutter, die Jungfrau blieb) nun noch die gewöhnliche Entstehung aller übrigen Menschen (vom Weibe geboren und auch von Mannes Samen v. 18!) angefügt werden und dafür zu sprechen scheint die Stelle des David von Augsburg, welche Bezzenberger S. 299 heranzieht [die übrigens Uebersetzung aus des Anselmus Cant. Schrift Cur Deus Homo ed. Lämmers II, 8 ist]. Dann hätte man also in v. 7—16 diejenigen von ehedem (waren ê) und in 17—20 das immer noch dauernde Verhältniss.

Anstoss erregt jedoch, dass eine Anzahl von Handschriften die Sache nicht so verstanden haben. Die Entschuldigung, die Bezzenberger dafür vorbringt, ist doch kaum zu gestatten, nämlich weil Krist nicht gerade als dritter bezeichnet sei, so habe man geglaubt, das dritte folgen lassen zu müssen. Man denke aber, dass statt dessen das richtige daӡ vierde dagestanden haben muss, dass der ändernde Abschreiber auch dadurch noch nicht auf die furchtbare Dummheit aufmerksam gemacht worden wäre, die darin liegen muss als die drei wunderbaren Menschenschöpfungen 1) Adam 2) Eva 3) die **natürliche** hinzustellen. Das sollte dem nachlässigsten Schreiber möglich gewesen sein?

Gerade die Hauptsache, die Geburt Christi, wenn sie auch ausdrücklich als ein verhältnissmässig geringeres Wunder bezeichnet wird, als die Erschaffung Adams und Evas, kann er doch nicht übersehen haben. Und diese Dummheit hätte kein einziger Schreiber der ganzen Reihe ABCDEGH bemerkt? Unglaublich! Abschreiber müssen sich oft genug schelten lassen; man zeihe sie des Irrthums, aber es ist nicht nöthig, ihnen völligen Stumpfsinn zuzutrauen. Aber was ist denn zu machen, wenn doch wirklich v. 17. 18

> daӡ (dritte oder vierde) mensche ein wîp gebirt
> daӡ ouch von mannes samen wirt

nur auf die gewöhnliche Propagation des Menschengeschlechtes
zu beziehen sein kann?

Also hat Bezzenberger doch Recht und auch die folgenden
Zeilen

> der keinʒ wart als daʒ ander niht
> daʒ wunder niemer mê geschiht

bezögen sich auch auf die gewöhnlichen Nachkommen des ersten
Paares, die in so wunderbarer Weise verschieden gebildet sind,
'under ougen eine spanne', wie das 11, 23—12, 8 ausgeführt ist?

Nein, Bezzenberger hat nicht Recht, weil von diesem Wunder,
der Verschiedenheit der Menschenantlitze es doch nicht heissen
kann daʒ wunder **niemer mê** geschiht. Es geschieht ja alle
Tage, es geschieht an den Blättern der Bäume und an den Halmen
des Grases gerade so. Dazu kommt, dass v. 19 der keinʒ wart
als daʒ ander niht gar nicht von der äussern Gestalt der Menschen
sondern von der Weise ihres Gewordenseins spricht. der keinʒ
und daʒ ander beziehen sich auch nicht auf die einzelnen Menschen,
sondern auf die erwähnten Menschenarten [daʒ mensche]. Es
ist also hier gar nicht von dem Wunder in 11,23—12,8 die Rede,
es handelt sich um die wunderbaren slahte, die ê wâren und die
jetzt eben nicht mehr vorkommen (niemer mê geschiht), um die
Entstehung Adams Evas Kristes, die in der That keine wie die
andre sind.

Wir haben noch immer die oben gestellte Frage, was mit v. 17. 18
zu machen sei, nicht beantwortet. Es hilft uns nicht in v. 18
daʒ ouch auf wîp in v. 17 zu beziehen, denn welcher Gedanke
käme da zu Tage? Von Christus zu sagen, dass ihn ein Weib
geboren und dass dieses Weib auch einen Vater gehabt habe, das
wäre doch zu albern, zumal schon vorher die Jungfrauschaft der
Mutter Gottes erwähnt war.

Also hat doch vielleicht zuletzt noch Bezzenberger Recht
und wir müssten suchen, die vorher gemachten Einwände auf andere
Weise zu entkräften?

Ein Ausweg böte sich noch, wir werfen v. 17. 18 ganz über Bord,
haben sie doch auch Grimm so viel Anstoss gegeben, dass er

meint, sie könnten unecht sein, überflüssig seien sie und die Lesart
das vierde, die eine Reihe von Handschriften biete, habe das
eingesehen.

Das wäre bequem, es würde ja jeden Streit beseitigen, aber
unser kritisches Gewissen sträubt sich dagegen.

Die Sache erledigt sich, um es endlich zu sagen, einfach so,
dass für das nicht seltene Versehen ouch das richtige niht wieder-
hergestellt wird. Genau der umgekehrte Fehler ist 169, 20 be-
gangen (s. zu der Stelle,) wo nothwendig zu lesen ist:

der wil lernen und ouch kan

Grimm's Variantenverzeichniss lässt uns im Stich, ich bin fest
überzeugt, dass diese Lesart sich bezeugt findet.

Lesen wir demnach die wirklich nur auf die drei Adam Eva
und Christus bezüglichen Verse in folgender Weise:

Drîer slahte menschen wâren ê,

der wirt noch wart nie mensche mê.

(erstens) der êrste mensche wart ein man

10 der vater noch muoter nie gewan.

(zweitens) der ander vater nie gewan

noch muoter und quam doch vom man.

(diu zwei noch græzer wunder sint

dan daz ein maget gebar ein kint

15 von deme der tuon mac swaz er wil;

ime ist keiner kraft ze vil.)

(drittens) daz dritte mensche ein wîp gebirt,

daz niht von mannes sâmen wirt.

der keinz wart als daz ander niht,

20 daz wunder niemer mê geschiht.

Zeile 9 und 11 wird richtiger auch das neutrum zu setzen
sein.

Wir setzen von 13—16 in (), um sie als einen epexegetischen
Zusatz zu bezeichnen. Merkt euch nebenbei, sagt der Verfasser,
dass diese jetzt erwähnten Schöpfungen Adams und Evas ver-
hältnissmässig wunderbarer sind, als die dritte, von der ich
reden will. Dabei bemerke ich, dass wir hier ein altes apologetisches
Argument vor uns haben, das man gegen die Juden anwandte, die

ja die wunderbare Erschaffung Adams und Evas glaubten und doch diejenige Christi leugneten, der doch wenigstens eine Mutter hatte.

Wenn auch schon Zarncke für die Vorzüge der sog. vierten Handschriftenclasse eingetreten war*), so wird auch er hoffentlich wie Paul und Bezzenberger jetzt zugeben, dass wenigstens der bessere Text sich in den von uns besprochenen Stellen entschieden nicht findet. Im Gegentheil fanden wir ihn in der von Grimm bevorzugten Gruppe. Machen wir also einen Rückschritt meine Herren.

---

An 19, 20 würde sich ganz schicklich 11,23—12, 8 anschliessen.

---

### 21, 16

durch bösen namen, nicht, wie Grimm will und Bezzenberger zugiebt, weil man schlecht von **mir** spricht, sondern weil sie, die manegen dinge, die an mir sind, anständigerweise nicht in den Mund genommen werden können, also durch bœsen namen etwa so viel als aus Decenz.

### 21, 19

Der mensche ist ein bœser sac,
er hœnet aller würze smac.

Grimm hat 19 der bûch nach C D E gegen alle andern. Ich wage nicht zu entscheiden. Dagegen möchte ich aus Bertold 190: 'daz den menschen ermante der horwige irdenisch sac, daz er dêmüetic wære' das durch die folgende Zeile fast erforderte horwic herstellen.

Dazu berechtigt die Lesart von B wûster sac (horwic = wust?) Freidank ist das wort horwic nicht fremd (s. 70, 6 ein horwic hant). Der ganze Spruch wird auf Bekanntschaft mit Bertold zurückzuführen sein.

---

*) S. bei Bezzenberger S. 59.

22, 3

swie liep der mensche lebendic sî,
er ist doch nâch tôde unmære bî.

im ist nâch .C. scheint nothwendig.

23, 15—18

manc mensche sich bekêret,
daz got von êrst baz êret
ein mânôt stille und offenbar
dan dar nâch über zehen jâr.

Bezzenbergers Erklärung genügt nicht völlig ('er beweist seine Busse innerlich und im öffentlichen Leben kurze Zeit besser [er êret got baz — von êrst, nämlich nachdem er gebeichtet und gebüsst hat] als hernach, wenn die bussfertige Stimmung verschwunden ist, da er dann lange von Gott abgewendet lebt'). Der Sinn ist vielmehr: Mancher ehrte Gott im Stillen und vor der Welt (offenbâr) besser vor seiner Bekehrung in éinem Monat, als nun, nachdem er fromm geworden, in zehn Jahren.

von êrst bedeutet vorher, früher, zuerst*); über zehen jâr so viel als in zehn Jahren und darüber hinaus, also in vollen zehn Jahren. Wenn wir heute noch sagen, über acht Tage, so ist das: sogleich nach Ablauf der 8 Tage, wenn sie vorüber sind. So ist übermorgen = nachdem morgen vorüber, am dritten Tage. Davon unterscheiden wir ein betontes über, welches mehr als bedeutet. Es ist also

ich gebe es dir über acht Tage
die Leiche lag über acht Tage im Wasser

nicht ganz gleichwerthig. Im Mhd. besteht dieser Unterschied nicht, wie es scheint.

25, 8

Gr. got mac tuon swaz er wil
B. got mac tuon und ist swaz er wil.

_________

*) Das verkennet Bezzenberger. S. noch 23, 8 dem kinde wirt von êrste gegeben. Ganz so das ital. da, dappoi hiernach, dappiè unten, dappresso nahebei, dappertutto gänzlich u. d. g.

Dieses von Bezzenberger nach A B C E G I L M N O in die Zeile eingereihte und ist ist doch wieder zu tilgen, da es weder Sinn noch Sprachrichtigkeit hat; es müsste ja heissen unde sîn (oder wesen). Vielleicht hat D das richtige, so dass

> vn̄ ist [niederd. vn is] die Stelle von
> alleʒ einnimmt.

### 27, 7 fgg.

Warum wuocher? der Grund ist ein etymologischer und bezieht sich zunächst auf das Gras. Der gelehrte Geiler wusste das noch:

> ‚fenum a fenore dictum, erdtwuocher‘

Diese Etymologie ist sprachgeschichtlich gar nicht zu verachten.

### 28, 1 und 9

Gr. 1 so nement sîn guot die erben gar
    9 die mâge hânt daʒ guot erkorn
B. 1 sîn guot daʒ nement die hêrren gar
    9 so ist der hêrre so gewert

Lehrreiche Varianten! Unzweifelhaft richtig giebt Grimm (II. Ausg.) nach D und Brants Druck die erben. Aber alle andern Handschriften bieten der herre oder die herren, das Bezzenberger denn auch in den Text nimmt (Q de heren ed' de vrunt wo ed' = eder, oder sein muss), wiewol er es nicht erklären kann, denn das ist nur Verlegenheitsgerede, was er da vorbringt: 'dass Freidank unter dem (den) hêrren nicht an den Lehnsherrn, sondern an die lachenden, mächtigen Erben (!) gedacht hat, liegt wol nahe'. Den Teufel auch! Herren und Erben sind doch so wol von einander abgegrenzte Begriffe, dass wer Erben verstanden wissen wollte, es gefälligst auch sagen sollte.

Nein, die Lesart herren ist so nicht hinwegzuklügeln.

Ich bin nicht in der Lage, die Handschrift Q (Papierhdsch. zu Magdeburg) selbst einzusehen, vermuthe jedoch, dass F. Wiggert, der für Grimm eine Abschrift nahm, durch andere Kenntniss des Textes beeinflusst war, als er de heren ed' de vrunt

las, dass vielmehr dort stehe:

de heredе' de vrunt

also die hereden und de vrunt ist nichts anderes als eine ganz richtige Glosse, insofern als die Freundschaft so viel ist als die Sippschaft (so häufig bei Luther). Aber ich will auch zugeben, in Q stehe wirklich so, wie Wiggert angiebt, so wäre der Schreiber selbst für die unglückliche Conjectur

de heren ed'

verantwortlich und er hätte nur das lateinische Lehnwort de hereden nicht verstanden.

Was ergiebt sich nun aber, da doch der herre (C G d) sein herre H die herren A B I L M N O P (sine I) so stark bezeugt in hochdeutschen Handschriften vorliegt und offenbar auf Unkenntniss des niederdeutschen herede beruht? — wenigstens vermöchte ich kein hochdeutsches herede für erbe nachzuweisen.*) Nichts anderes, dünkt mich, als dass einer grossen Anzahl unserer Freidankhandschriften ein niederdeutsches oder niederrheinisches Exemplar zu Grunde liegt.**) Nur wollen wir darin nicht etwa eine Bestätigung für Grions Annahme finden, der Freidank unter dem Namen Wolfger (s. das Capitel Wolfger von Ellenbrechtskirchen) in Cöln geboren sein lässt.

Dass das niederdeutsche an lateinischen Lehnwörtern noch viel reicher ist, als das oberdeutsche, ist bekannt.

---

30, 13

Hôchvart diu hât kraneches schrite
und vil wandelbære site

Kann in 24, 10. 11 noch zweifelhaft sein, ob Freidank Walther gekannt und benutzt habe, da der auch in Walther's Leich

---

*) Existirte das Wort, so wäre auch wol einer der vielen Schreiber darauf gerathen, es an die Stelle eines verlesenen herre wieder hinzusetzen, aber eben, dass sie alle herre sagen, zeigt, dass ihnen das Wort fremd ist.

**) S. zu 38, 23.

wiederkehrende Gedanke sich doch bereits in älteren Marienliedern findet, so scheint hier eine Anspielung evident. Die mit so viel Gelehrsamkeit und Geist von Wilh. Grimm verfochtene Hypothese von der Identität Walthers mit Freidank darf ich wol als definitiv aufgegeben betrachten. Das Hauptargument dagegen ist, dass Walther ein Dichter ist und Freidank aber, wie sich immer klärlicher zeigt, ein kläglicher Stümper.

Auch diesmal ist er nichts als ein disjecta membra zusammenraffender Spruchsammler. Er las bei Walther die schönen Verse;

<blockquote>
dô fuort er mîner krenechen trit in derde<br>
dô gieng ich slîchent als ein pfâwe, swar ich gie
</blockquote>

und abstrahirte sich daraus: die Hoffahrt gleicht des Kranichs, die Demuth des Pfauen Gange. Es genügte ihm für seinen Zweck

<blockquote>
hôchvart diu hât kraneches schrite
</blockquote>

und nun musste aber eine Reimzeile dazu geschmiedet werden. Sie ist kläglich genug ausgefallen. Freidank wird sich eben über die wandelbare Sitte der Hoffart nicht viel Scrupel gemacht haben. Gereimt musste ja doch sein.

Dabei ist Freidank gar nicht eingefallen — auch Bezzenberger scheint das zu übersehen — dass Walther keineswegs von dem stolzen Schritt des Kranichs (dem schleichenden Pfauentritte entgegen) spricht, sondern von dem Tritte **seiner** Kraniche. Das sind jedoch die Schnabelschuhe.

Diese Mode ist aus Frankreich zu uns gekommen. Schon 972 klagt der Primas auf der Synode zu Mont Notre Dame (Richers III, 39): Was soll ich aber von den abenteuerlichen Schuhen sagen? .... Sie (die Mönche) lassen sich nämlich ihre Schuhe so eng machen, dass sie darin fast, wie in den Stock geschlossen, am Gehen gehindert sind. Auch setzen sie denselben vorne Schnäbel, an beiden Seiten aber Ohren an und tragen grosse Sorge, dass sie sich genau dem Fusse anschliessen, halten auch ihre Diener dazu an, dass sie mit besonderer Kunst den Schuhen einen spiegelhellen Glanz verleihen.

Walther nun gelangte in poetischer Ideenassociation von dem Namen dieser Schuhe mit Ohren (die wol wirklich so aussehen

mochten wie ein Kranichkopf) auf den Gegensatz des schleichenden
Pfauen, aber **Freidank** wie gesagt lässt den Vogel selbst hof-
fährtig schreiten, wie kurz vorher den Hahn (30, 6 sie gât dicke
in hanen wîs). Hätte er **Walther verstanden**, so hätte er sagen
müssen: Hoffart geht auf grossem Fusse, mit prunkenden Stiefel-
chen einher.

Und nun, wie besteht, nur diesen **einen Fall** in Betracht ge-
zogen, die Identität des Spruchredners mit dem Meister in aller
**Hövescheit und Fuore**, dem sprachgewaltigen **Walther von der
Vogelweide?**

### 13. 13

**Bezzenberger** hätte nicht wieder **liute guot und êre** geben
sollen, nachdem **Grimm** bereits das bessere **lîp** [nach CD lîp gut
E leib und gût] gesetzt hatte. Freilich ist es auch mit diesem
**lîp = leben** nicht gethan; es ist **liep** zu schreiben.

Das ist nicht einmal eine Abweichung von der handschriftlichen
Vorlage zu nennen, reimt doch **Wolfram** sogar **lîp = liep** auf
**sip** 599.3

Vgl. 51, 25 die jugent ie nâch frôuden strebt. 58, 18 kehrt
allerdings die Zeile **umbe liute, guot und êre** wieder, doch auch
dort ist **liep** herzustellen (s. Anm. dazu).

Eine alte crux, die noch zuletzt **Hofmann von Fallersleben**
in der Ausgabe der Sprichwörter des **Tunicius** und schon nicht
wenig **Jacob Grimm** zu schaffen gemacht hatte, lässt sich jetzt
beseitigen. Es ist das Wort, das in den Sprichwörtersammlungen
des 16. Jahrhunderts erscheint und fortvegetirt ohne verstanden
zu sein

**der Leib heisst Falck**

und um das Verständniss ganz zu verdüstern, setzt einer, ich
glaube **Gartner** ist es, sogar das lateinische

**falco corpus habetur**

dazu. Der Falke, der edle Jagdvogel, ist nicht nur im Nibelungen-
liede, sondern auch sonst — ich fand es selbst in einem der
reizenden von **Tigri** gesammelten toscanischen Volksliedchen —

für die ihm nachschauende Jungfrau — und man denke, dass die Falkenbeize eine Frauenjagd war — ein nahe liegendes Bild für den in die Ferne ziehenden, gleichsam davonfliegenden Geliebten. Ihm sendet man im Andenken an den fernen Geliebten Grüsse nach und wie er, gut gewöhnt, auf die Hand der Herrin zurückkehrt, so ersehnt diese wol auch des eignen Herren baldige Rückkehr. Also, nicht der l i p corpus heisst Falk, sondern d e r l i e b e. Beseitigen wir endlich das verderbte und sinnlose Glossem d e r Leib heisst Falck aus unsern Sammlungen, wenigstens geben wir ihm den Sinn, den der (erste) Glossator ihm geben wollte, der Falke ist ein Symbol des Geliebten

der lib (d. i. lieb) heiʒet valck.

33, 12—15

Durch sünde schande und schaden lât<br>
manc man und wîp grôʒ missetât;<br>
wæren die drî vorhte niht,<br>
so geschæhe manic ungeschiht.

Also die Missethat unterbleibt aus Furcht vor der Sünde, der Schande und dem Schaden. Das soll Jemand sagen können? Ist nicht die Missethat selbst Sünde? Wir sind berechtigt, den Eindringling aus unserm Texte wieder zu verweisen, den Anhalt dazu bietet uns die Lesart in D:

durch sunde ūn schād sorgē lât

wo s u n d e eben nur ein Schreibfehler für s c h a n d e ist [in der Corruptel s o r g ē muss ein anderes verlorenes Wort stecken, etwa sorglîch?] Nun widerspricht aber v. 14

wæren die d r î vorhte niht.

Das ist ja recht störend. Mithin lassen wir doch wol unsere Aenderung wieder fahren und tragen in Geduld, was einmal überliefert ist?

Was ist denn überliefert? D. eine Handschrift, die durch ihre Abscheulichkeit uns schon manchen Dienst geleistet hat, bietet

wer die dru<br>
E G.    weren die drei

dru und drei sehen sich freilich ähnlich, aber es ist doch etwas anderes und zwar etwas, dem das folgende Wort vorhte als Glossem zugeschrieben ward, nichts anderes als

drouwe

oder drowe d. i. Drohungen. die ist == dise.

Somit ist zu lesen und damit Freidank von einem Nonsens befreit:

> Durch schande und schaden sorclîch lât
> manc man und wîp grôȥ missetât.
> enwæren disiu drowe niht
> eȥ geschæhe manic ungeschiht.

Vgl. auch noch zu 129, 17. 18. —

34, 21. 22
> Sünde ist süeȥiu arebeit;
> sie gît ie nach liebe leit.

Ein für das Verhältniss Freidanks zu seinen Zeitgenossen äusserst lehrreiches Dictum. Ich schicke voraus, dass es in einundzwanzig Handschriften steht und von keiner Seele als unecht verdächtigt worden ist. Nur eine Handschrift M, hat den Widersinn bemerkt, der darin liegt, die Sünde als eine süsse **Mühe** (denn das ist arebeit) zu bezeichnen, sie ändert ist snoden also schnöde Arbeit. Die Görlitzer Handschrift eines lateinisch - deutschen Freidank-Extractes, der uns später zu beschäftigen haben wird, bietet: gut arbeyt, doch muss das ein Schreibfehler für söt sein [vielleicht ein Lesefehler des Herausgebers?] da der erste Hexameter lautet:

Peccatum primum quamvis dulcor*) comitetur

(besser die Stettiner und Berliner Hdschr.

peccatum primo suavis labor esse videtur)

Merkwürdig ist mir, dass selbst Franz Pfeiffern entgangen ist, woher diese Zeilen von Freidank aufgelesen worden sind, ist er es doch gewesen, der das schöne Bruchstück (Mone's An-

---

*) für dulcedo.

zeiger 4,314—21) als dem Bligger von Steinach zugehörig
erkannte (s. Pfeiffers Freie Forschung S. 82).

Dort heisst es v. 309 ff.

> Der sende mangel kumber birt,
> swâ liebe rehte enzündet wirt.
> dâ von sprach hie vor alsus
> ein hübescher man, Ovidius:
> amor, amor, amor
> dulcis dulcis labor.

Pfeiffer bemerkt, dass der Pleier den Umbehanc Bligger's
gekannt haben müsse, da er im Meleranz 687—94 sagt:

> dâ was gebuochstabet an,
> alsô ich vernomen hân:
> 'mannes langer mangel
> daz ist des herzen angel'.
> die buochstab' an den strichen vor
> die sprâchen, 'dulcis labor':
> das sprichet, sô mir ist geseit:
> minne ist süeziu arbeit'.

Diese letzte Zeile nun ist es, die Freidank aufgelesen hatte
und zu der er die bekannte sprichwörtliche Gegenüberstellung von
liebe und leit (s. Nibelungenlied str. 17 wie liebe mit leide
ze jungest lônen kan und str. 2315 als ie diu liebe leide
an dem ende gerne gît und so in hundert Wiederholungen bis
Geiler (Postille 3. Theil es stand kurtz oder lang, so ist
lieb leyders anefang) und darüber hinaus hinzufügte, um die
ihm nothwendige Reimzeile zu gewinnen.

Freidank, der rechte Ausdruck philiströser Abkehr von der
liebegirrenden Lyrik und naiv heiterer Lust an Liebesabenteuern
der Epik, daher auch von dem Zeitalter der abgeblühten Dicht-
kunst so über Gebühr geschätzt, der witzlose Didaktiker, ist
natürlich auf die Minne nicht gut zu sprechen (s. 98,11—106,11
aber er hätte doch bedenken sollen, dass seiner geistlichen
Umdichtung

> s ü n d e ist süeziu arebeit

das schoene Oxymoron süsse Mühsal.*) recht schlecht zu
Gesichte steht. [Nicht besser steht es dem Spervogel (s. bei
Pfeiffer F. F. S, 206) wo es in der 6. Str. heisst:

<blockquote>
In zweier slahte sinne<br>
diu werelt umbe gât:<br>
daz eine heizet minnè,<br>
diu valschen ende hât;<br>
daz ander sint gewinne,<br>
deist süeziu missetât.
</blockquote>

Dass Freidank auch diesen Spruch kannte und in seiner Weise
verbalhornte wird zu 55,19 dargelegt werden.

36, 27—37, 1.

<blockquote>
swer wol lêrt und daz selbe tuot,<br>
daz gât den sündern in den muot.
</blockquote>

Das geht den Sündern in den Muth! Bezzenberger erklärt, wie
man in der That nicht anders könnte, 'so geht das dem Sünder
zu-Herzen, bringt ihn zur Besinnung.' Leider entspricht das der
Erfahrung eben nicht. Es ist vielmehr die Meinung: so ist das
für die boesen ein ganz besonderer Verdruss. Die Schreiber —
und, sagen wir die Editoren — haben sich hier an dem guten
alten Worte der widermuot vergriffen, was so viel bedeutet als
Verdruss, Widerwärtigkeit, Aerger, überhaupt das unerwünschte.
Man lese:

<blockquote>
daz gît den sündern widermuot
</blockquote>

Der Schreibfehler in den muot für widermuot liegt auf der
Hand. Kühner wäre es, aber es ist nicht erfordert, anstatt den
sündern zu setzen dem tiuvel. Gît ward zu gât.

Vgl. übrigens das zu 71, 3—6 angemerkte.

---

*) ir ungemach ist süze, sagt in Veldeke's Aeneide die Königin
zu ihrer Tochter Lavinia, von der Minne redend (Sp. 263 Ettmüller.)
Vgl ferner noch das mfr. l'ameir = l'aimer und l'amer. Alt ist das Wort-
spiel amare amarum. Das dulcis labor bei Ovid weiss ich nicht
nachzuweisen.

### 38, 1. 2.

swelch guottât ê verdorben was
diu gruonet wider als ein gras

Hdr. verdorben A B C D E G I M N O verborgen P Q, verlorn
H. Zu lesen ist — der Sinn erfordert es und wer für den schoenen
poetischen Gedanken Empfindung hat, zweifelt keinen Augenblick
daran —

swelch guottât ê verdorret was.

### 38, 13—16.

Swer mit gewalt unrehte₃ guot
erbet, alsô maneger tuot,
dem volget alle₃ sünde bî;
an geborner sünde ist er frî.

Gr. 14 arbeitet 15 aller. Verzweifelte Zeilen! Dass G r i m m
mit R. arbeitet aufnahm (in der II. Ausg.) während sonst erbet
und erbeit (A O) bezeugt sind, genügt, um zu vermuthen, dass
in dieser Stelle der Keim der Verderbniss zu suchen sein wird,
einer Verderbniss, die zu so vergeblichen Deutungsversuchen so
manches grübelnden Hauptes geführt hat. Ich will sie hier nicht
wiederholen.

Will der Spruch von der Vererbung unrechten Gutes
reden, so müsste er sich an den Satz anlehnen, dass es nicht
gedeihe, nicht an den dritten Erben gelange, dass der Fluch an
ihm hafte, dass es den rechten Erben wieder suche oder dergleichen,
wie denn 57, 20—24 gesagt ist:

Manc guot ist so verfluochet,
da₃ sîn got niht geruochet,
da₃₃ ime ze dienste werde
ze himel od ûf der erde.

Was soll wol heissen mit gewalt erben? Und wem folgt dann
die Sünde nach, dem Gute oder dem der es mit Gewalt geerbt
hätte? Nach L a c h m a n n, der die zweite Frage unentschieden
lassen muss, hiesse es: wer unrechtes Gut (zugleich) mit der

Gewalt über Gut und Leute, mit Herschaft also erbt. Grimm
tilgte das Wort mit in der 1. Ausg.

swer gewalt, unrehtes gut

lässt es aber in der 2. wieder eintreten.

Die angeborne Sünde soll unfreiwillige sein, während
die durch den Antritt der Erbschaft begangene untilgbar bleibe.
Bezzenberger fasst den Spruch als Rechtsgrundsatz, ist aber
genöthigt mit gewalt erben als recht eigentlich nicht erben,
nämlich als rauben zu erklären. Er sagt widerspruchsvoll genug:
'Wenn Jemand nicht erbweis, sondern durch Gewalt (z. B.
Tödtung eines nächstberechtigten Verwandten) unrechtes Gut d. h.
solches das erst durch den Erwerb unrecht wird (!) erbt, d. h.
sich zum Erben desselben macht [curiose Manier des Erbens!],
der hat des immerwährend (allez) Sünde . . . dagegen als zum
Gute . . geborener Erbe ist er der Sünde, die daran haftet, frei.'
Lassen wir das vorläufig!

66, 13 ffg. heisst es:

Man gewinnet'z himelrîche  
in drî wîs ungelîche:  
einerz mit gewalte hât,  
der sich selben varn lât;  
der ander sich ze himele stilt,  
der guot ist und das sêre hilt;  
der dritte kouft es âne strît,  
der eigen umbe almuosen gît.

Hier ist deutlich, dass von drei verschiedenen Weisen des Er-
werbes gesprochen wird, durch Raub, öffentliche Gewaltthat oder
Eroberung, durch Diebstahl (heimlich) und durch Kauf. Nicht
erwähnt, weil auf die Erwerbung des Himmelsreiches nicht anzu-
wenden [obwol wir dem Reime auf sterben zu Liebe wol beten
hören: und mach uns zu Himmels Erben] ist die vierte Form,
die Erbschaft oder Schenkung. Klar aber ist doch, dass Gewalt
und Raub, Diebstahl und Kauf die Erbschaft ausschliesst.

.Erbschaft mit Gewalt, mag Bezzenberger sagen was er will,
ist ein Unding. Das kann Freidank nicht gesagt haben.

Es läge daher nahe in den Lesarten erbe˅ erbeit arbeitet eine Corruptel für wirbet zu erblicken und in der That, ich wundere mich, dass man das nicht auch versucht hat. Man würde dann das mit gewalt erben los und könnte ja in dem gewaltsamen Erwerb oder Aneignen des unrechten Gutes den Gegensatz zum angebornen, zum Erbe finden. Hilft nur leider nicht viel, schief bliebe der Gedanke immer. Man stelle sich's nur vor: wer mit Eroberung oder Raub unrechtes Gut erwirbt, dem folgt durchaus die an dem unrechten Gute haftende Sünde, während er, der Räuber (!), frei bleibt von der angebornen Sünde, derjenigen etwa, die sein Vater begangen hätte? oder derjenigen, die an seinem legitim ererbten Gute haftet, was aber doch zu selbstverständlich wäre. Aber vielleicht ist der er in der vierten Zeile gar nicht derselbe, der in Zeile eins gemeint ist? Das wäre. Also: Wenn einer — dies und das thut — so trägt er ganz den Fluch des unrechten Erwerbes, während ein anderer, der legitim geerbt hat, frei bleibt. Ja, aber diese mehr als Thukydideische und Sallustische Brachylogie und dabei die abscheuliche Trivialität, uns zu sagen, dass ein legitimer Erbe nicht auch unter dem Fluche des Räubers zu leiden habe.

Freidank, mag er nun gemeint haben, was er will, sann uns sicherlich nicht an, seine Zeilen auf zwei ganz verschiedene Menschen zu vertheilen. Es ist nöthig, das er der vierten Zeile auf swer der ersten zurückzubeziehen. Machen wir doch auch mit der angebornen Sünde nicht gar zu viel Umstände! Warum soll sie denn hier durchaus etwas anderes sein, als sonst immer, die Erbsünde, die der Theologie so interessant ist?

Soweit wären wir denn durch methodisches Vorgehen gelangt, einzusehen, dass Freidank einen Weg angeben will, wie Jemand von der Erbsünde sich frei machen kann. Wer .... dies und das thut, wie es mancher thut ......... der ist frei von angeborner Sünde.

Nun aber weiter. Vermutheten wir recht, dass die Varianten erbet erbeit arbeitet eine Corruptel verrathen und war mit der Conjectur wirbet nichts erreicht, so werden wir zu suchen haben, was wol an der Stelle gestanden haben mag. Nur kein verzweifeltes

Herumrathen in der Wilde, lieber sagen wir non liquet, knabbre ein andrer sich daran die Zähne stumpf.

Noch einmal: es ist möglich von der angebornen Sünde, der Erbsünde (im Gegensatze zu der eigenen Todsünde bekanntlich, die verzeihlichere, durch gute Werke zu tilgende) frei zu werden wenn man unrechtes Gut mit Eroberung — nun was denn? doch wol dem rechtmässigen Besitzer wieder verschafft. Das ist ein so verdienstliches Werk, dass der Thäter selbst mit Sünde ganz und gar behaftet sein mag (maneger, dem volget allez sünde bî) doch gerecht wird vor Gott. So nach mittelalterlich katholischer Auffassung von der Verdienstlichkeit der guten Werke.

Sehr schön, nur fragt sich immer noch, ob die Beschaffenheit des Textes dieser Möglichkeit entgegenkommt.

Ich meine, glücklicherweise thut sie es, ja sie drängt uns das richtige fast auf.

Man hat sich nur vorzustellen, dass für

erbet

erwet

dastand, so erklärt sich, wie das Wort von den Schreibern als erbet oder arbeit hat genommen werden können, während es selbst nichts anderes ist als

erwent, geschrieben erwēt

also erwendet.

Wie das verbum erwinden so viel ist, als bis zu einem Puncte vorgehen, und dort umkehren, wenden, dann überhaupt reichen, (der Rock erwindet bis an das Knie, reicht bis dahin und kehrt dort gleichsam wieder um, die Schabracken der Pferde erwinden unz ûf daz gras) so ist erwenden = erwinden machen, zurückkehren machen, rückgängig machen. In der letzteren Bedeutung, das sei der Zweifler wegen betont, lesen wir das Wort bei Freidank selbst

68, 16 so der tiuvel niht erwenden kan

guotiu werc an guotem man

Ein unrechtes Gut*) erwenden ist somit es an seinen recht-
mässigen Besitzer zurückkehren machen. Man wird ohne Bedenken
unsre Herstellung in die Wörterbücher einreihen dürfen.

Unser Spruch sieht nun freilich nicht mehr so vertrakt aus,
nicht wahr? Was will er also? Er fordert Fürsten und Herren
auf, ihre Kriegsmacht dazu anzuwenden, Gerechtigkeit, nicht Raub
zu üben und giebt ihnen die Verheissung, dass, wer unrecht er-
worbenes Gut dem Räuber abnimmt, um es dem rechtmässigen
Besitzer wieder zuzuwenden, sich von der Erbsünde damit
erlöse.

38, 23.<br>
swer den menschen zündet<br>
mit râte daz er sündet

B. twinget. Diese Schreibung lässt vermuthen, dass dem
Schreiber ein ihm unverständliches Wort vorgelegen habe, zündet
hätte er nicht missverstehen können, wie ich denn auch nicht
wüsste, dass sonst Jemand daran Anstoss genommen hätte, ausser
Grimm, dem als Möglichkeit eingefallen war, was wir als das
allein richtige und nothwendige in Anspruch nehmen

schündet

schünnen oder schünden, anschünnen (ahd. scuntan) sind die
recht eigentlichen Bezeichnungen für die Anreizung, das heimlich
listige Verleiten zum Bösen. Das Wort ist im heutigen nieder-
deutsch wol erhalten, es mag schon früh dem hochdeutschen un-
geläufig geworden sein. Bei der Besprechung von 28, 1 und 9
schien sich uns zu ergeben, dass ein niederdeutsch gefärbtes Exem-
plar eine Anzahl unserer Handschriften beeinflusst habe. Es wird
erlaubt sein, das jetzt gefundene schündet zu weiterer Bestäti-
gung heranzuziehen.

38, 26.<br>
und hât ir deste minre niht

---

*) Auch hier wird alle Spitzfindigkeit der Erklärung hinfällig, es ist
wie immer das zu Unrecht besessene, unrecht erworbene Gut.

Es ist nothwendig zu lesen er. Sinn: der zur Sünde verleitende ladet die Schuld auf seinen Nacken, gleichwol hat der sie voll zu verantworten, von dem sie geschieht. Man macht also durch anschünden doppelte Schuld.

39, 10—15.

sô grôȥen lôn almuosen hât,
als frô der ist, der eȥ enfât,
als vil sîn ist, des man dâ gît,
als durft sîn ist in hungers zît.
swer gît mit guotem willen dar,
der enpfât den lôn gar.

Man versteht nicht, mit welchem Rechte hier eine Reihe von Handschriften M N O H L V P und mit ihnen Bezzenberger von vier Belohnungen des Almosens reden können (vier grôȥe loene almuosen hât), da doch 11, 12, 13 nur drei aufgeführt werden. In Zeile 14 nämlich swer (oder swerȥ) gît mit guotem willen ist nicht ein vierter Lohn erwähnt, sondern nur die allgemeine Regel für das Geben, deren Erfüllung erst der vier Belohnungen [Schade, dass wir nicht mehr sagen sollen der vier Lôhne!] theilhaft macht (dem werdent die vier loene gar I L M N O P Q V).

C D E F haben daher die Zahl beseitigt und mit ihnen Grimm (s. oben).

Der Verlegenheit wäre auszuweichen, wenn dennoch in den nicht eben zierlich ausgedrückten Zeilen 11—13 die vier enthalten wären. Mir scheint, sie sind es. Lesen wir jedoch v. 12

als vil sîn ist, als manege er gît

Dann erhalten wir: der Lohn des Almosengebens ist ein vierfacher und steht im Verhältniss 1) zu der Freude des Empfängers 2) zur Grösse der Gabe 3) zur Zahl der Beschenkten 4) zur Noth der Zeit. Man kann auch sagen, es sei beim Geben besondere Rücksicht zu nehmen auf die vorauszusetzende grössere oder geringere Freude des Empfängers, auf die Höhe der zu gewährenden Unterstützung, auf die Anzahl der Bedürftigen, auf die grössere oder geringere allgemeine Calamität und derjenige wird den reinsten Lohn des Wohlthuns erwerben, der es versteht, die grösste Freude mit seiner Wohlthat zu bereiten, der die Gabe reichlich zumisst, der zugleich möglichst vielen beispringt und berücksichtigt wo das grösste Bedürfniss ist.

So sieht die Sache ganz leidlich aus, es fragt sich nur wieder, ob der Text uns berechtigt in v. 12 des man da gît in als manege er gît zu ändern.

Man stelle sich aber vor, wie leicht

in          als manege er gît<br>
          als manger gît

umgewandelt werden konnte und wie das ein weiterer Schreiber in als man der gît nehmen mochte. Das gab nun aber keinen rechten Sinn und, da es zur ersten Hälfte des Verses zu gehören schien, stellte sich die jetzige Lesart ein:

als vil sîn ist des man da gît

So viel ist sicher, dass die Zahl vier zu der bisherigen Lesung nicht passt und eben so sicher, dass kein Schreiber, dem nur diese Lesung vorgelegen hätte, sie hätte erfinden, d. h. für die ganz unanstössige Lesart der Handschriften C D E F setzen können.

Ueber die Construction könnten Bedenken aufsteigen, doch wer bei Freidank 33, 6. 7 z. B. ohne Anstand liest:

nâch sünden nieman runge<br>
der uns ze sünden twunge

was heissen soll: wenn der, nämlich Gott uns (die Sünde nicht verboten hätte, sondern) zur Sünde zwänge, der darf auch hier nicht zu empfindlich sein.

40, 8<br>
die man von der sünde seit.

Ich vermuthe treit, davonträgt.

Eine auf später Ueberlieferung beruhende Spruchsammlung (Münchener Cod.) bei Pfeiffer F. F. S 244 Nr. 61 giebt den ganzen Spruch in folgender Form

### SENECA.

Daz sünd nit sünde wär
noch so wär mir unmär
umb ir gross unflättigkait
das weiset mich mein bescheidenheit

---

40, 9. 10. siehe zu 59, 16. 17.

---

40, 15. 16
### Der Spruch stimmt mit Hartmann's Erec 431

swen dise edeln armen
niht wolden erbarmen

Pfeiffer macht mit Fug geltend (F. F. S. 165) dass, wäre
Hartmann der Entlehner und nicht umgekehrt Freidank, die
Bescheidenheit bereits vor 1197 vorgelegen haben müsste, was
allerdings ganz undenkbar ist.

41, 12 ff.
Daz mer nie deste grœzer wart,
ob ein gans das wazzer spart.
ein lant des êre nie gewan,
was (saz A) drinne ein rîcher bœser man.

Es ist geradezu wunderbar, was man sich alles vom vermeintlichen
Dichter Freidank zumuthen lässt. So wenig ich die hohe
Meinung zu theilen vermag, die man von der Bescheidenheit hat
oder zu haben vorgiebt, so confuses, so absolut unsinniges Zeug
traue ich ihrem Compilator doch nicht zu. Er ist wohl platt, auch
ungeschickt im Vortrag, aber man erkennt doch seine Meinung.
Was sollte er hier gedacht haben?

Wie das unermessliche Meer dadurch nicht grösser wird, dass
eine Gans das Wasser spart, so — nun kann der Vergleich in's
Negative umgesetzt werden, als wenn der erste Satz hiesse: wie das
Meer nicht kleiner wird dadurch, dass eine Gans mehr Wasser
gebraucht, dann muss logisch fortgefahren werden: so wird auch
eines ganzen Landes Ehre dadurch nicht geringer, dass ein
Einzelner darin ein Schurke ist.

Das wird Jedermann vernünftig finden.

Ich hoffe, Freidank soll sich's gefallen lassen, wenn ich ihm zutraue, in der That so geschrieben zu haben:

eins landes êre niht zeran *)

[ein lantdes = eins landes, nie = niht, gewan = zeran oder zerran. Vertauschung von g und z z. B. Handschr. H 117, 9 gedank statt zedank, Münch. Cod. bei Pfeiffer F. F. S. 245 Nr. 70, 3 gesunt statt zestund.]

Bezzenberger'ͅs Anmerkung lässt nicht ahnen, ob ihm in der bisherigen Lesung etwas zweifelhaft gewesen. B. hat bloss ein bœser man, was ihm völlig ausreichen kann, denn auf den Reichthum des einen Bœsewichtes wird es doch nicht ankommen, eben so wenig, ob es gerade ein Mächtiger, ein Fürst oder Herr ist, wie Bezzenberger das Wort rîch fasst. Aber die Sache liegt doch anders, rîch ist nicht ganz müssig, denn

richebœse

ist nichts anderes, als eine Verderbung aus

ruchbære

d. i ein berüchtigter Übelthäter. Keine einzige von allen unsern Handschriften hat das doch kaum schwierige Wort ruchbære erhalten, ein neuer Beweis, dass ein gutes Exemplar keiner von ihnen vorlag. Also: man schelte nicht ein Land um eines einzelnen berühmten oder berüchtigten Spitzbuben willen, der die Ehre desselben so wenig mindern kann als die Enthaltsamkeit der einen Gans die Fülle des Meeres vergrœssern.

45, 4. 5.<br>
Eʒ fliuʒet manegen liuten vals<br>
âne kupfer durch den hals.

Diese Zeilen, welche C D E F G fehlen, werden gar merkwürdig gedeutet. Bezzenberger: 'vals (Nebenform von valsch) stm. unechtes Metall, falsches Geld (sic!) . . . Sinn: Das, was manche sprechen, ist nichts als Falschheit; falsche Reden fliessen ihnen

---

*) Vgl. 88, 5 er vürhtet daʒ es [nicht eʒ] ime zerinne.

aus dem Halse, die dem Gelde gleich sind, das falsch ist, ohne mit Kupfer versetzt zu sein.'

Da hätte Freidank ein wahres Wunder von Heraklitischer Dunkelrede zu Stande gebracht.

Es fliesst durch den Hals kann vernünftiger Weise doch nur von dem verstanden werden, was durch die Gurgel gejagt wird, nicht von der Rede, die aus dem Munde geht.

Ferner vals sei eine Nebenform von valsch ist bald gesagt, steht aber ganz in der Luft. Es ist vielmehr — ich schäme mich, das einem Manne wie Bezzenberger, sagen zu sollen — der ganz einfache Genitiv von val und der adverbiale Genitiv valles mit fliessen nichts anders als hinabstürzen, etwa wie ein Wasserfall. Der Sinn ist klar: es saufen manche Leute so, wie man Wasser durch den Trichter (das Kupfer) in ein Fass hineinstürzt.

Die Schuld an der curiosen Auffassung Bezzenbergers oder dessen, der ihn verleitet hat, trifft denjenigen, der die Bescheidenheit nach Stichwörtern ordnete und sich mit dem Worte vals versah. In der That steht der nicht eben tiefsinnige Gedanke mitten unter Sprüchen, die von Untriuwe und Valschheit handeln. Verleitet hat wahrscheinlich auch 44, 22 die verschlagene Münze der Treue.

Bezzenberger wird gewiss die Bitte gern erfüllen die ich ausspreche: erlassen wir künftig Freidank den dunkeln Spruch von der Falschmünzerei trügerischer Rede und lassen wir ihn sagen, was er meint.

46, 17. 18.
sît rœmisch êre sîget
und ungeloube stîget

E seyt nun das romisch reich seyget D Ramesch rich sich seyget. Ich glaube, dass êre mit riche zu vertauschen ist (C here = rehe = rêch vgl. die Lesart rêch in der Görlitzer Hdschr. 143, 13 'des valcken ding niht rech anstat' und was dort bemerkt wird.) Vgl. ausserdem zu 76,27. [159,27 ist vielleicht zu lesen: 's rîches êre muoz hie stigen.]

47, 24 25
Ich weiz wol, reizer unde diep
sint selten guoten liuten liep

C D E strîter und so Grimm 2. Ausg. Aus reizer, raiser,
retzer B N mag wol einer, der mit dem Worte nichts anzufangen
wusste strîter machen, wie aber aus dem ganz klaren strîter
reizer hätte werden sollen, ist unerfindlich. Der unserm Büch-
lein vorangestellte kritische Grundsatz nöthigt uns also, in den
Lesarten reizer, raiser, retzer die Grundlage des richtigen zu
sehen.

Bezzenberger hat schon Recht, sich an diese Lesart zu halten,
was er jedoch zur Erklärung bietet, ist nicht viel mehr, als ein
Einfall. Er sagt S. 330: 'Das allerdings seltene reizer ahd.
reizâri gegen strîter in C D E aufzugeben, ist kein Grund vor-
handen. Tund. 45, 74 du wære ein reitzære zornes unde
streides. Hier aber nicht bloss einer, der zu Hader und Streit,
sondern besonders der zum Diebstahl anreizt, der Gelegenheits-
macher.' Da hätte näher gelegen, sich an die Form raiser zu
halten, ein reiser (raiser) ist einer, der einen Feldzug macht, ein
reisiger Knecht; man möchte da an terminirende Kerle denken,
die unter dem Vorwande, in den Kreuzzug zu wollen, bettelten.

Man schreibe jedoch Reizer oder mit B N (Bezzenberger
hat ja eine Vorliebe für N (Myller's Druck) Retzer. Es sind
die noch in Schiller's Räubern als schlimmes Gesindel bekannten
Graubündner, die Rhätier oder Retzer oder Raizer*) (Reizer),
die im Mittelalter die Rolle unserer Zigeuner spielten, wie denn
auch das Rothwälsch wol das rhätisch Wälsch (rätwelsch) sein
wird, das die Sprache der Gauner bezeichnet.

Es ist bekannt, welche Ungelegenheiten dem armen Schiller
daraus erwuchsen, dass er einen seiner Räuber Graubünden als
die hohe Schule der Spitzbüberei bezeichnen liess, ich bitte daher,
es mir nicht persönlich zur Last zu legen, wenn ich glaube, dass
Freidank die Rhätier seiner Zeit mit Dieben zusammen nennt,
die ein guter man nicht gern in Haus und Hof kommen sieht.

---

*) An die heutigen Raizen ist nicht zu denken.

Eine Intervention des braven Cantons beim Reichskanzler möchte ich nicht verschulden.

48, 9

irriu wîp zorn unde spil

Bezzenberger setzt zern in den Text, doch zorn wäre nach unsern Handschriften wol vorzuziehen. Im andern Falle hätte ein stärkeres Wort, etwa vrâz gewählt werden müssen. So hat denn auch der Renner 11245 gelesen. Die Münchener Sprüche (Pfeiffer a. a. O. 242 No. 44) haben zerung wie manche unserer Handschriften.

Die Sache stellt sich bei näherem Zusehen wirklich zu Gunsten des eben vermutheten vrâz. Wir sehen nämlich, dass der Lateiner Luxus edax rerum oder Sumptus edax rerum bietet, womit klar ist, dass er wenigstens zorn nicht gelesen haben kann. Aber zern? Der deutsche Text der Görlitzer Hdsch. (bei Joachim S. 10) giebt

weib vorsinen und spil

Dieses vorsinen soll, so meint Joachim, so viel sein als versinnen, sich zu sehr versenken. Da hat sich der Herausgeber der interessanten Handschrift jedoch versonnen. Das Wort ist einfach verschrieben für

vorslinden

verschlingen und so entspricht es ganz genau dem hochdeutschen vrâz, das zu nraz = zarn wurde, woraus beide unsere Corruptelen, zorn wie zern entstehen mussten.

48, 13—16.

Von spile hebt sich manige zît<br>fluochen schelten widerstrît.

So Grimm in der II. Ausg. Bezzenberger liest:

fluoch, zorn, schelten, sweren, strît.

Das ist schon eine ganze Portion mehr; wer noch weiteres verlangt, schlage sich das Grimm'sche Lesartenverzeichniss auf. Wer es jedoch aufmerksam erwägt, wird bemerken können, dass

Grimm auf der richtigen Spur war, indem er wol eine Anzahl von Lesarten als Glossen betrachtete und über Bord warf. Nur nicht die richtigen griff er heraus. Es ist nämlich zu sehen, dass den Schreibern ein verschriebenes **swern** Noth gemacht hat, so bietet D **zorn sawren steln schelten fluochen** wider **strit**. Erst aus so einem Unwort ist durch Conjectur **zoren, zorn,** weiter **schelten** und **steln** geworden. Dagegen ist **widerstrît** hier so viel als Zank, zu sicher bezeugt, als dass man daran rütteln möchte. Wir lesen demnach:

sweren fluochen widerstrît.

Zeile 15: 'ich spriche nicht, daȝȝ ieman tuo' ist zwar **spriche** handschriftlich wohl bezeugt, doch daneben das schwierigere **ich engihe** K, **ich ensihe** N, **ich zieche** nit P, **ich zieche** M. Darin erblicken wir das richtige:

ich zîhe niemen, daȝ erȝ tuo

Zeile 16: (mit Bezzenberger (Hdschr. K I N O a)

dâ hœrt doch manc untriuwe zuo.

49, 9. 10.

Müeȝec wât, vergebeniu spîse<br>
diu machent manegen man unwîse.

**müeȝec wât** = unnöthige Kleidung, überflüssiger Putz. **vergebeniu spîse** = geschenkte Speise.

So Bezzenberger, der nicht verschweigt, dass nach Grimm **vergebene** Speise eine solche sei, die nicht sättigt, sondern bloss zur Leckerei diene. Auch gut.

In der von Bezzenberger citirten Stelle der Warnung 2799 ist übrigens ein **vergebener man** ein homo perditus.

Die ganze Zeile ist bisher unverstanden geblieben. Erstens ist wol niemals im Mittelalter **müeȝec** so viel als überflüssig, unnütz, wenn auch Wackernagel diese Bedeutungen mit aufführt, sondern **unthätig.** Das Wort **wât** ist ganz zu streichen und von der Lesart **müeȝec kleit** (Grimm I. Ausg.) auszugehen. Das ist aber nichts anderes als:

m ů e ʒ e k e i t*)

Und aus der seltsamen vergebenen Speise — warum nicht gar
vergiftete?, daran war doch auch zu denken — ist herzustellen:

vorgeʒʒen spîse

d. i. vorgegessene (und nachbezahlte) Speise. Der Sinn ist:
Müssiggang und von Pump leben.

Dass der lateinischen Uebersetzung nicht mehr Autorität
zukommt, als allen unseren Handschriften — auch diesmal
lässt keine das richtige vorgeʒʒen erkennen — kann diese
Stelle zur Evidenz bringen. Vestes tecta cibos qui possidet
absque labore heisst es da, die můeʒekeit ist zu absque
labore verallgemeinert, die wât vestes geblieben, tecta durch ein
curioses weiteres Missverständniss eingedrungen, das störende ver-
gebeniu (vergebnew Görl. Hdsch) einfach beseitigt. Und warum
sollte man nicht Kleider Haus und Speise ohne Arbeit besitzen?
der altbiblische und wieder socialdemokratisch moderne Grundsatz,
wer nicht arbeitet soll auch nicht essen, mag ja gelten, nur dumm
ist es doch gar nicht.

Doch auch dieser Unsinn hat seine ratio. Es muss Jemand
anstatt můeʒec wat**) als Glossem gesetzt haben übrige wat,
ein Mann also, der sich das Wort nicht anders zu deuten wusste,
als Wackernagel und Bezzenberger und wieder ein andrer
nahm das gar als herberge (geschrieben herbrige). Wirklich
entspricht dem obigen Latein in der Torg. Handschrift (ed. Joachim
v. 1622 s. 49

Herberge, gewant, vergebnew spcis

---

*) Mǔʒekeit wat bieten A B I L M O α, Muessikeit cleider N.
Für die Geschichte fortschreitender Verderbniss unserer Texte wichtig.
Eine Nachlässigkeit müeʒekeitkeit ergab kleit, der spätere übersetzte
das kleit in wât.

**) Auch hierin finde ich eine Bestätigung für die Meinung, dass eine
grosse Anzahl unserer Handschriften den Einfluss eines niederdeutschen
(schon verderbten) Exemplars erfuhr. Wie sollte ein Hochdeutscher dazu
kommen, das ganz verständliche kleit in wat oder wand umzusetzen?
N aber hielt sich frei von diesem Einfluss.

So erst kommt der Uebersetzer auf tecta*). Man sieht, ein
wie weiter Weg. Dass gleichwol auch noch diesem lateinischen
Niederschlag nicht aller Werth abzusprechen ist, werden wir erfahren
(s. bes. das Capitel Lateinischer Freidank.)

Im 14. Jahrhundert hat Einer unsern Spruch auf folgende
Weise einzurenken versucht (s. Wackernagel, Lesebuch 5 Aufl.
Sp. 1168)

> Müesige hant
> und schœnes gewand
> und liht gewunnen guot,
> die driu dinge die machent grôsen übermuot.

50, 6. 7.
Swer zwein hêrren dienen sol,
der bedarf gelückes wol.

Der Fehler ist alt, denn der lat. Uebersetzer las bereits so
(indiget ille satis bene dono prosperitatis). Die Hdschr. stimmen
bis auf E (gutes getrawens) alle für das Glück. Auch Frei-
dank's Quelle, offenbar Hartmann im zweiten Büchlein 193 'er
bedarf unmuoze wol, Swer zwein herzen dienen sol' lässt uns im
Stich.

Unsere Texte gehen, wie uns noch klarer werden wird, auf
eine niederdeutsch gefärbte, sagen wir niederrheinische Vorlage zu-
rück. Wenn nun in derselben stand:

der darf geluggenes vil

so wäre das so viel als hochdeutsches:

liegennes vil

und erklärte vollständig die Verderbniss unserer Handschriften.
Freidank will sagen, ein Knecht, der zweien Herren dienen wil,
muss nothwendig gegen beide ungetreu sein, muss beide belügen.
Aber, der muss besonderes Glück haben, giebt keinen vernünftigen

---

*) Dieses tecta ist wieder in heuser zurückübersetzt in der aller-
dings nichtsnutzigen Lesart der Berliner Hdschr. i; so hat der Unsinn seine
Geschichte.

Sinn.  Geben wir also Freidank, den wir doch nicht mit Grion für ein Kölsches Kind halten wollen, sein ursprüngliches Eigenthum wieder:

der bedarf liegennes vil.

53, 16—19
Swer unreht wîl ze rehte hân,
der muoȥ vor gote ze rehte stân
an dem jüngsten tage
mit klegelîcher klage.

Die beiden letzten Zeilen nennt Grimm unechten Zusatz, Bezzenberger stellt sie in [] und Pfeiffer (F. F. S. 236) verdächtigt den ganzen Spruch.  Sehr schön ist er nicht.  Anstössiger aber, als die letzten beiden Zeilen hätte die Wiederholung von ze rehte in der ersten und zweiten Zeile sein sollen.  Einige Handschriften ändern denn auch — es ist immer eine aesthetische Regung, die Bezzenberger, Pfeiffer und Grimm nicht hatten — zu gerihte (Bγ) vor gottes gerichte E gerichte D

Es stand in der sicherlich niederdeutsch gefärbten Vorlage:

der muoȥ vor gote ze luhte stan

woraus da es keinen Sinn zu geben schien, leicht ze rehte wurde*) Was will es aber sagen?  Nichts, als der muss am jüngsten Tage vor Gott zur linken treten, zu den Verdammten.  Das im niederdeutschen wohl bekannte lucht = link ist z. B. in dem Personennamen Luchterhand (Scävola) erhalten.

Beweisen kann ich das freilich nicht; die Wahrscheinlichkeit wäre geringer, hätten wir nicht auch anderweite Bestätigungen für ein niederdeutsch gefärbtes Archetypon unserer Handschriften Vgl. 127, 18 frete 129, 25 dier für tier, 28, 1 und 9 die hereden, 38, 23 schündet, [73,6.7 erbolgen].

---

*) Noch leichter, wenn die Form 'ze lerke' oder 'ze lerze' vorlag; wir setzen als dem Original gemässer in den Text das letztere und vergleichen: zer zeswen und zer lerzen gereht, ze bêden handen (Wolfram's Heil. Wilhelm 46, 8. 9.)  Auch die Form lurz erscheint.

53, 15. 16

Ich meine Jeder, der die Anmerkung Grimm's (Ueber Freidank
S. 60) gelesen hat, wird trotz ihm der dort vorgetragenen Erklärung
Benecke's zugestimmt haben. Grimm fragt: wer zähmt den Löwen
durch Furcht und auf welche Weise jagt man ihm Furcht ein?
Wer? nun natürlich der Thierbändiger, und wodurch? das sagt
uns Zeile 16 in den Worten êren beseme, nämlich auch durch
eiserne Besen, aus Drahtruthen. Der Sinn ist demnach: wie wilde
Bestien durch eiserne Ruthen gezähmt werden, so Menschen durch
die Furcht vor der öffentlichen Stimme: das ist der Ehrenbesen
die Scham.

Bezzenberger (s. dessen sehr eingehende Anmerkung) ist
derselben Ansicht und findet mit Recht Grimm's Erklärung sehr
gesucht.

55, 19 fg.<br>
Ûf minne und ûf gewinne<br>
stânt al der werlde sinne.<br>
noch sûeʒer sint gewinne<br>
dan keiner slahte minne.

Was? das Gelderwerben wäre so süss, dass Freidank es
jeder Art von Minne vorzieht? Er kennt eben die Süsse der
Minne nicht, der arme trockne Kerl, möchte man zu seiner Ent-
schuldigung sagen (vgl. zu 34, 21. 22). Aber wir haben es auch
hier nicht mit einem eignen Gedanken Freidanks [wie sollte der
Name erfunden sein und einen frei denkenden bezeichnen, da er
weder frei noch denkend befunden wird?] zu thun, sondern er
las beim Spervogel (abgedruckt bei Pfeiffer F. F. S. 206):

In zweier slahte sinne<br>
diu werelt umbe gât:<br>
daʒ eine heiʒet minne,<br>
diu valschen ende hât;<br>
daʒ ander sint gewinne,<br>
deist sûeʒiu missetât.

Hier bezieht sich die letzte Zeile auf beide Dinge, die Minne
und das Gelderwerben, aber es wird nicht abgewogen, welches von

ihnen angenehmer sei, genug, dass es diejenigen sündigen Anreize sind, die am meisten Spass machen (süeʒiu missetât). Freidank mag das Wort süeʒ nicht gern missen; mit dem Gedanken: auch gewinne sint süss lässt sich kein Distichon füllen und so muss noch einmal der Reim gewinne: minne herhalten — einem einigermassen formbewussten Dichter konnte das nicht passiren und so entstand der thörichte Gedanke. Spervogel vertheilt geschickt auf Zeile 1, 3 und 5 die drei von Freidank gestohlenen Reime sinne: minne: gewinne. Wer kann noch meinen, dass Spervogel der Entlehner und Freidank der Erfinder sei?

57, 4

maneger rechent sandern guot (Grimm II. Ausg.)

manegen riuwet 's andern guot (Bezzenberger.)

Bezzenberger folgt der Lesart von N, wie er denn glaubt (s. S. 59), dass diese Handschrift in vielen Fällen und so auch hier, den bessern Text giebt. Wir haben oben gefunden, dass sie sich von dem Einfluss des niederdeutschen Exemplares frei hielt, den die andern erlitten haben.

An sich würde auch riuwet kaum Anstoss erregen, wenn nicht unerklärlich bliebe, woher die Abweichung aller übrigen Handschriften rühren könne. Misszuverstehen war doch ein so bekanntes unveraltetes Wort nicht. Wie kommt es also, dass sie bieten?

| | |
|---|---|
| rechent | ALK |
| rechnet | E |
| reckent | MQ |
| rechet | L a f |

Es ist deutlich, dass der echte Text das Wort

ruochet

gehabt haben muss. Aus diesem ruochet oder ruchet konnte rechet L a f, dann rechent (= rechēt) verderbt werden, aber nicht aus riuwet (N).

Man sieht N giebt nur eine Conjectur auf eigene Hand da auch er das Wort ruochet hier entweder nicht verstand, wiewol

es ja 57, 21 gleich wieder begegnet wo ja N auch wirklich geruochet
liest [Pruchet] oder nicht mehr richtig las, was wahrscheinlicher ist·

Ueber die Bedeutung und Anwendung des Wortes, eines
dinges ruochen ist nicht nöthig, bekanntes zu lehren. Der
Sinn ist natürlich: mancher macht sich Gedanken um des andern
Gut, da er doch mit dem eigenen schlecht wirthschaftet.

Der lateinische Uebersetzer las natürlich rechnet, er giebt
es mit numerare. Der Görlitzer Cod. bietet aber dazu die
deutschen Zeilen:

> manchen reitzet desz andern gut,
> Der seldin wol mit den leuten (sic) tut.

reitzet liegt wieder dem riuwet nahe.


58, 17. 18.
Der frume sorget sêre
umb liûte, guot und êre.

liute wird wie 31, 13 (s. dazu die Anm.) in liep zu ändern sein
[auch 91, 18 ist mir liute verdächtig, wiewol sehr gut bezeugt
[A B gvt vn ere]].

Nun ist aber doch, und behielte man liute bei, so bliebe erst
recht sonderbar, dass hier vom frumen ausgesagt wird, was 31, 13
ganz passend von der Welt gilt, die bekanntlich nichts weniger
als frum im theologischen Verstande ist, der **werlde** ist niht
mêre Wan liep guot und êre.

Wie steht es denn mit diesem frumen in Zeile 17? Da hat
M der **wum** man und Grimm freilich sagt: lies **vrum**, ferner
L der **frômd** man und ʒ die **vroede** man.

L und M geben den Beweis, dass ganz entsprechend dem in
31, 12. 13 vorgetragenen Gedanken auch hier gestanden hat

Der **werld** man sorget sêre

vrômd = **wôrld,** nämlich vr = w, m = rl, wum = wurl mit
ausgelassenem d, ist aber Veranlassung zu vrum geworden, was
ja die Auflösung w = vr zulässt. So erklärt sich, wie der frume
in die Texte gerathen ist. Der biderbe C D und Grimm II. Ausg.
ist ganz leerer Einfall.

Es ist kaum zu glauben, wie man F r e i d a n k so lange eine so
unmögliche Meinung hat zutrauen können, wie sie die bisherigen
Ausgaben voraussetzen, ihm der das weltliche Trachten nach Gut
und Ehre so hart verdammt. Auch W a l t h e r beklagt, dass sie
mit Gottes Huld leider nicht in einen Schrein gehen. Vgl.
Pfeiffer S. 242. Wer nach der werlt guot und ere steht Wems
wol in seinen sünden get Daz ist ein zeichen gewiss Der ewigen
verdampniss. So d a c h t e F r e i d a n k eben.

---

**58, 21. 22.**
Gr. der tôre sorget alle tage
wie er brîen vil bejage.

Die Lesarten bieten mancherlei in der letzten Zeile.

wie er  brien  genuoc bejage A L Q
„   „ des wins  „      „      N
„   „ torheit   „      „     C G J

Wieder steht N allein. Hätte aber H. P a u l Recht mit seinem
Nachweise, dass die von N geführte Handschriftenclasse dem ur-
sprünglichen am naechsten trete, so dürfte des wins eine gewisse
Autorität in Anspruch nehmen und ich bekenne, dass es den Vor-
zug vor dem ganz nichtssagenden torheit [der tôre sorget um
torheit!] und gar vor dem H i r s e b r e i (brîen genuoc) verdienen
würde, der auch B e z z e n b e r g e r n wünschenswerth erschien, obwol
er N sonst so geneigt ist, läge die Sache nicht ein bischen anders.

Das wird sofort zugegeben sein, dass torheit der diploma-
tischen Begründung ermangelt, d. h. dass unmöglich aus vorliegendem
torheit wins oder brien hätte hervorgehen können. Es ist die
Ausfüllung einer Lücke und der Schreiber brauchte nicht weit zu
suchen.

Dass der Vers dadurch nicht übler wird, als v. 19

der minner umbe minne

ist zuzugeben, kann ihn aber doch nicht retten.

Der Ursprung der Verderbniss ist in dem Worte genuoc zu
finden, das von A L Q a (genvc) beglaubigt und doch so nichts-

sagend ist. Wer sich fragt, wie dies Wort hier hineingerathen sein möge, besinnt sich leicht auf

unvuc (unvuoge) Unziemlichkeit, Rohheit,

aus dem die Verschreibung sich begreift [es brauchte nur das v verloren gegangen zu sein unuc so blieb einem unkritischen Abschreiber kaum ein bequemerer Ausweg als genuc. Also wir haben die Reihe vnvvc, vnv̄c, vnvc, genvc]

    Schreiben wir denn getrost:

der tore sorget alle tage<br>
wie er unvuoge bejage

War einmal das richtige unvuoge auf dem aufgezeigten Wege zu genuoge entstellt, so mussten nothwendig die späteren Abschreiber eine Lücke empfinden, es fehlte das Object und N (oder sein Vorgänger) war noch nicht der unphilologischste, wenn er annahm, es solle wol heissen

wie er wines genuoc bejage

da in der That die Aehnlichkeit von wie er mit wines eine solche Auslassung erzeugen konnte.

    Ein anderer Schreiber, nicht auf N basirend, sondern von demselben Bedürfniss gedrängt, eine Lücke auszufüllen [auch das ein Beweis, das nicht etwa N als ältere Grundlage für die andere Handschriftenclasse zu betrachten ist] gerieth auf den essbaren Brei statt des trinkbaren Weines, als ob Freidank nothwendig die Thorheit im Fressen und Saufen hätte finden müssen. Dem verlegenen Schreiber mag brien [auch dieses graphisch dem wie er nahestehend] hingehen, dem heutigen Herausgeber könnte man es aber fast verübeln, dass er Freidank sagen lässt: der Thor strebt immer (alle Tage) nach recht viel Hirsebrei.

    Alle Handschriften ohne Ausnahme theilen die alte Corruptel genuoc statt unvuoc, aber sie gehen in der Ausfüllung der nun entstandenen Lücke auseinander, unabhängig von N, C G I wieder von A O M Q (L a)*)

---

*) Interessant ist, was B. passirt. Er gehört offenbar der Hirsebreireihe an und ging von brigen genuoc aus. Da muss aber das einemal

S. noch zu 83, 27, wo sich der unglückliche Brei wiederholt.

59, 16. 17.

> Dem siechen kumt daʒ selten wol,
> ob in der arzât erben sol.

Es ist nicht nöthig frumt zu lesen. Bei dieser Gelegenheit wollen wir nicht verschweigen, dass wir gegen 40, 9. 10

> Ich sihe, daʒ mir sanfte tuot,
> vil rîchen tump und armen fruot

einige Bedenken haben. Wir finden nämlich in der Görlitzer Hdschr. v. 241:

> Ich sich, das mir wirt kunt,
> Dass rîcher tumpt und armer frumpt.

wo, wenn nicht alles täuscht, die Verbalformen tumpt und frumpt das Vorurtheil des volksthümlichen und echten erwecken. Wie, wenn wir das sonst gut bezeugte fruot*) [und damit den Reim tuot] darangäben? Es müsste dann geändert werden:

> Ich siho daʒ mir senfte kumt,
> dass rîcher tumpt und armer frumt

tumben und frumben als Gegensatz ist trefflich. Die Handschriften I L g haben gegen den Nominativ der zweiten Zeile nichts einzuwenden (rîcher I L Törisch rich vnd arm man·fruot g.) Mir kumt senfte, wie oben, dem siechen kumt wol.

Wir haben hier den nicht häufigen Fall, dass die Handschriften ungeachtet eines Verlustes des echten (indem frumt zu frvt ward) doch den Sinn ziemlich zu erhalten**) und die Form in unverdächtiger Weise einzurichten verstanden. Wäre nicht die sonst unbegreifliche Lesart des Görlitzers mit ihrer merkwürdig treffenden

-----

gen verloren gegangen sein, so dass er auf brigen uoc angewiesen war. Was thun? Er entscheidet sich schnell zu frigen muot. Noch nicht das tollste.

*) Gut bezeugt — nun es wird frot in den Hdsch. stehen, was eben fromt sein sollte, aber verschrieben zur Aenderung des Reimes nöthigte und glücklicherweise noch leidlichen Sinn gab.

**) tump und fruot sind freilich schlimme Gegensätze. Scheinbar auch 133, 10, jedoch ist dort den trûregen zu lesen.

Wendung, die beiden Zeilen wären uns durchgeschlüpft. Wir selbst haben kein Bedenken, sie in der angegebenen Weise Freidank als Eigenthum wieder zurückzuerstatten.

59, 22—25

> Dem lîbe hilfe ich allen tac,
> dem nieman doch gehelfen mac,
> die sêle lâʒe ich underwegen;
> daʒ hulfe, wolte ir ieman pflegen.

Der Gedanke ist klar: für den Leib sorgt man mit aller Kunst und doch giebt es für ihn keine Hilfe (vor dem Tode nämlich), um die Seele aber kümmert man sich nicht und doch ist eine Hilfe für sie vorhanden (die Busse und der Glaube), wollte man ihrer sich annehmen. Damit wird genugsam gerechtfertigt sein, wenn wir herstellen:

dâst hilfe

da ist, da giebt es Hilfe.

62, 8 ff.

62, 8. 9 und 10. 11 sind zusammen ein Spruch (Grimm verschmäht jede äussere Bezeichnung des zusammengehörigen.) Das erkannt, ergiebt sich die Richtigkeit der Lesart

daʒ dem herzen ist kunt

(statt unkunt BLP)

Zeile 8 möchte ich für sol mac lesen.
Demnach:

> niemen mac ze langer frist
> schelten daʒ ze loben ist:
> vil lîhte sprichet der munt
> daʒ dem herzen ist kunt.

Sinn: Niemand kann auf die Dauer dasjenige loben (oder schelten) was zu tadeln (oder zu loben) ist, denn schliesslich verräth sich doch die wahre Herzensmeinung (ob loben oder schelten voransteht, ist gleichgiltig).

Ebenso wie hier Z. 8—11, so gehören 61, 19. 20 mit 21. 22 eng zusammen.

Blosse Wiederholung von 8. 9 ist 63, 3*ab*, ob aber deshalb unecht? Wir werden noch sehen, wie der gedankenarme Freidank einen Spruch zu variiren versteht.

63, 6. 7

Sîn lant nieman schelten sol,<br>
noch sînen hêrren, daz stât wol.

Hier gleich ein Beispiel für das eben gesagte. Der ganze Spruch, von Freidank erst dazu gemacht, das verräth die elende Flickerei daz stât wol, scheint nichts denn eine Wiederholung von 41, 12 ff. (s. zu der Stelle). Ich ändere

Ein lant nieman schelten sol<br>
umb sînen herren, daz stât wol

Sinn: man darf ein ganzes Lant nicht darum schelten, weil es zeitweilig einen übeln Regenten hat. Freilich ist der Gedanke von 41, 12 ff. ein wenig (und diesmal nicht ungeschickt) modificirt. So etwas gestattet sich nur ein ärmliches Ingenium.*)

Die Verschreibung von ein und sin ist sehr leicht, ebenso die von umb und und [so steht sicherlich in den Handsch. für noch].

Freidank's Meinung von den Fürsten ist durchaus nicht so hoch, dass er es als tadelnswürdigen Mangel an Loyalität rügen würde, den eigenen Herren unter Umständen auch zu schelten. Man lese nur z. B. 72, 25 die fürsten hânt der esele art [wegen dieses Satzes wäre die Bescheidenheit heutzutage confiscirt worden und Freidank hätte den schönsten Pressprocess kriegen können. Glückliches Mittelalter!], so 73, 4. 5; 73, 12—15; 76, 5—26.

63, 18. 19.

Wir schelten alle ein ander leben,<br>
unz daz wir in den hœnden sweben.

---

*) Pfeiffer hat F. F. S. 267 eine Anzahl ähnlicher Reduplicationen zusammengestellt.

So giebt G r i m m und mit ihm B e z z e n b e r g e r auf die Autorität der Handschriften L M h ö u d e n und C h o n d i n (darüber geschrieben steht s c h a n d e n).

Das sieht ganz raisonnabel aus und lässt sich auch interpretiren. Und doch ist es falsch. Wer sich die ganze Reihe von Varianten ansieht,

```
E  in dem     vntern
A  in dem     hvnden   (a hulden G schulden)
Q             ende
D             buden
F             banden
O             fynden
```

der bemerkt unschwer, das hier das (uns bereits aus 5,20[ab] bekannte) Wort u n d e n oder ü n d e n vorlag (welches in dem niederrheinischen Exemplar ö n d e n mag geschrieben gewesen sein). Es ist ohne Zweifel zu lesen

unz daz wir in den ünden sweben

d. i. in den Wassern (des Todes).

63, 22 — 64, 3

*a* Nû wizzet daz gesellen drî
   von hazze niemer werdent frî.
*b* friunt ich gerne haben wil,
   und doch gesellen niht ze vil.
*c* zwêne möhten lieber dagen
   dan mit einander mære sagen.

Wir haben zusammengestellt, was zusammen gehört. Das ganze ist ein Spruch, höchstens möchte man die Disticha in der Folge *a c b* oder *b a c* lieber lesen, doch auch das ist nicht nöthig. Dass g e s e l l e hier in besonderer Bedeutung der Zechbruder sei, brauchen wir Bezzenbergern nicht zu glauben, wol aber ist es von f r i u n t deutlich abgehoben, es ist eben der den sal theilende Genosse. Freunde, sagt der Spruch, kann man viele haben (*b*), aber Gesellen, mit denen man das Zimmer theilen soll, um Gottes willen nicht mehr wie einen, denn drei Gesellen

vertragen sich schon nicht (*a*), es werden nämlich unter den
dreien immer zwêne sein, die lieber schweigen als sich mit
einander unterhalten (mit einander mære sagen) (*c*).

Bezzenberger versieht es daher gänzlich, wenn er 64,2. 3 (*c*)
erklärt: 'wenn zwei zusammen sind, so thäten sie besser, zu
schweigen, als erdichtetes, namentlich über andere, zu sprechen'.
Er hat eben nicht bemerkt, dass das ganze ein Spruch ist.

64,24. 65,1
Swer in zorne frâget, wer er sî,
dâ ist niht guoter witze bî

79,1. 2 heisst es:

Swer alliu dinc befrâgen wil
der hât wîsheit niht ze vil

Also hätte Freidank in der ersten Stelle den ohnehin nicht
übermässig geistreichen allgemeinen Gedanken noch besonders auf
den Zustand des Zornes einschränken wollen? Da man nichts
im Zorne thun soll, so mag ja auch am Ende nicht rathsam sein,
zu fragen, wer er sei. Welcher er aber? Wie man sich mit den
Worten wer er sî abgequält hat, ist in der Anmerkung bei
Bezzenberger gar erbärmlich zu lesen (s. auch Benecke's
Versuch bei Grimm Ueber Freidank S. 62).

Nehmen wir die Worte als Flickwörter im Sinne von wer es
auch immer sein mag (also swer er sî), b verstand das auch
so: wilcher dat sy).

Es ist Thorheit, heisst es also, im Zorne zu . . . . . . ja nun
was? Gar vielerlei ist im Zorne zu meiden, vor allem aber wol
das unbesonnene Herausplatzen, denn, so folgt unmittelbar:

im zorne sprichet lîhte ein man
daz wirste daz er danne kan.

Auf das fragen im Zorne kann es unmöglich ankommen. Halten
wir jedoch die viel bekundete Lesart fest und stellen *b* dazu:

swer in zorne vraget (*b*) Der mir deyt

Unähnlicher kann nun wol nichts sein, aber man muss auch lesen
lernen — eigentlich die ganze philologische Kunst.

z o r n e v r a g e t

m i r d e y t

decken sich, gewiss, nur ist das letztere lesbarer. Das m vorne
ist = ne von zorne, lassen wir es beiseite.

vrag(e)t

irdeyt

Sehen wir näher zu, vom Ende an: t = t, g = y, a = e,
vr = ir. Möglich, aber was hilft uns das? Allein gar nichts,
aber wozu wissen wir denn bereits, dass eine 3 Sg. eines Verbums
dastehen muss, das thörichte Wuth ausdrückt: Ist nun in vr = ir
die Vorsilbe er zu erkennen, so wird das verbum mit *d* (das
allein steht), da aber die Handschrift *b* niederdeutsch ist, im
hochdeutschen mit *t* zu beginnen haben. Wer im Zorn ert . . t.
Fatal, da fehlen uns nun gerade noch die zwei besten Buchstaben.
Nur nicht verzagt! Decken sich doch g und y also ein Consonant
der nach unten geht [auch das in ( ) gesetzte e in vrag(e)t fordert
vor sich einen Consonanten], und muss der erste der beiden Buch-
staben doch nothwendig ein Vocal sein.

Nun gehört wol nicht mehr viel Kopfzerbrechens dazu auf:
ertopt = ertobet zu gerathen. Ecco!

Aha, also in der mir deyt ist irdopt und ebenso in swer
in zorne vraget steckt swer in zorne ertopt. Ich habe den
Leser wie einen Schüler geführt, man verzeihe es dem ehemaligen
Schulmeister, der nun doch einmal unausrottbar ist. Wird man
mir aber glauben trotzdem? Ich hoffe es und wer uns etwa zu
der gefundenen Lösung Glück wünscht, dem verrathe ich noch
ein Geheimniss. Wie komme ich denn dazu, das ganz blödsinnige
Der mir deyt an swer in zorne vraget so heranzustellen?
Weil es eben der grösste Unsinn ist, deshalb muss was drin
stecken. Freidank 107, 22. 23!

Was wir gemacht haben, ist keine Taschenspielerei, es
hat uns auch kein Wichtelmännchen zugeraunt: du, es heisst, er-
tobet, so, nun mach den Leuten dein Hocuspocus vor. Wahr-
haftig, man kann auf ganz ehrlichem Wege dem Unsinn seinen
Sinn abfragen. Ertoben ist bekannt, die Wörterbücher werden

genügende Auskunft geben, vielleicht einmal auch diese Stelle
reinlich citiren. [schon in den sog. Keronischen Glossen: brutis-
cunt irtopent.]

> swer in zorn ertobet, swer er sî
> dâ ist niht guoter witze bî.
> in zorne sprichet lîhte ein man
> daʒ wirste daʒ er danne kan.

Und wieder einmal ist Freidank nicht so einfältig, als seine Be-
wunderer ihn sich vorstellen.

Vgl. noch Deutscher Cato 289: sich, daʒ du nimmer sô er-
tobest Daʒ du dich scheldest oder lobest.

Es ist zum Ueberflusse, dass ich auch hier constatire (wofür
in dem Capitel Lateinischer Freidank Belege genug gegeben
sind) dass auch dem Uebersetzer jegliche Ahnung des Richtigen
abging, Es heisst:

> Quisquis, si sapiat, a me qui scire laboret,
> Ille suos sensus nulla ratione decorat.
> Wer mich fraget, wer her sey,
> Da sint nicht gutte sin bei (Görl. Cod. ed. Joachim 678, sqq.

Also: wer von mir wissen will, wer es sei, ob ein Verständiger
(si sapiat) oder ein Narr, der ist selbst ein Narr. Nun, es ist
auch eine Auffassung.

Hoffentlich gewinnt dieser Johann Balhorn nicht gar noch
Einfluss auf die Texteskritik Freidanks!

> 65, 8—11.
> wer sîn leit so richet
> daʒ er sich selbe stichet,
> der hât sich übele gerochen,
> dêr sich selbe hât erstochen.

Es muss wol so sein! Dass ein Reimer vor solcher Armselig-
keit des Gedankens und der Form (sichet: stichet gerochen:
erstochen) keinen Anspruch haben kann, ein selbsständiger
Dichter, geschweige Walther zu heissen [der einzige, der die von

W. Grimm mit einer einer besseren Sache würdigen Energie be-
hauptete Identität beider noch 1873 [5. Aufl. des Lesebuches]
wenigstens gelten liess, war wol W. Wackernagel, oder giebt
es sonst noch wen?] ist klar.

Freidank las in den Strophen Spervogels (s. bei Pfeiffer
F. F. S. 205):

Str. 5, 4—8 Unt der sîn leit so richet,
daz erz dâ nâch beweinet,
den muoz riuwen daz erz ie gewuoc.

Nun brauchte aber Freidank einen Reim und dieses jämmerliche
Bedürfniss erklärt seine obigen Zeilen. Wer sie schön finden will,
mag das in Gottes Namen thun.*) Uebrigens hat dem öden
Zusammenstoppler der Gedanke doch so gut gefallen, dass er ihn
noch zweimal vorbringt, denn 65, 12—13 sowol als 65, 22—25.
ist nur Variante des eben gelesenen.

67, 1 2.
Durch wort ein wilder slange gât
zem manne, da'r sich tœren lât.

So Grimm II. Ausg. nach D toren, während Bezzenberger
tœten giebt nach C E H I M N O P Q (A B haben vahen). Man
sieht, Bezzenberger hat die Majorität für sich, aber wie steht
es mit der Autorität? Wenn man nur dem Schlangen be-
schwörenden Manne zutrauen dürfte, dass er das Thier tödten
wolle! Er wird sich hüten, da könnte er sein Kunststück nicht
wiederholen. Mit Grimm's tœren ist auch nichts anzufangen,
denn die Schlange ist bereits bethört genug, wenn sie in Kraft
des Beschwörungszaubers zum Manne kommt; sie braucht sich da
nicht erst tœren zu lassen.

Man hat zu lesen:

zem manne, da er sîn toben lât

---

*) Pfeiffer sagt mit Recht S. 253: Es schiene mir eine Beleidigung
der Leser, die Strophe gegen Freidanks geistlose Ummodelung und
Reimerei in Schutz zu nehmen. Kann da irgend ein Zweifel sein, auf
welcher Seite die Entlehnung ist?

Es ist vorzustellen, dass in dem echten Texte tobin stand, welches beide Verschreibungen, toren und totin erklärt. Sîn, das richtige, musste in sih geändert werden, sobald toben verschwand. Sinn: und legt dort ihr Toben, ihre Wildheit ab, liegt ganz ruhig da.

## 67, 6. 7.

Grimm tadelt (Ueber Freidank S. 62) die erkünstelte Erklärung Benecke's, durch Zaubersprüche kann man nie glühendes Eisen besprechen, dass jedermann es anfassen kann ohne dadurch verbrannt zu werden. Hätte Grimm gesehen, dass nie blosser Druckfehler für ein ist, so würde er zugegeben haben, dass Benecke in der übrigens auf der Hand liegenden Erklärung keineswegs von der seinigen abweicht.

## 70. 2—5

Man volget michel mêre
eins guoten mannes lêre
dann zwelven die wol lêrent
und selbe ir werk verkêrent.

Bezzenberger zweier und reht. In v. 3 scheinen die zwölf angemessener als die zwei (für letztere I M N O Q) aber in v. 4 ist sowol werk (C D E) als reht (die übrigen Handschriften) blosse Conjectur.

Man lese:

und selbe ir jiht verkêrent.

Das Wort ward nicht verstanden und iiht leicht in reht umgeformt, da das aber doch keinen genügenden Sinn bot, so entstand weiter werk daraus. Die Handschriften, welche reht bringen, stehen dem echten somit näher, es sind alle ausser C D E. (A B D H I L M N O P Q c)

ir jiht = ihre Aussage, Behauptung Lehre, von jehen.
vgl. bejiht = beichte.

71, 3—6 und 10.

Swer iu guote lêre gebe
und ouch selbo rehte lebe,
dâ nemet iu guot bilde bî
und enruochet wie dem andern sî.

So Grimm II. Ausg. mit der Mehrzahl der Handschriften [rehte C D E G H P Q, iht rehte I M (nicht rechte c)]. Bezzenberger hält sich an das schwierigere der Handschrift A iht gebecliche und schreibt also

und selbe iht gæbeclîche lebe

Er erklärt: 'iht gæbeclîche (von gæbe adj.) adv. = nicht annehmbar, nicht rein, nicht gut.'

Wenn das Wort hier zulässig und Bezzenberger denkt doch eine restitutio in integrum vorgenommen zu haben, warum setzt er es nicht auch 71, 10 wo es ja in derselben Handschrift A in der Negativform ungæbeclîche vorkommt? Doch das ist eine Frage für sich.

Ich gestehe meinen Zweifel, ob es ein Adverbium gæbelîche, gæbeclîche — es müsste wol eigentlich bedeuten wie es gang und gäbe ist — überhaupt giebt. Jedoch es sei.

Wenn der Spruch in der dritten und vierten Zeile auffordert, einem solchen Manne nachzuleben, (ein gutes Vorbild an ihm zu nehmen) und sich um anderes nicht zu kümmern, so ist gewiss deutlich, dass er die Uebereinstimmung von Lehre und Wandel als eine Hauptempfehlung für die erstere bezeichnen will. (Vgl. 36,27. 37,1.) Insofern trifft Grimm das rechte.

Nur freilich seine Lesart ist nichts, als eine äusserst bequeme Conjectur derjenigen Handschriften, welche mit einem Worte nichts anzufangen wussten, das A als gebecliche nahm, da ja aus rehte nicht wol gebecliche geworden sein kann. Bezzenberger hat gut gethan, sich an das schwierigere zu halten, aber er hätte auch des Epicharmus gedenken sollen νᾶφε καὶ μέμνησ' ἀπιστεῖν, ἄρϑρα ταῦτα τᾶν φρενῶν.

Suchen wir denn, das ziemt sich ja, das echte, denn selbst Bezzenbergers Erklärung als möglich gesetzt, beleidigt es den

Sinn: folget dem Manne nach, der gute Lehre giebt, wenn er auch selbst nicht annehmlich lebte.

Fragen wir, was wol A auf sein
iht gebecliche
kann geführt haben, ebenso wie v. 10 auf
ungebecliche
[A steht selbstständig damit da, die anderen Hdschr. haben auf eigene Hand
iht rehte<br>rehte]

Ich bitte, sich des zu 70, 5 vorgetragenen zu erinnern, des alten guten verbums jehen zu gedenken und des substantivums jiht. Davon bilde man das adverbium
jihtelîche (oder jihteclîche)
so ist alles gelöst. jihteclîche heisst so wie einer sagt und verhält sich zu jehen ganz genau so wie redlich zu reden. Ein jihtelicher man ist so ziemlich dasselbe wie ein redlicher d. i. bei dem Werk und Wort zusammenstimmt.
Graphisch hat unsere Herstellung gewiss keine Bedenken
jihtecliche<br>geb.ecliche

So also hatte Freidank geschrieben, ein leichtes Versehen stellte die erste Silbe doppelt:
und ouch iht jihtecliche lebe
und gab so Anlass zu der Lesart in A:
und ouch iht gebecliche lebe
[vielleicht hat der Mann geschrieben, ich kann nicht nachsehen:
gehecliche
und dann hätte er gar nichts falsches gebracht, denn gehecliche wäre neben jihtecliche eine ganz berechtigte Form, wie wir ja auch sowol beträchtlich als erträglich bilden, einmal von dem subst. tracht, das andere mal von dem verbalstamme trag. Wir hätten also die Wahl zwischen

14*

jeheliche oder jehecliche

und

jihtecliche

A könnte uns geneigt machen, das erstere zu wählen, aber sein vorherstehendes iht giebt den Ausschlag zu Gunsten des letzteren. Lassen wir es dabei.]

Wenn ferner in v. 10 C (D) E G unredeliche setzen, wo A wie bemerkt ungebecliche bietet, so geben sie eine vortreffliche Glosse, die allein hätte hinreichen sollen, auf das richtige unjihtecliche zu gelangen, während die übrigen Handschriften eine unnütze in der Luft stehende Conjectur aushecken unnützeliche, die Bezzenberger am wenigsten berechtigt war in den Text zu setzen.

Nun sieht man auch ein, wie in I M das echte zu iht rehte hat werden können; man las, wie iihte als rehte, aber rehtecliche war kein Wort, also fort mit cliche.

73, c. 7.

Ich weiz wol, daz der fürsten kint<br>
den alten erben vîent sint.

Die alten erben geben zu rathen und was Grimm (Über Freidank S. 65) und Bezzenberger zu der Stelle vorbringen, ist denn freilich auch nichts weiter als gerathen [Wackernagel sagt im Glossar alter erbe, Herr eines Alterbes.] Wir wiederholen das hier nicht.

Die Handschriften lassen uns im Stich, keine einzige hatte ein unverdorbenes Exemplar vor sich.

Lassen wir die erben, so ist sofort ersichtlich, dass zu den alten in Zeile 7 die jungen (der fürsten kint) Z. 6 der Gegensatz ist. Somit ist der Spruch eine blosse Reduplication von 42, 3:

Ezn ist dekein rîche man,<br>
ern müeze an sîme kinde hân<br>
einen vîent über zwelf jâr,<br>
ez sî stille oder offenbâr.

Die Variation besteht nur darin, dass damals vom rîchen man, jetzt von fürsten die Rede ist.

Wollen wir denn also das Wort erben einfach herauswerfen? Verständlich wäre ja völlig:

Ich weiz wol, daz der fürsten kint<br>
den alten . . vîent sint.

Aber nein, denn eben weil es keinen Sinn giebt, so muss in ihm etwas missverstandenes stecken, da keiner Veranlassung hatte zum Worte alten ohne Grund erben hinzuzufügen. Ich denke, es stand also in der Lücke ein altes Wort, das der Schreiber durch das darübergesetzte vient erklären, glossiren wollte. Welches andere konnte das sein, als das mit erb beginnende

erbolgen (erbolge')?

Schreiben wir nunmehr:

Ich weiz wol, daz der fürsten kint<br>
den alten erbolgen sint.

Über erbolgen iratus partic. von erbĕlgen [so du dih súndonten irbilgest = cum iratus fueris bei Notker], erbolgentheit ira, furor s. die Wörterbücher [Nib. Z. 361, 4, 2 wie reht erbolgenliche si zu dem recken sprach].

Wir haben also hier eine Glosse, die mit in den Text drang, zu beseitigen.

Die Schreiber unserer Handschriften aber fanden vor:

den alten erbolge' vient sint

und da ihnen das Wort ungeläufig war — es weist mehr ins niederdeutsche Gebiet und stimmt auch seinerseits zu unserer Voraussetzung eines niederdeutschen (oder mitteldeutschen) Exemplares, aus dem unsere Texte fliessen — so gestatteten sie sich die freilich verfehlte Conjectur erben. So entstand die Vulgata.

73, 16—19.<br>
Sô der wolf nâch miusen gât,<br>
unde der valke keveren vât<br>
und der künec bürge machet,<br>
so ist ir leben geswachet.

143, 13. 14 (s. zu der Stelle) lassen die Handschriften und Ausgaben den Falken zu Fuss nach Speise gehen, hier soll er Käfer fangen.

Das ist gar zu kläglich aber nicht bloss das, es ist eine naturgeschichtliche Undenkbarkeit. Es lässt sich hören, wenn vom heruntergekommenen Wolfe, der ein seiner unwürdiges Leben führen muss, gesagt wird, dass er wie der Fuchs mausen gehe; der Falke, das edle ritterliche Jagdthier und selbst das Symbol des Ritterthums (s. zu 31, 13) *) würde seiner unwürdig, wenn er es wie die ihm sonst entgegengesetzte Eule machte [wie dem Wolf der Fuchs, so steht dem Falken die Eule gegenüber]. M S Hag. III. 38*b* swer iulen vür den valken zamt und Freidank 143, 13. 14 nach unserer Herstellung der Stelle (s. daselbst.)

Nun fängt die Eule eben auch keine Käfer, aber Mäuse und dergleichen. Es durfte aber der Spruch nicht in zwei aufeinanderfolgenden Zeilen dasselbe Wort sagen, also: unde der valke miuse vat, aber er muss den Falken eine Eulenjagd machen lassen. Sehen wir nun noch einmal auf die handschriftliche Überlieferung zurück.

keveren

ergiebt sich nun als eine Missdeutung des vielleicht nicht verstandenen

scheren

mit dem es sich graphisch deckt:

scheren<br>keveren

Der scher (ahd scero) ist der Maulwurf. (s. Freid. 109, 20). Lesen wir demnach:

unde der valke scheren vât

Wir bemerkten bereits, dass der Falke Symbol des Ritterthums ist. So ist die Eule das nächtlich raubende Thier Symbol für die gemeine Wegelagerei. Unser Spruch will den Rittern es

---

*) Der valke den du ziuhest daz ist ein edel man sagt Uote zur Kriemhild. Ueber das Wort und die Jagd selbst mit Falken weiss ich nichts instructiveres anzuführen, als Hehn's 'Kulturpflanzen und Hausthiere' 2. Aufl. (Berlin 1874) S. 324 ff. und Anm. 74 S. 526.

schimpflich machen, Raub zu üben: der Raubritter gleicht dem Falken der Maulwürfe fängt.

Wir lesen deshalb auch Zeile 4 mit A B (ere) d (ser) C (so mûz ir ere swachen).

> so ist ir êre geswachet.

### 74, 7—12.

> Swelch hêrre sterben muoz als ich
> wes möhte der getrœsten mich,
> so mich daz biever ane gât,
> und in der zanswer bestât,
> und er newedern mac ernern?
> dem wil ich selten hulde swern.

Sinn: ich will mich Gott zu eigen geben, nicht aber einem Herren huldigen (hulde swern) der wie ich sterblich und allen Leiden unterworfen ist, der weder das Fieber noch den Zahnschmerz heilen oder sich davor bewahren kann (ernern). Dass daher mich in v. 9 falsch ist, ist klar [v. 10 in v. 11 newedern fordern, dass auch dort von ihm die Rede sei].

Man hat zu lesen:

> so in ouch (geschrieben sonoch, verlesen so mich).

Fort auch mit der ( ), in die Grimm 2. Ausg. die Verse 8—11 setzte.

### 75, 6. 7.

> Vil selten âne riuwe ergât
> unreht hîrât.

Grimm hatte Verse wie hie lît Frîdanc (s. das Cap. über Freidanks Grab), für Rohheit, nicht alte Kunst erklärt und Pfeiffer ihm (S. 223) aufgemutzt, dass er ja selbst in seiner Ausgabe nicht weniger als drei solcher Verse habe stehen lassen

> vroelîch armuot 43, 20
> unreht hîrât 75, 7
> valschiu vriuntschaft 45, 8

[43, 20 ist in der 2. Ausg. doch stehen geblieben, Grimm hatte wol vergessen, dass er im 2. Nachtrag s w â ist froelich armuot angeführt hat].

Dennoch hätte Grimm gut gethan, solche bei Freidank in der That ganz auffallenden Verse etwas schärfer aufs Korn zu nehmen.

Hier kommt hinzu, dass der Sinn eigentlich keiner ist. Was soll denn ein unrehter hîrât sein? Nun, Bezzenberger sagt es uns ja: 'entweder eine ungesetzliche Heirat, welcher diu rehte ê entgegensteht, oder besser (!) eine durch den Stand des Mannes und der Frau ungleiche Heirath.' Grimm sagt ohne Begründung 'die heimliche Ehe ist gemeint.' Man weiss es also nicht.

Man citirt uns die lat. Uebersetzung in i (Berl. Druck).

> Tedia maiora de nulla re generantur
> Quam cum conjugia male cognita consociantur.

Das wäre wol der Rath, die Gattin unter den Ortsgenossen zu wählen. Auch die Kuh soll man bekanntlich nicht von weit her kaufen.

Da beweist der Lateiner doch das wenigstens, dass er nicht unreht hîrât gelesen hat, sondern etwa, wie Hdsch. a giebt Vnerkante (Q Vnbekande hi Als vnerkante.)

Um der Stelle zu helfen, muss ich mir erlauben, dem Leser ein Wort vorzuführen, von dem ich nicht weiss, ob es in den Wörterbüchern vorkommt, das aber ganz unverdächtig ist, das adjectivum

> ingesibbe oder ingesippe

Wie ingedenk dasjenige ist, was in Gedanken ist (dann erst derjenige, der in Gedanken hat), so ingesippe das, was in der Sippe, in der Verwandtschaft ist.

Freidank schrieb:

> vil selten âne riuwe ergât
> ingesibber hîrât

Das Wort machte den Abschreibern Verdruss. Schrieb nun einer:

ingesihte hîrât'

so fand der folgende, das solle wol heissen

ungesihte hîrât

und er war mit der Glosse unerkante hîrât bei der Hand die besagen sollte, was der Lateiner verstand, Heirath unter nicht bekannten.

Dasselbe ungesihte — ein wirkliches Monstrum, ein Ungesicht, Goethe sagt Unbild — las ein anderer und endlich Grimm und Pfeiffer und Bezzenberger ungerecht, unrecht.

Dass aber wir Freidanken nicht etwas 'andichten, was er allenfalls gesagt haben könnte, sondern dass er es wirklich gesagt haben muss, dafür haben wir einen Zeugen, den Grimm selbst im Anhang unter nr. 9 anführt. Er wird sich vergeblich bemüht haben zu entdecken, welchen Spruch der Bescheidenheit wol J. Mathesius (Sarepta in der 15. Predigt) im Sinne gehabt haben könne, wenn es dort heisst:

'denn solche art an vater und muter, kind und kegeln nie gut ward,' sang auch Freidank auf sein letzte fart. Wir verstehen ihn jetzt, meine ich.

75, 18—21.

Der rehten leben ist niht mê<br>
wan driu: ich mein die rehten ê,<br>
magetuom unde kiuscheheit;<br>
irn ist niht mê, swaz ieman seit.

Diese sibyllinische Weisheit musste doch interpretirt werden und es ist interessant genug, wie man sich zu helfen wusste. Nur in dreierlei Weise kann man leben, wie man leben soll, erstens in rechter Ehe, zweitens in 'magetuom' [das soll so viel sein wie durch Gelübde gebundene Keuschheit!] und drittens in 'kiuscheheit' [das hiesse dann als unverheiratheter in freiwilliger Keuschheit].

Lambel will kiuscheheit nur von der Witwenkeuschheit verstehn mit Rücksicht auf eine Stelle in Berthold von der ê: ez gênt drîe wege zem himmelrîche von der heiligen kristenheit

... Der eine wec ... der heiʒet die heilige ê; der andere. heiʒet witwentuom; der dritte heiʒet magetuom. Bezzenberger fügt die unleugbare Wahrheit hinzu: in diesem Falle dürfte der ganze Spruch nur auf die Frauen bezogen werden.

Und vor der wunderbaren Form, in der dieses Geheimniss vorgetragen ist, spricht man nicht? Es steht ja wol da: Rechter Leben giebt es nicht mehr als dreie, ich meine: die rechte Ehe, Jungfernschaft und Keuschheit; ihrer giebt es nicht mehr, was man auch sage.

Seltsame Emphase, dass wir ja nicht denken, wenn es bloss drei giebt, es möchten am Ende doch viere sein. Und wo hat man denn selbst in den verderbtesten Handschriften des Freidank so ein trauriges Flickwort gelesen, wie ich mein in der zweiten Zeile?

Ueberlassen wir uns nur wieder unsern 'destructiven Tendenzen'! 'Der ganze Spruch' besteht aus zwei ganzen Sprüchen. Da bedarf nun v. 20. 21 keiner Erläuterung mehr, er ist klar:

> Magetuom unde kiuscheheit
> irn ist nicht mê, swaʒ ieman seit.

Kiuscheheit ist für Männer das, was bei Weibern magetuom heisst, also heutzutage sind weder Weiber noch Männer keusch. Die beiden anderen Verse enthalten nun freilich eine unverständliche Zahl (wan driu Hdschr. wan driv). Texteskritikern geben wir hier den guten Rath, allemal, wo ihnen diese heilige drei vorkommt, auf der Hut zu sein und sich der triuwe gefälligst zu erinnern.*) wan driv ist triwen oder triuwen. ich mein wird ja nun wol nichts anderes sein können als das pronomen possessivum:

> In triuwen mîn ...

Aber es bleiben uns die wunderlichen 'rehten leben' und 'die rehten ê.'

In dem Spruche vorher ist von der heruntergekommenen Ehe die Rede, man schliesst sie aus Interesse (durch gîtekeit) und das

---

*) Auch 33, 14 haben wir so ein unnützes 'drî' beseitigen müssen.

ist der Verfall der Familien und mancher grosser Herrschaft.
Zweimal sind dort die rehten erben genannt. Schliessen wir
unsere beiden Zeilen unmittelbar an, so ist wol leicht zu sehen,
dass leben ein Schreibfehler für lehen*) ist und rehten in
rîchen zu ändern:

> Der rîchen lehen enist niht mê,
> In triuwen mîn,   .   .   ê

das zweite rehten ist dem Schreiber in den Sinn gekommen da-
durch dass er wâren ê nicht als erant olim sondern als verum
matrimonium verstand. Damit ist der Sibyllenspruch zu lesen:

> Der rîchen lehen enist niht mê;
> In triuwen mîn, der wâren ê.

Ich sage nicht, dass die zweite Zeile überaus schön sei, aber sie
ist Freidankisch. Uebrigens liegt auch hier zu Tage, dass die
Schreiber von einer niederdeutschen Vorlage ausgingen, die

> endriwen,

gegeben hatte.

76,27.  77,1.

> Sicherheit diu wære guot,
> hætens alle glîchen muot.

O ja freilich, Sicherheit wäre eine schöne Sache. Und wie vor-
trefflich bezeugt das Wort in den Handschriften ist! Also Re-
spect davor, wenns auch eigentlich Unsinn ist. Ich finde gewiss
die Sicherheit im allgemeinen wie im besondern nicht minder
werthvoll als die bisherigen Herren Editoren und Interpretatoren
es nur irgend vermögen, würde sie aber noch höher schätzen unter
Umständen, da nicht alle gleichen Sinnes sind; ich meine eine
tüchtige Staatsgewalt, welche den Einzelnen vor der Leidenschaft
der Parteien schützt, wäre noch besser.

Doch wozu noch weitere Worte?

Sicher ist das ungeschickte Machwerk eines Schreibers, der
das ihm ungewohnte

> sriche

---

*) Hdsch. Q hat 74, 22 leuen für lehen.

d. i. daz rîche, das Reich, das heilige deutsche Reich nicht zu
lesen verstand. Der Sinn ist: Um das Reich stünde es gut,
wären alle (Fürsten und Herren besonders) einig.

Stellen wir das echte wieder her:

> Daz rîche stüende dicke guot
> und hetens alle glîchen muot.
> wolden sie niht selbe einander lân
> so möhte in nieman vor gestân.

Die beiden letzten Zeilen verdächtigte Bezzenberger, er wird sie
jetzt besser würdigen.

Wie oft bis 1870 haben patriotische deutsche Herzen diesen
·Seufzer ausgestossen! Möchte er nun für immer verklungen und
nicht bösen Omens sein, dass der so lange in Freidank's Spruch-
gedicht wenigstens stumm gebliebene Klageton jetzt wieder seine
Stimme erhalten hat. Amen!

Est ist doch ein eigenthümliches Geschick des guten Freidank,
dass seine excentrischen Verehrer allerlei solche — Kleinigkeiten
gutherzig mit bewunderten, während wir Epigonen der hohen
Kritik, Abtrünnlinge der gepriesenen Schule, von dem Alten zwar
sehr viel despectirlicher denken, aber doch im Stande sind, ihm
hie und da einen kleinen Dienst zu erweisen.

78, 16.

> Sîn selbes sin er mêret
> ·der wîsheit gerne lêret

docet? oder discit? Brant versteht und wohl mit Recht lernt.
Zeile 19 liest B Zů leren A zé lernene. Auch dort erfordert
der Sinn lernen, aber die Schreibung in B wird gleichwol die
richtige sein.

Haben wir es mit einer [auch] elsässischen Spracheigen-
thümlichkeit zu thun? [ich weiss wol, dass sie auch allgemein
niederdeutsch ist]. Dass eben Brant es so versteht, deutet darauf
hin . S. noch zu 87,6. 7.

79, 9. 10.
Swâ witze ist âne sælekeit
dâ. ist niht wan herzeleit.

Dieser Spruch ist nichts als eine Wiederholung von 126,9. 10. und die wunderliche sælekeit, (15 Handschriften bezeugen ane selecheit!) doch nur ein Lesefehler für bescheidenheit. Man stelle sich den anzusetzenden niederrheinischen Text vor:

an bescedekeit

und man erblickt sogleich, wie der nächste Schreiber auf

ane s.elekeit

gerathen konnte. Stellen wir denn das echte auch hier wieder ein:

swâ witze ist ân bescheidenheit.

Eine nochmalige Reduplication 85,17 rehtiu witze ist sælekeit, die auch im zweiten Verse grausame Entstellung erfuhr, belassen wir in ihrer schnöden Verfassung. Derjenige, der sie zusammenleimte, wollte sælikeit sagen und ihr das leid entgegensetzen, er ging aber von einer Handschrift aus, die bereits 79,9 selekeit bot, hat also mit dem echten Freidank nichts zu thun.

79,15—18 und 19—80,1

sind Handwerkersprüche, der erste ein Böttcher- der andere ein Nagelschmiedespruch. Zu dem letzteren vergleiche man Müllenhof und Scherer, Denkmäler S. 152,5 und S. 492.

80, 2. 3.
gewalt den witzen an gesiget
da man rehtes niht enpfliget.

Dass die erste Zeile aus der 17. der von F. Pfeiffer dem Spervogel zugewiesenen Strophen abgeschrieben ist, hat dieser selbst Freie Forschung S. 179 unwidersprechlich dargethan. Die zweite Zeile ist allerdings Freidanks Eigenthum, aber so armselig ist er, dass er sich nicht einmal selbst auf ein Reimwort besinnen kann, denn auch pfliget ist aus der Strophe, bloss die Negation en davor hat er riskirt. Nothwendig ist der Zusatz gewiss nicht. S. zu 116,21. 22.

80, 12. 13.
Mit witzen sprechen daȝ ist sin,
daȝ wort enkumt niht wider in.

Das Original hierzu ist der Winsbeke, wo es heisst:

daȝ wort enmac niht wider in
und ist doch schiere für den munt.

Hier ist doch wenigstens deutlich, wo hinein das Wort nicht wieder zurück kann, da die zweite Zeile den Mund nicht wie Freidank verschweigt. Man kann ohne Anstand sagen, das Wort kehrt nicht wieder zurück, aber nicht, es geht nicht wieder hinein ohne zu bemerken, von wo es ausging. Schön ist das nicht. Pfeiffer sagt F. F. S. 174: 'Wenn hier einer erborgt hat, so ist es sicherlich nicht der Winsbeke.' Gewiss nicht. Man sieht nur zu deutlich die Verlegenheit Freidank's, der paarige Reime nöthig hat. Was kann kläglicher ausgedrückt sein, als die Zeile:

mit witzen sprechen daȝ ist sin.

Aber auch hier, wie vorher (80,2. 3.) greift er aus der Strophe, die er beraubt, auch den Reim auf wider in auf (sin). Weit zu suchen ist eben seine Sache nicht.


81, 21. 22.
Die tôren nement der glocken war,
die wîsen gânt [von] selbe dar.

Ein recht curioses Dicterium! Gleichwol scheint es sich mit so manchem andern bisher die Bewunderung der Verehrer der Bescheidenheit ruhig haben gefallen zu lassen. Und warum auch nicht? sagt doch Wilh. Grimm ganz ernsthaft (Ueber Freidank S. 67):

'Wenn die Glocke geläutet wird, laufen die Narren zusammen.'

Ich weiss nicht, ob das zu den Gepflogenheiten des Landes Narragonien gehört, ich bin da zu wenig bewandert, aber das weiss ich, dass es wahrlich nicht zur Ehre der deutschen Philologie gereicht, dass man nicht längst bemerkt hat, dass der Spruch von den klugen Bienen redet, welche auf den Schall eines Glöckleins hören und so ihren Stock wiederfinden. Die tôren sind natürlich nichts anderes als die

tronen (die Drohnen)

und die wîsen sind die wisel (Weisel) (H hat wisen selbel, worin wîsel angedeutet liegt), was indess auch wisen lautete.

Lese man denn:

> Die tronen nement der glocken war,
> die wîsen [wîsel] gânt selbe dar.

Dass die alten Texte, indem sie wîsen als sapientes und nicht als die Weisel des Bienenstockes fassten, nun auch die tronen in tôren verbalhorneten, mag ihnen nachgesehen sein aber für deutsche Gelehrte war es nicht schön, diesen Unsinn so lange zu ertragen.

Bezzenberger, getreu dem Goethischen Rathe vom Auslegen sagt: 'Die Thoren warten, wenn sie zum Ding oder Gottesdienst gehen wollen, bis die Glocke geläutet wird, kommen also (sic) zu spät; die Klugen gehen von selbst [vergessen auch nie ihr Gesangbuch, Herr Schulrath!], aus eigenem Antriebe und kommen rechtzeitig,' Nun, man muss sich zu helfen wissen.

[Wer etwa noch einwenden wollte, dass ja der Spruch mitten unter andern steht, in denen wisheit und tôrheit, tôren und wîse entgegengestellt sind, der bemerkt also wieder, dass nicht Freidank selbst unsere Ordnung nach Stichwörtern auf dem Gewissen hat, wie wir denn schon 45, 4 das ähnliche Missgeschick des Einordners beobachtet haben. Dort setzte er vals den Genitiv von val unter valsch, hier die Weisel der Bienen unter die Weisen.]

Man könnte sich aufgelegt finden, auch in 104, 4 für toren die tronen herzustellen. Es würde hier eine witzige Bezeichnung für solche Männer sein, die ihre Weiber unberiht lassen, also impotente. Bezzenberger drückt sich über unberiht sehr ad usum delphini aus.

82, 14. 15.

Gr. II Ausg.:     Geligen sin und tôren rât
vil selten lant betwungen hât.
Bezzenberger: Entlêhent sin.

Bezzenberger hat die Mehrzahl der Handschriften auf seiner Seite, während Grimm sich auf Walther 81,12 und die Lesart in k geleg. ne stützen kann. A bietet endikeine L eintzleht

Ich kann zugeben, das alle Verderbnisse der Handschriften sich allenfalls auf entlehende zurückführen liessen. Man braucht sich in der That nur vorzustellen, dass hende als besonderes Wort abgetrennt war (so M) und das übrig bleibende entle wird in A zu eintzleht (einzeln), in I zu kintlich, in C zu (k)inde(s)

Es scheint also, als ob die wunderlichen Abweichungen der Handschriften auf entle hende, d. i. entlehende zurückzuführen sind.*)

Soweit wäre ich der Anwalt für Bezzenberger.

Jedoch, dieses diplomatisch scheinbar erweisliche ist bereits selbst Verderbniss.

Wo unser Spruch sonst begegnet, da ist nur leider auch kein Trost zu schöpfen. So hat der Renner das von ihm aus Freidank entlehnte entweder nicht verstanden und deshalb willkürlich geändert, oder er las noch anderes als unsere Texte geben. Er hat ~ 1944:

Tôren witze und affen rât
vil selten lant betwungen hât.

Auch der Wolkenstein 22, 4, 19 ist der fatalen Stelle aus dem Wege gegangen:

Man hôret selten tôren rât
vil grôƷer lant betbungen hût.

Gehen wir bei der Herstellung — denn man braucht nur Bezzenberger's Anmerkung zu lesen,**) um überzeugt zu sein,

---

*) Der Görlitzer Lateiner hat auch entlichen sinne gelesen, versteht es auch mendicatus sensus, also eine neue Stütze.
**) 'Erborgter Verstand, der sich immer auf andere verlässt.'

dass hier etwas non liquet — des echten von dem nothwendig erforderten Sinne aus, der nicht zweifelhaft sein kann. Das Länder bezwingen ist Fürstengeschäft. Nun wird kein vernünftiger behaupten, dass ein Fürst sich nicht mit Vortheil fremden Rathes, fremden Verstandes bedienen dürfe. Die entliehenen Sinne oder der erborgte Verstand würden nicht schaden, ist doch Fürstentugend gerade das Auffinden des tüchtigen verständig-treuen Dieners. Aber was darf ein Fürst in keinem Falle, will er Land und Leute gewinnen? Sich durchschauen lassen, dächte ich, seine Pläne erkennen lassen.

Ob so etwas in dem nur zu wol bezeugten

entlehent

stecken mag? Es ist nicht allzuschwierig zu entdecken, zumal wenn man erwägt, dass 3 Handschriften I g C in Vorsetzung eines k übereinstimmen

I kintlich

g kintlicher

C kindes

Lassen wir uns nun durch den vorher bemerkten Anschein nicht täuschen, als wären diese Lesarten erst als Conjectur aus ursprünglicherem entli hende gemacht worden, so springt in die Augen, dass

kentliche sin (oder kenneliche sin)

das gesuchte richtige ist. Da sind sie ja, die durchsichtigen Gesinnungen und Absichten, die der Sinn verlangt.

Das Versehen in I und g liegt ausserordentlich nahe, zumal dann, wenn man sich vorstellt dass eine Bibelstelle [Eccles. 10, 16. 17] mit einwirken mochte, die Wehe ruft über ein Land, dessen König ein Kind ist [vgl. Freidank 72, 1.]

Wie war es denn aber möglich, wird man fragen, wenn kentliche sin dagestanden hatte, das k zu verlieren?

Sehr leicht. Der treffliche Schreiber, der bereits entliche sin hingesetzt hatte, beabsichtigte, wenn das Blatt trocken war, ein schönes rothes Initial-K davorzumalen und das tückische Schicksal hat ihn das vergessen lassen. Doch es mag meinetwegen auch

anders zugegangen sein, aber dagestanden hatte das k (Beweis
I, g, C.)

War nun das k einmal verschwunden, so begreift sich die Räth-
losigkeit der Schreiber im Anblick des

entliche sin

Was sollten das für Sinne sein? Da waren sie nun ungefähr so
schlau, wie die späteren Herausgeber, sie verstanden

entlehente sin

und wir sahen schon, dass der lateinische Übersetzer (nach der
Görl. Hdschr.) dieses entlichen ganz entschieden als entliehen*),
erbettelt auffasste (mendicatus sensus).

Bedürften wir noch einer Unterstützung für die vorgetragene
Meinung, so bietet sie sich überraschend in dem lateinischen Texte.
der Stettiner Handschrift. Wenn dort sensus non bene culti
gesagt ist, so muss der Übersetzer in seiner Vorlage das richtige
noch gelesen haben, der kenntliche Sinn ist es eben weil er schlecht
verhehlt ist.

Wollen wir es dem Renner und dem Wolkensteiner verargen,
dass sie die zu ihrer Zeit umgehende alberne Lesart entlehent
verschmähten?

Unsern Freidank aber lasse man in Zukunft nicht weiter
diesen Missverstand sagen, sondern was er wirklich meint: ein
Fürst, der seinen Sinn erkennen lässt und dem Rathe der Thoren**)
folgt, der wird selten d. i. gar nie, Land bezwingen.

Das génie des autres zu benutzen wehrt Freidank klugen
Fürsten nicht und auch Bezzenberger wird es z. B. unserm
Kaiser Wilhelm nicht verübeln, dass er seinen Moltke und
Bismarck hat, denen er manchen sin entliehen, der nun doch der
seine ist.

82, 16. 17.

Wan daʒ eʒ nieman reden sol,
ein tôre vint den andern wol.

---

*) So auch alle diejenigen Hdschr. die geligen geben.
**) 82, 11. 12 lehrt uns, was der Thor nicht kann — schweigen.

Est ist ein übles Ding, so etwas interpretiren zu sollen und Bezzenberger thut gewiss sein mögliches, wenn er sagt: 'man soll es nur nicht sagen, denn es ist ganz selbstverständlich.'

Die von Grimm verzeichneten Lesarten der Hdschr. bieten keinen Anhalt zur Heilung des Unsinns. So viel sieht man, der eigentliche Gedanke ist in Zeile 17 enthalten, die vorhergehende ist Freidanks Erzeugniss, aber einen Sinn muss sie dennoch haben.

Es ist eine formelhafte Wendung, wenn eine Reflection mit einem zusammenfassenden Dictum abgeschlossen werden soll, zu sagen: wenn man Alles sagen soll.

Wir brauchen in diesem Falle etwa: Alles in Allem, mit einem Worte oder: kurz, genug.

Freidank kennt diese Formel; er bedient sich ihrer 104, 8: sît man eʒ alleʒ reden sol.

Wir sind sofort aus aller Verlegenheit, wenn wir die Zeile 16 in diesem Sinne fassen und lesen:

Sît man eʒ alleʒ reden sol

Die Verderbniss erklärt sich so, dass ezallez die Crux der Schreiber war

ezalez = ez dez = ez daz

indem al zu d zusammenrückt, also:

sit ez daz man reden sol

und daraus fliesst der Unsinn unserer Ausgaben fast mit Nothwendigkeit. Der Fortschritt ist so vorzustellen:

sît man ez ales reden sol

sît man ezdes reden sol

sît man daz ez reden sol

wan daz ez reden sol

wan daz ez nieman reden sol.

83, 3. 4.

Swer den tôren flêhen muoʒ

dem wirt selten sorgen buoʒ.

Die Anmerkung Bezzenberger's, auf Pfeiffer's Nachweis (Freie Forschung S. 207. 251 ff.) beruhend, ist evident. Was

Grimm einen unverständigen Zusatz in der Spruchstrophe
(des Spervogels) nannte, ist das echte und nothwendige. Darüber
kann kein Streit mehr sein. Ich stelle nur noch Freidank's
Original her:

> Swer blinden winket, derst ein kint,
> mit stummen rûnet, deist verlorn.
> Der sühte gnuoge liute sint,
> swer in das seite, ez wære in zorn.
> Swer den tôren vlêhen muoz,
> ze allen zîten umbe gruoz
> dem wirt selten sorgen buoz.

Die Auslassung der 6. Zeile bei Freidank ist verschuldet durch
sein Bedürfniss nach Reimpaaren, ein Bedürfniss, das ihn auch
sonst zu unglücklichen Auslassungen oder leeren Ergänzuugen
verleitet hat.

83, 27. 84, 1.
Swenne ein tôre brîen hât,
son ruochet er wie daz rîche stât.

Da wäre er wieder, der beliebte Hirsebrei, der uns schon
58,22 beschäftigte! Diesmal wenigstens hat ihn auch Bezzen-
berger aufgegeben, aber er lässt nun gar dem Thoren des Reiches
Wohlfahrt um eines Käses willen vergessen.

Swenne ein tôre kæse hât.

Schade, Bezzenberger verlas sich ein wenig. Die Handschriften
I M N O Q haben kœse.

Gewiss, die andern, welche brîen, bries genûg, setzen,
(Aka, gh) sie verstanden das Wort wie Bezzenberger als Kæse
aber so hoch wie er konnten sie es unmöglich schätzen und da
sie sich erinnerten 58,22 brien, bries geschrieben zu haben [a hatte
dort freilich des prises genvc] so schien ihnen auch hier der
Brei vorzuziehen. Es muss aber bei kœse sein Bewenden haben.
Die kœse [bei Freidank 108,22: üppigiu kœse Machent site
bœse] ist Bezzenbergern wohl bekannt, er setzt es als neutrum
an, [in 108,23 ist aber mit I L M N Phi machet zu lesen, das
Wort ist fem.] bedeutet das alberne leere Geschwätz, was der

Mecklenburger einen dummen snack nennt. Sinn: Wenn der Thor sein Geschwätz hat, was kümmert er sich um des Reiches Wohl? .

Wollte man Boner I, 25 einige Autorität in Betreff Freidanks zusprechen, so könnte man versucht sein, kœse als kolben zu lesen:

> Die bischaft sî geseit
> dem tôren, der sîn kolben treit,
> der ist im lieber denn ein rîch.

Jedoch ein rîch zeigt schon, dass Boner einen arg entstellten Text muss gehabt haben. Der Kolbe, so nahe er handschriftlich liegt, ist auf Boner's Conto zu setzen, kaum als Lesart einer unbekannten Freidankhandschrift anzusehen.

84,16. 17.

> Swer sîne kintheit überstrebt
> der hât guoten tac gelebt.

tumpheit, wie Bezzenberger nach A B G K M N O *a* und Grimm's I. Ausg. wieder liest, wird besser sein als kintheit.*) Es will dasselbe sagen. Bezzenberger's Deutung jedoch: 'wer die Unerfahrenheit und Thorheit der Jugend überwunden hat, der hat einen guten Tag erlebt, tritt nun in einen besseren Stand,' wird kaum zulässig sein. Freidank meint doch wol, wer die thörichten Jahre hinter sich hat, der hat seinen guten Tag gelebt, hat ihn hinter sich. Ach ja, die Jugend mit ihrer tumpheit! noch in Goethe's 'reiner Dumpfheit' [dasselbe Wort] klingt die Sehnsucht nach der sie besitzenden Jugend heraus. (Freidank 52,2 die alten senent sich nâch der jugent.)

85,6

> und sich mit tôren roufet

Ich will nicht unterlassen, hier wenigstens anzumerken, dass Freidank oder wer sonst dieses Stück Priamel in unsern Text ein-

---

*) Das nur als Glosse zu gelten hat.

schob, eine Entstellung beging. Die Thorheit besteht darin, sich mit dem K a h l e n  zu raufen, den man nicht fassen kann, aber wieso mit dem T h o r e n ?  So richtig bei Pfeiffer S. 250 ff. mit c h a l e n.

Der R e n n e r  hat 6198 dasselbige unverständige tôren. Wir wissen bereits, er benutzte ein verdorbenes Exemplar. [Ebenso auch bei G r a f f  Diutiska I, 326.]

Will man lesen:

und sich mit k a l w e n  roufet?

wäre also t o r e n  aus k a l e n  (t o r  = k a l?) verlesen?

85,23 24.

eჳn ist dehein selbselbe mê<br>
wan einer, des ich mich verstê.

Das alte s e l b s e l b e  hat W. G r i m m  hier hineingebracht; seine Bemerkung, wornach der Satz von G o t t  zu gelten hätte als dem allein selbselben d. i. unabhängigen, ist fein,*) jedoch sehe ich keine Nöthigung, so zu schreiben und so zu verstehen. Das metrische Bedenken ist, wenn es gelten soll, auch behoben, wenn wir mit a lesen:

eჳ enist deheiner selbe mê<br>
wan einer

Der Sinn ist vielmehr: Jedermann, wie vielen er auch befiehlt, wie mächtig er sei, ist schliesslich doch nur ein einzelner. Käme es darauf an, Freidank etwas sehr tiefsinniges sagen zu lassen, so wüsste ich andere Sprüche, die eine Umänderung vertrügen. Hätte F r e i d a n k  sagen wollen, was G r i m m  (und nach ihm B e z z e n b e r g e r) ihm zutraut, so hätte er gewiss deutlich w a n  g o t  gesagt, denn für dunkle Räthselrede ist der plane Verstand des Mannes eben nicht passionirt.

---

*) G r i m m  hat wol nicht gewusst, dass das alte schœne Wort nicht bloss bei E n e n k e l  noch vorkommt, sondern noch im 16. Jahrh. lebendig war, es findet sich — ohne jede Beziehung auf Gott natürlich — bei Burkhard Waldis 3, 94, 291: d a s  h e i s s t  d a s  m a n  s e l b  s e l b  z u s i c h t.

Wenn bei Helbling 15,372 steht:

'dcham selb ist niur einer':
des ist das lant allez vol.

so ist damit ebenso wenig der von Grimm gewollte Gedanke ausgedrückt. deham könnte Corruptel für de man sein, also

Der man selb ist niur einer

Wahrscheinlicher ist, dass auch hier eine Variante unseres
Spruches vorliegt und deham = deh[ein m]an, niur = mewan*)

Dehein man selbe ist me wan 'einer

Und bis einer reicht in der That der Spruch Freidanks; das bei
ihm folgende des ich mich verstê [für des lies als] ist traurige
Flickerei.

So glauben wir den ursprünglichen Spruch hergestellt zu
haben, wie ihn Freidank vorfand. Auch der Fortgang bei Helbling
des ist das lant allez vol, ist nicht müssig. Das ganze ist
eine Ergänzung zu dem stolzen:

selb ist der man

die Warnung: aber überhebe dich nicht, denn so wie du der 'selb
man' bist, so sitzt das ganze land voll und keiner ist eben mehr
als ein einzelner. Grimm nimmt die zweite Zeile so: Einer
d. i. Gott, dessen Macht überall durchdringt, die Erde erfüllt.
Wer sagt denn aber 'das ganze lant ist Gottes voll'? es ginge
wol: alle Lande sind seiner Ehre voll.

Alles was Grimm über selbselbe für Gott beibringt, an
sich sehr dankenswerth, hat doch mit unserm Spruche nicht das
mindeste zu schaffen.

Freidank also schrieb:

Eȝ enist deheiner selbe mê
wan einer, als ich mich verstê.

---

*) Grimm versteht (Ueber Freidank S. 67) ebenfalls niur als mê
wan, ist aber in sein selbselbe so verliebt, dass er es auch hier wiederfinden will: dehein selbselbe ist mê wan einer.

87, 6. 7.

Diu iule lêret milte niht:
grôzen höven sam geschiht.

So Grimm in der 2. Ausg. nach N (die ule), Bezzenberger: diu schuole (A G schůle P schul E schuld) Lachmann's Conjectur stôle stand in Grimm's erster Ausg.

Ich bin doch so frei, mich an den Lesarten der Handschriften zu stossen. Bezzenberger's Belehrung über die financiell unergiebige Schulmeisterei in allen Ehren — Wir kennen das aus Erfahrung — aber eine schlechte Schule das, die nicht eine Tugend lehrte [wer von der Schule sagt, dass sie etwas lehrt oder nicht lehrt, kann nicht meinen, den Lehrer, sondern die Schüler lehrt], welche das Mittelalter so hoch stellte, für die es den herrlichen Typus des Rüdiger schuf, eine Tugend, auf deren Erfüllung die Kirche mit der immer offenen Hand überallhin · lauerte. Nein wahrhaftig, die Schule kann dieser Vorwurf nicht treffen und auch die ungesellige Eule hat es nicht verdient, wegen Mangels an milte mit den Fürstenhöfen zusammengestellt zu werden.

Lachmann hatte eine feine Nase, seine Conjectur stôle trifft die Sache, nur ist sie darum selbst noch nicht richtig.

Es werden in unserm Spruche den grossen weltlichen Höfen die geistlichen nicht nur gegenübergestellt, die in der Knickerigkeit noch erheblicheres leisteten, sondern wie sich gebührt voran. Man wolle nur richtig lesen

discůle 'oder vielmehr
discule

ist:        biscolve leret

d. i. Bischöfe leren. Ob lerent wie 78,16 so viel wie lernen discunt oder ob es docent sei, durch Beispiel lehren, ist schwer zu entscheiden, wahrscheinlich auch hier das erstere.

Wir stellen also den verzweifelten Vers richtig her

Biscolve lêrent milte niht*)

_______________

*) Burkhard Waldis 4, 30, 15 ein alt sprichwort ists vnd nit heurig: all geistlichen sind gaben geirig.

Ein einziger Strich verzogen [d für b] und der Anstoss alles Verderbs war gegeben:

di sculʏe

was als die schuwe oder hiuwe, der Schuhu genommen ward und N̓ zu der resoluten Verschlimmbesserung ule Veranlassung ward, während die andern die schule daraus machten.

Die Form biscolf neben biscof ist nicht ungewöhnlich, nach Wackernagel sogar die deutschere. Um so besser für Freidank. Aerger entstellt liegt das Wort biscolve 130,10 vor, wo die Hdsch. auf dechan, der kan, der ban geriethen.

Ob Grimm Recht hat, zu sagen 'die Eule ist nicht freigebig und hält das zusammen gescharrte fest', weiss ich nicht, nur glaube ich nicht, dass sie überhaupt zusammenscharrt, noch dass man das Recht hat, von ihr Freigebigkeit zu erwarten.

87, 22. 23.

Den bœsen ie ze teile wart,

waʒ man vor dem frumen spart.

Wirklich? Ich glaube es nicht und glaube auch nicht, dass Freidank so etwas habe sagen wollen. Vorher ist gesagt; was der karge spart, das fällt dem freigebigen zu, jetzt war der Ort hinzuzufügen, was das Sprichwort besagt, der Sparer will ein(en) Zehrer haben [de spaarder wil een' teerder hebben, Campen 33] oder was man sorgsam spart, das frisst die Katze. Und in der That, das stand ursprünglich da. Das Variantenverzeichniss ergiebt nichts (nur das in Q guden anstatt frumen steht). Ich verstehe nicht, was es heissen kann, vor dem frumen sparen. Es ihm nicht gönnen? ihm vorenthalten? Also dem bœsen fiele das zu, was man dem guten nicht hat geben wollen? Es mag wol einmal so ausschlagen, aber Regel ist es doch wol nicht. Da ist doch wol ersichtlich, dass in frumen (vrvmen = vrvmẽ) eine Corruptel steckt. Welche aber? Lassen wir uns nur durch die bœsen nicht irren! Es hiess:

waʒ man vor dem mvnde = vrvnde = vrvmen spart. Vr ward zu ın verlesen, ähnlich haben wir an andrer Stelle gelernt

dass w zu vr wurde*) und mit diesem leichten Lesefehler ist alles
erklärt. Nur nicht die bœsen der ersten Zeile. Was soll es anderş
sein, als

hvnden

die das Bedürfniss eines Gegensatzes zu vrvmen erst verdrängt
hat? Wir geben daher, wie noch heute im Volksmunde gilt: was
man spart vor dem Mund das frisst Katz und Hund:

Den hunden ie ze teile wart<br>
waʒ man vor dem munde spart.

89, 10. 11<br>
Der bœse dicke dulten muoʒ,<br>
unwirde und swachen gruoʒ.

Der ganze Abschnitt von den bœsen (von 88,15 an bis 91,1)
ist so sehr das Werk eines nichtsnutzigen Anleimers, dass wir ein
gutes Werk thun, Freidank davon zu befreien. So hat er hier
lediglich 51, 17 — 22 hergenommen, wo von dem thörichten Minne-
werben alter Leute die Rede war und gedankenlos statt des alten
den Bœsewicht eingeflickt, den unwerthen Gruss aber 51,20
spinnt er zu unwirde und swachen gruoʒ aus. Noch einmal
versucht er sich 95, 24. 25. daran.

89, 12. 13.

Noch viel übler aber verfährt er mit den folgenden Zeilen:

Die bœsen æʒen ungetwagen,<br>
solte ir laster niemen sagen.

Was? die Bœsewichter? wäre es so sündhaft, mit un-
gewaschenen Händen zu Tisch zu gehen?

Erinnern wir uns, dass das Exemplar des Freidank, welches
allen unsern Handschriften als erste Quelle vorlag, ein nieder-
rheinisches war, so ist auch hier unschwer zu erkennen, dass ge-
sagt war:

De bœren eʒen ungedwage'

---

*) 58,17 vrume für werlt

d. i. die kleinen Kinder. Man hört das Wort noch heute in Westfalen und sonst; upbœren ist auffüttern, auch börnen gilt dafür, ein börnkalf ist ein mit Milch und Ei fettgemachtes, zum Festbraten zugerichtetes Kalb. Dass das Wort auf bern, gebären — bar zurückgeht, versteht sich.*) Der ursprüngliche Text wollte sagen: wenn man es Kindern nicht schimpflich macht (ihnen laster sagt), so würden sie ungewaschner Hände zu Tische gehen. Der Anleimer verstand das Wort bœren nicht und machte seine albernen bœsen daraus und dieser Schund gefiel ihm so sehr, dass er noch einmal, mit Beibehaltung der ganzen zweiten Zeile — denn wozu sich in Unkosten stürzen? — einen Pseudospruch 89, 26. 27. daraus zusammenflickt.

<blockquote>
Den bœsen nieman sol vertragen<br>
man sol in doch ir laster sagen.
</blockquote>

Geben wir Freidank, [der vielleicht kinde geschrieben hatte] sein Eigenthum in 89, 11. 12. wieder, aber befreien wir ihn von dem Jux in 89, 9. 10. und 26. 27.

91, 22. 23.
<blockquote>
Swer tugende und êre welle begân,<br>
der muoz sîn eigene sinne hân.
</blockquote>

Grimm liest zwar mit B Q lân und so ergäbe sich ein Sinn ähnlich dem von 1. 13. 14. swer die sêle wil bewarn Der muoz sich selben lâzen varn. Doch der Spruch wiederholt sich 131, 1. 2.

<blockquote>
swer tugent und êre wil begân,<br>
der muoz vil guóte sinne hân.
</blockquote>

Wir haben es auch hier, wie 89, 10. 11. und 26. 27. mit einer unnützen Erfindung des Anleimers zu thun. Die eigenen sinne nahm er aus 82, 14. wo er natürlich entlêhente las. Aha, dachte er, da kann ich ja einen Spruch von eigenen sinnen zusammen- flicken und damit das Buch hübsch dick wird, noch einen mit vil guoten sinnen. Soll all solches Zeug fort und fort in dem 'Edelsteine' stehen und Freidank's Namen verunzieren helfen?

______

*) Vgl. das im Lobgesang auf Christus und Maria ganz vereinzelt erscheinende ber 61, 12 sus gistu blüender bluomen ber ân alle wer dîm liebsten ingesinde.

93, 5
Êre und alliu werdekeit
sint âne volleist hin geleit.

Bezzenberger übersieht, dass volleist hier in der persön-
lichen Bedeutung zu nehmen ist, also masc. der volleist = Helfer,
Vertreter.

93, 18. 19 und 20. 21.
Êre kan nieman geenden,
gæb er mit tûsend henden.

Êre nieman geenden kan
doch gert ir wîp unde man.

Es ist komisch, was dem armen Worte geenden für eine
Rolle zugetheilt gewesen ist. Die klugen Herren zwar schweigen
sich in solchem kritischen Falle gewöhnlich aus, das sieht zugleich
vornehm aus. Wenn ihr's nicht versteht, denken sie, so sollt ihr
doch wenigstens nicht erfahren, dass wir es eben selbst nicht wissen.
Schlimmer daran ist, wer wie Bezzenberger sich vor die zu-
dringlichen Fragen seiner Schüler gestellt sieht. Wir tadeln ihn
gar nicht, wenn er sagt (S. 377): geenden, zu Ende bringen,
genug bekommen. Bezzenberger wird ja diejenigen Gelehrten
zu nennen wissen, welche ihn eines bessern belehrt haben oder
wenn keinen, so mag er getrost glauben, was ich auch glaube, dass
eben keiner an seiner Erklärung Anstoss nahm. Vielleicht steht
in Wörterbüchern unter geenden ähnliches, was weiss ich?

Gewiss, wenn das Wort hier zu Recht besteht, und man scheint
es ja nicht zu bemängeln, so ist die Bezzenbergersche Glosse
nicht schlimmer wie hundert andere. Mit dem Sinn braucht man
es ja nicht so genau zu nehmen: Wenn einer noch so viel Geld
dafür böte, mit tausend Händen gäbe, Ehre könnte er doch nicht
— genug kriegen.

Und doch, man braucht nichts zu thun, als den eben hin-
geschriebenen Satz bis Ehre könnte er doch nicht noch einmal
aufmerksam zu lesen, um sofort zu wissen, es muss jetzt noth-
wendig ein Wort folgen, welches erkaufen bedeutet.

Das ist auch genau so der Fall: genten oder genden

[t hinter Liquiden, also auch hinter n gern zu d erweicht] ist er-
ganten, in der Gant erstehen. Die Gant ist ein noch heute in Süd-
deutschland ganz geläufiges Wort, das jeder Leser Auerbach's
oder der Schmid'schen Gartenlaubengeschichten kennen wird. Er
ist in Gant gerathen, das Haus wurde ihm vergantet
u. dergl. er gerieth in Concurs, das Haus ist in öffentlicher Auction
verkauft worden.

Das Wort ist ein lateinisches Lehnwort, von cantare (incantare)
abzuleiten, frz. encan, ital. incanto, incantare.

Grimm bietet in der 2. Aufl. die Form genden, ohne dass
man jedoch erfährt, ob er es noch als geenden fasst, oder die
richtige Bedeutung gefunden hatte.

Wenn Pfeiffer richtig liest, so stünde auch in der Strophe
des Spervogels, die Freidank für seinen Zweck zweimal aus-
nutzte*), das Wort geenden. Es ist nicht anzunehmen, dass
Freidank das Wort nicht richtig sollte verstanden und also ge-
schrieben haben. Spätere Schreiber allerdings verstanden es nicht
mehr, ihnen verdanken wir das Unwort geenden.

Lesen wir sonach inskünftige V. 18 und 20

genden

(Uebrigens s. noch Lat. Freidank zu 245.)


94,5. 6.

Swâ tobende und trunkene liute sint,
swer die niht fürhtet, derst ein kint.

Wenn Brant statt fürchtet mîdet gab, so hat er bereits an
der verderbten Stelle geleistet, was die Neueren auch nur. (Vgl.
Bezzenberger's Anmerkung.) Pfeiffer, der das Original der
beiden Zeilen in Spervogels Str 3,4 (S. 204) sehen will:

swer dâ drönwet, dâ man in niht vürhtet, derst ein kint

findet das ganz vortrefflich, 'betrunkenen Leuten dagegen, sagt er,
und tobsüchtigen geht man aus dem Wege, man mîdet sie; dass

---

*) Str. 8 Pf. S. 207: Wîstuom, êre, grôz rîcheit Der einez nieman
geenden kan. [Grossen Reichthum kann man nicht erkaufen, weil zum
Kauf bereits der Reichthum gehört].

es aber sogar Männer gibt, die sie nicht fürchten, kann man in jedem Wirths- und Irrenhaus noch täglich sehen.' Natürlich. Aber diese Zeilen tragen tiefere Schäden an sich. Beachten wir, dass L Q das Wörtchen und nicht haben, also:

Swa tobende trvnkene liute sint

D                  „  tore vnd

so ergiebt sich, dass auch in tobende (tobinde) die beiden letzten Silben das unde der Hdschr. D (tore vnd) darstellen, also

swa tob unde t. l. s.

Das wird zur Gewissheit, wenn man daran denkt, dass taube, trunkene und Kinder sprichwörtlich als diejenigen drei Menschenclassen genannt sind, welche ihre Geheimnisse laut ausplaudern. Nicht blos Kinder und Narren, sondern auch die schwerhörigen also.  So Boner 97, 91:

Toub liut und kint und trunken man<br>
mügent kein heimlichkeit behân.

Setzen wir also mit Fug

swâ toubo unde trunkene liute sînt

so finden wir alle Elemente jener Boner'schen Form zusammen toube, trunkene, liute, kint.  Nun lässt uns aber Boner im Stich, der offenbar die zweite Zeile selbständig gestaltete (dem Sinne nach richtig).  Was ist mit der Zeile

swer die niht fürhtet, derst ein kint

zu beginnen?  Kindisch wäre es, mit dem tauben sich etwas erzählen zu wollen.  Nun lesen wir ja bei Freidank 54,23

swer blinden winket, derst ein gouch;<br>
mit stummen rûnet, derst ez ouch.

Eine beachtenswerthe Variante bietet hier der Görlitzer Cod.

der mit den taubin raumpt, der ist es auch*)

Halten wir das rûnen fest.  Wie arg dieses Wort verschrieben

---

*) Jedoch auch ohne dies sagt taub dasselbe was stumm.  So Mosis (bei Diemer 87,3) swer dumben herfet, wo dumm, dump, tump = stumm = taub.  Casseler Glossen:  mutus tumper.

ward, lehrt das Variantenverzeichniss zu 54,23: rumet, raumet, raumpt, romit, ruffet, harfet.

Waren erst aus den tauben Leuten tobende geworden, so dachte man an ihre Fürchterlichkeit und

konnte zu
$$\text{rvnet}$$
$$\text{vvret} = \text{vvrtt} = \text{vvrhtet}$$
werden.

Hiernach bleibt ein geringer Schritt, der uns auf sichern Boden führt. Man lese:

swer mit in runet, derst ein kint.

[mit in (mitin) las man mit en = niht en]. Die Stufenfolge der Verderbniss war die folgende:

swer mit in runet<br>
swer mit en runet<br>
swer niht en runt<br>
swer niht en vurt<br>
swer niht en vurtit<br>
swer die nicht vürhtet.

94, 9. 10.<br>
Sorge zorn und trunkenheit<br>
die tuont den siechen dicke leit.

Ja wohl! nur dass der Sieche zwar wol Sorgen haben mag, aber zum Zorn in der Regel schon weniger, zum sich betrinken erst gar nicht aufgelegt sein wird. Keiner nimmt Anstoss an der Perle und doch steht das richtige in E zu lesen:

die bringen siechtag unde leit

der siechtag ist freilich wol nicht rein hochdeutsch für Krankheit [Freidank wird siechtuom geschrieben haben] aber es ist der niederrheinischen Vorlage gemäss. Geben wir Freidank:

die bringent siechtuom unde leit

Der Niederdeutsche sagt noch heute, ich habe Zahnwehdag = Zahnschmerz.

94, 13—16.

Swer sîne sünde weinen mac,
so er trunken wirt, dast wînes slac;
dem solte zaller stunde
der becher sîn am munde.

V. 14 ist für dast P wines ABIKLMQd, des wins N, von wines P fehlt EO! ein slag EO plag *l*.

Hören wir Bezzenberger: 'wînes slac das ist die Wirkung des Weines. 15. 16 denn er hat stets Sünde zu beweinen.' Das muss ich gestehen! Der Schlag des Weines die Wirkung!

Nun was meint man denn wol?

Wer ein wenig lesen gelernt hat, der sollte bemerkt haben, dass das Wort weinen v. 13 an dem wines v. 14 lediglich Schuld trägt. Es stand, und das bestätigt N (des wins) in der niederrheinischen Vorlage:

dast duwiles slach

d. h. das ist Teufelsart und so einer möchte gar nicht aufhören zu saufen (15. 16.) slach ist nun zwar nicht identisch mit slac, liegt aber nicht weit ab, das nächste hochdeutsche wäre slaht. Der Reim mach : slach schliesst hochdeutschen Ursprung des Spruches doch nicht aus, da slac für slaht nachzuweisen ist.*) Schrieb für duwiles oder dewiles einer dewines, was durch das darüberstehende weinen und durch den Gedanken an die Trunkenheit nahe genug gelegt war, so erklärt sich die sämmtliche Corruption der Handschriften. Wunderbar nur, dass die bisherigen Kritiker die Echtheit des Spruches nicht beanstandet haben. Es geht doch gar manches bei den Herren mit durch. Unser Spruch handelt von dem sogenannten 'besoffenen Elend.'

95, 16. 17.

Gemachet friunt ze nôt bestât,
dâ lîhte ein mâc den andern lât.

---

*) Wir geben es daher in unserem Text, wie ja der Menschenschlag noch heute gesagt wird.

Man muss wol gemeint haben, der gemachte Freund, der nach den beiden Zeilen werthvoller sein soll, als der angeborne Verwandte (mâc), sei so viel als der erworbene, den man sich zum Freunde gemacht hat.

Es ist vielmehr zu lesen:

genâbert friunt

d. i. ein in der Nachbarschaft wohnender Freund ist in der Noth bereite Hilfe, während die Angehörigen im eignen Hause uns im Stiche lassen. So ist der Spruch eine weitere Ausführung des unmittelbar voranstehenden.

Die Verschreibung genabert gemachet ist wol einleuchtend.

Gegen gemachte freunde spricht schon die absolute Ueberflüssigkeit des Wortes, denn dass der Freund nicht angeboren, sondern gefunden, erworben, meinetwegen gemacht wird, ist eben selbstverständlich und so steht auch bei mac nicht, dass er ein angeborner sei. Freidank hätte also völlig ausreichend sagen können:

Der Freund besteht in der Noth.

Offenbar, das Epitheton muss etwas sagen wollen.

Es wäre möglich, dass Freidank seinen Spruch nach Walther 79, 24 mâc hilfet wol, friunt verre baz geschmiedet habe, wahrscheinlicher aber liegt ein Sprichwort vor. So ein Wort, wie genaberte Freunde erfindet sich nicht individuell, das trägt den Charakter des Volksgemässen. Nabern als verbum hörte der Verfasser in Mecklenburg 'will'n en beten nabern gan', wir wollen ein wenig zum Nachbar gehn, wollen noch einen besuchen. Der Sinn ist anders, es soll nur aufgezeigt werden, dass ein verbum von nahgebûr, nachber wol zu bilden ist. Das heutige be-nachbart fällt keinem auf.

96, 17. 18.<br>
Swer friundes valsch mit valsche treit,<br>
daz wirt im lihte selbe leit.

So Grimm 2 Ausg. Bezzenberger zieht v. 17 seit (mit C) vor und giebt v. 18:

daʒ wirt im dar nâch lîhte leit.

Was das Ding bedeuten soll, sagt uns glücklicherweise Bezzen-
berger auch, nämlich: 'wer eine Unredlichkeit des Freundes treu-
los weiter sagt u. s. w.' Das ,u. s. w.' ist das beste dabei.

Dass in dem Spruche etwas anderes stecken muss, sagte
auch Bezzenbergern wol das Gewissen; ist es denn so schwer
zu sagen: ich verstehe das nicht?

Massten wir uns an, es zu verstehen, so fänden wir das richtige
gewiss nicht. Fangen wir denn wieder mit dem Anfang der Weis-
heit an, der Unwissenheit, dem $\vartheta\alpha\upsilon\mu\dot\alpha\zeta\epsilon\iota\nu$.

Zuerst fällt auf und erregt den Verdacht der Verderbniss
,valsch mit valsch', ferner ,valsch sagen' oder ,valsch tragen',
was soll das sein? Vielleicht, dass der Reim 'seit: leit' in
ähnlicher Weise eingedrungen wäre, wie wir es 40, 9. 10 (tuot:
fruot statt kumt: frumt) oder 10, 15. 16 (art: fart statt zant:
zesant) oder 104, 11 *gh* (permit: wit statt permint: tint) oder
105, 21. 22 (ich daʒ wol nim: dan im statt ich eit: also leit)
oder gar wie wir es 116, 1. 2 (Trûwesniht: pfliht statt
Trûweswol: haben sol) kennen gelernt haben oder noch kennen
lernen werden? [Vgl. auch noch 126, 7. 8 gelîch: wunderlîch
statt kint: sint.] Dann möchte daʒ wirt im leit als Glosse
zu fassen sein. Doch wofür? Für ein Wort, das selten und leicht
misszudeuten war und von dem im günstigen Falle doch noch ein
Rest in irgend einer Lesart steckt. Giebt es ein solches? Halt!
ja wol! lasen wir nicht 86, 23 den milte bevilte? Versuchen wir
es doch. Es bevilt mich eines dinges ist ja wirklich fast so
viel, als das gemeinere es wirt mir verleidet. Für 'daʒ wirt
im lîhte (Mg darnach villichte, B villichte donach) selbe leit'
hätten wir dann einzusetzen:

des in [lîhte] selbe bevilt (Glosse: im wirt leit)

Möglich. Aber was hätte denn als ursprünglicher Reim dagestanden?
valsch mit valsch, sei es nun richtig oder verdächtig, jedenfalls
'A mit B' kann man 'austauschen' oder da es ja zu 'bevilt'
reimen soll, 'vergelten'. Das wäre! Also:

> Swer friundes . . . . mit valsche gilt
> des in selbe darnâch bevilt. ·

Es klärt sich. Wenn einer des Freundes . . . . mit Falschheit vergilt, so wird ihm darnach der Freund selber verleidet. Heureka! Es ist das alte odisse, quem laeseris: das uus hier iu deutscher Form geboten wird; füllen wir die Lücke getrost mit triuwe und lassen wir Freidank sagen:

> Swer friundes triuwe mit valsche gilt,
> des friunds in darnâch selb bevilt.

Der Rest des Wortes bevilt steckt in dem villichte der Hdschr. M g B.

Wir haben eine etwas derbe Operation vorgenommen, aber doch die Freude, dass die eigene Lebenskraft eines verbundenen und bepflasterten Gedankens ihn mit neuer gesunder Haut überzog. Uns dünkt, er darf sich jetzt auch bei Bezzenberger sehen lassen.

97, 26. 27.

> Gr. Der friunde schiere sich bewiget, ·
> der alle zît niugerne pfliget.

Hier tritt der ausnahmsweise Fall ein, dass eines der umgehenden lateinisch-deutschen Schulbücher die richtige Lesart bewahrt hat, nämlich s (die Stettiner Handschrift, ed. Lemke)

> Der friund er sich erwigt,
> welch man niugerni pfligt

[105, 6 verniugeret Gr. verniugernet, was auch im Nibelungenliede erscheint.]

Grimm, dem auch so das Verdienst bleibt, das seltene Wort niugerne in der Lesart niuwer friunde erkannt zu haben, irrt also, wenn er sagt, es sei auch dem Verfasser des lateinisch-deutschen Freidanks unbekannt (Ueber Freidank S. 10), aber lebte er noch, er würde sich freuen, seine schöne Entdeckung jetzt bestätigt zu finden. Am nächsten stand dem richtigen c mit der Lesart wer nuwer frunde gerne phligit. Grimm ist auf seine Entdeckung gekommen durch eine Stelle aus einem Bruchstücke der besten

Zeit des 13. Jahrhunderts, das bekanntlich inzwischen durch Franz Pfeiffer als ein Stück aus Bligger's Umbehanc erkannt worden ist.

Den lateinischen Vers des alten Berliner Druckes (i)

Qui similis vento nobilitatis labe notatur

glaubte Grimm durch mobilitatis zu bessern, ohne Rücksicht auf die Metrik. Das nothwendige novitatis entspricht wieder genau der niugerne der Vorlage. Auch das ist Grimm entgangen, dass das Wort niugerne noch in einer andern Stelle des Freidank steckt 135, 25 a nämlich, wo es für niumære herzustellen ist. Auch dort ist es durch die Stettiner und Görlitzer Hdschr. sowie durch die lateinische Uebersetzung vollständig gesichert (s. zu der Stelle).

Dass Grimm bei Bligger einen Spruch aus der Bescheidenheit und nicht vielmehr in dieser ein Citat aus Bligger — wir gäben den Freidank dran, gäbe man uns den Umbehanc dafür! — erkennt, steht mit seiner unglücklichen Walther - Freidank-Idee und der daraus erfolgenden seltsamen Ueberschätzung der Bescheidenheit in engstem Zusammenhange.

99, 5--8.

Minne nieman darf verswern:<br>
si kan sich selbe ân eide wern:<br>
daz selbe reht wil milte hân:<br>
si kan sich selbe zum lesten lân.

Bezzenberger hat schon Recht, v. 7. 8 passten nicht gut zum ersten Spruche. Man ändere nur milte in minne, wie nöthig ist und er passt sehr gut. Daz selbe reht bedeutet eben nicht idem, sondern hoc, tale. Der Sinn ist: wie man Minne nicht abschwören soll*) [vgl. Frau Uotens Worte zu Kriemhilden: nune versprich ez niht ze sêre], da sie auch ohne Eide [nicht ihrerseits geleisteter, wie Bezzenberger glaubt] sich fern halten kann [sich wehrt], so hat andererseits die Minne das Recht,

---

*) Man soll überhaupt nichts verschwören als Nasen abbeissen, d. h. darauf allein darf man einen Eid leisten, dass man sich die eigene Nase nicht abbeissen wolle, meinte Melanchthon.

trotz aller Eide sich selbst loszulassen. Der Eid bindet, aber nicht die gewaltige unberechenbare Minne. Die Gegensätze sind: sich wern = sich zurückhalten und sich lân = sich die Zügel schiessen lassen, sich fahren lassen. Minne, will der Dichter — denn es ist ein Poet, der diesen Gedanken an Freidank abgab — sagen, disponirt aus eigener Macht über die Herzen.

In v. 56 liegt zugleich eine Warnung: verschwöre die Liebe nicht, sie bleibt dir auch so wol fern und in 7. 8 wünsche dir die Liebe auch nicht an, sie kommt auch so wol. Der Gedanke erfordert, dass dem verswern ein anwünschen entspreche. Bezzenberger wird zugeben, dass eben deshalb nicht von der Milte sondern von der Minne die Rede sein muss.

Verwandt ist der Spruch 100,8.9 Swer minne fliuht, den fliuhet sî, und swer si jaget, dem ist si bî. Es hat jedoch mit ihm noch seine eigene Bewandtniss. S. zu der Stelle.

100, 6. 7.
Triut od halst ein man ein wîp,
sich enpfenget al sîn lip.

Es soll uns nicht stören, dass der Spruch nicht besonders gehaltvoll ist (ungefähr will er ja wol sagen, der Umgang mit Weibern macht Spass), wir wollen eben suchen, ihn zu verstehen. Vielleicht lernen wir dabei noch etwas. Der Spruch findet sich nur bei *b* [dort für triut:drudilt of]. Grimm sagt uns nicht ob das schwierige Wort enpfenget genau so dasteht, nehmen wir es jedoch auf seine Autorität hin an.

Richtig sein kann es nicht. Bezzenberger verweist uns auf das Wörterbuch, um die Bedeutung sich entzünden, entbrennen daraus zu entnehmen. Er hätte aber selbst erkennen können, dass das entbrennen einem früheren Stadium angehört. Wer mit einem Weibe bis zum triuten gelangt ist, die Lust büsst, der kühlt wol allenfalls sein Müthchen, aber er entzündet sich jetzt nicht mehr. Aber wie gesagt — es ist sehr platt, was können wir jedoch dafür? — Wohlgefühl empfindet al sîn lip.

Ob so etwas wol auch dastand? Wahrhaftig, es stand da,

aber allerdings in einem Ausdrucke, den spätere Editoren resp.
Interpreten des Freidank nicht vermutheten.

Man hat zu lesen:

sich erpfezzet al sin lîp

Ich weiss nicht, ob das Compositum sich erpfezzen sich
anderweitig belegen liesse, es ist kaum nöthig, da das einfache
pfezzen bekannt genug ist. Ich citire eine Stelle aus der Rede
Hartmanns von dem heiligen Glauben (bei Wackernagel im
Lesebuch 5. Auflage Sp. 426), weil sie sogar höchst wahrscheinlich
Freidanks Quelle gewesen ist.  Hier ist sie:

Alsiz an die naht gat,<br>
uffe dine betewat<br>
der du da vile hebis, (hast)<br>
samfte du dich nider legis<br>
in din bette.<br>
du has dich bedeche<br>
da inne vil warme<br>
so hast du an deme arme<br>
din vil scone wîp:<br>
So frowet sih al din lib,<br>
din herze in diner bruste<br>
der manigen wolluste,<br>
da du das fleisch mite pfezzis, (pfezzest)<br>
dine sele da mite letzis.

Dass der Schreiber von b sich versah, ist sehr begreiflich

en = er<br>
ng = zz [oder tz]<br>
e r p f e z z e t<br>
e n p f e n g e t

Darüber ist jetzt wol kein Wort mehr zu verlieren.  Was aber
ist es mit dem Worte pfezzen, pfetzen selbst?  Wacker-
nagel fragt, ob pfetzen wol aus ml. petia [ital. pezzo] Stück,
Fetzen abzuleiten sei.  Das nun sicherlich nicht, müssen wir ant-
worten, es ist vielmehr das ital. paciare = pacificare, dem ein
mittellateinisches und wer weiss ob nicht schon altes paciare
[neben pacare woraus pagare, payer bezahlen, eig. befriedigen]

entsprechen muss. Oder wäre it. paciare das alte placare?
Doch placare selbst ist ja wol paciare und geht auf pax, pac-
zurück, also pjacare.*) So ist denn Wackernagels Deutung
zupfen, zwicken, kitzeln ohne Boden, lediglich aus seiner
Praecoccupation für petia hervorgegangen, das Wort, in richtiger
Lautverschiebung zu pfetzen verdeutscht, heisst so wenig zwicken,
dass es im Gegentheil amüsiren heisst.

Somit lesen wir:

Triutet ein man ein wîp<br>
sich erpfezzet al sîn lîp.

od halst als blosse Glosse zu triutet haben wir füglich fort-
gelassen.

100, 8. 9.

Swer minne fliuht, den fliuhet sî,<br>
und swer si jaget dem ist si bî.

Wir sagten schon vorher (s. zu 99,5—8) dass es mit diesen Zeilen
sein besonderes Bewenden habe. Man mache sich nur klar, wie
unwahr die Behauptung ist und denke an die oben dargelegte
capriciöse Gewalt der Frau Minne, so wird wol jeder einräumen,
dass sich eher hören liesse: Wer die Minne flieht, den sucht sie
auf und wer sie von sich stösst, bei dem bleibt sie. Gewiss, das
hat Freidank auch sagen wollen. Verfahren wir aber auch hier
nicht gewaltsam. Das handschriftliche Material, so wenig es giebt,
genügt gleichwol. i hat das hier ganz unverständliche vnkeusch.
Daraus wäre allerdings kaum etwas zu machen, aber der Görlitzer
Codex (ed. Joachim S. 47, dessen lateinischer Text seine volle
Wuth über die Pest der Minne ergiesst, hilft uns weiter.

Wer minne fleuhet, den fleuhet sey,<br>
Und wer si trevtet, dem ist si bey.

Mit dem Worte trevtet (triutet) muss es wol seine Richtigkeit
haben, denn i wer si libet ist doch wol nur ein Glossem dafür

---

*) Weiter desselben Stammes mit j (l) placere, was darauf führt,
dass man urlängst empfand, dass Friede die Vorbedingung jeglichen
Vergnügens, jeder Lust sei, ja die Lust selbst.

( D der ir gert ganz eben so).  Aber was ist geschehen?  Das richtige Wort ist aus der ersten Zeile in die zweite gefallen.  Es ist alles klar, sobald wir herstellen:

Swer minne triutet, den fliuhet sî,
und wer si fliuhet, dem ist si bî.

vnkeusch in i hat den Vortheil, an der richtigen Stelle, in der ersten Zeile zu stehen, es zeigt, dass der Schreiber mit trutet (triut) nichts anzufangen wusste [vn ist die letzte Silbe von minne und keusch = trevt].  Und swer si jaget in allen andern Hdsch. ist blosse Conjectur.

101, 15. 16.
als ein unwîp missetuot,
so spriche ich guoten wiber guot.

Das Unweib soll nun aber endlich aus der Bescheidenheit wo es so lange missethat, entfernt werden.  Die Hdschr. bieten vnwip GIKPSa, vei wib L, iunc wip C, arg wip B, bosse wiff Q, wip DEHX.

Am sonderbarsten ist C 'iunc wip' es führt uns eben deshalb am leichtesten auf das echte.  Streichen wir nur wip in der ersten Zeile, das aus den guoten oder reinen wîben der zweiten gemacht ist und fragen wir uns, was muss nothwendig als Gegensatz zu diesen reinen Weibern dagestanden haben, das doch zu iunc . . . . verderbt werden konnte?  Doch nur:

als ein unkiuschiu missetuot

[unki = iunc].  Aus dem unki . . . wip ward also sowol das junge als das Unweib.*)

In der 2. Zeile ziehe ich reinen (B) vor.

Der Spruch will sagen, eines unkeuschen Weibes wegen will ich nicht auch von reinen Weibern übel reden. Vgl. 103,1.2.

Auch 99,27 möchte ich 'sîn getriuwez wîp,' wiewol es gänzlich unanstössig ist, in 'sîn kiuschez wîp ändern.' Der Grund dazu ist, dass wenn in einer Vorlage kiuschez stand, das

_________

*) 101,18.19 hat der Anleimer auf dem Gewissen, ihm ist unwip zu gönnen.

leichter mit **getriuwcz** glossirt werden mochte als umgekehrt.
Stand denn aber in einer Hdsch. **kiuschez**? Doch, nämlich in
der Görlitzer.

> **Eyn man sol keinsz weib**
> **Lieb haben als sein eigen leib.**

Joachim zwar findet S. 63, dass das **abweichend von allen
andern Handschriften** sei und auch **nicht recht** (das weiss
Gott!) zu den latein. Versen passe,*) aber es sei vielleicht für
**liewsz** (liebes) gesetzt. Gewiss nicht, das Wort **kuschesz** ver-
stand der Abschreiber nicht, **getruwesz** hätte er verstanden.

**102,24**
daz ist ein **ungeteilet spil.**

Der Ausdruck **ungeteilet spil** wird erklärt in dem Capitel **Frei-
dank uud das Nibelungenlied,** wo man sehe.

102, 17—20.
Manc wîp heizet **lönelîn,**
wil ir der man ze fremede sîn:
durch frömder wîbe minne
verkêrt si lihte ir sinne.

Bezzenberger hat schon Recht, zu erläutern: 'zuerst wird sie
nur **lœnelîn** [als Uebersetzung des lat. meretricula aus **lôn** ge-
bildet fasst es Bezzenberger, während **Grimm** des ahd.
**lenne** = scortum, lat. **lena,** heranzog], mit Unrecht, gescholten,
durch des Mannes Untreue und Schuld wird sie es wirklich.

So weit sind wir einverstanden, aber wie steht es mit dem
Worte **lönelin** (Grimm) oder **lœnelin** (Bezzenberger)?

Est ist wahr, die Handschriften geben **lönlin** (BN) **lonelin**
(MOQS) **lou** in L **löbelin** (I) **lobelein** (HQ) **lovelin** G
**koffelin** P.

Wäre **Bezzenbergers** Ableitung von **lôn** richtig. so dürfte
doch **lœnelin** allenfalls = pretiunculum, nicht aber = meretricula
angesetzt werden. Dazu kommt, und das giebt den Ausschlag

---

*) Quod careat fraude, quae femina monstrat aperte.

zugleich gegen Grimm's gelehrte Heranziehung des ahd. lenne,
dass der in Folge fremder Minne seinem Weibe abgewandte Ehe-
mann die Frau, so lange sie treu ist, und das setzt unser Spruch
voraus [er sucht ja nur nach einem Vorwande seines Abfalls zur
Entlastung seines Gewissens] doch unmöglich ein Hürlein schelten
kann. Thäte es wirklich einer, er würde sich wenigstens nicht
der Koseform lennelîn (lœnelîn) bedienen.

Damit ist es also nichts. Was denn?

Est ist hier wieder die Erfahrung zu machen, dass sämmtliche
unsere Handschriften an einer zu Grunde liegenden Verderbniss
laboriren, die dann mit mehr oder weniger Geschick vertuscht
ward. Diesmal müssen wir es freilich den Schreibern überlassen,
uns zu sagen, was sie sich unter lônelin oder lôbelin gedacht
haben mögen. [vielleicht Liebchen lövelin?]

Freidank muss geschrieben haben:

manig wîp heiʒet löselin.

Ein löslin ist noch Fischarten bekannt: es ist kein Ehrentitel,
wiewol so schlimm wie meretrix ist es immer noch nicht, es ist
etwa was wir eine Schlumpe nennen würden. W. Wacker-
nagel in seiner letzten Schrift Joh. Fischart S. 57 erwähnt des
noch bekannten Städteschimpfes: Zürcherklöslin, Baslerlöslin.
los = klos = Sau, säuisches Weibsbild.

Zu dem Gedanken vgl. noch 110, 7.8 liep beginnet leiden
So sie sich wellent scheiden; auch 97, 24. 25. wo vom friunt
dasselbe gesagt ist.

Diese unsere Herstellung, wenn sie wie zu hoffen steht, Zu-
stimmung findet, gestattet einen wichtigen Schluss.

Das Wort löslin nämlich ist Specifisch baslerisch.

Nun nennen bekanntlich die Colmarer Annalen des
13. Jahrhunderts unsern Freidank mit einem Strassburger
(Hugo Ripelin), einem Basler (Bruder Heinrich) und noch einem
Basler (Konrad von Würzburg) [nicht von Würzburg gebürtig,
wie W. Wackernagel längst erwiesen hat. S. jetzt noch dessen
oben erwähnte sorgfältige Schrift über Joh. Fischart S. 78. 79]
zusammen. Wie also, wenn jetzt die uns schon früher aufgestossene

Wahrscheinlichkeit, dass wir in Freidank einen Elsässer (oder Basler) zu sehen hätten, ein neues Gewicht erhielte?

Pfeiffer sagt F. F. S. 198, es liesse sich vermuthen, dass Freidank, 'wenn nicht gerade im Elsass gebürtig, sich doch längere Zeit dort aufgehalten habe.'

Ich möchte etwas dreister sagen, Freidank verräth durch manche Spracheigenthümlichkeiten, mehr aber noch durch Bekanntschaft mit der im Elsass und der Schweiz beginnenden deutschen Mystik*), dass er in jenen Gegenden heimisch ist. So ist es wieder wahrscheinlich ein Elsässer, jener brave Magister, der in der zweiten Hälfte des 14. Jahrhunderts die 1000 Disticha aus der Bescheidenheit — wie sie damals umging — heraushob und zum Frommen der lieben Jugend mit seinen doch nicht so ganz verächtlichen gereimten Hexameterpaaren versah, (s. darüber was wir in dem Capitel Lat. Freidank vorzutragen haben) und wieder ist es ein Strassburger, Sebastian Brant, der im Beginn der deutschen Reformation, die nach der einen Seite hin gar wohl ein Besinnen auf das volksthümlich-eigene heissen darf, Freidank dem Volke wiedergab.

Wir haben mehrfach angedeutet, dass unsre Handschriften — und auch nicht zufällig sind ihrer eine Anzahl ganz niederdeutsch — auf eine wahrscheinlich niederdeutsch geschriebene gemeinsame Vorlage hindeuten. Auch das erklärt sich. Immer bestand reger geistiger Verkehr den Rhein hinauf und hinab und gewiss sehr früh ist das vielgelesene und noch heute über Verdienst geschätzte Buch nach Cöln**) hinabgeschwommen und von dort wie von einer zweiten Heimat in die deutschen Lande getragen worden.

104, 11 g—m

Hier einmal ein Stück Volkslied im Freidank, das natürlich den Herren Editoren als unecht — als ob das ein fassbarer Begriff wäre bei Freidank — erscheint. Es ist wirklich nicht nöthig, sich vorzustellen, dass erst ein späterer Schreiber diese Zeilen von der Unerschöpflichkeit der Weiberlist hinzugeschrieben habe.

---

*) S. z. B. zu 100, 6. 7. wo er Hartmann benutzt.

**) Eine nicht zu übersehende Hinweisung auf Cöln finde ich in 171,9.

Aber in dieser Form freilich wird er es überhaupt nicht ge-
schrieben haben:

> Wære der himel permit
> und dâ zuo daȝ ertrîch wît (Hdsch. het)
> und alle sternen pfaffen,
> die got hât geschaffen,
> si künden niht geschrîben
> daȝ wunder von den wîben.

Ich dächte doch, zu dem unendlichen Pergament (der ganze Himmel
voll) auf das alle Schreiber (das sind die Pfaffen, die Träger der
Wissenschaft in alter Zeit) und wären ihrer so viel als Sterne am
Himmel, das Wunder von den Weibern nicht zu Ende schreiben
könnten, gehört auch einige Tinte.. Man lese gefälligst:

> Wære der himel permint
> und dâ zuo daȝ ertrîch tint (Hdsch. het!)

Man schrieb permit : tit (daher das het).

Die Form permit für pergament in der Litteratur nachzu-
weisen, kann ich gelehrteren überlassen.

Im Nibelungenliede — pardon! in der Nibelunge Not —
Str. 284 heisst es:

> Dô stuont so minneclîche daȝ Sigemundes kint
> sam er entworfen wære an ein permint.

Der Gedanke selbst hat sich im Volksmunde erhalten, ja er
ist international. Ich müsste sehr irren, wenn nicht ähnliches
im Wunderhorn zu lesen stünde. In einer Sammlung ungarischer
Volkslieder (besprochen in der neuen freien Presse 1874 nr. 3463
Abendblatt S. 4) begegnet in dem Liede 'der Müllerbursch' die Strophe:

> Wenn die grossen Meereskessel
> lauter Tintenfässer wären,
> und die Wellen drin, die grossen
> lauter schwarze Tinte wären;
> wenn die Halme rings auf Erden
> lauter Federkiele wären,

> und die Sterne lauter Schreiber
> nnd die Schreiber ewig schrieben:
> könnten's doch nicht fertig kriegen
> zu beschreiben all mein Lieben
> mit des Müllers Burschen.

Herr ‚H'. in der genannten Zeitung irrt, wenn er das Lied als Plagiat aus dem Spanischen verdächtigt; hätte er Freidank gekannt, er würde anders urtheilen. Nehmen wir aber das dort gebotene mit. Antonio de Trueba aus Cuentos Campesinos hat aus dem Volksmunde die Copla (Couplet):

> Wenn das Meer voll Tinte wäre und der Himmel
>                                      wär' Papier,
> und die Fische wären Schreiber und sie schrieben
>                               mit zwei Händen —
> doch in tausend Jahren schrieben sie nicht auf der
>                                      Weiber List.

Von der Weiber List natürlich handelt die Parabel; in dem ungarischen Liede wäre eher die sentimentale Anwendung auf die immensen Gefühle verdächtig, doch dem modernisirten Volksliede ist auch diese leider zuzutrauen.

105, 17—22.

> Der site dunket mich nicht guot,
> so eins [mannes] wîp missetuot,
> des tiuvels er engiltet,
> daȥ man in drumbe schiltet;
> bî mîner triuwe ich daȥ wol nim,
> daȥ es nieman leider ist dan im.

Bezzenberger sagt S. 392 des tiuvels er engiltet bedeute er macht sich nichts daraus, er kümmert sich den Teufel drum. Nein, ich bitte also um Verzeihung, nicht Bezzenberger, der sie sich nur aneignet, ist der Erfinder dieser seltsamen Erklärung, sondern W. Grimm (Ueber Freidank S. 70 und S. 15 führt er des tiuvels er engiltet als einen jener Ausdrücke an, die angeblich bei Freidank allein vorkommen. Aber er kommt in dem Sinne überhaupt nirgends vor und kann es unmöglich. Also:

wenn eines Mannes Weib lüderlich ist, so macht er sich den
Teufel was daraus, daher dünkt es mich auch nicht recht, dass
man ihn darum schilt — oder wie wäre es gemeint?

Die Sache ist in der That einfach genug. Es ist eine nur zu
gewöhnliche Ungerechtigkeit, meint Freidank, dass man einen
Mann, der das Unglück hat, ein ungetreues Weib zu haben, für
den Teufel (das böse Weib nämlich) auch noch selbst verantwortlich
macht, ihn darum schilt, da es doch keinem leider sein. kann
als ihm.

Es ist aber v. 19 zu lesen:

> Daz stiuvels er engiltet

und Zeile 20 vielleicht:

> und man in drumbe schiltet.

[des = das = dazs] Das ist kaum eine Aenderung. V. 21 ich
daz wol nim ist ganz nichtswürdig und wäre dem aller elendesten
Reimer nicht zu verzeihen. B. liest abweichend:

> ez ist doch nieman also leit
> als im; des swüere ich einen eit.

ohne Zweifel viel unanstössiger.

Und mit dieser Handhabe versichern wir uns in der That des
echten Textes, der abermals Freidank von einer Stümperei frei
zeigt, die ihm bisher allzunachsichtig angerechnet aber auch allzu-
ungerecht zugetraut worden ist.

Im Freidank stand:

> bi minen triuwen des swüere ich eit,
> ez enist doch niemen also leit.

Man glaubte in der letzten Zeile als im nicht entbehren zu können,
schrieb es also hin:

> ez enist doch niemen also leit als im

und nun dachte der Abschreiber eit : im ist ja kein Reim, der
denn von G X unglücklich genug [ich daz wol nim] gegeben ist.
B. hat geschickter bi minen triuwen geopfert und den ursprüng-
lichen Reim gerettet.

106, 8—11

Swâ kint sint bî der glüete,
dâ ist nôt, daz man ir hüete:
swâ wîp und man zesamne sint,
si gewinnent lîhte dez dritte, ein kint.

Der Gedanke der beiden letzten Zeilen ist so schauderhaft, (vom aesthetischen Standpunkt gesehen) dass man sich nur wundern muss, dass er bei den Herausgebern — unter den echten figurirt.

Er ist sehr verderbt, sah aber ursprünglich doch etwas anständiger aus. Ich will's gleich sagen:

swâ wîb und manne sint zesant,
si minnent lîhte da zehant.

si minnent wurde leicht zu winnent (= gewinnent) [machent C D F I M P Q c]; da zehant schrieb man daz ehant und ehant schien kint vorstellen zu sollen. Hatte man nun die letzte Zeile so verderbt:

si winnent lîhte daz kint

so ergab sich — der Reim war ja zu erneuern — von selbst die Umstellung in der vorletzten Zeile;

(I) gesament sint

dez dritte ist ein ganz ungeschicktes Einschiebsel.

Ueber den Reim zesant : zehant vergleiche man das zu 10, 15. 16 bemerkte.

108. 21. 22.

Üppigiu kœse
machent bœse.

Dass machet zu schreiben, sahen wir zu 83, 27.
Es wäre möglich, dass das blasse boese verderbt und dass das echte in der Görlitzer Hdschr. steckte (bei Joachim S. 23 v. 590. 591)

Vorborgensz kosen (Hdschr. losson)
machet losen.

losen wäre als verbum zu fassen, lüderlich leben, nicht als adj. wie Joachim thut. Ueber kosen belehrt der Hexameter (v. 588)

verba per incesta generantur turpia gesta.

Gar nicht übel, aber damit ist auch verborgenes gerichtet; es muss bei dem wohl bezeugten üppigez (I M h i) bleiben, somit:

Üppigez kosen
machet losen.

### 109, 6. 7.

Der hiure den vastet, der tuot wol
den er ze jâre slahen sol.

' Ich gestehe gern, dass mir kaum eine von den mancherlei Klippen, denen wir in dem Texte Freidanks begegnet sind, gefährlicher erschienen ist, als diese.

Wer es in dem Ringen nach Verständniss mit sich selbst ehrlich meint, der lese die Ansichten beider Grimms, resp. Wackernagel's (bei Bezzenberger S. 396. 397 und W. Grimm Ueber Freidank S. 71) und wenn ihm nicht der Kopf wüst wird dabei, dann wird er von Glück sagen können.

Man muss sich entschliessen, alles gelesene wieder zu vergessen und wieder mit dem $\vartheta\alpha\upsilon\mu\acute{\alpha}\zeta\epsilon\iota\nu$ als dem Anfang alles Wissens beginnen, d. i. mit dem rathlosen Kopfschütteln, dem bescheidenen Bekenntniss, non liquet, ich verstehe es nicht.

Vielleicht, dass die Sache schliesslich einfacher liegt, als der Verstand der Vertändigen sich es gedacht.

Suchen wir, was sicher zu sein scheint. Da ist erstens der Gegensatz von hiure (aus hiu jâre verdichtet, also in diesem Jahre, heuer) und ze jâre (d. i. wie zu Ostern = künftige Ostern, so viel als künftiges Jahr). Dieser Gegensatz ist formelhaft, hiure ist auch in dem unmittelbar vorhergehenden Spruche das Stichwort (dort war vert entgegengestellt, d. i. im vorigen Jahre) und so ist wol kein Zweifel, dass hier nichts falsch sein kann. Das Wort den in der ersten Zeile fehlt in 2 Hdsch. ganz (M P) O hat der, I dem. Dagegen ist vastet von allen Hdsch. bezeugt (auch H faste und L in lat vasten stimmen ein).

Der tuot wol Den er . . . slahen sol. Da bietet die Construction Schwierigkeit, abgesehen von dem Sinne, der etwa vastet und slahen zukommt. Das stört ja auch zumeist in den auch sonst verzwickten Erklärungen, dass sie, wie auch gedeutet wird, das den er [slahen sol] wenden müssen zu: wenn er ihn [slahen sol]. Wie gesagt, das ist etwas gewunden, freilich möglich. Doch notiren wir, dass H dann [er ze jâre] bietet. a hat: vastet den slahen hat neben sich die Varianten irsclan slachten slaffen [slach — und slaff sind im Grunde sehr nahe liegend].

Stellen wir einmal übersichtlich zusammen, das zweifelhafte in Klammer gesetzt.

$$\text{Der hiure [den] vastet} \begin{bmatrix} \text{der} \\ \text{den} \end{bmatrix} \text{tuot wol}$$

$$\begin{bmatrix} \text{den} \\ \text{dann} \end{bmatrix} \text{er ze jare} \begin{bmatrix} \text{slahen} \\ \text{slachten} \\ \text{slaffen} \end{bmatrix} \text{sol.}$$

Wirklich, die Aussicht lichtet sich. Wie, wenn nicht gesagt wäre **der** tuot wol, sondern **deme** tuot wol, wozu die Variante den berechtigt?

Der hiure vastet dem(e) tuot wol
? er ze jare slahen sol.

Was kann dann für das erste Wort der zweiten Zeile füglich anderes zu erwarten sein, als daz?

Da wäre es ja! Also:

Der hiure vastet, dem tuot wol
daz er ze jâre slahen sol.

Ist das nicht ein ganz vernünftiger Sinn, wenn auch nicht so grausam (Bezzenberger sagt, es sei ironisch) als der Grimm'sche und nicht so trivial als der Wackernagelsche? Was sagt Freidank darnach? Demjenigen, der heuer fasten*) muss, ist es ein angenehmer Gedanke, dass er im andern Jahre schlachten**) soll (nämlich wird), dass er sein Schweinchen im Stalle hat; er freut sich bei magrer Kost lange voraus auf die guten Bissen.

Hier muss nun noch einmal auf Grimm's Gelehrsamkeit zurückgegriffen werden. Dieser erklärt vasten als büeczen und findet volle Sicherheit in einem Spruche Türheims:

---

*) vasten ist wirklich nichts als vasten, wir hätten das gleich wissen können, wenn uns die Gelehrsamkeit nicht captivirt hätte.
**) slahen ist wirklich auch unser schlachten.

> lâ dînen untrôst rasten:
> den man sol niemen vasten
> ê er doch vor im tôt gelît.

Wir sehen nur nicht, wieso. Doch blicken wir vorher auf die weiter von Grimm angezogene leider ohne Erläuterung gelassene Stelle aus einem Gedichte des 12. Ih. (Vorauer Hdschr. bei Diemer 348. 349.)

> swanne der man vihtet
> sîn wâfen ûf rihtet, .
> sô kêret der manslecke
> dem swerte das eine ecke
> uber sîn selbes haubet:
> so wirt diu sele ertaupet.
> Den lemtigen sol er vasten     (G. lies: man)
> den tôt lâzen rasten;
> im nist dere vasten pornôt:
> er hât ime selben getân den tôt.

Das soll für Grimm's Erklärung entscheidend sein (Ueber Freidank S. 71.) Was lesen wir doch? Wenn der Mann ficht, (dabei) sein Schwert auf richtet, (nämlich) wenn er, der Manslecke d. i. der Kämpfer [manslecke = Mörder ist von Schiller mittel-niederdeutsches Glossar erbracht] seinem Schwerte die eine Ecke (die Spitze) über sein eigenes Haupt kehrt, so wird ihm die Seele ertäubt d. i. getödtet. (In diesem Falle nun) soll man den lemtigen d. i. den lebendigen, also den andern vasten, d. i. vor Gericht festigen, schützen, und den tôt d. i. den todten, den erschlagenen rasten lassen, nicht für ihn Klage vorbringen, denn ihm nutzt das Zeugniss vor Gericht, das befesten mit Eiden doch nichts mehr [pornot = penote, benote, er hat es nicht mehr nöthig] und er ist an seinem Tode selber schuld. Wieso? Weil er den alten Rath nicht befolgte, man solle nicht über haubet hauen (s. Frei-dank 126, 21. 22.)

Es ist ganz klar, dass vasten hier im juristischen Sinne durch Eid schützen. bedeuten muss, das gewöhnlich wol vesten ge-schrieben ward.

Genau dasselbe ist auch in der Stelle aus Türheims Wilhelm bl. 197d gemeint, nur wird hier der pessimistische Rath ertheilt. für niemand vor Gericht sich zu verbürgen (den Mann soll niemand rasten ehe er todt vor ihm liegt).

Man sieht also, der anscheinend so gelehrte Beweis den Grimm sich zusammenspann, zerfällt in nichts.

Zu der Stelle der Vorauer Hdschr. will ich noch bemerken, dass noch heute auf Sicilien, freilich in dem Räubermoralcodex, der sich Codex der Omertà d. i. der Männlichkeit nennt, der Satz gilt: Wenn ein Mann todt ist, sollst du an den lebendigen denken*). Dieser Grundsatz, auf einen bestimmten Fall eingeschränkt, ist also altgermanisch, denn was das Gedicht des 12. Jh. vorbringt, ist gewiss sprichwörtlich.

Wenn der Verfasser an die Zeit und das Kopfzerbrechen zurückdenkt, die ihm dieses nun so leicht, wie es scheint, gelöste Räthsel, eben wegen der Rücksicht auf die 'vortrefflichen Arbeiten' auf dem Gebiete der Freidank-Litteratur, gekostet haben, so kann er sich nicht entbrechen, folgenden Seufzer auszustossen:

Wenn wir Philologen uns doch bescheiden wollten, alle solche Vermuthungen zurückzuhalten, die nicht einmal für uns selbst, ich will nicht sagen Gewissheit, nur hohe Wahrscheinlichkeit haben! Es ist gar nicht zu sagen, wie der Sinn eines folgenden captivirt wird, wenn ein irreführendes Gerede eines Vorgängers vorliegt und wenn dieser gar als eine Autorität ersten Ranges gilt.

Ist es denn nöthig, über alles eine Ansicht zu haben? Unser Wissen ist doch Stückwerk.

109,13a—d.

Die drei aller Welt gemeinen Dinge sind hiernach 1) Pfaffen wîp = meretrices 2) spiler wiu 3) begoȥȥen brôt.

Dass spiler win ein Wein sein sollte, wie man ihn Spielern vorzusetzen pflegte, mag glauben, wer Lust hat. Als ob die Spieler sich nicht ihre Sorte fordern würden! Es muss die Bezeichnung eines gemeinen Landweines sein, wie er eben überall zu finden ist. In dem Worte spiler steckt jedoch ein Corruptel.

---

*) Karl Hillebrand in der Augsburger Allg. Zeitg. 1875 S. 230.

Der Obstwein heisst im mittellateinischen sicera und davon
bildet sich das deutsche Wort sîger wîn, das noch bei Burkhard
Waldis im 4. Buche des Esopus, 4, 93, 163 erscheint:

ein alter seiger wein on kaem

d. i. ein alter Obstwein, der nicht kamig wäre. Man braucht sich
nur vorzustellen, dass:

siger      in
siper

verschrieben ward, so ist sogleich ersichtlich, wie das für spier =
spiler genommen werden konnte. Handschriften zur Stütze
dieser Meinung kann ich nicht beibringen, da das ganze eben nur
in g (der Karlsruher Handschr.) vorkommt.

Begoʒʒen brot, sagt Grimm (Ueber Freidank S. 28) sind
mit heissem Fett beträufelte Brotschnitten. Auch das wird eine
einfache Brühsuppe, noch eher wol gar eine Wassersuppe sein; eine
beliebte Näscherei darin zu erblicken, verbietet der Sinn, der
das gemeine, das allen alle Tage werdende, angeben will.
Vielleicht schwebte den Erklärern dabei der Nibelungen Küchen-
meister Rumolt mit seinen berühmten sniten in öl gebrouwen
(Nib. Z. S. 224,1,3 vgl. Parzival 420,29) vor. Aber das werden
'Wiener Schnitzel' gewesen sein.


111,8.9.

Al diu werlt niht geaḥten mac
des obeʒes und des krûtes smac.

Auch wieder ein geistreiches Sprüchlein in dem 'Edelstein,
wie wir einen zweiten weder in alter noch in neuerer Zeit be-
sitzen', denn das wäre die Bescheidenheit in den Augen der
Herren. Man darf es der Jugend nicht vorenthalten.

Hier nun würde ich die 'trüben Wasser selbstgemachter
Weisheit' mit Bezzenberger zu reden, fast vorziehen. Bezzen-
berger erklärt: geahten swv. genau angeben. Aha! der
Edelstein will sagen; der Geruch (smac) von Obst und Kraut ist
so mannigfaltig, dass kein Mensch im Stande ist, ihn genau zu

bestimmen. Wenn es wahr wäre, dass alle Welt das nicht fertig brächte, was wäre dabei?

Nein, der Spruch sagt einfach:

[al] diu werlt niht gesaten mac
des obeӡes und des krutes smac.

d. i. vom Geruche allein wird niemand satt, so angenehm er auch sein mag. Die Handschriften bieten wieder sämmtlich Missverstand. geahten ILMOa gehaben N [die Vortrefflichkeit von N liess also auch hier im Stich] getragen H.

gesaten = ersättigen, satt machen.


### 111,11

wirbt der nâch zwein, er ist verlorn

Es muss heissen eӡ ist verlorn; nicht der Mann, sondern seine Mühe, ist verloren, ist vergeblich.


### 111,22

Swer gît, des er unsanfte enbirt,
diu gâbe baӡ vergolten wird.

Einen Sinn hat das schon, aber was für einen? Wenn einer giebt, was er ungern entbehrt, so wird solche Gabe besser vergolten, belohnt. Doch wol von Gott? Wie bequem hätte da Freidank es gehabt, das überflüssige diu gâbe wegzulassen und etwas deutlicher zu sagen: ze himel im baӡ vergolten wirt oder irgendwie so.

Aber Freidank hat eben anderes sagen wollen und die Wendung: diu gâbe baӡ ver .. lten wirt kann nur besagen wollen: so wäre eine solche Gabe besser unterlassen, [denn man soll freudig geben]. Also für vergolten lese man

verhalten

Es ist graphisch eigentlich identisch.


### 112,3.4.

Swer dicke heiӡet beiten,
der wil abeleiten.

So Grimm in der 2. Ausg. während Bezzenberger giebt:

> Swer dicke sprichet 'beite', ·
> ich wæne, er abe leite.

Wir müssen zum Verständniss des folgenden die Varianten her-
setzen:

3 Swer mich ofte heizet beiten γ
4 der wil (CGHγ) mich schelclich abe leiten (γ)

3 swer dicke sprichet beite (beit MNP) BKLMNOP
4 ich wæne er (KLMNOP) ableite (KLMNO)

4 daz ist ein abeleite B
4 der wil velschlich sein negsten reiten E.

Wenn wir die bisherige Lesung und Deutung für irrig halten, so
wird man das gerechtfertigt finden, sobald man einen Blick auf
das obige Variantenwirrsal geworfen hat.

Wer sich fragt, wie wol E auf reiten (alle andern haben,
abc leiten', 'ableite', 'ein abeleite' [P sogar 'er habe lait']
gerathen sein möge, der findet den Schlüssel zum Halleluja:

> abeleite
> abereite

abereite ist klar erkennbar als Verschreibung aus:

> aberelle [it = ll]

Vom April also ist irgendwie die Rede in unserem Spruche. Wer
irgend etwas thut, (was wir vorläufig noch nicht verstehen) der
ist ein aberelle oder daz ist ein aberelle = so ist das so viel
als ein April. Da stecken aber in den Lesarten noch zwei seltsame
Wörter, bei E velschlich, bei γ schelclich, beide müssen
wol einen Grund und da sie an gleichen Stellen stehen, den
gleichen Grund haben. Man hat wol vom Aprilfische gehört, wie
wenn wirklich velsch ... für visch verlesen ward?

Also: das heisst ein Aprilfisch, das heisst einen in den April
schicken, wie wir jetzt sagen. Ja, was denn? Geduld!

Die erste Zeile giebt E in der Form:

> Wer etwas gelobt vnd lang wil reiten

Der erste Theil dem Sinne nach wol richtig.

Aber woher kommt das 'beit, beite, peiten'? Ganz aus der Luft gegriffen wird es nicht sein. Ich denke als Gegensatz zu dem verheissen wäre das leisten [= beiten] zu fordern. Versuchen wirs:

> Swer dicke gelobet und niht (wil?) geleist,
> den visch man [wæne?] aberelle heizt.

'heizt' ist durch 'heizet beiten' gesichert. Der Reim ist freilich nicht ganz correct, doch kaum verdächtig, da das niederrheinische Exemplar geboten haben wird:

> Wen dicke gelovet endo denn nich gêt (oder geit) (= giebt)
> den vische men aberelle hêt (oder heit).

Besser ist jedenfalls der Reim in 16,24.25 zit: git nicht, der unanstössiger aussieht. Man muss aber wissen, dass dort gît = giuzt, also ganz mitteldeutsch, zu nehmen ist, ursprünglich nämlich.

'Wir überlassen es der gelehrten Welt zu urtheilen, ob wir die richtige Lösung gefunden haben. Der Sinn ist wie wir meinen: wenn einer viel verspricht und es darnach nicht leistet, so nennt man das einen Aprilfisch (den Fisch nennt man April (fisch nämlich)).

Was weiter aus dem aberelle geworden, kann der Leser in dem Capitel Lateinischer Freidank (v. 532 ff.) erfahren.

112, 9. 10.
ein gîtic herze niemen mac
erfüllen; dast ein übel sac.

Wir sahen 21, 19, dass der Mensch ein boeser sac gescholten ward und zogen dort das Bertoldische Wort horwic vor. Wir dürfen als allgemeines Ergebniss unserer bisherigen Betrachtungen aussprechen, dass die fortschreitende Verderbniss unserer Texte auch dieses Merkmal trägt, dass sie an die Stelle vollwichtiger alter Wörter entweder abschwächende Glosseme oder nichtssagende Conjecturen verwendet. So ist hier der übel sac doch auffallend

farblos. Worin besteht denn das Ueble eines Sackes, der sich gar
nicht will füllen lassen. Er ist zerrissen und so liest die
Görlitzer Hdschr. denn auch in der That v. 258.

> Ein geiczigesz (hercz) nimant gevullin*) mag,
> Also einen locherichten sack,

Offenbar, locherichten hat in keiner guten Handschrift
Freidank's gestanden, aber wie kommt der Schreiber darauf, da
er das erforderte ohne Zweifel trifft? Nun, er glossirt eben wieder
und modernisirt damit das alte gute Wort dürchel, das Freidank
angewendet hatte [übel sac, wenn er es vorgefunden hätte, würde
er schwerlich angetastet haben]

> dast ein dürchel sac.

Jeder sieht sofort, dass dürchel, wenn es nicht mehr verstanden
wurde, zu übel gar leicht verbalhornt werden konnte. Der Görlitzer
fand die Glosse lochericht wol schon vor (vgl. zu 73, 6. 7 wo
die Glosse vient das ursprüngliche zwar nicht ganz verdrängte,
doch misszuverstehen verleitete).

> Hat Freidank diese Weisheit vom dürchelen sac

etwa aus dem Wälschen Gast 14725, wo es heisst:

> Wizzet daz man niht vüllen mac
> einen durchstochen sac.

oder soll man umgekehrt die Entlehnung dem Thomasin
zutrauen?
Pfeiffer (F. F. S. 254) giebt zu, dass dem Thomasin gegen-
über Freidank allerdings im Vortheil sei [die Hauptsache, der
Vergleich des durchstochenen Sackes mit dem gierigen Herzen ist
ja ganz weggefallen], meint aber doch, dass Freidank von ihm
entlehnt habe, nur habe er hier ausnahmsweise verbessert
und den Sprüchen eine correctere Gestalt gegeben. Entlehnen
ist ja, wie wir wissen, das recht eigentliche Geschäft Freidank's,
das ganze Schatzkästlein der Bescheidenheit ist nach dem
beliebten apostolischem Worte alles ist euer, zusammengestohlen

---

*) nicht gevullin, wie Joachim aus Versehen stehen liess.

worden, doch verbessern und correctere Gestalt geben ist sicherlich nicht seine starke Seite.

Eine flüchtige Vergleichung dieser Stelle lehrt hinlänglich, dass Thomasin — zwar nicht die Bescheidenheit plünderte, aber eben dieselbe Quelle, aus der jene geschöpft hatte, benutzt und in seiner schlechteren Weise umgeschrieben hat. Freidank musste das Wort dürchel*) geläufig sein und er beliess es an seiner Stelle, Thomasin, dem Italiener war es ungewohnt. Schon das Flickwort wizzet spricht gegen die Ursprünglichkeit.

Ueber das Wort dürchel verweise ich auf das WB.; im Grimm'schen II Sp. 1628 ist der Artikel durchhilt lesenswerth.

112, 27—113, 1.

frömde schadet unde frumt:
den bœsen sié zo staten kumt.

Seltsamer Gedanke! Man ist unwillkürlich genöthigt, in das Lesartenverzeichniss zu blicken. Hier ist es:

Fremde B G I M N O P k
Wan    frembder E
       frunt D  (der fründ mag man hon F)
       fromkeit L
Den fromen sich fügen g
Dy erbern i
Dy erwergū h

Nun schwirrt uns aber erst recht der Kopf. Wenn Grimm die lat. Uebersetzung hier anführt, so soll das wol so viel heissen, als: seht zu, ob ihr vielleicht damit etwas anfangen könnt. Thun wir es denn. Im Görlitzer Codex (bei Joachim v. 347 ff.) heisst es:

Prodest atque nocet, qui jungi querit honestis,
sed fugito, ne jungaris quandoque scelestis.
Dy erbergin schadin und froṁen,
mit bosin mag man leicht in schaden komen.

---

*) das auch im Nibelungenliede erscheint s. das Cap. Freidank und das Nibelungenlied.

Das deutsche stimmt hier zur Uebersetzung leidlich, wenn dy erbergiñ' die Herbergen, die Gasthäuser sind, was doch h (dy erwergñ) auch nur meinen kann. Der Lateiner glaubte in dem Spruche eine Warnung 'vor dem Wirthshausbesuche zu erblicken, es ist ganz nützlich, einmal ehrsame Leute dort zu treffen, aber es ist doch wegen der boesen Gesellschaft gefährlich, so wollte er wol sagen. Jedenfalls, er las herbergen.

Der Leser wolle sich nun desjenigen erinnern, was uns bei der Besprechung von 49, 9. 10 klar geworden ist. Dort fanden wir, dass übrige wat zu herberge, gewant (tecta. vestes) werden konnte. Man schrieb erberge wie oben oder herbrige. Wie wenn nun in unserer Stelle wirklich übrige dagestanden hätte? Das wäre als Substantivum zu fassen: diu übrige, der Ueberfluss, Reichthum. In zweiter Zeile ist mit D Fg h i k und dem Görlitzer 'ze schaden' zu setzen.

Die übrige entspricht ahd. diu uppe.
Erklärt sich aber so das Verderben unserer Handschriften? Mich dünkt. Der Fortschritt war etwa folgender:

<pre>
          ü b r i g e
        e r b r i g e
        e r w e r g e n
      d e r w e r g e n
    d e r v . r . . u n t
        v . r . e m d e
        v . r . o m e n
        v . r . o m keit
</pre>

Lesen wir somit:

> Übrige schadet unde frumt,
> den bœsen si ze schaden kumt.

113, 6. 7.

> Swer úf den lîp gevangen lit,
> den dunket lanc ein kurze zît.

Wer wird daran Anstoss nehmen? Der arme Gefangene hat lange Weile, die kurze Zeit wird ihm lang. Daher ist Bezzeuberger schnell bei der Hand mit seiner classischen Belesenheit: est vita misero longa, felici brevis und dergl.

Aber doch hätte man aufmerksamer sein sollen: es ist hier nicht von einem beliebigen Gefangenen die Rede, noch weniger von der miseria des Lebens, sondern es steht sehr präcis da:

swer ûf den lîp gevangen lît.

Das hätte wol einer kleinen Anmerkung für Schüler bedurft, und Bezzenberger hätte den Raum durch anderweitige Ersparniss wieder einbringen können.   Holen wir sie nach.

Uf den lip gefangen, oder auf das Leben gefangen ist derjenige, der zum Tode verurtheilt die Stunde der Hinrichtung bangen Herzens erwartet.   Dem wird die verhältnissmässig lange Zeit recht kurz erscheinen.

Wir thun aber auch hier nichts willkürliches, wenn wir herstellen:

den dunket kurz ein lange zît

denn so bietet k und so muss der lat. Uebersetzer noch gelesen haben, denn er sagt (Görlitzer Hdschr. ed. Joachim S. 16)

huic longum tempus est prae cura brevis hora.

prae cura ganz verständig, wegen der Bekümmerniss seines Herzens.

Auf den deutschen Text der Hdschr. ist nichts zu geben, der ist aus einem noch unendlich viel schlechteren Exemplar genommen, als welches der Uebersetzer benutzte.   So zeigt er denn auch hier im Widerspruch zum lateinischen den fast allgemein gewordenen Fehler, der doch nicht hätte unwahrgenommen bleiben sollen.

114,15.16.
Die güsse machent grôzen duz<br>
und hânt dar nâch vil kleinen fluz.

Die Güsse?  Das sollen nämlich Giessbäche sein, nach Bezzenberger Ueberschwemmung [s imbre coacta aqua fervens, i unda magna] die grossen Schwall machen, aber es dauert nicht lange. Die handschriftliche Bezeugung ist vortrefflich, besser als der schönste Unsinn sie sich wünschen kann.

Es ist wol nicht zu zweifeln, dass die Schreiber der Handschriften sich so etwas mögen gedacht haben. Und doch ist leicht zu ersehen, dass wir es mit einer willkürlichen Entstellung eines ganz anderen Spruches zu thun haben.

Auffallend ist zunächst das Wort güsse selbst [gússe MN Oak, gúzze I, goze Q, gúss EL, die grossen D gross seusen h], ferner dass in der ersten Zeile allein bereits die Elemente des Reimes enthalten sind, je nachdem man den Singular oder Plural wählt güzze : düzze oder guz : duz. Das ist sehr verdächtig, zumal die jetzt angeflickte Zeile so herzlich nichtssagend ist.

Wir wissen längst, unsere Handschriften fliessen aus einem niederdeutschen oder niederrheinischen Exemplare. Die goze oder goese sind nun wol gefunden, es sind die Gänse.

Nun ist es gar merkwürdig, dass in der lateindeutschen Stettiner Handschrift (s), derselben, die das echte niugerne 97,27 bewahrt hat, die damit allein das Vorurtheil erweckt, ein leidliches Exemplar benutzt zu haben, sich ein sonst in der Bescheidenheit nicht begegnender Spruch zeigt S. 243b:

> Semper inest mulier tibi multus murmur et anser.
> Weib vnd gense hant ain gross gedense.

Hier ist nun die Stelle der Bescheidenheit, wo er gestanden hat, ja man erkennt, wie D auf die grossen h auf gross seusen gerathen sind.

Wir begnügen uns, aufgezeigt zu haben, was dem Sinne nach statt der nun aus unserm Texte zu verweisenden Zeilen dagestanden haben muss, ohne dass wir jedoch Freidank ein Wort wie gedense oder gar goese zuzuschieben wagen. Bekannt ist der Spruch:

> Drei Frösche, drei Gäns' und drei Weiber dabei
> Die machen ein Jahrmarkt mit ihrem Geschrei.

### 115,2

nüschel ahd. nuskili, nusculi ist lat. Lehnwort von nuciolus, ital. nocciolo.

115,12.13.
Ez sint gedanke und ougen
des herzen jeger tougen.

Des Herzens Jäger? Nun ja, wir verstehen schon: 'das Herz schickt die Gedanken und Augen heimlich auf Kundschaft aus' (Bezzenberger), finden den Ausdruck aber weder treffend noch wahrscheinlich. Warum nicht des herzen spehære, wie Hartmann im ersten Büchlein 553?

Die Sache liegt auch anders. Unser Abschnitt Entlehnungen bringt zu vollster Evidenz, dass Freidank die Strophen des Spervogels mit·ganz besonderer Vorliebe sich eingegliedert hat. · Da nahm er denn Str. 8.5.6 (Pfeiffer S. 207) ohne weiteres her:

Gedanke und ougen die sint snel,
gelücke die sint sinewel.

[rede âne got sint tôren spel, fährt der reimgewandte Spervogel noch fort] und da der Gedanke des Glücksrades einmal angeklungen war, so fand der Didactiker leicht auch den Spruch, den wir 114,27. 115,1 lesen:

Gelücke ist rehte sam ein bal:
swer stîget, der sol fürhten val.

Nun wollte das Unglück, dass die Herren Buchschreiber das schöne Wort sinewel nicht ausstehen mochten, nur D hat es in 114,27 erhalten, danken wir ihm dafür! Natürlich stellen wir es dort unbedenklich ein und wundern uns nur, dass nicht bloss Grimm — der hatte seinen Grund. S. Entlehnungen — sondern auch Bezzenberger das gute Wort unbeachtet liegen liessen. Nun, das ist ihre Sache. Die Schreiber also stockten bei sinewel und doch war der Reim snel da.

Gedanke und ougen sint snel
gelücke die sint  ?

In M steht nun gar gelücke verschrieben als lag'e; was mag das sein? Gewiss, das sind jeger! Kein Zweifel, es sind Jäger, schnell sind ja die Jäger ohnehin. Und so bieten denn die Handschriften BEHILNOPhk alle jeger und dazu noch Qa iegere [G hat sunder, noch ein Rest von sinwel!] Das ist doch wol eine handschriftliche Bezeugung, vor der ein conservativer Kritiker Respect haben muss. Besser jedoch das Wiederherstellen des Guten als das Conserviren des Unsinns.

Da die Jäger schnell sind, so kann man das Wort der ersten Zeile dran geben, zumal ja nichts darauf reimt, denn sinewel ist ja eben nichts.  Folglich

<blockquote>
Eȝ sint gedanke und ougen<br>
. . . jegere
</blockquote>

Was soll nun die Verlegenheit anderes erklügeln, als was sie wirklich erklügelte?  Der Reim tougen stellt sich fast von selber ein, und wessen Jäger Gedanken und Augen sein sollen, das kann nicht schwer sein zu sehen und das wird jeder zugeben des herzen.

So entstand die Vulgata.

Die Handschrift H las das auch so, aber ihr Schreiber hatte noch ein anderes besseres Exemplar, das er mitbenutzte und aus diesem setzte er das ursprüngliche dicht hinter das oben aufgezeigte Verderbniss.  Und Grimm wusste das, es fiel ihm aber nicht ein, den so schlecht bezeugten Versen (nur eine Handschrift, pfui!) eine Stelle in seiner Ausgabe zu gewähren.  So gehts, der Eindringling sitzt behaglich S. 115, 12. 13. und der rechte Erbe wimmert im Variantenverzeichniss S. 232 und kann froh sein, dass er nicht noch mit dem Ephithon unecht regalirt wirt.

Üben wir Gerechtigkeit!  Wie wir 114, 27 das echte Wort 'sinewel als ein bal' wiederhergestellt haben, so geben wir hier die Spervogelschen Zeilen, wie Freidank sie las und sich zugeeignet hatte:

<blockquote>
Gedanke und ougen die sint snel,<br>
Gelücke die sint sinewel.
</blockquote>

<blockquote>
116,1.2.<br>
Wænich und Trûwesniht<br>
die habent mit den tôren pfliht.
</blockquote>

Μέμνασ' ἀπιστεῖν 'truwe es niht!' klingt uns bei Betrachtung des Spruches warnend entgegen.

Dass der Monsieur Wænich ein Narr sci, wird wol sofort

zugegeben werden, dem vorsichtigen Truwesniht jedoch, der eben
der Gegensatz zu jenem, dem leichtgläubigen ist, sollte nachge-
sagt werden, dass er weise sei.

Wænich ist etwa der Epimetheus, Truwesniht der Pro-
metheus. Die von Grimm verzeichneten Lesarten sind ganz
gemeine Verhunzungen, die keinen Anhalt bieten, Freidank von
einem nun auf ihm sitzenden Schnitzer zu exculpiren. Mehrfach
gelang uns das ja wirklich mit Hilfe der tollsten Verschreibung
gerade.

Was Grimm (Über Freidank S. 73) vorträgt, ist gewiss
sehr schön und gut, löst aber unsern Zweifel nicht. Dem Traus-
nicht [man denkt dabei an das böhmische Schloss Trausnitz,
das Ludwig der Baier als Trausnit deutete; dass es aber auch
wirkliche Namen solcher Art geben kann, bewies mir eine
einmal vorgekommene Verlobungsanzeige eines Fräuleins Achtzehn-
nichts (so schrieb sie sich!), was besagen will Acht sîn nichts
d. i. achte nicht darauf, gib nichts drauf!] entspricht nicht
bloss der Wænich [Ichdachte könnten wir ihn modernisiren].
sondern als Gegensatz auch der im Sprichwort wol bekannte
Trauwol. Es heisst: Trauwol reitet das Pferd fort. Der
Sinn sei, so sagt die Erläuterung bei Agricola, der spitzbübische
Knecht hiess Trauwol (traue ihm wohl), doch ist wohl zu
sehen, dass genau genommen, der leichtsinnig vertrauende Herr
den Namen führen sollte, es musste also heissen: Trauwol reitet
man das Pferd fort, nämlich ihm geht der Knecht, der das
Pferd zur Schwemme führen soll, mit demselben davon. Heisst
der betrogene Bauer als der dumme Trauwol, so kann nicht
zugleich Trausnicht für ihn gelten.

Diesen Zweifel hat, wie wir finden, auch schon der Magister
gehabt, der den Freidank im Auszuge für die liebe Jugend zu-
bereitete und mit hübschen gereimten lateinischen Hexametern
Paar um Paar ausstaffirte, oder wie wir genauer sagen müssen,
er hatte einen andern Text, der ihn unsern Zweifel gar nicht
empfinden liess.

Dieser nämlich giebt (Görlitzer Hdschr. ed. Joachim S. 35)

Credo vel Spero, qui sic dubitando feruntur
Equales stultos in verbis esse feruntur.

Zu ändern ist hier nur nach i das erste feruntur in loquuntur. Der Uebersetzer will sagen; die Herren Credo [triuwe ich] und Spero [wænich] sind gleicher Weise Narren, da sie so unentschlossen (sic dubitando) sprechen; wer nämlich sagt, ich glaube wol, ich hoffe wol, der zeige, dass er sich nichts klar macht, nichts bestimmt weiss. Ganz getroffen ist der Gedanke nicht, das geben wir zu, aber so viel steht fest, **Truwesniht** kann der Mann nicht gelesen haben. Was er mit Credo übersetzte, muss unser **Trûwol** gewesen sein, oder Truwes**wol** vielmehr. [Was in aller Welt mag wol der Dr. Joachim sich gedacht haben, wenn er den Wenich seines Textes [Spero] S. 84 für das adj. wenic nimmt?]

Joachim ist zu voreilig, wenn er seinen ganz unanstössigen Versen die gräuliche Corruption des alten Berliner Druckes [er ist ein Unicum auch in diesem Sinne] vorzieht:

Credo prudentes qui sic dubitando loquuntur,
Equales stultis in verbis esse feruntur.

Es steht nur zu hoffen, dass Joachim das nicht etwa übersetzen kann. Schade, dass die weitaus bessere Stettiner Handschrift den Spruch nicht hat. Doch uns genügt der Görlitzer Text.

Soll man nun annehmen, dass Freidank selbst Trauweswol mit Trauwesniht verwechselt habe? Die handschriftliche Bezeugung scheint dazu zu rathen und ein ängstliches Gemüth, das unserer Auseinandersetzung so weit beipflichten möchte, dürfte zagen, uns noch einen Schritt weiter zu folgen.

Er muss gethan werden, da wir sonst nicht begreifen, wie der gute Magister auf seine Personificationen Credo und Spero gerathen konnte.

Aber wir werden weniger bedenklich sein, wenn wir uns den angeblich Freidankischen Ausdruck die habent mit den toren **pflilit,** näher ansehen, Bezeugt scheint auch dies vortrefflich zu sein, wenigstens giebt Grimm keine Variante für haben mit . . . pfliht.

Wenn Wackernagel im Glossar unter andern Bedeutungen anführt, Verkehr, Verbindung, so ist das eben nichts, als der Drang der Noth, unserer unglücklichen Stelle ein Verständniss unterzuschieben. [Bezzenberger überhebt sich jeder Bemerkung dazu.]

Es ist unbedenklich zu schreiben:

> Wænich und Trûweswol
> man ze den toren haben sol.
> die liute kan ich ûzen spehen
> ichn kan niht in ir herze sehen.

Denn die 4 Zeilen gehören zusammen: eben da ich den Leuten ins Herz nicht sehen kann, soll ich ihnen nicht trauen, nicht auf sie hoffen.

Wie entstand nun die Corruption? Ja das ist komisch, gewissermassen auch tragisch. Einer schrieb:

> man ze den toren ze haben pfligt

d. i. die pflegt man zu den Thoren zu rechnen. Von dem ze den zu dem ze haben überspringend, setzt ein unvorsichtiger Abschreiber

> man ze haben den toren pfligt

man ze scheint keinen Sinn mehr zu bieten und so entsteht:

> haben den toren pfliht
> = haben (t) mit den toren pfliht

denn pfligt ist inzwischen durch das Medium pflict zu pfliht geworden.

Nun reimt aber die Geschichte nicht mehr. Was schadets? Man macht aus dem Truweswol das Gegentheil ·Truwesniht und alles ist so klar und schön, dass weder Grimm, noch Pfeiffer, noch Bezzenberger e tutti quanti das geringste Bedenken dabei empfunden haben.


116, 13—18.

Diese drei Disticha gehören dem Anleimer, nicht Freidank. 13—16 ist aus 11,23 ff. zusammengeflickt. 17.18 ist eine alberne Variation des sehr schönen Spruches 125,25.26.

119, 18—21,

Swaʒ ûf der erden lebend ist,
daʒ muoʒ fürhten mannes list:
sô tuot dem manne herzeleit
daʒ bœste daʒ diu. erde treit.

V. 18 setze ich für lebende mit GHLa(l) vrumes [das auch
durch M würmes gestützt ist]. vrum ist alles was dem Menschen
nützlich ist zur Nahrung oder zu Dienste. lebende in den
andern Hdschr. ist Glossem und nicht einmal genau dem erforderten
Sinne gemäss, da der nutzlosen Thierwelt, wenn sie nicht schäd-
liches Raubthier oder Ungeziefer ist, der Mensch auch nicht nach-
stellt. Aus lebende hätte, wäre es das richtige, keiner auf
vrumes (gen. des neutr.) gelangen können.

Die beiden folgenden Zeilen geben keinen Sinn, denn das bœste ist
eben das bœseste und nicht, wie Bezzenberger will, das geringste,
werthloseste, unbedeutendste. Und wie denn? So sehr ärgert sich
der Mensch an dem unbedeutendsten, dass er alles lebende verfolgt?

Was Bezzenberger sonst von gelehrtem Wust aus Cicero,
Seneca und Lucrez über die Superiorität des Menschen und seine
Furcht vor dem Unbegriffenen beibringt — ich kann nicht ent-
decken, wozu das hier soll.

Lassen wir uns nicht aufhalten. Der Sinn kann nur sein:
Des Menschen List muss die ganze Thierwelt fürchten so weit sie
ihm zu Nutze ist und doch thut das allerbœseste ihm, dem Menschen,
nicht solch Herzeleit, dieses Schicksal zu verdienen. Da kaum zu
glauben ist, dass Freidank v. 20. 21 als Frage gefasst habe
[dann wäre tuot sô umzustellen,] so muss die Negation in dem
ne von manne verloren gegangen sein. Es hiess:

sô (en)tuot dem man niht herzeleit
daʒ bœste daʒ diu erde treit.

120, 5. 6.
Breitiu eigen werdent smal,
so man si teilet.mit der zal.

Eigen ist mit D E in huoben herzustellen, wie Freidank
auch im Winsbeken 45, 4 vorfand si machent breite huoben

smal.*) Ist nun mit der zal blosse Verlegenheitsflickerei? Man ist versucht, es anzunehmen und dann versteht man mit der Zahl der Erben. Nun ja wol der Erben, aber es steht nicht da und es ist doch wunderlich ausgedrückt, da ja zudem so bequem war, zu schreiben swer si teilet der erben zal.

Ich meine, wir haben wieder das niederrheinische Exemplar vorzustellen und tal ist nicht sowol numerus als gens, von dem Verbum telen, erzeugen (telge = Zweig, Hundetöle der männliche Hund).

**123, 26. 27.**
Swer fürhtet donres blicke,
der muoჳ erschrecken dicke.

An der lesart erschrecken wird kein Mensch Anstoss nehmen. Nur wunderbar, dass ein so verständliches Wort durch die Handschriften so schlecht bezeugt ist. Es zeigt sich nämlich in ihnen eine fast unbegreifliche Neigung, immer neue Synonyma dafür zu erfinden.

I hat erbideben a ertumben M erduffen.

Das ist doch sonderbar. Hätten die alle drei das einfache erschrecken misverstanden? oder war es so abscheulich unleserlich geschrieben, dass der eine erbidemen, der andere ertumben. der dritte erduffen dafür lesen konnte? Schwerlich.

Die Sache steht wieder so, wie sie öfter steht: die conjecturirenden Schreiber beweisen durch ihr Auseinandergehen, dass ihnen ein Wort vorlag, mit dem sie nichts anzufangen wussten.

Auch wir würden es kaum errathen, hätte nicht doch glücklicher Weise eine der spätesten Handschriften, die Görlitzer, dasselbe bewahrt [der kritische Werth der ganzen Kette B D E H L N f g h i, die alle erschrecken einer vom andern abschreiben, tritt hier hinter. I a M zurück, diese aber wieder hinter die Görlitzer.]

---

*) Wenn Bezzenberger keinen Grund sieht huoben zu lesen, so seben wir keinen, die Glosse eigen zu respectiren; D und E werden doch nicht etwa das verständliche eigen mit huoben glossirt haben?

18*

Wir lesen dort (ed. Joachim S. 36 v. 1111)

der musz irkomen gar dick.

Und das hatte Freidank wirklich geschrieben:

der muoʒ erkomen dicke

Das Wort ist wol als veraltet anzusehen (= auffahren, erschrecken), aber es ist doch im niederdeutschen Sprachgebiet noch Anno 1449 [denn nach Joachims Angabe ist die Hdsch. am 10. Mai dieses Jahres vollendet worden] verständlich gewesen, ohne dass die — übrigens richtige — Glosse erschrecken nöthig befunden wurde. Ich denke, auch das führt zu der Annahme, dass überhaupt unsere Freidank-Kritik nicht über ein niederdeutsch gefärbtes Exemplar, dem alle unsere Texte zu verdanken sind, hinaus geführt werden kann. (Vgl. die Schlussbemerkung zu 103, 17 — 20.)

In Notker's Canticum Abacuc (Wackernagel 294) heisst es z. B. Domine Audiui auditionem tuam et timui . . . . . unde dés irchám ich mih! In einer Sequenz de S. Maria des XII Jh. Do du in [den Gruss Gabriels] virnâme Wie du von êrs irchâme! Wir sehen nun, wie a mit seinem scheinbar so weit abliegenden ertumben dem richtigen gerade am nächsten steht. Graphisch begegnen sich

erkomen<br>
ertumen<br>
ertumben

so sehr, dass aus a eine volle Bestätigung für unsere Herstellung, falls es derselben noch bedürfte, zu gewinnen ist.

126, 7. 8.<br>
wart ie edel kint gelîch<br>
dem stiefvater dast wunderlich.

Pfeiffer hat F. F. S. 259. 260 ganz geschickt die Gründe zurückgewiesen, aus denen Grimm die Zeilen nicht wollte als echt gelten lassen, aber ein richtiges Gefühl leitet ihn doch, wenn er (Über Freidank S. 76.) ehrlich eingesteht: 'ich weiss nicht, was hier soll angedeutet werden und worin die Spitze des Gedankens liegt'. Was Bezzenberger vorbringt, ist eben Verlegenheitsgerede, das Grimm ebenso gut hätte machen können.

Die Zeilen sind in der That in hohem Masse verzweifelt. Wir sehen von den handschriftlichen Bezeugungen wieder am besten zuerst die unsinnigste an, das ist offenbar die der Handschrift H:

wart ye kay edel kint gelîch

dazu G:         wirt ye gein edel kint.

Da kay und gein nichts sind, aber doch die Stelle von etwas unverstandenem einnehmen, so muss ein Substantivum vermuthet werden, das zu edel kint oder elich kint (so g ) und stiefvater in Beziehung gedacht werden kann. Ich erkenne darin das Wort Kagel*), das uneheliche Kind [Kay = kag, el fiel fort, da mit el wieder das nächste wort elich begann]:

wart ie kagel kint gelîch

Wer sieht nun nicht, dass kint gelîch — man muss die Lesart von g im Sinne haben — nichts anderes ist, als das umgedrehte (g)elich kint? Die erste Zeile lautete also:

wart ie kagel elich kint

d. i. ward je ein uneheliches Kind nachträglich in das Haus aufgenommen. Ja was dann?

Zu erwarten ist kaum etwas anderes, als: dann erhält es nicht bloss eine Stiefmutter, sondern auch sein rechter Vater wird ihm zum Stiefvater.

Aber hier steht es nun gar arg mit der Ueberlieferung. Da jedoch erkannt ist, dass kint gelîch = êlich kint, so ist auf den Reim wunderlîch [rührend wäre er zudem noch, was Grimm nicht mit Unrecht verdächtig fand] nichts zu geben, wir verlangen einen Reim auf kint.

Wie kommt wol g [dort auch elich bewahrt, an falscher Stelle zwar: wart ie elich] dazu, das sonst vorgedrungene wunderlich durch unbillich zu ersetzen? Aus wunderlich

---

*) Kagel, Kogel, Kögel, Kegel, [Kint und Kegel sagen wir noch allgemein, Kagelmacher als Personenname ist mir in Treptow a. d. Tollense begegnet, Kagelmann in Berlin, der Hofprediger Kögel ist auch bekannt] führen auf Kugele, gugele lat. cucullus zurück.

**entstanden** kann es nicht sein. Vielleicht dass vnb . . . . . = vn d wäre. Enden also muss das Wort auf . . int, das steht fest. Nun kennt Freidank die Reime: blint:kint:rint:sint : wint. Es ist anzunehmen, dass sint dastand [ein unter 29 28 mal begegnender Reim]. Die Worte daz ist oder dast L lassen wir füglich unberücksichtigt, da sie erst von demjenigen herrühren, dem der echte Schluss der Zeile bereits abhanden gekommen war.

Was haben wir gewonnen? Sehen wir zu.

> Wart ic kagel elich kint
> dem stiefvater vnd . . . sint

Da ist es wol nicht zu dreist auch die wirkliche Stiefmutter einzufügen? Für dem wählen wir endlich nach G (syme) ime.

Somit wäre das Ding denn also doch aus dem Schutte gerettet und sieht ganz manierlich aus, nicht wahr? Wird man dem Verfasser glauben? wird er nicht den Vorwurf der Willkür, des gewaltsamen Umspringens mit der Ueberlieferung, dem sacrosancten Unsinn, erfahren? Wir erwarten es.

Inzwischen erfreuen wir uns noch einmal des Anblicks des reinlichen Gedankens bei dem Freidank, den mancher in seinem Jahrhunderte alten Schmutze sich einbildete schön und geistreich· zu finden.

> Wart ie kagel ôlîch kint,
> ime stief vater und muoter sint.

Um allen Anforderungen zu genügen, machen wir auch hier noch die Gegenprobe, d. h. zeigen wir auf, wie von dem richtigen aus die Verderbniss einriss.

In der ersten Zeile haben wir zweimal el hintereinander [kagel elich], wie leicht schrieb da einer:

> wart ie kag el elich kint [das kay in H!]

so war kein weiter Schritt zu:

> wart ie kag el gelîch kint

Da das nun auf ime [dem] stiefvater stiess, so lag es nahe genug gelich kint umzustellen, also:

> wart ie kag (C gein) el kint gelich
> dem stiefvater

Was sollte aber el kind besseres sein können als edel kint?

> wart ie gein (= ein) edel kint gelich ·
> dem stiefvater

Zwar ging es nun fort:

> und muoter sint

aber das gab ja nicht eine Spur von Sinn mehr, der Reim war bereits zerstört, man forderte ein Wort, das auf lich reimte. Hier war nun der Erfindung der Schreiber freier Spielraum gelassen und wenn der eine sich aushalf mit:

> daz ist wunderlich

so ist das sicherlich blödsinnig, aber zu verwundern ist es eben nicht, nachdem so viel Blödsinn vorher entstanden war. Der andre fand es gar unbillich und hat damit wenigstens das philologische Bedürfniss bekundet, die drei nächsten Buchstaben und noch nach Möglichkeit zu benutzen.

Wer nun nicht überzeugt ist, dem wissen wir nicht weiter zu helfen. Wenn er uns nicht glauben will, muss er's eben bleiben lassen.

126, 9. 11.

> Swâ kunst ist âne bescheidenheit,
> dâ ist verlorn arebeit;
> êr âne nuz ist deme gelich,
> doch ist ân êre niemen rîch.
> waz touc der slegel âne stil
> sô man die blöcher spalten wil?
> die glocke muoz den klüpfel hân,
> sol si grôzen dôn begân:
> ze redenne hilfet kunst noch list,
> swer lam an der zungen ist.

So viel gehört zusammen zu einem Spruche. Kunst bedeutet hier die theoretische Erkenntniss, bescheidenheit*) die practische, die τέχνη, beide also, wie wir sagen würden, das Wissen und das Können. Die folgenden Sätze sollen an Beispielen die Nothwendigkeit der hinzukommenden äusseren Fertigkeit erweisen: der Schlegel spaltet Blöcke, aber er muss vom Stiele geschwungen werden, die Glocke giebt weiten Schall, jedoch muss sie der Klöpfel treffen, so darf die Zunge**) nicht lahm sein, soll die Rede des Klugen gelingen.

Schwierigkeit aber machen v. 11.12. Bezzenberger, der das ganze zerreisst, und 9.10, 11.12, 13.14, 15—18 als gesonderte Sprüche auffasst, giebt, nach dem beliebten N

> Êre ân nutz ist tugentlîch,
> so sint ân êre genuoge rîch.

und findet diesen — für sich stehenden — Gedanken sehr treffend, indem er freilich nutz ohne weiteres als Eigennutz nimmt und Ere ân nutz das löbliche Streben (!) nach Ehre mit Vermeidung eigennütziger Nebenabsichten sein lässt. So lässt sich's schon machen. Im Auslegen seit kühn und munter, räth ja Goethe.

Ich will der Sache ein Ende machen. Lesen wir — denn auch diesmal ist die von H. Paul und Bezzenberger vorgezogene Handschrift N durchaus übler berathen, als die übrigen —

> Êre âne guot ist deme gelîch,
> sô sint ân êre genuoge rîch.

das will sagen: die Ehre allein thut's eben nicht, es muss, will man in der Welt etwas gelten und erreichen, ein bischen Vermögen (wie bezeichnend das deutsche Wort!***) hinzukommen. Weisheit ist gut, sagt Jesus Sirach, und ein väterlich Erb-

---

*) Also bescheidenheit dasselbe, was später z. B. bei Fischart Praktik. Hier ist recht augenscheinlich, dass das neugebildete Wort ein Schulterminus war. 113,22 unbescheidenheit.

**) Wie die lahme Zunge, so konnte auch das blinde Auge (71,13.14) noch genannt werden. Unsere v. 11.12 folgen in N wirklich auf 71.13.14 und fehlen hier. Ebenso gut konnte es umgekehrt sein, es ist alles Illustration des einen Gedankens.

***) Das mittellateinische übersetzt tugent bezeichnend mit utilitas.

theil dabei [Freidank 58,1.2 man sol nach guote werben, sam
nieman sůl ersterben 57,24 swer guot behaltet, sô erz hât ze rehte,
deist niht missetât. vgl. Meleranz 57 guot sol man behalten und
dabî êren walten 45 guot ist guot swer daz hât].

Die folgende Zeile sagt, man kann viel eher ohne Ehre reich
sein als geehrt ohne den nervus rerum. Wer kein Geld hat, hat
in der Welt, wie sie einmal ist, auch kein Ansehen, es fehlt all
seiner (theoretischen) Kunst die (praktische) bescheidenheit,
wobei er Veranlassung genug hat im praktischen Leben ein recht
bescheidener Mensch zu sein, er mag noch so viel wissen, er ist
unvermögend, seiner Glocke fehlt der Klöpfel, die laut redende
Zunge der Reclame.

Die graphische · Rechtfertigung des gefundenen ist nicht
schwierig:

ere anguot

es brauchte nur der untere Zug des g verwischt zu sein, so
schien dazustehen

ere ane uot  [daher Q: ere ane mod!]<br>
== ere ane nut  |H: ere ane mutz]

und so entstand das in den Handschriften lustig fortwuchernde
unnütze nuz oder nutz, das bei Bezzenberger bis zum Eigen-
nutz avancirt ist.

Freidank sagt übrigens genau dasselbe noch ein andermal
sehr deutlich:

57,12.13.    Der man ist ellend âne guot,<br>
swaz er kan od swaz er tuot.

127, 8. 9.<br>
Unmære ist mir des obezes smac,<br>
dar an ich mich erworgen mac.

Curioses Obst, an dem man sich erwürgen kann! Ich möchte es
auch nicht. Hat wol Freidanken gar der Tod des Sophokles
vorgeschwebt dabei?

Es ist nichts damit, der Spruch vielmehr etwa aus der Seele
des Fuchses herausgesprochen, dem die Trauben zu hoch hingen.
Er ist aber zu lesen:

Unmære ist mir des obeȝes smac<br>
daran ich niht erwurchen mac.

daran ist so viel als von welchem [vgl. zu 129, 21] erwurchen erwirken, beschaffen, erreichen.

Die Form erwurchen gab G Anlass irwrechen zu schreiben, das meint aber dasselbe [wr = wur], die Handschriften gerathen alle auf erworgen, erwürgen (I) erwurgen, ändern daher auch niht in mich. Also: was hilft mir des Obstes schöner Geruch (smac vgl. 111,9) wenn ich nichts davon erlangen kann?

**127, 18.**

swer den hengst rücrt an die frəte.

Das Wort wird falsch erklärt, wenn nach W. Grimm's Vorgang an das adj. frat gedacht wird. Dass es sich um etwas anderes handeln muss, als um eine wunde Stelle, leuchtet ein. Warum wäre denn gerade der Hengst genannt, da doch dann das allgemeine ein ros, ein pfert genügte?

Es ist vielmehr die freite oder freide gemeint, adj. freide, vreidic md. frêdig, abgel. vreidicheit md. vrêdikeit.

Das Wort freite frete (Muth, Kühnheit) bezeichnet hier [ähnlich wie in einem späterer Zeit angehörenden Dictum die Frölichkeit eine gewisse Stelle des weiblichen Körpers, zugleich Wortspiel mit Fröuwelicheit,] poetisch diejenige Stelle, welche dem Hengste Kühnheit giebt.

Merkwürdig dabei ist aber wieder die mitteldeutsche Form freţe, die durch den Reim gesichert ist.

Ist unsere Muthmassung richtig, dass das Buch vom Elsass den Weg rheinabwärts nahm und von dort — etwa von Cöln her, weitere Verbreitung fand, so liegt nahe genug, der eigentlichen Quelle unserer Handschriften, von denen eine Anzahl ganz niederdeutsch blieb, zuzutrauen: frede : stede.

Der Spruch steht nur in H N O P.

**129, 9—16.**

Wær ich in keisers æhte,<br>
10 ob ich den für in bræhte,<br>
der ouch sîn hulde heto verlorn,

> so würde dem keiser liebte zorn;
> würb ich dem umbe hulde
> sô mêrete sich mîn schulde.
> 15 dehein sünder 'n andern trœsten sol:
> ich gewinne dir (hd. die) gotes hulde wol.

15. 16. zwei unechte Zeilen in N O, sagt W. Grimm. Selbst Pfeiffer F. F. S. 237 sagt: ‚aus B b [ = N O], schlecht gebauter Vers und nichtssagender, nicht spruchmässiger Inhalt.'

Mit solchen Kriterien sollte man im Freidank äusserst vorsichtig sein, der mit Fetzen von Predigten und naturgeschichtlichen Curiositäten des Physiologus um sich wirft. Nichtssagend heisst manches, dessen richtige Beziehung man nicht versteht. Man nehme v. 15. 16, wie sie es verlangen, als Abschluss und Moral des vorhergesagten: wäre ich selbst in der Acht des Kaisers und wollte einen andern geächteten, (der auch seine Huld verloren hat), vor ihn bringen, um für ihn zu bitten, so würde ich damit wenig nützen, ja nur des Kaisers Zorn erregen. Und genau so verhalten wir Menschen uns zu Gott alle, wir haben (durch die Sünde) alle seine Huld verloren, wie kann denn also ein Sünder vor ihm eintreten wollen für den andern? wie kann er sagen: ich verschaffe dir Gottes Gnade wieder?

Man sieht, es ist das ganze ein homiletisch auch wol heutzutage noch ganz wohl verwendbarer Vergleich, der die Nothwendigkeit eines sündlosen Mittlers darthun soll.
V. 14 ist nothwendig, zu lesen:

> so merete sich min schulde

das empfanden diejenigen Handschriften, welche statt mîn unser geben (B I M N O V) oder unser twier (Q). Bezzenberger setzt 15. 16 in [], hält sie jedoch richtig für die Anwendung. Grimm [Über Freidank S. 78: schon metrisch unzulässig; der Gedanke ist mit unpassender Anwendung dem vorhergehenden Spruche abgeborgt] und Pfeiffer verkennen das und lassen so 9 — 14 ohne Pointe.

Zu unserm Spruche vgl. noch 135, 22—25, es ist eine Reduplication des unseren:

> Al diu werlt niht enkan
> ze gnâden bringen einen man,
> ern welle danne selbe dar;
> verlorn ist ir bete gar.

129, 17—22.

Nur an dieser einen Stelle spricht, meint man, Freidank von
sich selbst und seinen Sprüchen, denn 74, 23—75,1 und anderswo
empfindet man wol, dass ich nicht im Sinne des Dichters, sondern
des Lesers gesagt ist.

Spräche wirklich Freidank hier von sich, so hätte nie ein
Dichter kläglicheres über sich und sein Werk gesagt, als er.
Man höre:

> Mîne sprüche sint niht geladen
> mit lügen, sünde, schande, schaden.

Es mag sein, dass die allitterirenden 'sünde, schande, schaden'
formelhaft oder sprichwörtlich verbunden stehen*), aber nun noch
lügen dazu? Und was soll denn das sagen: meine Sprüche sind
frei von Schande und Schaden? Ich weiss wol, was man ent-
gegnen wird: du bist auch gar zu peinlich, es ist doch einfach:
da meine Sprüche niemals Lügen lehren oder überhaupt Sünde,
so wird, wer sie befolgt, sich denn auch vor Schande und Schaden
bewahren. Gut, aber recht stümperhaft ausgedrückt wäre es
doch wol.

Nicht besser steht es mit den folgenden Zeilen:

> in diesen vier worten sât
> aller werlde missetât.

Dass Sünde ungefähr eine Missethat ist, wusste man bereits
ohne Freidank's Edelstein und auch die Lüge mag ja wol eine
Missethat heissen, aber auch die Schande und der Schade?

---

*) Doch es mag lieber nicht sein, schande und schade ja, aber die
Sünde gehört nicht dazu. Auch 33,12 ist sünde (aus schande entstanden,
wie Hdsch. D beweist) zu tilgen. Dagegen ist 94,8 mit D G sünde und
schande zu lesen, wo vielmehr schade eine Reduplication von
schande ist.

In so jammervoll unbeholfener Weise sollte man den vermeint-
lichen Dichter nicht reden lassen, zumal, da er ja von sich selbst
redet, er also nicht einmal die Entschuldigung hätte, dass er einen
fremden Gedanken in sein geistiges Eigenthum umzuarbeiten
hatte, wobei vielleicht einige Schwierigkeit obwaltete.

Wer diese Zeilen für ein freies Erzeugniss der Muse Freidanks
halten kann und ihm noch ein Fünkchen von Witz, einen Hauch
von Poesie zutraut oder auch nur eine mehr als schülerhafte Sprach-
gewandtheit und Klarheit des Vortrags, den beneiden wir nicht um
sein æsthetisches Urtheil.

Das richtige ist, dass Freidank hier so wenig wie sonst ein
frei schaffender Dichter ist, dass er in das wüste Sammelsurium,
das in den Ausgaben unter der Rubrik 'Von guote und übele'
(127, 4—134, 5) zusammengeworfen ist, aus Gott weiss welcher
Bearbeitung eines Lebens Jesu oder aus einer Predigt einige Zeilen
hineinthat. Es ist Jesus selbst, der hier in allerdings echt
Freidankischer Eleganz von sich und seiner Lehre redet. Freidank
war sicher nicht so blasphemisch, einen selbst ungeschickt wieder-
gegebenen Ausspruch des Heilands auf sich anzuwenden. Seinen
Zeitgenossen aber hatte er nicht nöthig zu sagen, was wir den
unsrigen sagen mussten, dass hier ein biblisches Wort in dichterische
Form (sie ist darnach!) gekleidet ward.

129, 21
swer ân diu viere sprichet baჳ

So Grimm und auch Bezzenberger. Es ist natürlich an zu
lesen (die Hdsch. ane), wer in Betreff der viere besser spricht, von
ihnen. Vgl. 127, 9 dar an.

129, 25.
Ein ieglich dinc von banden strebt
das gevangenlîche lebt.

So Grimm und Bezzenberger, wol auch die Handschriften
(nur Ba). Gefangene Dinger! Befreien wir Freidank auch von
diesem Makel. Es bedarf keines Wortes, dass tier zu lesen ist.
Die Vorlage gab dier = dinc.

,Dagegen ist 117,18 dinc für zît einzustellen.

ein ieglich dinc hât sîn zît

[sîn für ir ist sogar durch L N P Z, sine durch B G M Qa (si nen O) gesichert, gleichwol erkannte weder Grimm noch ein folgender den Fehler, ja Bezzenberger bietet das unmögliche

ein ieglich zît hat sîn zît*]

daher ganz richtig im W. Gast 2197.

131,25—132,5

Swer sich selbe solte
schepfen swie er wolte,
der vergæze maniger hantgetât,
der got niht vergezzen hât.
ez dunket in ein grôzer prîs,
swer sich schepft in sackes wîs;
so hangent zwêne ermeln dran,
als eime handelôsen man.

Mit der Anmerkung Grimm's zu 132,2—4 (Über Freidank S. 78) ist nichts anzufangen, er lässt sich durch sackes wîs irre leiten, auch Bezzenberger sah nicht, dass von einem Manne ohne Arme **und** Hände gar nicht die Rede ist, sondern bloss von einem handelosen.

Freilich spricht Freidank von der Nachbildung des gottgeschaffenen Menschenleibes, von der wie sie der Schneider vornimmt. Nur denkt er nicht daran, geschmacklose Moden zu verspotten, sondern meint, der beste Schneider kann immer nur eine unvollkommene Nachbildung geben (er vergisst maneger hantgetât des Schöpfers). So ist denn der Rock ein Sack mit Aermeln dran zwar [Grimm meint, die leer herabhängen, weil es Mode gewesen wäre, den Rock in sackes wîs umzuthun — keine Idee!] aber, und darauf kommt es an, es sind keine Handschuhe mit dran, so dass diese Nachformung wie ein handeloser Mann, und unförmlich wie ein Sack mit Aermeln aussieht.

---

*) zît als neutrum (scheinbar!) nur in dem absoluten Genitiv eines zîtes.

Was soll uns also hier der ärmellose Slowakenmantel, von dem Grimm redet?

Wozu will man mit aller Gewalt, dass Freidank von einem wirklichen Sacke rede, da er doch ausdrücklich vom sacke mit ermeln, also vom Rocke spricht?

Auch dieser Spruch ist ein Excerpt aus einer Predigt [über die Vortrefflichkeit der Schöpfung.]

132, 6—9.

Swaz geschehen sol, daz geschiht:
des guoten volge ich, 's übeln niht.
swerz ze rehte merken wolte,
es geschiht vil, daz niht solte (nämlich geschehen).

So schreibt Bezzenberger, der mit Recht hervorhebt, dass alle Handschriften, ausser L Q den Genitiv des guoten haben. Grimm hat:

den guoten volge (ich), den übeln niht.

Keiner hat bisher die zweite Zeile des Spruches verstanden, so viel ich weiss. ich volge ist das in der Disputation übliche der Schule cedo = concedo und des guoten volge ich so viel als: zugegeben in Bezug auf das Gute, aber nicht in Bezug auf das Böse, denn das sollte überhaupt nicht geschehen (was Zeile 8 9 ausführen).

Freidank widerspricht somit der oft gehörten fatalistischen Ansicht (Zeile 1), welche die Kirche in Gefahr zu bringen schien, die persönliche Zurechnung für die Sünde aufzugeben. Also: Zeile 6 Thesis, Zeile 7 a) bonum — cedo b) malum — nego.

Das verbum volgen, auch im rechtlichen Sinne so viel als beistimmen, kann so keine Schwierigkeit machen. Aber zur Beruhigung ängstlicher Gemüther sei erwähnt, dass Freidank es genau so schon in einer früheren Stelle gebraucht hat.

61,2: volgents ander liute niht

d. i. wenn darin (es) andere Leute nicht derselben Ansicht sind. Rudolf von Ems in der vielbesprochenen Stelle:

> der sinnerîche Frîgedanc
> dem âne valschen wanc
> elliu rede der volge jach.

d. i. dem jedermann zustimmte, der in allem, was er sagte Recht hatte.

Mit der Lesart Grimm's ist gar nichts zu machen und mit Bezzenbergers Anmerkung uns aufzuhalten lohnt jetzt nicht mehr.

Zu dem so gefundenen Widerspruch gegen den fatalistischen Gedanken, der bekanntlich im Nibelungenliede begegnet (bei Zarncke S. 256,7.1: swaʒ sich sol gefügen, wer mac daʒ under-stân?) stellt sich naturgemäss die Ergänzung: und so stirbt auch nur, wem zu sterben bestimmt ist. Auch dieser Satz ist im Nibelungenliede enthalten 23,7.2: dâ sterbent wan die veigen, die müeʒen ligen tôt. Freidank, kirchlich fromm wie er ist, lässt auch das nicht gelten, wie wir aus 53,27—54,3 sehen können, die ich zur Bestätigung unserer Auffassung hersetze:

> Sich mac mit manigen sachen
> ein man wol veige machen,
> der niht veige wære,
> ob er unreht verbære.

d. i. nicht bloss das Schicksal (unchristlicher Begriff!) sondern die eigene Schuld bringt uns den Tod. Ob aber Freidank bewusst dem Nibelungenliede Opposition machen wollte? Darüber handeln wir an anderer Stelle. (Freidank und das Nibelungenlied.)

133, 13.14.

> Der tumben klôsterliute sin
> strebet her ûʒ: wir streben hin in.

So macht sich Grimm einen Vers draus, der doch unverständlich bleibt. Bezzenberger, der Ueberlieferung getreuer, giebt:

> Der tumben klosterliute sin!
> der strebt her ûʒ, der strebt hin in.

Wenn man nur erführe, wo heraus und wo hinein die tumben Klosterleute streben!

Ich glaube, dass wir es mit einem Bruchstücke aus einer Satire auf das geistliche Leben zu thun haben, [dahin gehört auch das folgende vom Mönch, der Wein für Wasser trinkt, man könnte auch an denjenigen noch denken, der die gebratene Gans, die er am Freitag ass, einen schönen Fisch nannte.] Nun ist zwar Freidank eigentlich ein Clericaler,*) wie wir heute sagen würden — schon dadurch von Walther weit abstehend, dessen Ernst es nicht gestattet hätte, wie Freidank (16,16.17) zu sagen, die ganze Sünde der Pfaffen ist das bischen, das 'mit wibelîn geschiht', gönnt ihnen doch das Vergnügen ihr Laien, die ihr viel schlimmere Sünden begeht**) — aber gelegentlich gestattet er sich auch wol einen kleinen Spass mit den Pfaffen, wie denn die Sprüche von Rôme gar bitterböse Dinge von ihnen wissen.***) Unsere beiden Zeilen gewinnen guten Sinn, wenn wir annehmen, dass es ein von 'pfaffenwiben' bewohntes Haus ist, in das die tumben, ironisch die einfachen, biedern Klosterleute wie in einem Taubenschlag ein und ausgehen. Der Sinn wäre: Ei seht doch die Knechte Gottes, einer kommt heraus, der andere geht hinein!

135,25a.

Das von Bezzenberger nach s in den Text gesetzte niugerne [die übrigen Handschriften geben neu mere, daher Grimm trotz seiner Entdeckung in 97,26 hier niumære hat, new wern, das ligen, zwivel] ist jetzt durch die Görlitzer Handschrift zweifellos geworden

1446 Neûgerne grozzin schaden thut.

wozu das lateinische:

mens quae miratrix rerum studet esse novarum.

Vgl. übrigens zu 97,26.

---

*) Vgl 15,23 und 106,2.3.

**) Dagegen Walther mit sittlichem Zorn: Die pfaffen solten kiuscher dan die leien wesen: An welen buochen hânt si daʒ erlesen, Daʒ sich so maneger flîʒet, wâ er ein schoeneʒ wîp vervelle? [Wckn. u. Rieger S. 31.] Nach Grimm hätten sie es ja in Walthers Bescheidenheit lesen können.

***) z. B. 153,25 ff. die ironisch gemeint sind.

139, 5. 6.

Der biber muoʒ vil bôhe geben
sîne geilen fûr sîn leben.

Grimm behandelt den Spruch, der wie manches andere aus der
Thiersage oder einer Naturgeschichte entlehnt ist, so verächtlich,
dass er ihn nicht einmal mehr in den Text nahm. Was könnten
die Schreiber von A B darin gesucht haben, einen derartigen un-
echten Spruch hier einzufügen? Zum Verständniss desselben
lese man die 34. Fabel im dritten Buch bei Burkhard Waldis,
wo es heisst;

vnd sahe, das er nit mocht entgahn,
schnidt dhoden auss vnd lieff dauon.
denn er wisst wol, das er so hart
der hoden halb gedrungen wardt.
drumb er sein bruder gar verflucht,
das er das leben retten mocht.

Hier ist sein bruder Plural und bezeichnet die testiculi, die
auch δίδυμοι Zwillingsbrüder heissen.

V. 6. lesen wir vmb sîn leben. [B vmb sîn geilen daʒ
leben].

143, 13. 14.

Des valken dinc niht rehte stât,
swenn er ze fuoʒ nâch spîse gât.

Dieses naturgeschichtliche Wunder vom heruntergekommenen
Falken, dass er zu Fuss geht und zwar nach Speise, möchte
kaum bislang beobachtet worden sein. Das braucht es auch nicht,
der Dichter meint ja nur bildlich, etwa hypothetisch, wird man
vielleicht einwenden. Schon gut.

Grimm findet in der Lesart der Göttweiler Handschrift ze
wuse eine Bestätigung für das freilich sonst recht gut unter
stützte ze fuoz (C F d: zu füss, f: zu fusse)

Auch ist zuzugeben, dass die lateinische Uebersetzung voll-
kommen dazu stimmt:

1116 (Görl.) Est a fortuna milvus locuplete relictus
      Cum sibi cogetur currendo querere victus:
      Dez valken ding nicht rech anstat,
      Wen her nach der speise gat.

Leider beweist der Lateiner eben nur. dass er gât vorfand, ob er mit currendo gerade zu fusse gat wiedergeben wollte, können wir nicht wissen, es ist aber wahrscheinlich. Aber lernen können wir doch etwas von ihm, worauf anders so leicht nicht zu kommen wäre. Was veranlasst ihn zu locuplete? er las, was im deutschen Texte des Görlitzer Codex als rech erscheint, richtig als rîche,

      Des valken dinc niht rîche stât

[die Handschriften rechte, ebene,, wol. Wer rechte schrieb, hatte also ein mitteldeutsches oder niederrheinisches reche vor sich, wieder ein Beleg für unsere Annahme von dem Character des Archetypons].

    Weiter. Ze wuse, eben weil es keinen Sinn giebt, hat den meisten Anspruch, bei dem Suchen nach dem echten zu Grunde gelegt zu werden. vgl. I so er zer mûs gat [Grimm giebt an: zu vns, Bezzenberger liest· wol genauer.] Denken wir an das, was wir bereits 73,16—19 vom ritterlichen Falken und seinem vermeintlichen Käfersuchen gelernt haben, so schwindet alle Besorgniss, als das gesuchte zu erkennen:

      Des valken dinc niht rîche stât,
      swenn er zer spîse mûsen gat.

Sinn: das ist ein armer, erbärmlicher Falke, der nach Mäusen jagt, Spott auf den verkommenen Adel, der statt ritterlicher Hantirung Wegelagerei treibt.

    wuse ist einfacher Schreibfehler für muse' = musen, mausen. In I ist eine Lücke: so er zer . . mus˙ gat die mit spise auszufüllen war.

    Ob Bezzenberger sich noch immer sträuben wird in mus (nur nicht zer mus wie I hat) das richtige zu sehen? Das lässt sich sagen, vom Falken so gut wie es vom Wolf 73,16 gelten kann, dass er in der Noth Mäuse oder (73,17) Maulwürfe fange, aber

dass er dabei auch noch zu Fusse gehen soll, das ist zu viel ver-
langt. Und auch, das Mäuslein würde ihm dabei entschlüpfen.


146, 15. 16.<br>
Swer slangen hecken lêret,<br>
von rehte er in versêret.

In der ersten Zeile ist, um die Concinnität herzustellen den ein-
zufügen, als *n* zwar:

swern slangen . . . .

Wie steht es mit dem hecken? Allen Respect vor Bezzen-
bergers Erklärung! Er leitet das Wort von der hacke oder Axt,
mit der die Schlange doch für gewöhnlich nicht arbeitet. Man
lese gefälligst:

swern slangen blecken lêret

Der Lateiner (Görl. Hdsch. 1024) hat das richtig verstanden und
gewiss auch noch richtig gelesen:

Qui colubro suadet emittere dira venena

[Der deutsche Text des Görlitzers ist ohne die Autorität der
lat. Uebersetzung, er ist, wie wir schon fanden, aus einer der ver-
derbtesten niederdeutschen Hdschr. hinzugefügt. So hat er denn
auch hier das sinnlose heckin.] blecken, blicken machen ist
bekannt. Sagen wir nur noch, die Zunge (aus)bläken, so konnte
es im Mittelalter viel schöner von der sichtbar werdenden Reihe
der Zähne gelten [aber auch allgemeiner von allem hell hervor-
tretenden, so schon im XI. Jahrhundert: So diz rehpochchili fliet,
so plecchet ime ter ars]. So Engelhart 3537 daz er (der
hunt) enbleket sinen zan. So auch in unserer Stelle ist es der
Giftzahn der Schlange, den sie blecken gelehrt wird.


150,26—151,2.<br>
Merbote und ander wirte,<br>
gebûre unde hirte<br>
die vergebent alle sünde dâ;<br>
diu gnâde ist niender anderswâ.

W. Grimm (Über Freidank S. 82) sagt:

'Bei merbot fragt W. Wackernagel im Glossar zum Lesebuch 'mohr'? aus Marbut Morabeth (vergl. mittellat. marbotinus maravedi)? Gedichte auf Friedrich I. S. 114 wird der Erklärung von maravedi beigestimmt, das Goldstück vergebe die Sünde. Aber wie ist das folgende, wo nur von Persönlichkeiten die Rede ist, und ander wirte, gebûre unde hirte damit zu vereinigen? Kann merbote nicht einen bezeichnen, der über das Meer gesendet ist um für eine Fahrt nach Syrien zu werben? Schon im Concilium von Clermont (1095—96) sollte sie als Busse gelten. Zugleich erscheint im althochdeutschen Meripoto und auch bei Neidhart (MSHag. 3,267*b*) Merbot als Eigenname; die Lesart merboten würde dann den Vorzug verdienen. Die Magdeburger Handschrift Bl. 45*b* hat mer bute: dies führt mich auf einen andern Gedanken, der meerbutt pleuronectes hippoglossus heisst nach Nemnich auch heiligbutt, englisch holibut: sollte Freidank versteckterweise den Pabst gemeint haben, der den Fischerring trägt, mit welchem der Ablassbrief besiegelt ward?'

Nachdem wir die ganze Anmerkung gelesen und wieder gelesen haben, finden wir uns leider nicht viel klüger. Der letzte Einfall nun gar ist verzweifeltes herumtappen, keine Erklärung.

So viel ist sicher, dass Merbot wirklich die Bezeichnung für eine Person und zwar nicht eben für eine Respectsperson, sein muss, ja sogar speciell für einen Wirth, es heisst ja: und ander wirte.

Hätten Wackernagel*) und Jacob Grimm und wie jetzt hinzuzufügen ist, Bezzenberger Recht, dass die Goldmünze maravedi (marobotinus) gemeint sei, so ist, abgesehen von der erwähnten Nothwendigkeit, eine Person zu nennen, nicht zu begreifen, warum Freidank den geläufigen, allgemein verständlichen Pfenninc, der sonst als Person vortritt, verschmähte und das seltene ausländische Goldstück wählte. Etwa wie wir den Rubel personificiren mögen?

---

*) Ich sehe nachträglich, dass er sich in der 5. Auflage des Glossars, jetzt 'Altdeutsches Handwörterbuch' getauft, für den Sarazenen entscheidet: 'merbot stm. Sarazene, eigentlich Morabite, Marabut?'

[Diu minne überwindet alle ding.
'Du liugest' sprach der pfening. Wckn. 1383.]

Es bliebe immer eine blosse Personification und die mit wirklichen Personen (ander wirte) zusammenzustellen, ist unzulässig.

Der unglückliche Meerbutt (die Buttje in de See) verhext aber den Sinn des Mannes, so dass er das schon halbwegs aufgefundene wieder fahren lässt. In der I. Ausg. hatte er zu der Stelle bemerkt: 'Merbot weiss ich nicht zu erklären. Roquefort hat marpaud = fripon, vaurien, voleur.'

Das war's ja! Nur sind mir die Bezeichnungen Roqueforts noch nicht stark genug, es muss das verächtlichste und es muss einen Wirth ausdrücken, also Hurenwirth. So versunken ist das Rom, das der Dichter dieser höchst merkwürdigen Reihe von Sprüchen (Von Rôme) kennt, dass man dort Ablass, Sündenvergebung bei den Hurenwirthen selbst, in jeder Schenke, bei Bauern und Hirten kaufen kann. Was bei Roquefort *marpaud*, das lebt im heutigen italienisch als farabútto fort in der Bedeutung Spitzbube, Gauner, Betrüger.

Ich zweifle nicht, dass im älteren italienisch oder in einem Dialecte auch die Form marabutto sich finden wird. Die Lautübergänge von b, f zu m haben überall Analoga [*bet* = *mit* im deutschen, albetalle = alle mit alle fällt mir gerade ein.]

Was farabutto oder marabutto eigentlich sei, könnte uns gleichgiltig sein, indess mag ja erlaubt sein, auch einmal auf das Feld der Vermuthung zu gehen. Vielleicht, dass das Wort im Grunde deutsch, langobardisch nämlich, wäre, der farabutto ein auf Beute [ital. bottino, frz. butin] ausfahrender. Doch das ist eben nur ein Einfall. Man dürfte Luther's 'Raubebald*) und Eilebeute' vergleichen. Wie Luther Eilebeute als Eigennamen erfand [der im Beutemachen eilig ist] so wäre farabutto

---

*) Auch dieser Raubebald ist nicht uninteressant. Es ist = Raubebold = Raufbold und auch in das italienische eingedrungen als ribaldo und von dort wieder zu uns zurück gekehrt als Rüpel. Die Rüpelhaftigkeit wäre darnach im letzten Grunde etwas nationales. Das weiss Gott! —

[Vahrebeute?] analog [der auf Beute ausfährt.]  Die Bedeutung wird dann bald Strolch, Landstreicher und endlich gar ruffiano.

Doch sehen wir von solchen, mehr die Phantasie als das exacte Wissen befriedigenden Dingen ab, soviel ist uns zweifellos geworden, dass Freidank mit seinem merbot nicht eine Münze, sondern einen verächtlichen Wirth meinen muss.

So ist denn der Papst ohne Zweifel hier aus dem Spiele zu lassen.  Freidank, bei all seiner deutschen Freimüthigkeit [die nicht die seine ist!] hat doch gewiss so viel Respect vor dem Papste, dass ihm, selbst wenn sie verständlicher wäre, eine Anspielung auf ihn hier nicht zuzutrauen ist.  Dem aber, was nach unserer Auffassung der Sinn des Spruches wäre, liegt die bittere, aber gewiss zutreffende Wahrnehmung zu Grunde, dass in Rom auf Veranlassung der Päpste selbst die Bordellwirthe einen Zuschlag erhoben, der angeblich zu frommen Zwecken an die päpstliche Casse abgeführt wurde, so dass der Dichter Recht hatte zu sagen, in Rom kannst du Vergebung der Sünden schaffen sogar wenn du ins Bordell gehst.

**152, 4. 5.**
Rôme ist ein geleite
aller trügenheite.

geleite kann hier nicht, wie Bezzenberger will, das Geleit sein, sondern ist mit Niederlage, Depositum zu übersetzen.  Rom ist gleichsam ein Museum aller Betrügereien, alles Schwindels. geleite verhält sich zu legen wie getreide zu tragen (getragede). Das niederdeutsche legge (Leinwand-Legge) wird dasselbe sein, das jemand von dem ital. loggia herleiten wollte.

**153, 15—22**

Besonders die beiden Verse 19. 20

læge Rôme in tiuschen landen,
diu kristenheit würde ze schanden.

haben Missdeutung erfahren, wozu die folgenden verleiteten: .

maneger klagt daʒ dort geschiht,<br>
man lieʒe im hie des hâres niht.

Wer das dort dem hie entgegensetzt und jenes auf Rom, dieses auf die deutschen Lande bezieht, der kann allerdings irre werden. Und irre geworden ist denn Bezzenberger. 'Das Bild, sagt er, das Freidank hier entwirft, ist für die damaligen Deutschen wenig schmeichelhaft, stimmt aber zu 32, 3—12 und 46, 5—20. Freidank konnte nach den herben Sprüchen über Rom keinen schwereren Vorwurf aussprechen als den, dass die Christenheit gar zu Schanden werden würde, wenn Rom in Deutschland läge. Die Begründung liegt ausser den allgemeinen politischen Verhältnissen besonders in dem Umstande, dass damals fast alle deutschen Bischöfe das geistliche und weltliche Schwert zugleich führten, Blutgerichte hielten, Kriege führten und mehr für den Sold der Truppen als für das Heil der Seelen sorgten.'

Das wäre ein Sinn, aber wie Freidank sagen möchte [101, 2 nach Bezzenberger] 'der sin ist von unsinne.'

Es ist jammerschade um die schoenen Verse

læge Rôme in tiuschen landen<br>
diu kristenheit würde zu schanden.

Nein, es ist kein Vorwurf, kein Unglimpf, den Freidank unserm Vaterlande anthat, es ist vielmehr eine Ehre, ein hohes Lob, das er ausspricht.

Läge Rom in deutschen Landen, hier wo Wahrhaftigkeit und Treue gilt, wo gute Sitte herrscht ['tugent und reine minne; swer die suochen wil, der sol komen in unser lant' sagt mit berechtigtem Stolze der damalige Dichter] und man saehe das gräuliche Treiben der Curie, der Prälaten und Pfaffen, so würde man auch auf die Lehre der Kirche nichts mehr geben, man würde von den Früchten auf den Baum schliessen und um das Christenthum [das besagt das mhd. kristenheit eben auch] wäre es geschehen. Für das Christenthum ist es ein wahres Glück, dass Rom so weit weg liegt [148, 12 swer Rômer site rehte ersiht Der bezzert sînen glouben niht.]

Das hat Freidank gesagt. Die folgenden Zeilen sprechen beide

von Rom. Die Lesarten zeigen freilich vielfach den scheinbaren
Gegensatz von dort oder im dort in V. 21 und hie in V. 22,
doch hat C beidemal dort, A 21 dort, 22 keine Ortsbezeichnung.

Dass die Handschriften gleichwol nicht Bezzenbergers Sinn
zu geben meinten, versteht sich. [Auch in V. 18 will 'dâ' nur
Rom meinen.] Um den Anstoss wegzuräumen, so setzen wir die
Zeilen richtig her:

> maneger klagt waz im hie˙geschiht: [hie D E F]
> man enliez ime [hie] hâres niht.


155, 3—12

> Akers gar verslunden hât
> silber golt ros unde wât
> 5 und swaz geleisten mac der man;
> niht in des enpfliehen kan.
> nû spottents unser zaller zît:
> si sprechent: aleiz unde rît
> in dîn lant hin über mer!
> 10 und kæmen zAkers drîzec her,
> die funden als wir funden hân:
> si tuont in als uns hânt getân.

Weshalb die Verse 5. 6. verdächtig sein sollten, ist nicht einzusehen, da die Theorie von den spätern Zusätzen in diesem Abschnitte (Von Akers 154,18 — 164,2) überhaupt haltungslos ist.
Wie käme denn jemand dazu, so etwas zu ersinnen, um es hier
boshafterweise einzuschalten? Macht etwa geleisten im Sinne
von hingeben Schwierigkeit [praestare giebt prêter]?

Aus v. 8 ist zu ersehen, dass die vom Dichter dieser Stücke
so oft gescholtenen Einwohner von Akers nicht die Heiden sind,
sondern die französischen Christen, die Welschen, ebendieselben,
die 163, 8 gemeint sind (daz wir dâ sin der Walhe spot) und
wahrscheinlich auch 161, 23 (s. zu der Stelle), es sind ferner dieselben, welche 161, 1—3 bezeichnet sind, ohne deren Rath der
Kaiser den Frieden mit dem Sultan gemacht (158, 8 s. dazu) und
zwar eben wegen ihres Egoismus mit Recht (160, 2—5), diejenigen Christen, die mit den Heiden verschworen zum Nach-

theile des deutschen Heeres den Bau zu Jaffe unternehmen (157,10 ff.) (die mit den heiden hânt gepfliht), es sind endlich dieselben, die 159, 20 die lantliut genannt werden, falls nicht etwa lant und liut zu lesen wäre.

Dass man es mit Franzosen zu thun hat, ist durch den angeführten Spott selbst klar, mit dem sie die deutschen Kreuzfahrer ärgerten:

<blockquote>
aleiz unde rît<br>
in dîn lant hin über mer!
</blockquote>

Das heisst nicht bloss allgemein reise doch wieder nach Hause, da wäre es ja kein Spott, sondern ganz wörtlich, reite doch über das Meer davon, wenn es dir hier nicht gefällt. Man wies dabei etwa auf das Meer hinaus auf den Hafen hin, in dem kein deutsches Schiff lag.

125, 13—18

Es ist das einzige Mal, dass in den Akers gewidmeten Sprüchen auch Rom mitgenannt ist (v. 13). Dem Sinne nach ist bereits in den Rom betreffenden Sprüchen dasselbe gesagt (148, 4 alles schatzes flüzze gânt ze Rome). Gleichwol ist er unverdächtig. Aber wie steht es mit dem Pflug?

<blockquote>
ze Rome und zAkers ist ein pfluoc,<br>
der iemer tôren hat genuoc.
</blockquote>

und wie reimt sich dieser Pflug mit der unmittelbar folgenden Erwähnung der alle Schätze (s. auch v. 3 — 6) gierig verschlingenden Einwohner der gottlosen Stadt?

<blockquote>
si hant in kurzen stunden<br>
schatzes sô vil verslunden.
</blockquote>

Nun weiss ich wol, wie man's macht, man erklärt pfluoc frischweg als Art zu leben (so auch Bezzenberger). Abgesehen davon, dass das eine durch nichts erwiesene Annahme ist*), so hilft es leider nicht einmal, denn es giebt keinen Sinn, zu sagen:

---

*) Gar kein Grund besteht, 27, 15. ff. hier heranzuziehen, denn hier ist der pfluoc eben der pfluoc, das Ackergeräth, des Wuchers Pflug der nächtlicherweile die Gränze verrückt, dem Nachbar einen Streifen abpflügt.

In Rom und Akers giebt es eine Art zu leben, der viel Thoren
ergeben sind; sie (nicht die Thoren, wie Bezzenberger sagt, sondern
die Einwohner der Stadt) verschlingen in kurzer Zeit viel Schätze.
V. 13 muss eben die böse Sitte der Bewohner selbst bezeichnen,
der leider Thoren genug zum Opfer fallen.  Es ist zu lesen:

ze Rome und zAkers ist ein sluoc

d. i. ein Schlingen, ein Schlund (vgl. auri fames, pecuniae sitis
— Carm bur. 18, 3 vorax guttur — 'sorbet aurum Crassus und
dergl.)

Also: sowol in Rom wie in Akers ist ein alles aufschlürfender
Schlund (148, 7 daz ist ein unsælic hol).

Nun wird man uns vorwerfen: wie steht es denn aber mit
168, 13, 14.?

liegen triegen ist ein pfluoc<br>
der hât ackerliute genuoc.

Nun, es steht curios genug damit.  Diese Zeilen, mitten in
einem wüsten und albernen Chaos von Sprüchen von 'liegen und
triegen' sind nämlich nichts mehr und nichts weniger als eine
missdeutende Wiederholung unserer 13. und 14. Zeile, und
haben nur den einen Werth (und deshalb mögen wir ihnen dankbar
sein) uns zu beweisen, dass der Abschnitt von Akers auch den
andern Handschriften, die ihn jetzt nicht haben (bloss ANO
haben ihn), muss bekannt gewesen sein.*)

Der sie zusammenflickte, verwandelte sich nach seinem Be-
dürfniss zu pfluoc was er las.

Er nämlich wusste mit dem

ze Rome und zakers ist ein sluoc

nichts anzufangen, ackers ist ein sluoc, was sollte das sein?
ein Ackerpflug am Ende, denkt er und so geräth er auf seine
ackerliute.  Viel erfinden ist nicht die Sache dieses Flick-
schneiders, er lässt sogar den Reim unangetastet und so entsteht
der Tiefsinn:

---

*) Auch 158,14—19 ist 132,26—133,4 wiederholt.

> liegen, triegen ist ein pfluoc
> der hât ackerliute genuoc.

Hier wäre also entschieden Unechtheit, wenn nicht zu glauben wäre, dass wirklich der die Bescheidenheit berihtet, diesen Unfug sollte begangen haben. Ich lasse die Frage offen, ob wir das Freidank anthun dürfen oder nicht. Ich wage kein entschiedenes: nein, es ist undenkbar, auszusprechen, nachdem ich erkannt, wie oft in unzweifelhaft echten Sprüchen gedankenlos und willkürlich ein schöner Text verhunzt worden ist. Man denke an die süeziu arebeit der Sünde, an die kraniches schrite der Hoffahrt und sehe sich das von uns zusammengestellte Verzeichniss der Entlehnungen überhaupt an. Schon mehrfach begegnete uns, dass er sich selbst wiederholt; er liebt einen affirmativ ausgedrückten Gedanken in die Negation umzusetzen, das einmal in bestimmter Beziehung gesagte zur Allgemeinheit zu verwässern, er schrickt vor den abscheulichsten Flickwörtern nicht zurück, er zeigt sich unfähig, auch nur einen selbständigen Reim zu finden, er nimmt das nächste beste auch wo es das beste nicht ist, er ist so wenig ein Dichter, dass er vielmehr ein Verdünner heissen sollte; er ist widerspruchsvoll und wie oft unsäglich fade.

Und doch, soll man glauben, dass es wirklich ein und derselbe Mann war, der 155,13—18 schrieb, auch nur abschrieb aus einem interessanten Gedicht und der mit 168,13.14 in so miserabler Weise an sich selbst zum Plagiator hätte werden können? Wir sträuben uns.

Blicken wir zurück auf die Ergebnisse unserer kritischen Bemühung, so dürfen wir uns wol rühmen, Freidank von einer Anzahl von Sünden entlastet zu haben. Man lasse uns den Trost zu glauben, dass Freidank, den die Venetianische deutsche Kaufmannsgilde 'ob sua lepida dicta' sich kommen liess, doch ursprünglich etwas besser aussah als ihn unsere Texte ahnen lassen. Ein wenn auch nur mässig begabter Geist, bringt er dem didactischen Hange der Zeit entsprechend aus zeitgenössischer Lectüre und eigener Schulbildung ein Spruchbüchlein zusammen, das bald beliebt war. Dieses fällt früh stümperhaften und gewissenlosen Buchschreibern (Verlegern!) in die Hände, die sich berufen halten,

es zu vervollständigen und das durch Plagiate sogar an dem
überlieferten Texte — den sie nicht einmal zu lesen verstanden!
— zu bewerkstelligen sich nicht scheuten.  Dass solches Anleimen
bisher so wenig Anstoss erregte, dass es nicht schon längst den
Credit Freidanks tief erschütterte, muss Wunder nehmen.

**158, 2. 3.**
Der ban sî krump oder sleht,
man sol in fürhten; daz ist reht.

Es sieht fast so aus, als ob ein bedenklicher Abschreiber [von
157,1 an steht das folgende bis 162,25 nur in Bb] der eben die
Ketzerei gelesen, man solle dem Papste nur soweit gehorchen,
als er Recht thut und der nachher 162,45 sogar lesen musste:
'der ban der hat krefte niht, Der durch vîentschaft ge-
schiht' sich für verpflichtet erachtete, seine Leser zu warnen.
Mir ist wahrscheinlicher, dass auch diese Zeilen im Sinne der
Welfen, der Römer gesprochen seien, wie das unmittelbar folgende.
(s. dazu).

**158, 4 ff.**
Dem Keiser wol gezæme,
5 dazz rûnen ende næme,
daz er unde der soldân
nu lange hânt getân.
ob daz âne hôhen rât
ze êren und ze frôude ergât?
10 dast ein wunderlîch geschiht,
und gloubent des doch tôren niht:
ich hœre ouch wîse liute jehen,
sin gloubens niht ê si ez sehen.

Ich setze sogleich die Verse 8—11 noch einmal, jedoch mit
richtiger Interpunktion, womit das Verständniss gegeben ist, hie-
her:

ob daz âne hôhen rât
ze êren und ze frôude ergât,
10 d eist ein wunderlîch geschiht
und gloubent des doch tôren niht.

Vers 10 ist der Nachsatz zu dem hypothetischen 8. 9. so ist das ein Wunder, an das sogar Thoren nicht glauben, viel weniger die Weisen. Von einer wunderlichen Geschichte ist gar nicht die·Rede, das mhd. Wort heisst jetzt wunderbar. Bezzenberger irrt auch darin, dass er unter dieser Geschichte einen geheimen Tractat des Kaisers Friedrich II. mit dem Sultan versteht. Freidank — oder wer es nun ist, den er hier ausschrieb — meint es müsste wunderbar zugehen, wenn ein solches Verhandeln ohne Zuziehung der Fürsten (rûnen — âne hôhen rât) vortheilhaft und ehrenvoll ausginge.

So verstanden hätten wir hier ein Urtheil, das ganz der Darstellung des papistischen Capellans Stephanus (s. bei Bezzenberger S. 451.) entspricht. Da aber im Uebrigen die Sprüche von Akers [noch antipapistischer sind die derselben Quelle entschöpften von Rom] entschieden ghibellinisch sind, auf der Seite des Kaisers stehen, so ist zu vermuthen, dass wir es hier mit der Anführung eines übelwollenden Urtheils der Gegner des Kaisers zu thun haben, des so viel gehassten Friedrich II. Genau so mag es sich 158, 2. 3. verhalten. [Siehe die Anm. dazu]. Es sind die Ansichten der Päpstlichen, die hier mitgetheilt werden, als hätte der Kaiser den Frieden unbefugterweise abgeschlossen, aber der aus dem Zusammenhang reissende Compilator — wer kann wissen, dass dies Freidank selbst gewesen ist? — lässt die Einleitungen dazu fort und so gewinnt dieser Auszug etwas widerspruchvolles, während das Gedicht von Friedrichs Meerfahrt ein ghibellinisch-deutsches Gepräge gehabt hat.

**158, 26. 27.**
und hât nû manegen widersatz
(daჳ muoჳ got scheiden) âne schatz.

Grimm meint (Über Freidank S. 83) nur, es werde wol zu lesen sein 'got müeჳe eჳ scheiden' nimmt aber an dem übrigen weiter·keinen Anstoss. Und doch müsste man, abgesehen von der handschriftlich nicht bezeugten Parenthese, verstehen: und hat nun manchen Gegner und befindet sich obenein noch ohne Geld. So versteht man denn auch (s. Bezzenberger S. 452)

aber wie wäre das ausgedrückt! Ich habe widersatz âne schatz
soll heissen können, widersatz und keinen schatz? Nimmermehr!

Dazu kommt, dass der ganze Reim widersatz: schatz
aus dem Abschnitte von dem Endekriste 173, 2. 3. [wieder-
holt 172, 14. 15] herbezogen ist:

> deist marter zouber unde schatz;
> er vindet kleinen widersatz.

Ich lese:

> und hât nû manegen widerbot
> daz muoz got scheiden âne spot.

daz widerbot ist zunächst der Gegeneinsatz im Spiel (von wider-
bieten), dann Gegnerschaft, angesagte Fehde.

> âne spot

wurde verschrieben ane shat [p = h] = schat und so entstand auch
der widersat, was die hochdeutschen Handschriften mit widersaz:
schaz zu geben nicht ermangelten.

> âne spot = ernstlich, gründlich.

160, 18—161, 9.

Der Kaiser hat Friede gemacht, er hat daz beste gethan, d. i.
den Preis davon getragen (vgl. 156, 22.). Darum wäre es jetzt
wol billich, dass man ihn aus dem Banne löste. Aber das mögen
die Römer nicht, sie können es nicht ertragen, dass irgendwo
auf der Welt etwas grosses geschieht ohne ihren Auftrag, ihre
Erlaubniss wenigstens und nun ist das sogar gegen ihre Absicht
— âne ir danc — geschehen.

> alle sünder sprechent wol darzuo,
> 25 daz den vride ieman wider tuo;
> von Rome mac uns niht geschehen
> græzer êre, wolte ez jehen.

So liest man, ohne eine Spur von Sinn, denn die Erklärung
Bezzenbergers: 'nur die Sünder d. i. die dem Kaiser feindlich
gesinnten (!), sähen es gerne, wenn jemand den Frieden rück-
gängig machte (wider tuo), gerade darin liegt der Beweis, dass
der Kaiser Recht gethan, und von Rom d. h. dem Pabste, kann ihm

(uns) keine grössere Ehre erwiesen werden, möchte es nur einsehen und bekennen, dass es Unrecht thut (wolte eʒ jehen)", diese Erklärung ist völlig unhaltbar. Die beste Zurückweisung derselben wird sein, wenn wir gleich selbst die in der That nicht schwierige Stelle uns klar machen. Zeile 24 (alle sünder sprechent wol darzuo) ist mit einem Punkt abzuschliessen. Alle Sünder, d. h. alle Christen, welchen jetzt durch den Abschluss des Friedens der Weg zu den heiligen Stätten wieder zugänglich gemacht ist [vgl, 161, 9. 10.], sie alle segnen den Kaiser dafür (sprechent wol darzuo = benedicunt idcirco).

Weiter gehören zusammen v. 25 und 26

daʒ den fride ieman wider tuo<br>
von Rôme, mac uns niht geschehen.

widertuon ist genau, was im frz. contrefaire, hier so viel als nachthun, nachahmen [anders 45, 20.] Der Dichter will sagen, dass nun auch Jemand von Rom [verächtlich für der Papst] seinerseits mit dem Kaiser Friede machte — die päpstlichen Truppen waren bekanntlich inzwischen in Apulien eingebrochen — das ist leider nicht zu erwarten. Da müsste wohl eher ein Wunder geschehen, denn sie, die in Rom, sind einmal auf Untreue gegen Kaiser und Reich angewiesen (v. 161, 6 untriuwe in muoʒ ze helfe komen).

Doch was wollen die kurz vorhergehenden Verse sagen?

grœʒer êre wolte eʒ jehen.<br>
161, 1 die in den landen müeʒen wesen<br>
und des landes müeʒen genesen,<br>
die enwolden 'slandes wider niht.

So, wie sie dastehen, wären diese Verse freilich zum Verzweifeln. Und doch, es lässt auch ihnen ihr Sinn sich abfragen.

Zunächst ist bereits gesagt, dass mit v. 26 der Gedanke abschloss; ferner ist eʒ (v. 27), obwol von Bezzenberger im Zusammenhange mit seiner mehr als krausen Deuterei vertheidigt, fallen zu lassen. N giebt ers jehen (O eʒ) Gewiss, auch das giebt noch keinen Sinn, aber es lässt uns erkennen, was dagestanden hat, nämlich wrs

grœʒer ere woldē wrs jehen
das ist: wolden wir si jehen

also, grössere Ehre wollten wir ihnen zugestehen. wolden ist jedoch aus 161,3 enwolden unnützerweise hier eingedrungen.

Weiter. Man fragt nothwendig: grössere Ehre wem? Den Einheimischen dort in Syrien, den nichtswürdigen Welschen, die der Dichter von so übler Seite in Akers kennen gelernt hat. So steht in der That da:

die in den landen mūeʒen wesen<br>
und des landes mūeʒen genesen.

die in Syrien einmal wohnen und von dem Ertrage des Landes leben müssen, die gewissermassen auf die Ausnutzung der Pilger angewiesen sind. Ihnen, sagt der Dichter, wäre es noch eher zu verzeihen (noch grössere Ehre als den Römern wollten wir ihnen zugestehen) wenn sie den Frieden nicht wollten, denn es ist ihr Vortheil, wenn die Pilger nicht an die heiligen Stätten gelangen können, sondern in Syrien, wo schon mancher Herr verdarp, ausgesogen werden. Nur die Zeile

die enwolten 'slandes wider niht

bedarf noch einiger Beihilfe.

Richtig erkannte Grimm, dass wider eine einfache Verschreibung für vrides sei, er hätte aber auch bemerken können, dass landes, das 161, 1 und 2 ganz richtig steht, aus Versehen auch in Zeile 3 hineingerathen ist. die enwolten muss heissen daz si enwolden.

Es ist zu setzen:

daʒ si enwolden 's vrides niht

[daʒ si = dzs = die. So steht 160, 25 in N O disen = daz den,*) nämlich verlesenes dzen = daz en. Es stand also in unserer Stelle: dzsenwolden, was die enwolden gelesen ward. Analog war kurz vorher wrs = wir si].

---

*) 160, 25 hatte Grimm in der I. Ausg. auch disen gegeben, Bezzenberger, der doch N so hoch schätzt, giebt gleichwol mit der II. Ausg. das richtige daʒ den.

Man sieht nun wol, von einem 'wieder in das Heimatland zu-
rückwollen' ist nirgend die Rede.

Ueberhaupt wäre es ergebnisslos, die Irrgänge der bisherigen
Lese- und Deutungsversuche hier noch einmal durchmachen zu
wollen. Unsere Darstellung hat hoffentlich überzeugende Kraft
genug in sich, um sie von so langweiliger Unternehmung zu dis-
pensiren. Wer besseres nicht weiss — his utere mecum.

Schreiben wir noch einmal das ganze reinlich hin.

. . . . . . . . . . . .
alle sünder sprechent wol dar zuo.
Daz den vride ieman widertuo
von Rôme, mac uns niht geschehen.
Grœzer êre wir sí jehen
die in den landen müezen wesen.
und des landes müezen genesen,
daz si enwolden 's vrides niht.

161, 23.
den valschen an ir herze gât.

Lesen wir (mit Bezug auf 163, 8 und 155, 8)

den Walhen

[N heiligen sieht aus wie ein Lesefehler für walchen.]

163, 25. 26.
Akers ist des lîbes rôst
und doch dâ bî der sêle trôst.

Es wird nichts zu ändern sein, wir führen es nur auf, um
noch einmal den frechen Anleimer zu entlarven, dessen wir zu 155,13
gedáchten. Der gewiss höchst individuelle Reim rôst : trôst
hat ihm gefallen. Er fabricirt darnach 168, 9. 10:

liegen triegen ist ein trôst
der manegen setzet ûf den rôst

Da er wol gemeint hat, etwas recht gescheites damit zu sagen,
wollen wir ihm die Freude auch nicht verderben. Habeat sibi.

164, 19 20.

diu zunge stœret manic lant
und machet roup unde brant.

manic CGILOZað manegiu ABKNP gute DE purge
und lant H. Da Seb. Brant 'leut und landt' bietet (so
auch nach ihm Agricola und Burkhard Waldis), so ist mir
die Lesart von DE gute = lute die wahrscheinlichste, sie konnte
aus dem farblosen manegiu nicht wol entstehen. Vers 20 hat
D machet, C macht auch AGHILMPQa reizet, BNZð
stiftet, O stifftet doch. Wir lesen darnach:

diu zunge stœret liut und lant
und stiftet mort roup unde brant.

[mort roup ð, aber auch das Wort doch in O ist nur verschrieben
aus mort]. Grimm vermuthete (Über Freidank S. 83) gotes
lant, auch ihm also schien die Lesart in DE gute lant nicht
werthlos. Stiftet liest auch Bezzenberger Vgl. 27,5. 6 daz leben
ist wuocher genant Daz slindet liute unde lant [Grimm: bürge
und lant].

165, 3. 4

Diu zunge manegen êret;
die zunge reht verkêret.

Grimm: diu zunge genuoge entêret nach AG (guve A)
Das ist vorzuziehen, da immer in diesen Sprüchen von dem Schaden
die Rede ist, der von der Zunge ausgeht. Doch das gnvc (A).
lehrt, dass zu schreiben war:

diu zunge manegen vnêret

gen vn wurde als gnvc verstanden.

165 9. 10.

Für schande wart nie bezzer list,
dau der der zungen meister ist.

Neander (ed. Friedr. Latendorf) kennt die Fassung:

es ist auf erden kein besser list,
denn wer seiner zungen ein meister ist.

20*

Darnach ist zu vermuthen, dass eine Handschrift Freidanks ze êren gab (statt für schande), eine Lesart, die Zingerle als Boners citirt, wiewol Beneke vor schanden liest, gerade wie hier unsere Editoren. Ich ziehe ze êren vor.

169,19a—o.

Ich lere wol einen man
der wil lernen und niht kan,
vier lügen walten
und doch die sele behalten:
und sage ime ouch da bi,.
daz ime vil bezzer si
bescheidenliche gelogen
dann mit der warheit betrogen.
ich lüge gerne daran,
daz es keinem frumen man
an lip noch ere solde gan;
daz wolde ich gerne understan
mit minen lügelisten:
den wolde ich gerne fristen.

'Ein unechter Spruch aus G' sagt man und Bezzenberger findet sich bequem ab mit der Bemerkung: 'widerspricht durchaus der ganzen sittlichen Anschauung Freidanks und ist deshalb in den Anhang verwiesen worden.' Also relegirt wegen Unsittlichkeit!

Nun, man ist doch sonst nicht so spröde und belässt Freidank z. B. als echt die Erwähnung eines unaussprechbaren vierten Dinges (69,7), man lässt ihm die frivole Sentenz des Catullus, wenn ich nicht irre, casta est quam nemo rogavit, 101,3. 4. (vgl. 107,20. 21.) ja Grimm nimmt aus H unbedenklich 104,11a—f auf.

Aber es handelt sich in dem Spruche in der That gar um nichts, was der sittlichen Anschauung Freidanks [wir kennen das schon von 5,20ab her!] noch seiner Zeit im geringsten nachtheilig sein könnte. Man darf ganz ruhig sein.

Wenn man doch einen unecht gescholtenen Spruch wenigstens zu verstehen, richtig zu lesen, sich bemüht hätte! Holen wir denn auch hier ein Versäumniss der deutschen Philologie nach.

Man habe die Güte zu lesen:

> *a*  Ich lere wol einen man
> *b*  der lernen wil und ouch kan,
> *c*  wie er liegennes walte
> *d*  und doch die sele behalte
> u. s. w.

Es ist nun ja wol deutlich, dass es sich um die Zulässigkeit der Nothlüge handelt. Wie kann man lügen ohne zu sündigen (und doch die sele behalten)? fragt der Spruchdichter mit einer ihm ganz wohl zu Gesicht stehenden Schalkhaftigkeit, doch ohne jegliche Frivolität, insofern die vorgetragene Theorie sich auf die Autorität angesehener Kirchenlehrer stützen kann. Es kann Fälle geben, heisst es, wo es einem Manne, dem es ernst ist mit sittlicher Erkenntniss (der lernen wil und ouch kan) sogar besser ist, mit praktischer Weisheit (bescheidenliche, vgl. das zu 126, 9 bemerkte) zu lügen, als in Sünde zu fallen (betrogen zu sein) mit der Wahrheit, weil die Verschuldung eine grössere sein würde, als die der Nothlüge wäre, zur Ausführung einer Uebelthat beigetragen zu haben, die man hätte verhindern (understan) können. Nun folgt zur Aufhellung des vielleicht noch immer dunkeln Satzes das Beispiel: wenn ich keinem Guten (frumen man) durch meine Lüge schade weder am Leben noch an der Ehre, ich vielmehr beide Güter ihm damit rette, so lüge ich gerne in diesem Fall (daran).

Es ist hier gleichgiltig, wie sich die neuere Moraltheologie zu der alten Frage stellt, der Leser wird zugeben, dass die sittliche Anschauung für das finstere Mittelalter noch erträglich genug ist. Wirklich, der Spruch ist ganz hübsch und des echten Freidanks nicht unwürdig. Lässt doch die Bibel ganz heilige Menschen in noch weniger delicaten Situationen schlankweg lügen. Freidanks Wahrheitsliebe, die Bezzenbergern so genau bekannt ist (s. S. 63) kommt nicht in's Gedränge dabei.

Ueber den gemeinen Schnitzer vier statt wie er brauche ich keine Silbe zu verlieren; ouch für niht [das umgekehrte fanden wir 19,18 und 74,9 ist mich in in ouch zu ändern] ist leichter Schreibfehler.

172,12.

noch vor dem urteile<br>
ze guote und zuo unheile.

Man vermisst die sonst übliche Bezeichnung des letzten Gerichtes
und wird zu schreiben haben:

vor dem jungesten urteile

So in Hartmann's Rede von dem heiligen Glauben (bei Wackernagel 428,40: diz lezt got scowen di werlt al gemeine zo den
jungisten vrteile; und in einem Gebete (Wckn. 438,3) die da sten
sullen ze diner zesewen an der jungisten urtaile.

173,20.21.

mit zouber er nieman betrouc;<br>
er ist got, der nie gelouc.

In Hartmann's Rede vom heiligen Glauben (bei Wackernagel
428) heisst es:

Ih wil dir sagen eine list,<br>
di lert (uns) unsih crist,<br>
der nie ne gelouc;<br>
neheinen menschen er betrouc

Wir lernten bereits bei 100,7, dass Freidank das Buch nicht
unbekannt war. Die Handschrift gehörte der ehemaligen Universitätsbibliothek zu Strassburg. Wieder ein Wink, Freidank als
Elsässer anzusehen.

FREIDANK SPRICHT SCHWEIGEN IST GAR GUT,<br>
REDEN. BESSER WER IM RECHT THUT.<br>
Hans Sachs.

# ZUGABE.

# I.

## Über Freidanks Grab.

Die viel besprochene Erzählung des Nürnberger Arztes Hart-
mann Schedel, der c. 1466 mit seinem Freunde Georg
Pfinzing auf einer Kunstreise in Italien sich befand, lautet in
seinem 'opus de antiquitatibus' (Haupt's Zeitschrift I, 30 ff.)
folgendermassen:

De Tarvisio.

Inter opuscula mea bonarum literarum opus Fridanci Rith-
morum autoris extabat: quem mercatores ob. sua lepida dicta ad
urbem Venetorum vocarunt, in urbe Patavina mortem obiisse refe-
rebant. qua re moti eius sepulcrum in ea perquisivimus tandem
in muro primariae ecclesiae ab extra eius imaginem depictam re-
perimus et .eius epigramma telis aranearum per Georgium Pfinzing
praefatum, mihi omni benevolentia coniunctissimum, plene mundatum
talem scripturam literis ac sermone theotonico exaratam perspexi-
mus. Sui quoque rithmi latina ac theotonica litera perscripti sunt.
Epitaphium Fridanci sepulti in Tarvisio:

Hye leit Freydanck<br>
gar an all sein danck<br>
der alweg sprach und nie sanck.

Leider giebt Schedel nur diese Zeilen und lässt uns die Angaben
über Todesjahr und Tag. die gewiss nicht gefehlt haben, vermissen.
Müsste man das mitgetheilte für die gesammte Grabschrift nehmen.
so wäre Grimm's Zweifel ein wenig berechtigter. Ich weiss nicht,

ob es ausser Grion (Höpfner's und Zacher's Zeitschrift II, 172 ff.) noch sonst Menschen giebt, denen in den Sinn gekommen ist, unter urbs Venetorum die Stadt Treviso zu verstehen. *) Wer hat denn je etwas von der Anwesenheit deutscher Kaufleute in Treviso während des ersten Drittels des 13. meinetwegen auch im letzten Viertel des 14. Jahrhunderts gehört? Wohlgemerkt, es ist nicht ein einzelner Mann, der Freidank einlud und zwar in seiner Eigenschaft als berühmten Spruchdichter einlud, es ist eine Kaufmannsgilde, die mercatores. Das wird man ja wol nicht bestreiten wollen, dass es deutsche Kaufleute gewesen sein müssen, und wer sucht die, auch wenn er nicht von urbs Venetorum ausdrückliche Erwähnung fände, in jener Zeit anderswo als in der Beherrscherin des levantischen, dem Emporium des mitteleuropäischen Handels, in der einst so stolzen, jetzt so traurig schönen Seehafenstadt Venedig?

Das ist so selbstverständlich, dass man gar nichts zu wissen brauchte von dem Vorhandensein einer alten, reichen und mächtigen deutschen Kaufmannsgilde daselbst, welche von der Republik als ein 'optimo membro' ausgezeichnet und geschätzt war, und doch nur an Venedig denken könnte. Es ist ganz zweifellos', dass Freidank die Einladung eben von jenem Fondaco der deutschen Kaufherren, dem grossen Albergo und Vereinshause, auch Magazin in der Nähe der berühmten Rialtobrücke, erhielt. Unsere Kunde von diesem Institute reicht bis zum Jahre 1228 zurück [s. G. M. Thomas, Capitolare dei Visdomini del Fontego dei Todeschi in Venezia. Berlin Asher 1874.]

Es mag sein, dass nicht viel früher, vielleicht eben um diese Zeit, der Bau jenes deutschen Gildehauses vollendet ward und dass man eben damals auch sich an den schon berühmten deutschen Spruchdichter gewandt habe, um durch originale Sinnsprüche die Wände zu schmücken oder zu vorhandenen Bildern passliche,

---

ernste und heitere, sinnige Betrachtung anregende Unterschriften
zu finden. Es ist das alte gute deutsche Art und noch heute
findet der Reisende in der Schweiz und Tirol, auch sonst wol als
Hausinschrift im Giebel oder über der Thür gerade Sprüche, die
im Freidank vorkommen oder wie jener des Martinus von Bibe-
rich (den wir zu 18,18—21 kennen gelernt haben) in ihm zu stehen
verdient hätten. Ein vor einigen Jahren in Berlin bei Hertz er-
schienenes Büchelchen 'Deutsche Inschriften an Haus und Geräth'
giebt dafür Belege genug. Wollten wir Freidank etwas an-
dichten — er brauchte sich dessen nicht zu schämen — so würden
wir z. B. sagen, er sei wahrscheinlich der Dichter jenes mehrfach
begegnenden Spruches, und auch dieser möchte in Venedig an dem
Fondaco gestanden haben:

> Wir sin hie geste
> ende buwin groesse veste:
> mich wundert, dat wir neit mûren
> dan wir ewiclich solen dûren.

Aufsess Anz. (s. bei Wackernagel 5. Aufl. Sp. 1168.*) So sehr
entsprach solche Spruchweisheit dem didactischen Hange der Zeit
— er steckt überhaupt etwas im deutschen Blut — dass selbst
die Epik, die jetzt' noch eine Nachblüte treibt, nicht frei davon
blieb und Thür und Wand, Trinkgefäss und Bettgestell, Wappen
und Buchdeckel, Schwert und Fahne mussten solche Sinnsprüche
verbreiten helfen.

Freidank also ist nach Venedig gerufen worden und nichts
hindert diejenigen, welche ihn als Dichter der Reihe von inter-
essantesten Sprüchen von Rom und Ackers betrachten mögen, sich
vorzustellen, er habe sich hier den Kreuzfahrern zu Friedrichs II.
Zuge angeschlossen und habe dabei Rom berührt.

Es ergiebt sich weiter aus Schedel's Bericht, dass die dortigen
Kaufleute, in deren Fondaco er logirt, in deren Weinstube er
dunkeln Asti oder Cyprischen Wein gekostet haben mag, noch
wussten, dass er gestorben sei in urbe Patavina.

---

*) Ein Stück davon findet sich wirklich in der Bescheidenheit 118,21,22.

In Padua also doch. So sagt das einfache Gemüth, der Verstand unserer Gelehrten jedoch, der gern das Gräslein wachsen hört, blickt tiefer. Ich muss fast·befürchten der erste zu sein und bitte deshalb um Vergebung, der dieses so selbstverständliche ausspricht, denn so viel ich sehe, haben bisher nicht weniger denn alle sich durch die unglückliche Ueberschrift de Tarvisio sowie durch die zweite über der Grabschrift sepulti in Tarvisio irre führen lassen, als sei Freidank in Treviso gestorben und begraben. So komisch ist jedoch nicht leicht etwas, als die Klügelei Grion's, der denn richtig herausgebracht hat, dass in Treviso die Paduaner nur während der kurzen Zeit vom 2. Februar 1384 bis zum 14. December 1388 geherrscht haben. Er glaubt also dass Schedel mit urbs Patavina nicht Padua sondern Treviso bezeichne und da es so nur heissen konnte während jener Zeit, so müsse der dort gestorbene Freidank — trotz Schedel, der seine Rhithmos lateinisch und deutsch besass, ein vor 1388 gestorbener, also ganz anderer Freidank sein. Leider vergisst Grion, dass nach seiner Auffassung derselbe Schedel dieselbe Stadt Treviso kurz vorher als urbs Venetorum genannt hätte. Ist zu glauben — selbst angenommen, Schedel hätte von jener historischen Notiz die uns Grion auftischt, Kenntniss gehabt, dass ein seiner Sinne einigermassen mächtiger Mann sagen konnte: Kaufleute luden den Dichter nach der Stadt der Veneter und er starb in der Patavischen Stadt, wohin wir uns express deshalb begaben, um sein Grab aufzusuchen und dass er dabei von seinen Lesern verlangen sollte, sich beidemal die Stadt Treviso dabei zu denken? Das glaube wer mag. Die urbs Patavina ist und kann nichts anderes sein, als Padua, wie die urbs Venetorum Venedig. Warum wol, wenn dem so ist, die Ueberschrift de Tarvisio? und sepulti in Tarvisio? Scheint doch in letzterem ganz ausdrücklich gesagt dass Freidank in Treviso gestorben sei. Sehen wir zu.

Bezzenberger, der mit Recht an die Echtheit der Grabschrift und an ihre Zugehörigkeit zu unserm Freidank — und es giebt gar keinen andern — glaubt, aber wie alle andern auch Treviso als die Stätte seiner Ruhe nimmt, führt aus demselben

Hartmann Schedel und zwar aus seiner Weltchronik (Ausg. Nürnberg 1493) folgende Stelle an:

'Quod autem ab hac urbe (Tarvisio) universa regio Tarvisana marchia denominetur, factum credo a minori nominis absurditate, ut haec appellatio marchiae Tarvisanae in ipsa manserit: cum in ea regione sint amplissimae civitates Verona atque Patavium, quae semper et dignitate atque potentatu nec non et opulentia Tarvisio auteierint.'

Hätte Bezzenberger das nur verstanden! Es gehört fast Muth dazu aus diesem Satze zu folgern, Schedel habe daher (!) Treviso als eine urbs Patavina bezeichnen können ohne gerade mit Grion an die Zeit von 1384 — 1388 denken zu müssen. Mein Gott, genau das Umgekehrte steht da. Die ganze Gegend, will er sagen und sagt er auch. heisst die Trevisanische Mark. Das könnte auffallen, da viel bedeutendere Städte, wie Verona und Padua in derselben belegen sind. aber es geschieht wol, weil diese Bezeichnung weniger absurd ist (a minori nominis absurditate). Schedel weiss nämlich. was Bezzenberger ebenfalls hätte wissen können, dass Mark so viel wie Grenze bedeutet und er weiss auch, dass die eigentliche weil nördlicher liegende Grenzstadt dieser Gemarkung Treviso ist und nicht Padua oder Verona. Es wäre absurder von der Paduanischen oder Veronesischen Mark zu sprechen.

Hiernach ist klar, dass Schedel, wenn er wollte. zwar ganz wohl Padua eine Trevisanische Stadt, nimmermehr aber Treviso urbs Patavina hätte nennen können.

Wer wird sich jetzt noch mit den Zahlen 1384—88 aufhalten wollen? Auch Zacher wird ohne Zweifel zugeben, dass er die Grionischen Spitzfindigkeiten zu hoch angeschlagen hatte, als er meinte, es sei dadurch endgiltig bewiesen: 'dass wir in dem zu Treviso begrabenen Freydanck nicht den Verfasser der Bescheidenheit, auch nicht den Bernhart Freidank Helbelings, auch keinen Lyriker der mhd. Zeit, sondern einen Spruchsprecher aus der zweiten Hälfte des 14. Jahrhunderts zu erblicken hätten.'*)

---

*) Wilhelm Grimm, der die Grabschrift für ein Machwerk des 15. Jahrhunderts hält, erfindet also einen noch 100 Jahre jüngeren Freidank.

Dieser neu erfundene Spruchsprecher wäre Freidank Nummer drei.. Welche Fülle! Curios nur, dass nie eine Menschenseele von der Existenz desselben etwas vernommen hat, dass der einzige Mann, der seiner angeblich erwähnt, Schedel, ihn gar nicht gemeint hat. Unglücklicher Spruchsprecher! Nein, Schedel hat unsern Freidank (wenn er Freydanck schreibt so ist er deshalb nicht 150 Jahre jünger) im Sinne gehabt, und beweist das durch die Thatsache, dass er express (qua re moti) auszog um sein Grab, wovon er in Venedig gehört hatte, in Padua aufzusuchen, dass er sogar lange mit seinem Freunde Pfinzing darnach suchte, bis sie es endlich (tandem) fanden. Eines absolut unbekannten Spruchsprechers Grab sucht man nicht auf. Und die Rithmi dieses Gesellen hätte Schedel in seiner Bibliothek gehabt inter opuscula bonarum artium? Wenn Grion sie einmal aufgefunden haben wird, vergesse er doch nicht, sie der Welt mitzutheilen.

Der endgiltige Beweis, von dem Zacher spricht, ist somit als eine gelehrte und diesmal auch obenein recht verkehrte Grille enthüllt. Man dichtet Schedeln einen unglaublichen Irrthum an, nur um nicht zuzugeben, dass Freidank in Italien — sei es nun Padua oder Treviso begraben liege.

Die Grabschrift und das Bild, die Schedel und Pfinzing sahen (an der Aussenwand der Hauptkirche der Stadt), die erst von Spinnwebschmutz gereinigt werden mussten, waren nicht erst 80, sondern bereits über 230 Jahre alt.

Wir sahen bereits, Schedel konnte Padua eine Trevisanische Stadt nennen und er that es, indem er dem ganzen Abschnitt die Ueberschrift de Tarvisio gab und ebenso wenn er schrieb 'Epitaphium Fridanci sepulti in Tarvisio.' 'in Tarvisio' ist in der Trevisanischen Mark und nicht identisch mit Tarvisii.

Wenn Wattenbach die Worte in urbe Patavina dadurch zu beseitigen sucht, dass er einen Schreibfehler für in urbe Tarvisana annimmt, so ist das nicht sowol treffend, wie Bezzenberger S. 64 sagt, als vielmehr ein Eingeständniss einer Verlegenheit, die für Bezzenberger nicht mehr hätte bestehen sollen, nachdem ihm die Stelle der Weltchronik bekannt war.

Wollten wir das Kunststückchen nachmachen, so würden wir auch ebenso bequem sagen können: sepulti in Tarvisio? ach was, es ist Schreibfehler für sepulti in **Patavio**! — Es bedarf dessen nicht. Genug, Schedel suchte und fand das Grab des Dichters in **urbe Patavina**, in Padua und Padua ist die bedeutendste Stadt in Tarvisio. (Vgl. **Berlin** in der **Mark Brandenburg**.)

Es wäre schön gewesen, wenn uns gelungen wäre, was die beiden Nürnberger in Padua sahen, dort heute noch wieder aufzufinden, denn in Treviso zu suchen überlassen wir Jedem der noch Neigung dazu hat. Es ist leider wol keine Hoffnung mehr dazu. Herr Professor **Guido Padelletti** in Rom hatte die Liebenswürdigkeit, die Frage bei den Paduanischen Gelehrten und speciell bei dem besten Kenner städtischer Antiquitäten, dem Professor **Gloria**, anzuregen. Die untröstliche Antwort die uns wurde besagt, dass jene **ecclesia primaria** von 1230 etwa, die es auch noch 1466 war, zerstört worden ist und dass auf derselben Stelle an der sie sich befand, die gegenwärtige Kathedrale errichtet wurde. Nun ist eben von keiner Seite irgend eine Notiz von jenem Grabmal zu gewinnen, da keine Erinnerung an die Denkmäler jener alten Kirche erhalten ist. Die Sammlung des Salomeni sei die einzige dieser Art, die es in Padua giebt.

Der liebenswürdige Italiener, dem wir diese Nachricht verdanken, nennt sich 'dolente di non aver potuto, come sarebbe stato mio desiderio vivissimo, esserle utile in questa ricerca' — — wir sind es noch mehr.

Freidanks Grab aufzufinden — lasciamo ogni speranza!

Und doch ist das Erträgniss unserer Bemühung nicht ganz zu verachten: Freidank, von der deutschen Kaufherrengilde ob sua lepida dicta nach Venedig berufen, vielleicht c. 1228 ist nachher in Padua*) gestorben und mit ausgezeichneter Ehre bestattet worden. Das steht fest. Ferner, Schedel meint lediglich unsern Freidank; einen Spruchsprecher, der vor 1388 starb, einen dritten des 15. Jahrhunderts, endlich einen vierten, der dem Ende des

---

*) Sogar **Pfeiffer** F. F. S. 225 folgt dem canonisch gewordenen Irrthum und spricht von der Kaufmannsgilde zu **Treviso**, welche die Grabschrift besorgt hätte.

13. Jahrhunderts angehört hätte,*) alle diese Freidanke giebt es einfach gar nicht.

Es ist Zeit nunmehr die Grabschrift selbst zu betrachten. Schedel fand sie 'literis ac sermone theotonico' was entweder bloss heisst, dass sie in deutschem Texte gegeben war oder in deutschem Text und mit deutschen Schriftzeichen, wahrscheinlich das erstere.**) [so buochstab für Sprache. Klage 4445 hiez schriben dizze mære .... in latînischen buochstaben]

> Hie leit Freydanck
> gar on all sein danck
> der alweg sprach und nie sanck.

Ich gestehe, müsste ich das als die gesammte Inschrift des Denkmals betrachten, so würde ich es kaum eines versunkundigen Malers aus dem Anfange des 15. Jahrhunderts würdig finden. Bekanntlich hat Grimm stillschweigend die Annahme von einem sich gleichfalls Freidank nennenden Witzbold des 15. Jahrhunderts wieder fallen lassen und von einem Maler gefabelt, der von Freidanks Aufenthalte in Italien Kenntniss gehabt hätte und ihm wo er gar nicht begraben läge, in Padua [Grimm meint ja in Treviso] nachträglich das Bild und die Grabschrift gefertigt habe. Dazu ist nichts besseres zu sagen, als was Pfeiffer S. 227 sagt: 'Ich kenne die Statuten, ich kenne die Städteordnungen nicht, die im fünfzehnten Jahrhundert in den oberitalienischen Städten in Geltung waren, aber immerhin wird man mit Recht bezweifeln dürfen, dass der Magistrat der Stadt Treviso oder dass die Geistlichkeit der dortigen Hauptkirche einem fremden durchreisenden Maler gestattet haben werde, das Gotteshaus durch Schrift und Bild mit einer offenbaren Lüge zu entweihen.'

Aber auch so, wie gesagt, bietet die Mittheilung Schedels, so glaubhaft seine Erzählung ist, einigen Anstoss. Metrische Bedenken wollen wir nicht zu hoch stellen, auch hat sie Pfeiffer genügend zurückgewiesen. Curios wäre jedoch die dritte Zeile, 'alweg sprach — nie sanck' und der Versuch einer Rechtfertigung

---

*) Das war nach Grimm Bernhard Freidank. **) sui quoque rithmi latina ac theotonica litera perscripti sunt.

Pfeiffer's das bezeichne genau das characteristische der Dichtung Freidank's, ist mindestens sehr gezwungen. Man stelle sich vor, dass Jemand z. B. auf Rückert's Grab setzen wollte: 'Hier ruhet in Gott der lyrisch-didactische Sänger Friedrich Rückert, der nie Tragödien gedichtet hat.' Genau so aber steht es um unsere dritte Zeile. Die Absicht einer ehrenden Grabschrift kann nur sein, die positive Leistung der Nachwelt rühmend zu verkünden.

Halten wir nun die drei Zeilen Schedel's mit jener Stelle Heinzelin's von Konstanz zusammen, die Grimm S. 116 der II. Ausg. wegen eines sonst wol ,bekannten, durch die Handschriften jedoch nicht als Freidankisch bezeugten Spruches mittheilte.

(Minnelehre 2013—16)

> wan eʒ spricht her Frîdanc,
> der ie seite unde sanc
> stæteclîch die wârheit,
> der hât uns disen spruch geseit.

so wird zur Gewissheit, dass hier auf die also nicht unbekannt gebliebene Grabinschrift zu Padua angespielt wird und dass dieselbe von Schedel nicht genau kann gelesen worden sein wie er sie auch nicht vollständig giebt. Wie mit richtigem Gefühl Heinzelin die Qualität des Dichters Freidank angiebt, den Charakter der Wahrhaftigkeit [ganz ebenso empfand Seb. Brant in der schoenen Beschlussrede seiner Erneuerung des Buches von 1508 (bei Bezzenberger S. 66 mitgetheilt)], so muss es nothwendig die Grabschrift auch gethan haben. Das ganze des dichterischen Schaffens aber wurde als singen und sagen oder sagen und singen, später auch wol als sprechen und singen erschöpfend bezeichnet, ohne dass eben bei sagen an epische, bei singen an lyrische Dichtung gedacht wurde.*) Man muss, was man so auf der Schule gelernt hat, zum Theil wieder umlernen. So gebraucht Freidank selbst die allitterirende Formel sagen unde singen ohne Rücksicht auf die Rubriken der Poetik 130, 16. 17: und kan

---

*) Im Lobgesang auf Christus und Maria heisst es Str. 70 du bist gesungen und geseit Daʒ lamp, daʒ unser sünde treit.

von übeln dingen wol sagen unde singen. Daher wird gewiss, wie
bei Heinzelein, die Zeile der Inschrift gelautet haben:

der ie sprach unde sanc

oder                 der ie seite unde sanc

Die Thorheit der Negation aber und die Gegensätzlichkeit von
alweg und nie setzen wir getrost auf das Conto Schedel's, der
flüchtig das mühsam entzifferte notirte und bei der nachträglichen
Redaction seines Tagebuchs den seltsamen Sinn heraus oder hinein-
düftelte. Weiter hat Schedel leider nicht gelesen, es muss noch
eine vierte Zeile dagewesen sein, zu deren später Wiederherstellung
nns sowol Heinzelein, als besonders Rudolf von Ems behilflich
sind.

    Rudolf sagt von unserm Dichter im Alexander:

der sinnerîche Frigedanc<br>
dem âne valschen wanc<br>
elliu rede der volge jach<br>
wes er in tiutscher zungen sprach.

Auch Rudolf war die Grabschrift bekannt. Ohne den Anspruch
zu erheben, die Zeile genau so wieder herzustellen, wie sie da-
gestanden, wagen wir doch das ganze folgendermassen vorzustellen:

Hinne liget Frigedanc<br>
Gar on alle sinen danc<br>
Der ie seite unde sanc<br>
Diu warheit ̥ane valschen wanc.

Hinne = hie inne, auf Grabschriften gewöhnlich.

    So ist's wol unanstössig. Es genügt, wenn aufgezeigt ist, dass
Schedel's Abschrift flüchtig und unvollständig war und es dient
zugleich zur Entschuldigung Grimm's, wenn so wie sie
überliefert war, die Grabschrift seinen aesthetischen Widerwillen
erregte.

    Doch ich vergesse, man stösst sich an der zweiten Zeile.
Und doch ist ihre Naivetät völlig unverdächtig, so sehr sogar, dass,
wie wir aufweisen werden, sie durchaus stilgemäss für die Grab-
schrift verwendet ward.

    Man vergass, dass Freidank hier in Padua auf fremder

Erde begraben ist, fern von der geliebten Heimat, also ohne seinen Dank, gern gewiss nicht. [Zu der bekannten Wendung ohne Dank wird genügen, an Freidank selbst zu erinnern: 160, 15 daz muoz âne ir danc geschehen d. i. gegen ihren Willen, ihnen zum Trotz und zum Aerger, 160, 23 nu ist daz âne ir danc geschehen, d. i. gleichwol, dennoch 173, 15 über sînen danc (Grimm: âne sinen danc) d. i. mehr als er selbst wollte 117, 9 endanke 140, 9. 10 esels stimme und gouches sanc Erkenne ich ân ir beider danc. — Selbst Luther singt noch: das Wort sie sollen lassen stan und kein Dank dazu han, wo ebenfalls gemeint ist trotz alledem, sie mögen es nun wollen oder nicht, bon gré mal gré. Das Gegentheil ist âne haz = gern, meinetwegen z. B. Freid. 129,21.]

Dass Wilh. Grimm gerade an dem Verse sich stösst, kann auffallen, denn er kennt die Wendung gut. So citiert er selbst aus den altdeutschen Blättern, die zum guten Theil sein eigenes Werk sind (Ueber Freidank S. 83) die Verse:

dir muoz genüegen âne dînen danc<br>
an eime grabe siben fûeze lanc.

Wie kann denn also Grimm die Zeile in Freidank's Grabschrift kläglich finden? wie kann gerade er nicht begreifen wollen, wie Jemand, der nur einiges Gefühl für das schickliche hatte, sie in einer Grabschrift habe anbringen können? Gerade da gehörte sie hin.

Auch Pfeiffer sucht (F. F. S. 224 ff.) die einfachen Kaufleute zu entschuldigen, von denen man poetisches Talent nicht erwarten dürfe.

Ich meine, wer es auch war, der die Grabschrift verfasste, er drückte sich vollkommen stilvoll aus.

Pfeiffer meint, er werde besser gewusst haben, wie wir, ob Freidank, der 'heitere, lebenslustige Mann' gern oder ungern gestorben war und vergisst nur, dass vom sterben hier gar nicht die Rede ist, sondern vom begraben liegen. Jedes natürliche Empfinden ersehnt das eigne Grab in der Heimat und mit einem siebenfüssigen*) Grabe zufrieden sein muss ein jeder schliesslich. ohne seinen Dank zwar. Ganz besonders ohne seinen Dank aber wird derjenige sterben. der weiss, dass man ihn in fremder Erde, im Elend begraben wird. Und das gilt von Freidank und das hat der Dichter der Grabschrift, kein versunkundiger Maler des 15. Jahrhunderts, sondern ein bewundernder Freund des 13. wirklich und wie wir fanden, nicht ohne die reizende Naivetät der Zeit, gesagt.

Ich glaube, dass zu der deutschen Grabschrift, wie wir sie jetzt kennen gelernt und annehmbar gefunden haben, noch eine lateinische Inschrift gehört habe, und auch in dieser Forderung hat W. Grimm Recht. Nur brauchte sie Schedel eben nicht mitzutheilen. Vielleicht war es ein lateinisches Distichon, dessen Anfang wir leicht errathen: Hic jacet Fridangus.

Wer findet nun noch die Erzählung Schedel's unglaubhaft. wer zweifelt noch, dass in Padua der von den Venetianischen Kaufherren eingeladene deutsche Dichter gestorben und begraben ist, wer kann nun aber auch noch meinen, dass er nicht wirklich Freidank geheissen habe,**) sondern etwa Walther von der Vogelweide oder gar, was das tollste ist, Wolfger von Ellen-brechtskirchen?

Dass unser Dichter auch bei den Italienern beliebt und ge-achtet war, bewiesen sie durch den ausgezeichneten Platz, den sie seinem Grabdenkmal anwiesen, denn zunächst an der äussern Mauer der Hauptkirche dürfte der Platz für die Patrizier und den Clerus der Kirche von Padua gewesen sein. Und damit auch der Italiener wisse, wen sie hier so hoch auszeichneten, so durfte das lateinische nicht fehlen.

Die deutsche Litteraturgeschichte soll fortan dieser edlen Patavinitas dankbar gedenken.

•

—————

*) Der General von Manteuffel hätte also den billigen Spott nicht ver-dient, der ihm 1864 wegen der 'neun Fuss' Erde im Kladderadatsch zu Theil wurde. Er braucht ihrer neune.

**) Dass Freidank Ursache gehabt habe, sich zu verbergen, ist eine durchaus in der Luft stehende Meinung Wilh. Grimm's (Ueber Freidank S. 3) die man nicht so lange hätte nachbeten sollen. Was hätte er denn für Ursache haben können?

## II.

# Wolfger von Ellenbrechtskirchen.

Es ist fast überflüssig, die Phantasie des Herren Grion (Höpfner's und Zacher's Zeitschrift II, 408—440. s. Bezzenberger S. 23) noch einmal abzuweisen. Wenn es doch geschieht, so ist damit nur eine recht eindrückliche Warnung vor derartigen Verstiegenheiten beabsichtigt. Wie viel Kraft noch auf die einfache Interpretation unserer alten Litteratur zu verwenden bleibt, wie nützlich es jüngeren Philologen wäre, sie darauf zu wenden, mögen sie vielleicht aus unsern Anmerkungen ersehen. Möchten sie doch so thörichte Seiltänzereien vermeiden!

Die Aufstellung Grion's kann nicht einmal einen Moment blenden, so verkehrt ist sie durch und durch. Ein Räthsel — nicht Freidank's, sondern der carmina burana 183 *a* ist nach Grion's Meinung zu lösen als Wolf-ker-ûz. Folglich (!) heisse der Dichter mit Vornamen Wolfger. In einer andern Stelle heisst es: 'Primas autem, qui dicitur Vilissimus. Das soll, nach Herrn Grion immer, heissen können, der durch sein superlatives Elend glänzende. Von glänzend ist nun einmal gar nichts darin zu spüren, aber es soll ja ellende**breht** darin stecken, es enthalte den Geschlechtsnamen des Primas (wohlgemerkt, nicht Freidank's!) und der sei Wolfger von Ellenbrechtskirchen,' eine weltbekannte Persönlichkeit, die aber eigentlich Wolfger von Leubrechtskirchen hiess.

Nun, seltsam hätten solche Vaganten ihren werthen Namen zu verstecken gewusst, das muss man gestehen!

Das schimmste ist nur, dass ellendebreht überhaupt gar kein Wort ist, und dass ellenbreht, das in Ellenbrechtskirchen steckt, so viel bedeutet als durch seinen Muth, seine Tapferkeit ausgezeichnet oder glänzend [es ist der jetzt zu Engelbrecht entstellte altdeutsche Name, besser erhalten als Helmbrecht]. Daz ellen wird Herrn Grion wol aus dem Nibelungenliede erinnerlich sein.

Könnte aber sogar ellenbrecht identisch mit ellendebrecht und so viel wie durch Elend glänzend — auch daz ellende ist zunächst das Ausland, die Fremde und erst in abgeleiteter Bedeutung miseria — sein, so würde doch immer noch der Name

Ellenbrechtskirchen

zu Vilissimus sich verhalten, wie etwa

Gumboldskirchen

[Kunibalt = Gumpold] zu Audacissimus. [Geraldus in der 'poesis de Gvaltario' nennt sich selbst peccator fragilis Geraldus nomine vilis, im Gegensatze zu dem angeredeten Erchamboldus: 'nomine (claro) dignum'.]

Bezzenberger hat gegen diese luftige Spitzfindigkeit dasjenige vorgebracht, was ausreicht, es fehle nichts als der Beweis, einmal dass Wolfger von Ellenbrechtskirchen oder Leubrechtskirchen der Dichter sei, der als Primas, vates vatum, archipoeta bezeichnet sei und weiter, dass dieser identisch sei mit Freidank, die beide von den Colmarer Annalen so bestimmt auseinander gehalten werden.*)

# III.

# Freidank und das Nibelungenlied.

## A. Sprüche.

Ich stelle hier die wenigen Sprüche und Sprichwörter zusammen, die ich im Nibelungenliede bemerkt habe. Sie verdienen es schon deshalb, weil sie in Zingerle's Sammlung (Die deutschen Sprichwörter im Mittelalter. Wien 1864) fast alle durch ihre Abwesenheit glänzen. [Nur Nr. 1, 2 und 19 sind dort verzeichnet.]

---

*) Wollten wir uns ähnliche Scherze erlauben, so würden wir sagen, Vilissimus wolle besagen der Rülpel und folglich (!) bezeichne sich hier derjenige Dichter so, den die Colmarer Annalen Hugo Ripelin von Strassburg nennen.

Freude und Leid.
Nib. (Zarncke 1. Ausg.) 3,5,3:

> 1. wie liebe mit leide ze jungest lönen kan.

[s. dazu Wackernagel Lit. Gesch: §. 63,26.]

363,2,4:

> 2. als ie diu liebe leide an dem ende gerne git.

[Zingerle S. 88—91 giebt sehr reichhaltige Belege.]

Werth der Minne.
3,4,2 sagt Uote zu Kriemhilden:

> 3. soltu immer herzenliche zer werlde werden frô,
>    daz kumt von mannes minne.

185,5 sagt Rüedeger zu derselben Kriemhilt:

> 4. 'waz mag ergetzen leides' — sprach dô der küene man —
>    'wan vriuntliche liebe, swer die kan begân
>    (und dann der einen kiuset, der im ze rehte kumet:
>    für herzenliche swære niht sô grœzliche frumet').

Auf Männer angewandt:
42,1:

> 5. waz wære mannes wünne,   des freute sich ir lip,
>    ez entæten schœne meide   und hêrlichiu wîp?

Weiber ehren giebt eignen Werth.
272,1,3:

> 6. bieten (wir) ir die êre,   si ist ein edel wîp;
>    dâ mit ist ouch getiuret   an zühten unser beider lip.

Hass schliesst Ehrenerweisung aus.
272,3,2.

> 7. zwiu solde ich den êren, der mir ist gehaz?

Was geschehen soll, geschieht.
256,7,1:

> 8. swaz sich sol gefüegen, wer mac daz understân?

[vgl. Erec 4800 nu mac doch daz nieman bewarn, daz im geschehen sol.]

Daher der Tod dem 'veigen' unvermeidlich.
326,7,3:

9. dâ sterbent wan die veigen, die müezen ligen tôt.

164,1,2:

9a. niemen lebt sô starker, ern müeze ligen tôt.

326,7,3:

10. hie belîbet nieman, wan doch der sterben sol

[vgl. Iwein 1299: unz der man niht veige ist So erneret in vil kleiner list.]

Der Kluge sichert sich gegen Gefahr.
224,7,4:

11. ez waltet guoter sinne der sich alle zîte bewart.

275,1,4:

12. schade vil maneges mannes wirt von sinnen wol behuot.

[vgl. Boner 42,1 wer sich warnet, der wert sich. warnen = rüsten· Boner 16,28 der ie genante der genas.]

Gîtekeit (gîrecheit) schädlich.
237,5,2:

13. diu gir nâch grôzem guote vil bœsez ende gît.

Das Ende krönt das Werk.
41,6,4:

14. ein ieslîch lop vil stæte ze jungest an den werken lît.

Träume Schäume.
230,5,1:

15. 'swer geloubet treumen' — sprach dô Hagene —
der enweiz der rehten mære niht ze sagene

[vgl. Iwein 3547: swer sich an troume kêret Der ist wol gunêret. Deutscher Cato 331: du solt niht tröume ruochen.]

Aus Furcht unterbleibt manches.
275,1,1:

16. wie dicke man durch vorhte manegiu dinc verlât

Der Name thut's nicht.

278,4,4:

17. eʒ heiʒent alle degene und sint gelîche niht gemuot.

Freundespflicht. Freundesrecht.

24,5,3:

18. man sol stæten friunden klagen herzen nôt.

Alte Weiber keifen.

358,3,1:

19.           wie zimt daʒ helede lîp,
daʒ wir suln schelten sam diu alten wîp?

### B. Redensarten.

Den Tod an der Hand haben.

309,6,4:

20. ir habt den tôt an der hant

304,2,4:

ich hân den tôt an der hant

Bezeichnung des nichtigen.

253,5,4:

21. gegen einem halben sporn.

21a. Die Bezeichnung ein wint Nib. 8,4,1; 35,1,3; 209,4,1 und öfter.

Das beste thun.

22. Nib. 34,6,3. wer tet dâ daʒ beste?

Geben als wenn man sterben wollte.

Nib. 7,3,2:

23. ros unde kleider daʒ stoup in von der hant,
sam si ze lebene hêten mêr deheinen tac.

Wir stellen damit folgende Stellen der Bescheidenheit zusammen:

1. 2.     85,18 liep wirt selten âne leit.
34,22 si (die Sünde) gît doch nâch liebe leit.
117,19 leit nâch fröuden trûren gît.

3. 4. 5.     98,13 rehtiu minne fröude hât.
             99,25 ist si guot, erst wol gewert.
           100,2.3 swer ein getriuwez wîp hât
                   diu tuot im maneger sorgen rât.
       104,8—11 sît man ez allez reden sol,
                   so ist zer werlde niemen wol
                   wan der ein liebez wîp hât
                   und sich ûf ir gnâde lât
             [106,4 durch fröude frowen sint genant]

6.       103,25.26 swer wiben sprichet valschiu wort.
                   der hât fröuden niht bekort.

7.        96,21.22 mane riuwe der gewinnet
                   der sînen vîent minnet.
             128,4 und sinen vient minnen sol (ist 'fröuden tôt.')

8. 9. 10.  132,6—9 swaz geschehen sol daz geschiht:
                   's guoten volge ich, 's übeln niht.
                   swerz rehte merken wolte
                   ez geschiht vil des niht solte.

       53,27—54,3 sich mac mit mancgen sachen
                   ein man wol veige machen,
                   der niht veige wære,
                   ob er unzuht verbære.

11.      34,13.14. swie der man sich kan bewarn
                   vor sünden, der hât wol gevarn.
   [Freid. der Didactiker, bringt natürlich die Sünde hinein.]

13.       91,2.3. swer gitekeit und erge hât,
                   deist gruntfest aller missetât.
             87,17. sô karkheit grôze schande erwarp
          87,18.19. erge hât dicke erworben,
                   daz künege sint verdorben.

14.      63,20.21. ichn schilte niht, swaz ieman tuot,
                   (und) machet er daz ende guot.

16.      18,26.27. man sol mîden unde lân
                   manegiu dinc durch argen wân.
             [53,15 vorhte machet leven zam]

17. vgl. 123,16—20. wo jedoch Spervogel Str. 27 näher liegt.

18.  97,2.3. swer ungetriuwen friunden klaget
        sin leit, daz wære baz verdaget

21.  9,2. ein niht (lies enwiht) 61.1. ein wiht 35,3. ein niht
67,8. als ein wint 76,17. dunket mich ein wint 67,22. umbe ein hâr
(vgl. niht eines halmes breit 177,3.), niht ein bast 73,15.

22.  99,4. ieglîcher wænt daz beste tuon.

     82,25. ern wæne daz erz beste tuo

     149,22. got gebe daz erz beste tuo.

     160,18. sit er daz beste hât getân

     156,22. der tuot dâ daz beste

23.  58,3.4. und sol ez dan ze rehte geben,
        sam nieman sül ein wochen leben.

Was soll nun das alles? Es soll zur Beantwortung einer Frage
dienen, die man doch eben so gut aufwerfen kann, wie manche
andere: ob der Compilator der Bescheidenheit unser Epos von den
Nibelungen*) gekannt habe.

Wer unsere beiden Reihen, die sich bei flüchtiger Umschau
ergaben, aufmerksam vergleicht, wird schon jetzt die Frage zu be-
jahen geneigt sein. Wollten wir die Methode Wilhelm Grimm's
befolgen, so liesse sich wohl gar die Identität des Dichters der
Nibelungen mit Freidank beweisen. Sie ist mindestens so wahr-
scheinlich, wie die Walther's mit Freidank.

Was den Gedanken, 'nach liebe leit' betrifft, so ist er gleich-
sam der Grundgedanke des ganzen Nibelungenliedes, aber er ist
zugleich so allgemein, dass man fragen könnte, bei welchem Dichter
er sich nicht in irgend einer Form fände. Man sehe nur, was
Zingerle in seinen Sprichwörtern des Mittelalters S. 88—91 in
dieser Hinsicht zusammengebracht hat. Wer noch nicht genug
daran hat, der findet noch eine ganz erkleckliche Reihe von Ci-

---

*) Volksepos sagt man gewöhnlich. Glaubt man wirklich noch immer
dass das Gedicht das Werk eines sogenannten Volksdichters, eines Fahrenden
und für das Volk gedichtet sein könne? Es ist hier nicht der Ort zu
weiterer Ausführung, doch will ich meine Ansicht aussprechen, wir haben
in dem Gedichte so gut wie im Iwein und Parzival ein höfisches,
für höfische Hörer berechnet und in durchaus höfischer Kunst vorgetragen
wenn auch der Stoff der alten Sage gehört.

taten bei Vollmüller in dessen Schrift 'Kürenberg und die Nibelungen' (Stuttgart 1874) S. 30. 31.

Das und manches andere mag Gemeingut gewesen sein. Ganz merkwürdig jedoch und für mich allein ausreichend für die hohe Wahrscheinlichkeit, dass Freidank das Nibelungenlied wirklich gekannt hat, ist sein absichtlicher Widerspruch gegen die fatalistischen Sätze, die wir unter 8. 9. 10. herausgehoben haben. Freidank war zu sehr in der theologischen Anschauung seiner Zeit befangen als dass er in jenen Sätzen, die uraltem Glauben gemäss waren — daher kannten die alten Germanen die Todesfurcht nicht: quos ille timorum Maximus haud urget — nicht eine Gefahr für die Erlösungshilfsmittel der Kirche hätte erblicken sollen. Wozu wären sie angeboten, wenn doch alles durch ein gewaltiges Schicksal vorbestimmt war? Es ist nicht wahr, sagt er daher, dass alles sich fügt, wie es geschehen soll, sondern nur das Gute fügt sich so, das Böse sollte überhaupt nicht geschehen und es sterben nicht bloss die zum Tode bestimmt sind, sondern die Menschen machen sich 'veige' durch eigene Schuld.

Man sieht ein, dass, wenn dieses Ergebniss besteht, für die Zeitbestimmung der Bescheidenheit ein wichtiges Datum gewonnen ist. Kannte die Nibelungen — nach deren Dichter zu fragen immer noch eine Ehrensache der deutschen Philologie sein muss*) — unzweifelhaft Wolfram, und kannte Freidank diesen, wie das eine Wort iulenslaht 145,9 = Lied 5,20 beweist, so ist so viel wenigstens sicher, dass die Bescheidenheit nicht von Dichtern gelesen und citirt worden sein kann, die früher als das Nibelungenlied fallen, das Lachmann frühestens 1210 ansetzen zu müssen glaubte. So kann denn die Bescheidenheit nicht, wie Grion will 1201/1202 verfasst worden sein.

Nr. 18 zeigt fast zur Evidenz, dass Freidank den Rath gekannt hat, an den sich Gunther erinnert, da er nicht 'allen liuten' seine 'swære' anvertrauen will.

Doch stellen wir noch ein Anzahl von einzelnen Anklängen zusammen.

---

*) Pfeiffer's kleine Abhandlung 'Der Dichter des Nibelungenliedes' [F. F. S. 3—52] ist total verfehlt.

1.        Dinc (stàt)

Nib. 173, 7,4. des dinc vil hôhe an êren stât.
    113, 4,4. der (quorum) dinc an êren hôhe stât
    311, 1,2. ich hân ûf êre lâzen nu lange mîniu dinc
    311, 3,2. sorclichiu dinc
Freid. 143,13. des valken dinc niht rehte (lies rîche) stât.
    96, c. die wîle sîn dinc ebene gât
    97, 18. wirp selbe dîniu dinc.

2.            schîn (ez wird 'schîn', 'schîn' machen)
Nib. 3, 5,2. ez ist an manegen wîben vil dicke worden schîn
    328, 3,4. daz ist in disen sorgen worden bœselîche schîn.
Freid. 70,16. swer ein engel welle sîn Der tuo ez, mit den
                            werken schîn.
    120,19.  ân wandel niemen mac gesîn, Deist an al der
                            werlde schîn.
    18,6. doch hât sie hie vil kleinen schîn.

3. ergân
Nib. 189, 3,3. ist daz ez ergât (= wenn es geschieht).
    6, 2,4. daz wætlîch immer mê ergê
    101, 2,4. wæn ich immer mêr ergê
    [52, 7,4. swiez uns darnâch ergê
Freid. 12,21. . . daz ergienc Daz got die menschheit eupfienc
    43,11. der ist rîche, swiez ergât
    51,9. swaz sünde mac darumbe ergân
    51,18. swiez ergât
    75,6. âne riuwe ergât
    99,20. ê 'z ergê

[Freidank hat sonst auch 'kumt ez so' 117, 21; 121, 3]

4.   '        zerinnen
Nib. 245.3,1 in was des tages zerunnen
    250.5,2 und der spîse zerunnen
Freid. 41,14 (nach unserer Herstellung)
        eins landes êre niht zeran

[man dürfte vielleicht dort lesen:

        eim lande êren niht zeran s. jedoch 88,5 er
    fürhtet daz ez [es ?] ime zerinne.

5.        âne haz (Gegensatz von âne danc)

Nib. 185,6,4 ob siz loben wolde, daz siz liezen âne haz

72,1,4 (A) muosenz lâzen âne haz

Freid. 129,21 swer an diu vieriu sprichet baz,
dan ich, daz lâze ich âne haz

Bemerkenswerth ist in beiden Stellen die Verbindung mit lâzen.

6.        Das Wort dürchel (dürkel) findet sich

Nib. 33,5,2 dürchel vil der helme und ouch der schilde wît
si leiten von den handen

287,3,4 des wart von stichen dürchel vil manic hêrlîcher rant

Freid. 112,10 (nach unserer Besserung statt übel) dast ein dürchel sac

24,8 der mandelboum niht dürkel wirt.

7.        Das Wort erbolgen

Nib. 361,4,2 wie reht erbolgenlîche si zuo dem recken sprach

Freid. 73,7 (nach unserer Besserung statt erben vîent s. zu
der Stelle.)

8.    gouch im Sinne von uneheliches Kind
Was Freidank 143,19—144,4 (freilich nur in AB) vom
gouch und seiner Schalkheit erzählt, ist dem Nibelungen-
liede nicht unbekannt, sonst könnte Hagen nicht 131,6,3
ausrufen: 'suln wir gouche ziehen?'

9.    Sogar das Wort niugerne (s. darüber zu 97,26.27) ist
dem Nibelungenliede nicht fremd. Grimm (Ueber Frei-
dank S. 10) weiss für das ausser Gebrauch gekommene
Wort nur Erec 7635 Lanzelet 7983 und einen Beleg
bei Graff. Jetzt dürfen wir Handschrift s (in der Stelle
97,26.27) und in 135,25 a den Görlitzer Codex [der auch
97,26.27 mit s stimmt] hinzufügen.

Im Nib. findet sich das abgeleitete Verbum 'sich ver-
nogieren' in der Bedeutung Renegat werden. Es heisst
von Etzel 192,3,3:

jâ was vil wol bekêret der liebe herre mîn,
wan daz er sich widere vernogieret hât

Ich glaube, dass die französirende Form vernogieren höfischem Einflusse beizumessen ist, da die gewöhnliche Form verniugernen (sich) lautete. Wirklich hat bei Freidank die Handschrift Y 105.6 verniugeret [Grimm nach andern verniu-gernet.]

10.      beiten, ein freilich auch sonst nicht seltenes Wort.

Nib. 213,3,4 daz ich vil kûme erbîte; 100,1,1 wand er erbeite kûme; 73,2,4 wir erbeiten hie vil übele der schœnen Prünhilde man

Freid. hatte es bisher nur 112,3 wo es jedoch fälschlich eingedrungen ist (s. zu der Stelle) aber 14.27

haben wir es aus bî der hergestellt (s. Anm. zu der Stelle.)

11.      swacher gruoz

Nib. 284,5,2 und geltet, ob iu iemen biete swachen gruoz, mit tiefen verchwunden

Freid. 89,10,11 der bœse dicke dulten muoz unwirde unde swachen gruoz

12.      Veraltete Participia auf ôt*) (sind Walthern fremd!)

Nib. 267,1,3 gewarnôt : tôt 153,7,3 ermorderôt : tôt

Freid. 66,7 verzwîvelôt : tôt 173,9 gemartelôt : nôt

13.      ungeteiltez spil.

Der bei Freidank 102,24 erscheinende Ausdruck kommt auch bei Berthold vor (s. Bezzenberger zu der Stelle), verständlich wird er jedoch erst durch die 'geteilten spile', von denen Nib. 65,2,2 [diu spil diu ich im teile]; 65,3,2 [iwer spil] diu starken (A geteiltiu)]; 72,3,2 [spil der iu diu küneginne teilet also vil] die Rede ist. Es sind alternirende Wettspiele gemeint. Die Farbe der Atzel (Elster) heisst geteilt, weil sie in den Schwungfedern weisse und schwarze Farbe abwechselnd zeigt. Das ist ein ungeteiltez spil will also sagen ein ungerechtes, über-vortheilendes. Man sieht, dass selbst die Nib. Handschriften

---

*) W. Grimm handelt davon (Ueber Freidank) S. 47. 48.

deu alten Sinn'der geteilteu spile zu bloss zuertheil-
ten abzuschwächeu suchten [und so haben die Erklärer
wol auch meist verstanden. selbst die. welche mit A 65,3,2
geteiltiu lasen.]

Das ist eine Reihe von Einstimmungen, die wir nicht für ganz
zufällig halten. An sich beweisen thun sie freilich herzlich
wenig. Hätte das Wilh. Grimm bedacht!

Wir reden nach allem nur von einer hohen Wahrscheinlich-
keit, dass Freidank das Nibelungenlied bekannt war; er hätte
es dann aber mit der souveränen Verachtung behandelt, mit der
auch wol heute noch ein Theologe auf die weltliche Litteratur
herabblickt der auch z. B. Goethe citirt, um ihm eins zu versetzen.
Und doch haftet einiger Einfluss wider Willen.


# IV.

# Das Gedicht von dem Endekriste.

Die Bescheidenheit ist ein Florilegium aus der zeitgenössischen
Litteratur. Die Frage nach der Herkunft des einzelnen lässt sich
nur zu einem Theile beantworten, indess wird erweiterte Kenntniss
der bis zum Ende des ersten Drittels des 13. Jahrhunderts bekannt
gewesenen Bücher auch hier noch manche Lücke ausfüllen.

Den bisherigen Bearbeitern ist nicht entgangen, dass selbst
die Brocken wieder zerbröckelt hie und da herumliegen und es ist
nicht schwierig, offenbar zusammengehöriges zu bezeichnen.

Nur ist damit noch nichts für die Anordnung gewonnen,
denn Freidank hat eben nicht zusammen lassen wollen, was
ursprünglich zusammenstand. Es ist ziemlich gleichgiltig, wo und
in welcher Umgebung sich ein Spruch befindet. Untersuchungen
über die ursprüngliche Anordnung der Bescheidenheit anzustellen,
ist das Geschäft eines beneidenswerth müssigen Mannes.*)

---

*) Wir haben daher in unserm Text die Reihenfolge Grimm's, von
der auch Bezzenberger im Ganzen nicht abweicht, beibehalten.

Wir können an einem Beispiele zeigen, wie Freidank ein längeres Gedicht zerpflückte; es ist das vom Endekrist. Stellen wir wieder zusammen, was uns dazu zu gehören scheint, so ist ein erhebliches Stück dieses uns sonst verlorenen Zeitgedichtes gerettet. Leider lohnt dieses Rettungswerk so wenig.

Die Entstehungszeit mag c. 1200 sein, weil der chiliastische Aberglaube beim Abschluss des Jahrhunderts den Weltuntergang erwartete.

Der unter den drei Dingen, mit denen der Endekrist die Welt zu bezwingen trachtet, erwähnte Zauber ist eine Erinnerung an Papst Sylvester II., von dem auch Walther weiss. [Wackernagel und Rieger S. 30.]

Kaum ein anderes Gedicht bot sich Freidank so bequem zum Vertheilen unter die verschiedensten Rubra dar, als dieses, das selbst nur eine Kette von Seufzern über die Verderbniss und die Leiden der Zeit war. Wir machen natürlich nicht den Anspruch, die etwaige Reihenfolge des Originals zu errathen. Da auch so noch überall Lücken bleiben, steht es jedem frei, anders zu gruppiren.

### Von dem Endekriste.

Wir hân lange daz vernomen,
daz der Endekrist sol komen
vor dem jungesten urteile
ze guote und zuo unheile.

5    Mit hôchvart kumt der Endekrist
der aller sünden meister ist;
er wil got und keiser wesen;
nieman guoter mac genesen.

    Hôchvart, der helle künegîn,
10    wil nu bî allen liuten sîn.
swie biderbe oder bœse er sî,
sie enlât doch niemens herze frî.

Hôchvart, unminne, gîtekeit,
der ieglîch nu die krône treit.

15     [Bringt der Endekrist uns schatz,
er gewinnet kleinen widersatz.]
dem gelouben maneger widerseit
durch des schatzes gîrekeit.
kumt er her in tiuschiu lant,
20 manc hêrre biutet im die hant.

    Von disen drîen dingen
als er die werlt wil twingen,
deist martel, zouber unde schatz,
er vindet kleinen widersatz.
25 den fürsten gît er also vil,
daz si glouben, swaz er wil;
mit zouber er manc wunder tuot,
sus verkêrt er armer liute muot;
die rehten kristen lîdent nôt,
30 der wirt vil gemartelôt.

    Der wâre Krist kam niht alsô:
ân hôchvart unde âne drô
kam er durch sîne güete
mit grôzer dêmüete.
35 mit gewalt er niemen twanc
ze glouben über sînen danc;
ern gap ouch niemen schatzes hort,
er lêrte uns gotelîchiu wort.

    Krist gab uns zallen tugenden rât,
40 er verbôt uns alle missetât;
mit zouber er nieman betrouc;
er ist got, der nie gelouc.
swes lêre iu baz gevalle,
dem sult ir volgen alle.

45     Krist selbe zuo den juden sprach,
dô er des keisers münze sach:
'ir sult got unde dem Keiser geben
ir reht, welt ir rehte leben.'

Tiuschiu lant sint roubes vol:
50 gerihte, voget, münze und zol
diu wurden ê durch guot erdâht,
nû sint si gar ze roube brâht.
swaz ie man guotes ûf geleit,
ze bezzeren die Kristenheit,
55 die hoehesten und die hêrsten
die brechent ez zem êrsten.

Swer nû die wârheit fuorte
und die ze rehte ruorte,
die hœhsten tæten ime den tôt,
60 si brechent, swaz in got gebôt.

Die hêrren hânt ein tumben muot:
swaz einen solchen dunket guot,
daz muoz dan allez für sich gân;
den site nû die herren hân.

65 Der hêrren lêre ist leider krump,
dâ von ist witze worden tump.

Die uns guot bilde solden geben,
die velschent gnuoge ir selber leben;
die hoehsten tragent uns lêre vor,
70 die manegen leitent in daz hor.

Die fürsten twingent mit gewalt
velt, stein, wazzer unde walt,
dar zuo beidiu wilt unde zam;
dem lufte taetens gerne alsam,
75 der muoz uns doch gemeine sîn.
möhten s'uns der sunnen schîn
verbieten, ouch wint und regen,
man müese in zins mit golde wegen.

[Dar umbe hât man bürge,
80 daz man die armen würge.]

---

v. 70 leiten?

Der fürsten ebenhêre
stœrent des rîches êre.

Ich enweiz niergen fürsten drî,
der einer durch got ein fürste sî.

85 Swen man nu fürhtet, der ist wert;
der êre nieman guoter gert.

Mit senfte nieman êre hât
als nu diu werlt stât.

Man minnet schatz nu mêre
90 dan got, lîp, sêle und êre.

Wir solden uns der sünden schamen,
nu ist ez gar der werlde gamen.

Girheit, frâz mit huore
deist nu der werlde fuore.

95 Der werlde ist nû vil maneger wert,
der got ze trûte niht engert.

Der werlde lop nû niemen hât,
wan der übeliu werc begât.

Die werlt wil nû niemen loben,
100 ern welle wüeten unde toben.
Swer roubes, brandes, mordes gert,
untriuwe, huores, derat nû wert.

Man siht nû leider selten
mit triuwen triuwe gelten.

105 Ich hœre genuoge liute sagen,
der triuwen münze sî verslagen.

Unrehter gewinne
und unrehter minne
und untriuwe der ist sô vil
110 daz sich ir niemen schamen wil.

Eʒ dienet mâc nû mâge
ûf glîchen gelt der wâge.

Man hoeret nû vil manegeʒ loben,
daʒ man ê het für ein toben.

115  Man merket nû daʒ bœste gar
und nimt des besten lützel war.

Man êrt nû leider rîchen kneht
vor armen hêrren âne reht.

Man frâget kleine an dirre zît,
120  wie er'ʒ guot gewinne, eht man'ʒ gît.

Bete ist worden âne scham,
so ist verzîhen reht alsam.

Man siht nû ûʒen manegen glanz
der innen valsch ist und niht ganz.

125  Merket, wie die werlt stê:
man siht nû lützel rehter ê;
und næme ein hêrre ein wîp durch got,
daʒ wær nû ander hêrren spot.
swer wîbes gert, der wil ze hant
130  liute, schatz, bürge und lant.
[swelch ê durch gîtekeit geschiht,
die enmachet rehter erben niht.
manc grôʒiu hêrschaft nû zergât,
daʒ si niht rehter erben hât.]

135  Magetuom und kiuscheheit
irn ist niht mê, swaʒ iemen seit.

Ich sihe aller slahte leben
wider sînen orden streben.

Als der sieche den gesunden labet,
140  und der tôte den lebenden begrabet,
und man verfluoht der Sælden kint
und segent die verfluochet sint:
so sult ir wiʒʒen âne strît,
daʒ uns kumt des fluoches zît.

145     Sît beide vater unde kint
einander ungetriuwe sint,
und bruoder wider bruoder strebt,
und mâc mit mâge übele lebt,
und sich die werlt allesamt
150 neheiner slahte sünde schamt:
swie vil man triuwe brichet,
daz die nieman richet
(roup und brant sint ungeriht,
man fürhtet künec und keiser niht,
155 æhte und ban sint tôren spot,
man enlât durch si niht noch durch got):
sît ræmesch rîche sîget
und ungeloube stîget,
so sult ir wizzen âne strît,
160 uns kumet schiere des fluoches zît.

    Biscolve und geistlich orden
sint nû ze spotte worden.

    Swer hiute seit die wârheit,
daz ist den lügenæren leit.

165     Daz rîche stüende dicke guot
und hêtens alle glîchen muot;
wolden si niht selbe einander lân,
son möht' in nieman vor gestân.

    Lât iu dise zît gevallen wol,
170 sît noch ein bœser komen sol.

    Swenne nû kumt diu frist,
daz dirre werlde ein ende ist,
so mac ouch ûf der erden
liegens und triegens ein ende werden.

---

162 sint nu nach H I.

| | |
|---|---|
| 1— 4 = 172,10—13 | 81— 82 = 73,8—9 |
| 5— 8 = 172,20—23 | 83— 84 = 73,4—5 |
| 9—12 = 28,15—18 | 85— 86 = 93,2—3 |
| 13—14 = 29,10—11 | 87— 88 = 92,5—6 |
| 15—20 = 172,14—19 | 89— 90 = 147,1—2 |
| 21—30 = 172,25—173,9 | 91— 92 = 34,11—12 |
| 31—44 = 173,10—23 | 93— 94 = 31,14—15 |
| 45—48 = 25, 9—12 | 95—102 = 32, 3—10 |
| 49—56 = 75,24—76,4 | 103—104 = 44,11—12 |
| 57—60 = 75,2—5 | 105—106 = 44,21—22 |
| 61—64 = 77,4—7 | 107—110 = 44,17—20 |
| 65—66 = 72,23—24 | 111—112 = 118,1—2 |
| 67—70 = 69,21—24 | 113—114 = 61,23 - 24 |
| 71—78 = 76, 5—12 | 115—116 = 89,6—7 |
| 79—80 = 121,12—13 | 117—120 = 56,27—57,3 |

121—122 = 112,15—16
123—124 = 44,13—14
125—134 = 75, 8—17
135—136 = 75,20—21
137—138 = 75,22—23
139—144 = 133,27—134,5
145—160 = 46, 5—20
161—162 = 130,10—11
163—164 = 170,2—3
165—168 = 76,27—77,3
169—170 = 114,1—2
171—174 = 172,6—9

# V.

# Lateinischer Freidank.

Wir haben im voranstehenden mehrfach einer lateinischen Bearbeitung der Bescheidenheit Erwähnung gethan; sie hat uns sogar Dienste geleistet. Wie steht es denn mit dem Werthe dieser Übersetzung überhaupt?

Das Exemplar der Bescheidenheit, welches der Nürnberger Hartmann Schedel (s. über Freidanks. Grab) in seiner Bibliothek gehabt hat (inter opuscula bonarum artium) ist gewiss ein latein-deutsches gewesen, wie es jetzt in dem Abdruck der Görlitzer Handschrift vorliegt (Freidanks Bescheidenheit lateinisch und deutsch nach der Görlitzer Handschrift veröffentlicht von Dr. Rob. Joachim. Görlitz 1874. 118 S. 8⁰.) [Grimm erwähnte sie S. XII unter Nr. 3, wo jedoch die Zahl 1425 in 1449 zu ändern ist — Joachim S. 105 —.] Da Joachim die Stettiner Handschrift (s)*) und den abscheulichen Berliner Druck (i) heran-gezogen hat, so giebt sein Büchlein so ziemlich ein Bild von der Beschaffenheit dieses Freidank.

Der Bearbeiter hat nur einen Auszug von 1000 Zeilen geben wollen, was ungefähr 500 Sprüchen der Bescheidenheit entspricht. Er sagt das selbst im Vorwort (der Vaticanischen und Stettiner Handschrift):

> Fridangi versus milleni consociati
> Istic pro pueris debent ipsis fore grati,
> Rithmi teutonici cum sint his**) consociati
> Ut bina lingua fiant bene consolidati.

Hier ist auch der Zweck des Buches deutlich genug ausge-sprochen: es sollte ein Schulbuch sein, an dem die 'pueri' zu-gleich lateinisch und deutsch lernen sollten. Die Methode des Lateinischlernens war eben im Mittelalter eine andere — ob uner-giebiger als die unsere ist noch die Frage. — Aus der Hand-schrift k lernen wir noch, dass der Uebersetzer für die Jugend gerade das beliebte Buch Freidanks auszog, um derselben die nugae Maximiani zn verleiden:

> Vor Maximianes lugene ir kint
> Merket dis und gebet es nicht dem wint

---

*) Sie ist vom Jahre 1436. (Fridangi discrecio, Freidanks Be-scheidenheit lateinisch und deutsch aus der Stettiner Handschrift ver-öffentlicht von Hugo Lemcke. Stettin 1868.)
**) lies: cum his sunt.

> Ergo legant pueri pro nugis Maximiani
> Quae scribo nec dent ventis studio vel inani.*)

Wer jener **Maximianus** gewesen sei, wird uns die Geschichte der Pädagogik lehren. Joachim meint, es seien vielleicht die sechs Elegien des Maximianus aus Etrurien, des sogenannten Gallus zu verstehen, oder wahrscheinlicher andere Gedichte ethischen Inhalts: carmen de virtute et invidia, de ira, patientia atque avaritia (Jöcher Gel. Lex.) Der Tadel 'nugae' bleibt auch hier schwer begreiflich.

Wir haben also ein **Schulbuch** vor uns. Es muss ziemliche Verbreitung gehabt haben. Leider war der Text der Bescheidenheit bereits unheilbarem Verderben verfallen, als jener brave Magister sich an die Arbeit machte. Das mag nicht viel vor Vollendung einer **Strassburger** Handschrift (auch sie existirt wol nicht mehr) geschehen sein, die 1384 oder 1385 geschrieben sein soll.**)

Unsere Hauptfrage muss sein: lässt sich für die Textesgestalt des alten Gedichtes etwas erhebliches aus der Uebersetzung gewinnen?

Wir müssen das im Allgemeinen verneinen. Die Autorität dieser Handschriften ist nicht höher als die irgend einer derselben Zeit, nach der Mitte des 14. Jahrhunderts.

Wir haben bereits an verschiedenen Stellen bemerkt, dass so ziemlich **alle** Verderbniss und aller Unverstand damals in den gangbaren Abschriften Platz genommen hatte und dass den Lese- resp. Deuteversuchen des Magisters gar keine kritische Gewähr beizumessen ist, wobei freilich nicht ausgeschlossen ist, dass er einzelnes **weniger** verkehrt auffasste als dieser oder jener Gelehrte des 19. Jahrhunderts.

---

*) **studio** war für **Grimm** S. 118 unleserlich. **Rob. Unger** errieth es sofort als ich ihm die Stelle zeigte und die Görlitzer Handschrift (Joachim v. 10) bestätigt die Richtigkeit, nur ist dort Quae **scribo** für **lego** zu setzen und **non ventis dentur** wie oben zu ändern. Vgl. v. 1311 bei Joachim.

**) Das Wiener Bruchstück k kann nicht wohl ins 13. Jahrhundert gehören, wie Grimm will, sondern ans Ende des 14.

Bemerken wollen wir noch, dass das Latein und die Metrik doch nicht in dem Grade verwahrlost sind, als es nach Joachim scheinen kann. Es ist eine letzte Frucht des mittelalterlichen Schullateins vor der Renaissance und auch in diesem Betracht für die Geschichte der Pädagogik nicht ohne Interesse.

Es kann nicht unsere Absicht sein, die kritische Werthlosigkeit des lateinischen Buches [auch dieses hat Ueberarbeitung erfahren, wie z. B. die merkwürdige Abweichung von der Görlitzer Hdsch. in s bei 82,14 bezeugt, (man s. unsere Anm. zu der Stelle)] im einzelnen aufzuweisen, war es doch vielmehr unser Bemühen, die versprengten Reste des Echten aufzulesen, die sich sogar hier vorfinden, doch dürfen wir uns der Pflicht nicht entziehen, das gesagte an einigen Beispielen darzuthun.

Das Latein ist von dem deutschen gesondert zu betrachten, an vielen Stellen deckt es sich nicht. Natürlich, diejenigen, welche das Schulbuch in plattredendem Gebiete benutzen wollten, schrieben das deutsche aus einer ihrer niederdeutschen Handschriften dazu. Der Uebersetzer aber, wahrscheinlich ein Elsässer, wie Freidank selbst, benutzte ein hochdeutsches Exemplar.

Schon v. 6, 'plus tamen edificant sensus quam fabula ficta' beweist, dass er mit ein teil von sinnen die sint kranc' nichts anzufangen wusste.

v. 37 indiget ille satis bene dono prosperitatis er las also, der bedarf gelückes wol. S. zu 50,6.7.

v. 74. 75. crimen falsidici falso qui pandit amici,
ob turpem questum fiet sibi forte molestum

zeigt, dass der Text in der Corruption der vulgata vorlag (s. zu 96,17.18.)

V. 152 et ira modesta. Hat der Uebersetzer gar für den zorn wie NOThike bieten und zorn gelesen?

v. 236 ursi mordacis vix mente caret meliore

las er etwa: 'eʒ dunket mich eins beren sin?' [Hdschr. 126,19 tumber, kranker, bœser sin] Sollte es gar das richtige sein? ist auf die Thierfabel hingedeutet? [Reinhart fuhs s. XCIII].

v. 295 ff.  plus mihi vicini d u o praestant sepe praesentes,
        quam longe positi s e x utilitate carentcs.

Wie kommt der Übersetzer darauf? (s. Freid. 95,14.15.) Er verstand offenbar: besser nahe bei z w e i m a l ein Nachbar (d u o) als in der Ferne z w e i m a l d r e i (s e x). Und was veranlasst ihn dazu? Schon eine gute Zeit vor ihm wird das deutsche z w ê n e oder d r i so verderbt gewesen sein, wie es z. B. g bietet: z w u r e n t d r y; er that also nichts, als dass er der Concinnität wegen auch in der ersten Zeile den einen Freund mit zwei multiplicirte. Daher seine 'vicini d u o' und s e x (longe positi)! Man wird zugeben, dass sein Exemplar corrupt genug war.

Wie g hat auch das deutsche der Görlitzer Hdschr. hier völligen Missverstand:

> Ein frunt s t e v r ist nuczer nahe bei,
> dan vorhin z e w i r drei.

Joachim müht sich vergeblich mit der Corruptel s t e v r;*) st ist nichts als ein z, e = c, also z c w r = z w i r, zweimal. Derselbe Unsinn also, den der Lateiner gab.

Nicht minder verderbt war v. 363 die Vorlage des Görlitzers, da er entlehen̓t sin mit m e n d i c a t u s s e n s u s giebt [der Stettiner, immer der beste Text, hat hier das gute s e n s u s n o n b e n e c u l t i, das uns auf die ursprüngliche Lesart geführt hat.] (s. zu 82,14.)

V. 532 ff. lauten bei Joachim:

> Pollicitis dives poterit bene quilibet esse,
> Cuius habet cordi fallacia nugis adesse.

Dazu das deutsche:

> Gehayss macht (e)in ydlichen man
> Frolich, ab her ligen kan.

Es ist die uns bekannte Stelle 112,3.4. Wir führen sie hier vor, um zu zeigen, wie verderbt der Lateiner sie bereits vorfand. [in 'ab her ligen steckt der April: 'ab ber il' (li . . .), eine

---

*) s t e v r = s t i u r e, Steuer, Beitrag; f r u n t — s t e v r = v r i u n t — s t i u r e, d. h. Freundes-Hilfe, sagt er S. 67 ganz ernsthaft.

merkwürdige Bestätigung unserer Herstellung. Auch s hat 'ob er liegen kan.'

V. 666 Optat leticiam sapiens vir, et sibi cura
    sepe venit pariter, quae scit de morte futura.

setzt eine Lesart voraus, die von Freid. 51,25. 52,1 weit absteht. Statt 'die jugent' hat er 'die wîsen' und das 'alter' muss ihm zu 'ander leben' geworden sein, da er von der Sorge 'de morte futura' redet. Das deutsche des Görlitzers entspricht nur in der ersten Zeile, die allerdings bös genug ist:

    Dy weisin dencken ye nach freudin strebin,
      mit sorgin wicze und alder lebin.

Ueber Vers 678, 679 ist zu 64,24 gesprochen.

Doch wozu weiteres, der Beweis ist überreichlich gegeben, dass der Text, den der Übersetzer zu Grunde legte, bereits an aller Verderbniss Theil hatte. So ist, um das noch zu erwähnen, V. 1622 bloss von spise die Rede. Vestes tecta cibos qui possidet absque labore, steht 1911 der gemachte Freund (quaesitus amicus) s. zu 95,16.

Aber, auf dass Lessing wieder einmal Recht behalte, wenn er sagt, keine Scharteke sei so schlecht, dass man nicht etwas gutes daraus lernen könnte, so wollen wir anerkennen, dass an einigen Stellen die Übersetzung zur Auffindung des richtigen verhelfen konnte. Bezzenberger hat zu 97,26.27 bemerkt, dass von allen Handschriften allein s die richtige Lesart habe (niugerne). Es findet sich auch im Görlitzer Cod. und das hat der Uebersetzer ganz trefflich mit novitas gegeben.

Wir fanden bereits, dass V. 104 (= 48,9) die Übersetzung luxus edax rerum das richtige vrâz voraussetzt, dass V. 239, 240 die Verbalformen tumpt frumt (s. zu 40,9.10) bestätigt werden, und so sehen wir den 'dúrchelen sac' den wir 112,10 als das echte fanden, durch sacco pertruso v. 256 bestätigt und in V. 340 (113,6.7.) die richtige Ordnung erhalten. Der Stettiner Codex hat durch 'sensus non bene culti' auf die Herstellung kentliche sin (82,14) Ausschlag gebend eingewirkt, und 116,1.2

verdanken wir dem Lateiner allein die Wiedergewinnung des echten Textes.

Das wird so ziemlich alles sein. Gleichwol, im Interesse der Lateindichtung des späten Mittelalters, liesse sich wünschen, dass uns auf Grund des vorhandenen Materials eine kritische Ausgabe des alten Schulbuches geboten würde. Der Text, den Joachim erträgt, ist häufig unmöglich. [z. B. 'prudĕntīs cura viri parit ipsi commoda plura' für providi*)]. Er stellt sich die Metrik jener Zeit gar zu toll vor.

# VI.

# Entlehnungen.

Hin und wieder ist in den Anmerkungen aufgezeigt, dass Freidank, und wahrlich nicht immer sehr geschickt, seine Sprüche aus zeitgenössischer Lecture zusammengelesen. Das Verdienst, dies zuerst in grœsserem Umfange nachgewiesen zu haben, gebührt Franz Pfeiffer, dem Wilhelm Grimm, welcher die andern aus der Bescheidenheit entlehnen lässt, insofern vorgearbeitet hatte, als er mit reicher Belesenheit ein nicht unbedeutendes Material der Vergleichung zusammengetragen hatte.

Wir können jetzt noch weiter sehen, als Pfeiffer.

Es ist gewiss nicht ohne Nutzen, hier einmal die einzelnen Posten aufzuzählen und die Summe der bisherigen Ergebnisse zu ziehen. Weitere Forschung wird immer neue Nachträge liefern.

Zu den Verwendungen des Fremden ist natürlich auch dasjenige zu zählen, was Freidank in polemischer Absicht modificirt hat.

Mit G meinen wir hier immer die Abhandlung Wilhelm Grimm's Über Freidank (Berlin 1850) mit P die Pfeifferschen Arbeiten, wie sie in dem Buche Freie Forschung (Wien 1867) vereinigt sind, mit B Bezzenberger.

---

*) V. 790 lautet bei Joachim 'Qui plus quamcunque die noctem consuevit amare', wo leicht quam lucem [diem ist Glosse] zu erkennen war. So etwas lässt man nicht drucken, wenn es auch in der Hdschr. steht.

1,2  Gerhard 6670 der höchsten Tugent werdekeit Diu aller tugende krône treit. G. (S. 14) 'könnten wir nur mit Sicherheit die Zeit bestimmen, in welcher Gerhard entstand.'

Dass den Gerhard Freidank kannte, erweist sich 39,6—9. Wenn Rudolf von Ems im Eingang des Wilhelm geradezu von der bescheidenheit, diu aller tugende krône treit, spricht, so kann das Citat aus Freidank sein, den der Wilhelm bereits kennt und preist.

2,4.5  Wigalois 167,7 er (Gott) nidert hôchgemüete Und hœhet alle güete. G. (S. 10) meint. Wirnt habe 'sichtbar aus der Bescheidenheit entlehnt'. P. (S. 182) hält für möglich, dass das Zusammentreffen bei diesem einen und einzigen [?] gemeinsamen Spruche des Wigalois mit der Bescheidenheit, ein zufälliges sei, die Form sei im Volksmunde bereits gegeben gewesen. — Nur sieht 'hôchgemüete' nicht eben volksmässig, sondern individuell aus und auf Kenntniss der Wigalois deutet auch noch anderes (s. z. B. zu 101,15.16.)

2,8—11 = Spervogel Str. 29, 1—3 (P. S. 217) Ez si übel oder guot, Swaz ieman in der vinster tuot, Ez wirt wol braht ze liehte, als ich ez meine.

2,14.15. Gregorius 525 wan im niemer missegât, Der sich ze rehte an in (Gott) verlât.

3,9—14 Welscher Gast (s. G. S. 52) got siht den muot baz dan der man getuot. sî daz ein man tuot rehte wol, sîn getât doch heizen sol übel ode guot dar nâch und ime stât sîn muot.

4,7  Gerhard 6741 ein tac sî dâ tûsen3 jâr. P. S. 183 sagt 'beweist nichts, weder für noch gegen G's. Behauptung, denn es ist ein schon in frühester Zeit allbekannter biblischer Spruch, der kaum anders zu übersetzen ist.' (2 Petri 3,8. Psalm 90, 4) — S. jedoch zu 39, 6—9.

9,15—10,6. Der ganze Spruch ist nichts als eine Paraphrase der 26 sten Strophe des Spervogels, bei P. (S. 216) Got

nam an sich die menschheit Niuwan durch der ver-
worhten nôt: Umb uns er die marter leit, Von sînem
tôde starp der tôt, Der uns von Even was angeborn.
Wir wâren êweclîche verlorn, Biz uns [sin] gnâde erlôste.
Got durch erbermede grôzen zorn verkôs, des quam er
uns ze trôste. Wie zierlich und reinlich im Gedanken und
in der Form ist diese Strophe gegen Freidank!

10,5.6. = Spervogel Str. 14,7.8 (bei P. S. 210) erbermede und
gnâden rât Von helle uns alle erlœset hat.

11,21.22. G. (S. 54) die dort citirte Stelle Wernhers vom
Niederrhein ist auch die Quelle des Spruches. Die helle
brechen ist allgemeiner Ausdruck, so z. B. in einer
Sequenz de S. Maria: der die helle brach, der lac in
dîme lîbe.

13,23—14,1 Der für Freidanks sonstige Nüchternheit auffallend
tiefsinnige und mystischer Anschauung angehörige Spruch
stellt sich als eine Entlehnung aus dem Gottfried von
Strassburg (mit Unrecht) zugeschriebenen Lobgesange
auf Maria und Christus heraus. Str. 58 lautet dort: Got,
aller güete ein anevanc, Tief unde hô, breit unde lanc;
Sî kan gedanc Süez in dem herzen machen. Sî fliuzet ûz
der minne lant. Vil wol im, dem sî wirt erkant! Dem
muoz zehant Sîn herze in frœiden lachen.

Wer Freidank als Erfinder des Gedankens nehmen
wollte (G. ist die Stelle entgangen, scheint es), der soll
wissen, dass er bei dem Dichter des Lobgesangs noch
einmal in einer ganz reizenden Variation erscheint, die
Freidank nur nicht brauchen konnte: Str. 60: Du küel,
du kalt, du warm, du heiz Und aller sælde ein umbekreiz.
Doch genug, der Lobgesang ist eben das Werk eines
Dichters und keines gemeinen. Sogar das Wort gedanc
hat Freidanc mitgenommen.

18,26.27. Vgl. Nibelungenlied 275,1,1 (Lachmann str. 1739,1)
wie dicke man durch vorhte manegiu dinc verlât.
S. Cap. III.

21,19.  Berthold 190 daʒ den menschen ermante der hor-
wige irdenisch sac, daʒ er demüetic wære. 191 der
lîp — ein smæher bœser widerwertiger sac (B). Es
wære möglich, dass auch hier der Lobgesang, der Freidank
bekannt war (s. 13,23—14,1) eingewirkt hätte. Dort nennt
sich der Dichter selbst mich vil armen sac.

24,10.11.  Vgl. Walther's Leich, der Freidank vorgeschwebt
haben wird. Doch Walther selbst erfand nichts, wie denn
David von Augsburg auch seinem 'ganz geworhten
glase' erst das rechte Verständniss giebt (342,17) sît wir
sehen, daʒ ein sunneschîn durch ein glas brichet mit
sînem liehte unde doch daʒ glas ganz belîbet. und als
der sunneschîn sich nâch dem glase verwet, dâ er durch
schînet, alsô hâst dû, êwiger sunneschîn, Jêsu Kriste, dich
nâch dem menschen geverwet und nach sîner nâtûre . . .

Man hat sich wol noch nicht gefragt, warum Walther
eben von geworhtem Glase spricht. Er meint das zu
Kirchenfenstern und Rosetten zusammengestellte bunte
Glas. Freidank lässt diese schœne Beziehung fallen.
Christus gleicht aber nicht sowol dem durch weisses oder
farbloses Glas unverändert hindurchgehenden Sonnenlichte,
als vielmehr dem durch geworhtes, d. i. künstlerisch
verarbeitetes Glas gefärbten. Seine menschliche Er-
scheinung ist reines Himmelslicht, das sich nach dem
Glase, dem Menschen (Maria) geverwet und nâch sîner
natûre.

29,6.7.  Spervogel bei P. (S. 215 Str. 25) Rîche dêmuot
minnet got, Iunge kiusche und alte reht. Armiu
hôhvart deist ein spot, mit kumber lebt der êren kneht.

30,13  Die 'kraneches schrite' sind in der Anmerkung zu der Stelle
als Waltherisch erwiesen worden.

30,23.24.  Schon die Flickworte nemt eʒ war [s. noch 12,8.
94,4] deuten auf gezwungene Reimerei, da die Vorlage sich
in Freidanks Verspaare nicht schickte. G. (S. 57) zeigt,

dass wenigstens die Verbindung 'alten und bosen' nicht Freidanks Erfindung sein kann.

31, 1 Auch die so vielfach begegnende Antithese 'honec — galle' (Stellen bei G. und bei Zingerle unter Welt und Honig) ist nicht Freidanks Eigen. Er mag Walther (bei Wackernagel und Rieger 17, 1) 'ir honec ist worden zeiner gallen' oder die bekannte Stelle des armen Heinrich vor sich gehabt haben: sîn hôchvart muoste vallen Sîn honec wart ze gallen. (v. 153.)

31, 16. 17. Armer Heinrich 713 wir hân niht gewisses mê Wan hiute wol und morne wê [und ie ze jungest der tôt]. Vgl. Zingerle unter heute. [Wörtlich steht unser Spruch in Sankt Alexius Leben bei Massmann 124 b und Parzival 103, 24] Den Parzival kennt Freidanc.

34, 13. 14. Vgl. Nib. 224, 7, 4 (s. Cap. III.)

34, 21. 22. ist, wie in der Anmerkung zu der Stelle aufgezeigt wurde, absichtliche geistliche Umdichtung einer Stelle aus des Pleier's Meleranz.

35, 6 = Spervogel Str. 24, 3, bei P. (S. 215.)

35, 12—17 Freidank's Quelle könnte eine von G. (S. 58) zu anderem Behuf angeführte Stelle einer Pfälz. Hdschr. sein (341 bl. 89): mich dünket wir müezen baden alrêrst ûz den [die?] sünden mit reines herzen ünden, die ûf ze berge schiezen (t) und ûz den ougen fliezen (t).

37, 12—19 ist breitgetreten der kurze Spruch 'alte Sünde bringt neue Scham' (oder neues Leid) [s. Zingerle S. 144]. Freidank scheint eine Form vorgelegen zu haben, wie 'alte scham bringet niuwe riuwe' und so kommt er darauf, die 'wâre riuwe' als Quell der Erlösung von längst vergessener Schuld zu nehmen, schief genug offenbar.

38, 17—22 s. 66, 5—12.

39, 6—9. Gerhard 152—158

> des nam er ein urkünde dort
> an der schrift der wârheit,

>  diu von dem almuosen seit:
>  swer ez mit guotem muote gît,
>  daz ez lesche zaller zît
>  die sünde alsam daz wazzer tuot
>  daz fiur.

P. bemerkt S. 183· ff. 'Der Zusatz swer ez mit guotem willen
(muote) gît und z'aller zît, den beide haben, beweist nach G.
die Abhängigkeit der Auffassung. Ich widerspreche nicht; es frägt
sich nur, welcher von beiden der Abhängige ist. Über die Quelle
dieses Spruches erfahren wir von Freidank keine Silbe; nach Rudolf
ist er der Bibel (der schrift der wârheit) entnommen, und
wirklich steht er im Ecclesiasticus (Jesus Sirach) 3, 33: ignem
ardentem extinguit aqua et eleemosyna resistit peccatis. Woher
weiss es Rudolf? von Freidank nicht, denn der sagt davon kein
Wort. Wer ist hier der Entlehner? sicherlich nicht Rudolf. Er
hat vielmehr den Spruch selbst der Bibel entnommen [oder ihn
als Bibelspruch citirt gefunden, resp. in der Schule gelernt S.] und
ihn in Verse gebracht, und von ihm hat Freidank ihn entlehnt.
Das ist auch hier augenscheinlich, und das ist in Beziehung auf
den guten Gerhard das richtige Verhältniss.'

Wir haben nichts hinzuzufügen. Höchstens dies, dass der
Reim ruom : tuon (Freid. 99. 3) auch im g. Gerhart 6901 vor-
kommt.

39, 18. 19.　　Gregor 3400 wir haben daz von sîme gebote: Swer
umbe den andern bite, Dâ læse er sich selben mite. Ar.
Heinr. 26 man seit*), er sî sîn selbes bote, Unde erlœse
sich dâ mite, Swer über des andern schulde bite.

　　P. (S. 172) 'Bei Freidank . . sollte statt des Con-
junctivs bite nothwendig der Indicativ bitet stehen, wie
es 60, 23 ganz richtig heisst: merket, swer sich selbe
lobet; dann wäre aber der Reim gestört, daher die Hinzu-
fügung des Flickwortes merket, das aber nur ein dürftiger
Behelf ist und den Satz um nichts besser macht; ferner

---

*) Grimm hat gegen die Hdschr., die merket bieten, 39, 18 man
seit gesetzt.

tritt bei Freidank an die Stelle des alterthümlichen umbe der moderne Ausdruck für. Kann es zweifelhaft sein, wer hier vom andern geborgt hat?'

B. sieht freilich, indem er mit N (gegen die übrigen Handschr.?) bit: mit liest, in bit den gekürzten Indicativ bitet, was bei wurzelhaftem *t* in der Bescheidenheit allerdings oft genug vorkommt. [s. B. Einleitung S. 35] Die Handschr. geben auch loeset (G. loese). Hierin wird B. Recht haben, gleichwol ist auch er nicht der Meinung, dass Freidank das Original für Hartmann gewesen sein könne.

40, 15. 16. = Erec 431 swen dise edeln armen Niht wolden erbarmen. [Frauendienst 475, 21 der edele sol erbarmen Sich über die armen; daz rât ich.]

42, 15. 16 [17. 18] = Spervogel Str. 24, 5 P. (S. 215) armuot verderbet witze vil.

43, [8. 9] 10. 11 = Spervogel Str. 22, 4. 5 P. (S. 214) swen des genüeget des er hât Derst rîche âne schatzes hort. Bei Freidank die Flickwörter 'swiez ergât'.

43, 11 [a b] deuten auf Bekanntschaft der Thierfabel.

43, 20. 21 = Welscher Gast 43a swelh man hât einen rîchen muot, Derst niht arm mit kleinem guot.

43, 24. 25    Die Münchener Hdsch. (P. S. 240—245) bietet einen Spruch unter dem Namen Boppo [ist Boppe, v. d. Hagen 2, 379 gemeint?], der Freidanks Quelle sein könnte*),

> Hüet dich vor ainem man
> der in zorn smiren kan. (S. 241 Nr. 33.)

[smiren = smielen Nib. 68, 6, 2 mit smielendem munde si über ahsel sach. Noch bei Schiller in der Anthologie: freundlich schmollt der schwarze König.]

48, 19. 20 S. Müllenhof und Scherer, Denkmäler S. 152, 6 und 493.

50, 6. 7. Hartmann im zweiten Büchlein 193 er bedarf unmuoze

---

*) Nicht Boppe, sondern der Spruch in der von ihm bewahrten Fassung.

wol, Swer zwein hêrren dienen sol.  G. (S. 9) sagt 'Hart-
manns unmuoʒe scheint mir besser und könnte die echte
Lesart sein'.  Dass sie es doch nicht ist, ist in der Anm.
zu der Stelle gezeigt.  Wie Freidank oft Form und Sinn
entstellte, so auch hier.

54,1     Directer Widerspruch gegen Nib. 23,7,2 und 326,7,3. S.
Cap. III. [Freilich war der Satz auch im Iwein zu lesen.]

54,6.7.     Winsbeke 28,5 der tugent hât, derst wol geborn und
êret sîn geslehte wol. [Reduplication bei Freid. 64,13.]

54,22.23. [vgl, 94,5.6 mit der Anm. dazu] = Spervogel Str. 9, 1.2
(bei P. S. 207) swer blinden winket. derst ein kint, Mit
stummen rûnet, deist verlorn.

      P. sieht mit Recht in der Wiederholung derst ein
gouch und derst eʒ ouch eine 'elende, durch den noth-
wendigen Reim veranlasste Flickerei' (S. 250).

55,5.6.     ist aus 145,19.20 also aus Wolfram zurechtgemacht.

55,19—22 = Spervogel Str. 6, 7 sq. (bei P. S. 206.)

> In zweier slahte sinne Diu werelt umbe gât:
> Daʒ eine heizet minne, Diu valschen ende hât:
> daʒ ander sint gewinne, Deist süeʒiu missetât.

S. die Anm. zu der Stelle, auch zu 34,21.

57,6—9.     Iwein 3580—83 ich möhte mich wol ânen Ritter-
lîches muotes : Lîbes unde guotes Der gebrist mir
beider.

57,24.25.     Meleranz 57 guot sol man behalten Und dâbî
êren walten.

58,3.4.     Vgl. Nib. 7, 3, 2 ros unde kleider daʒ stoup in von
der hand, Sam si ze lebene hêten mêr deheinen tac.

59,10.11. = Spervogel Str. 30,8 (bei P. S. 218) ein siecher arzât
nerte sich ê danne mich, ob er iht guotes kunde.

60,23.24. = Gerhard 37,38 die wîsen jehent : swer sich lobe Sunder
volge, daʒ er tobe.

61,1.2.    Spervogel Str. 25,8 (bei P. S. 216) urteil wirt âne volge niemer vrome.

63,2.3.    Spervogel Str. 5,11 (bei P. S. 206) swer schiltet wider schelten, derst niht wol gezogen.

63,20.21.    der Winsbeke 60,9 eʒ ist ein lop ob allem lobe, der an dem ende rehte tuot. Nib. 41,6.4 ein ieslîch lop vil stæte ze jungest an den werken lît. Dietmar von Eist MS. 1,39ᵃ machest du daʒ ende guot Sô hâst du'ʒ alleʒ wol getân.

64,[12]13.    Hiervon gilt, was von 54,6.7.

64,18.19.    Welscher Gast 11ᵃ swer in zorn hât schœne site, Dem volget guotiu zuht mite.

64,22.23.    [und 65,8—11] Spervogel Str. 5,4 (beí P. S. 205) uut der sîn leit sô richet, Daʒ er'ʒ dâ nâch beweinet, Den muoʒ riuwen, daʒ er'ʒ ie gewuoc. S. Anm. dazu.

66,5—12 und 38,17—22 = Spervogel Str. 32 (bei P. S. 217. 219.) Vil stîge hin zer helle gât, Der aller möhte werden rât, Wan daʒ ich vürhte drîe breite strâʒe. Derst einiu swer durch grôʒen zorn Verzwivelt, der ist gar verlorn, Daʒ kumt von starken sünden âne mâʒe. Diu ander ist swer missetuot Und er sich dannoch dunket guot. Diu dritte ist swer sündet ûf gedingen Und trœstet sich unstæter jugent, dem mac wol misselingen. S. noch P. S. 180. 181.

68,2.3. = Spervogel Str. 7,1—4 (bei P. S. 207) dô got den êrsten man geschuof, Den lesten bekante er sâ zehant. Er hœret gedanke sam den ruof, Diu herze sint im al erkant.

69,17—20 Vgl. Walther 99,28. .

71,7.8.    Armer Heinrich 101 des muge wir an der kerzen sehen Ein wâreʒ bilde geschehen, Daʒ sie zeiner eschen wirt Enmitten dô si lieht birt. [Weiter ab liegt der Winsbecke 3,1 sun, merke wie daʒ kerzen lieht die wile eʒ brinnet swindet gar.]

73,8.9. ebenhêre bei Wernher 65,25.

73,20.21. = Spervogel Str. 10,5—7 (bei P. S. 208.) swanne ich volende mînen muot, Des einen bin ich hêre, so enruoche ich waz der keiser tuot.

74,21.22. P. findet Freidanks Quelle (S. 265) in einem Liede Dietmars des Sezzers MS 2,120ᵃ lîp unde guot daz ist von gote ein lêhen. · [W. Gast in erweiterter Fassung: wir haben von im sêl unde lîb, Liute, eigen, guot, kint unde wîp 7896.]

78,7.8. = Spervogel Str. 18,10 (bei P. S. 212) got gît den tôren senfte leben, den wîsen nôt ze lône.

79,11.12. Im Eraclius. 3139.40 heisst es: wir wîp kunnen manegen list Der iu mannen unkunt ist. Freidanks Aneignung ist wirklich, wie P. sie (S. 250) nennt, platt.

79,19—80,1 Alter Spruch. S. Müllenhof und Scherer S. 152, 5 und dazu S. 492. Der Spruch des Reinmar von Zweter (Wckn. 5. Aufl. Sp. 873) ist vielleicht die unmittelbare Quelle Freidanks.

80,2 = Spervogel Str. 17,4 (bei P. S. 211) gewalt den witzen angesiget. Freidank macht wîsen daraus. Auch hier nimmt er den Reim, den er braucht, (pfliget) aus der Strophe Z. 1.

[Boner kehrt den Satz um: wîsheit ist bezzer dan gewalt. So vor Freidank schon der W. Gast 2513 daz vür sterke gê bescheidenheit.]

80,6.7. [die Umkehrung v. 18. 19] = Spervogel Str. 18,7.8. (bei P. S. 212) genuoge wîses herzen sint, Ir worte tump alsam diu kint.

80,12.13. = Winsbeke 25,7 daz wort mac niht hin wider in Und ist doch schiere für den munt. S. die Anm. dazu.

81,3.4. Freidank hat also das Spruchgedicht (v. d. Hagen, Deutsche Gedichte des Mittelalters. Berlin 1808) von Salomon und Markolf gekannt, es fragt sich nur ob die lateinische Fassung oder die alte niederrheinische Bearbeitung, die, wie schon aus Freidanks Citat erhellen würde, damit vor 1230 bekannt gewesen sein muss. [Die Spüche von Akers sind einem Gedichte entnommen, das vor 1228 nicht geschrieben sein kann und Freidank war durch die Bescheidenheit bereits berühmt, als ihn die deutschen Kaufleute nach Venedig einluden; wir nahmen an (Über Freidanks Grab), dass das um 1228 geschehen sei, früher nicht, eher etwas später, daher oben die runde Zahl 1230.] Ich nehme unbedenklich die Bekanntschaft mit der niederrheinischen Bearbeitung an,*) da ja, wie wir bereits wissen, auch Wernher vom Niederrhein zu den Bekannten Freidanks gehört. Auch einen andern Spruch noch wird Freidank aus jenem Buche entnommen haben, nämlich 125,11 : [auch 13. 14. s. B.'s Anm.]

vil dicke frô houbet stât<br>
an satem bûche, swer den hât.

Noch Burkhard Waldis Esopus Buch 4, 87, 41 weiss, dass das ein Dictum des Marcolphus (er las also wol das lateinische Exemplar) war:

Marcolphus sagt, welchs man gern glaubt:<br>
auf vollem bauch steht ein fröhlich haupt.

[In dem Texte geben wir 81,4 Markolf (für Marolt) nach Hdschr. CζDE (Marcolt M).

82,10.11.　　Vgl. Reinmar von Zweter MS 2, 186ᵇ so erkennt man doch den esel bî den ôren (G. S. 67.) [Wir meinen nicht, dass das gerade Freidanks Quelle gewesen sein müsse, da die Fabel vom Esel in der Löwenhaut längst bekannt war.]

82,23.24.　　Spervogel Str. 20,7.8. (bei P. S. 213) mir kumt nieman so tumber zuo, Ern wæne, daz erz beste tuo.

83,3.4.　　Spervogel Str. 9,5—7 (bei P. S. 207) swer den tôren vlêhen muoz, Ze allen zîten umbe gruoz Dem wirt selten sorgen buoz. G. meinte, die Strophe biete in der mittleren

---

*) Bezzenberger sagt S. 367 'Freidank hat doch wol das lateinische Buch im Sinne.'

Zeile einen 'unverständigen Zusatz'. Das weist P. S. 251 ff. überzeugend zurück. S. die Anm. zu der Stelle.

85,1.2.     Vgl. Spervogel Str. 31,10 (bei P. S. 218) möhte ein tôre geleben nâch dem willen sîn, hiu, waz er wunders tæte!

85,5—8.     Eine Priamel, deren Theile sprichwörtlich waren. S. beim Winsbeke 63,20 z. B. wir koufen in dem sacke niht.

85,[17]18.     Vgl. Nib. 3, 5, 3 und 363,2. 4.

87,18.19.     Vgl. Nib. 237,5, 2.

88,15.16.     G. S. 68 citirt Heinrichs Krone Bl. 1ᵃ swer den rûhen zigel tweht, der siht ie lenger ie dicker hor.

89,22.23. = Welsch. Gast 2ᵃ swer frumer liute lop hât, Der mâc wol tuon der bœsen rât.

91,2.3.     Vgl. Nib. 237,5, 2. [Frd. 87,18. 19.]

93,14.[15]     G. citirt die Winsbekin 16,6 ze swacher heimlîch wirt man siech.

93,18.19. und 20.21. Spervogel Str. 8, 3.4. (bei P. S. 207) wîstuom, êre, grôz rîcheit Der einez nieman geenden [lies genden s. Anm. zu 93,18] kan.

94,5.6. [s. die Anm. zur Stelle] = Spervogel Str. 9,2 (bei P. S. 207) und stummen rûnet, deist verlorn [Vgl. 54,22.]

95,18.19.     Sprichwörtlich ist sonst wol ein 'gestanden swert' s. Zingerle S. 137 und so findet sich in der That unser Spruch unter dem Namen Averoes in der Münch. Hdschr. P. S. 241 (nr. 23)

> Bewerter fründ und gestandenew swert
> die zwai sint grôzes guotes wert.

Dennoch mag hier ein Missverstand obwalten; hat doch Geiler noch 'ein gestanden ersamen menschen' und reden wir von einer gesetzten Person, so mag Freidank vorgefunden und vielleicht geschrieben haben:

> Gestanden friunt, versuochtiu swert

[Ein gestandenes Schwert, falls es richtig wäre, müsste als Übertragung eines persönlichen Attributs auf die Sache gefasst werden.]

96,21.22. [128, 4] Vgl. Nib. 272,3, 2. zwiu solde ich den êren der mir ist gehaẓ?

97,2.3. = Nib. 24,5.3. man sol stæten friunden klagen herzen nôt. (S. Cap. III.)

97,26.27. = Bligger 122 mir ist ouch für wâr geseit, daẓ er lihte vriunde sich bewiget, swer alle zît niugerne pfliget.

99,5　　　　Vgl. Nib. 3, 4, 1.

99,11　　[= Welsch. Gast 19*b* si (die Minne) blendet wîses mannes muot.

100,6.7. aus Hartmann's Rede vom heiligen Glauben. S. Anm. zu der Stelle.

100,20.21. und 24. 25. Reinmar der alte MS 1,69 *a* in ist liep, daẓ man sie stæteclîche bite Unt tuot in doch sô wol, daẓ sie versagent.

101,13　= Diu Winsbekin 32,4 betwungen liebe ist gar ein wiht.

101,15.16.　　　Wigalois. Die ganze Stelle, die Freidank höchst wahrscheinlich gekannt, lautet (Sp. 140,10 ff.):
Eẓ ist ouch noch ein übel wîp Wirser danne dehein man,
Wande si niht bedenken kan, Waẓ ir dar nâch kümftic sî.
Diu edeln wîp, diu sint frî Alles übels : daẓ weiẓ ich wol;
ir reine herze sint guotes vol. Wol in, der daẓ verdienen
kan, Daẓ in ein edeliu frouwe an Niwan güetlîchen siht.
Erwirbet er dâ anders niht, So fröut eẓ in doch verre baẓ,
Danne ob er verdienet daẓ, Daẓ im ein unedele wîp Gæbe
guot unde lîp. Swem sie fröude wellent geben, Der mac
vil deste gerner leben; Da von man die frouwen sol Âne
mâẓen haben wol. Ir lôn daẓ gît vil süezen zol.
Auch Freid. 103,25.26. kann hieraus gemacht sein.

102,18.19. [nur in a] = Hartmann zweites, Büchlein 701. 702 des wîp dâ sint gehœnet Des well wir sîn gekrœnet.

106,20.21. = Die Winsbekin 41,3 swer sîuem rehte unrchtc tuot, Der êren niht gehûcten kan. Freidank, der einen Reim auf tuot zu finden hatte, geräth auf das phrascnhaft blassc: dem wirt daz ende selten guot.

107,22.23. Fleck Flore 36 wan ie daz lihter bœser ist. G. sagt Über·Freidank S. 13 'Fleck hat die Bescheidenheit nicht gekannt.' Gewiss nicht, aber ihn wird Freidank gekannt haben. Auch Thomasin kannte ihn.

111,2.3. = Welsch. Gast 15ᵃ her ûz kumt ze keiner frist Niuwan daz innerhalbeu ist. Vgl. auch Eraclius 1118. 19 ich wæn von bœsme vazze Gât vil selten guot gesmac.

111,10.11. [nur in D E F] Sprichwort [wer zuo drîen helbling ist geborn, der kan zuo II pfenig niemer komen. Wckn. 1166.] Freidank wäre· Polemik gegen diesen Fatalismus zuzutrauen gewesen, wie 53,27 ff. und 132,6 ff.

114,9.10.[11.12] = Spervogel Str. 10,1—4 (bei P. S. 208) swer schôue in sîner mâze lebt, Dem möhte niemer werden baz. Ich sach ie, swer ze hôhe strebt, Daz er dar nâch mit.schanden saz.

    Freidank hat auch hier den Reim behalten. Ferner liegt der Winsbeke 41,5 eîn ieglich man hât.êren vil, der rehte in sîner mâze lebet und übermizzet niht sîn zil.

114,27 = Spervogel Str. 8,6 (bei P. S. 207) gelücke die sint sinewel. G. citirt Gudrun 2596 gelücke daz ist sinewel sam ein bal. Auch die Hdschr. D bietet in unserer Stelle sinewel, es ist gewiss das echte.*) Warum verschmähte es Grimm? Weil Freidank dann das Gedicht gekannt zu haben verdächtig war? S. noch Zingerle S. 56.

115,12.13. = Spervogel Str 8,5.6. S. die Anm. zu der Stelle.

115,14—17 'Der sprichwörtliche Gedanke mehrfach bezeugt z. B. Winsbekin 15,1 gedanke sint den liuten frî und wünsche

---

*) Es ist nicht bloss hier sondern in H auch hinter 115,13 bezeugt. Dort folgt 'Gedank vnd augen die sint snel Gelucke daz ist sinewel,' also genau·so, wie Spervogel Str. 8,5. 6.

sam : weistu des niht, jedoch muss die Form Freidanks zur Zeit als Original gelten.

115,18.19. [vgl. 69,18] = Walther 99,28 . . eʒ sint die gedanke des herzen mîn : dâ mite sihe ich durch mûre und ouch durch want.

116,21.22. = Spervogel Str. 17,9 (bei P. S. 211) unrehter gæhe nieman wonet, ern müeʒe ir dicke engelten, guoter gebite noch nie gebrast mit schœnen zühten selten.

   P. S. 180 'Freidank brauchte guot zum Reim auf tuot, darum musste er ändern und guot gebite mit reht gebite vertauschen.'

116,25.26. = Winsbeke 33,8 muotes alze gæher man vil trægen esel rîten sol. Freidanks Flickwort zallen ziten ist veranlasst durch das Bedürfniss des Reimes.

118,21.22.   Der Spruch setzt Bekanntschaft mit jenem schœnen, dessen wir im Cap. I erwähnten, voraus. In der Münch. Hdschr. bei P. S. 244 ist jener dem Thomas [nicht dem Apostel wie P. zu glauben scheint, sondern dem Thomas von Aquino] beigelegt. Er lautet daselbst:

> Wir sind hie frömd gest
> und zimmern hie gross vest
> mich nimpt wunder daʒ wir nit mauren
> da wir ewig müssen dauren.

Auch bei Michael Neander noch [s. M. N.'s deutsche Sprichwörter, her. und mit einem kritischen Nachwort begleitet von Friedrich Latendorf. Schwerin 1864] und selbst heute noch als Hausinschrift.

120,5.6.   Der Ausdruck breite huoben bei dem Winsbeken 45,4 si machent breite huoben smal ist sicherlich das Original und auch für eigen herzustellen. [nach Hdschr. DE].

120,25.26.   Dieser schœne Spruch wird von der Münch. Hdschr. bei P. S. 240 mit Maister Chuonrat bezeichnet. Ich glaube nicht, dass die Dichternamen dieser Hdschr. willkürlich ersonnene sind. Boppo, Krüczner, Frawenlop, Myssenere, Fridank, Ruobenschaft und unser Chuonrat begegnen von deutschen Namen. Welchen Konrad aber kann sie meinen? Etwa den Fleck, den guoten Kuonrat, wie ihn Rud. von Ems im Wilhelm nennt? [her Flec der guote Kuonrât, So er Flôren getât Und Blanscheflûrs berihte]. Ich kann, von Büchern entblösst, nicht zusehen. Vgl. zu 107,23.

121,2.3. gehört offenbar mit 106,8—11 zusammen, und wie 121,2.3 aus Morolf 1,434 so wird es auch jene Stelle sein. (P. S. 265.)

123,24.25. Spervogel Str. 3,4 (bei P. S. 204) swer da drôuwet, dâ man in niht vürhtet, derst ein kint.

126,3.4. Dieser formell mehr als mittelmässige Spruch [des ist doch niht klingt ja ganz neuberlinisch] wird zurecht gemacht sein aus Spervogel Str. 21,10 MS 2,230$^b$ (bei P. S. 213) und trüege ein wolf von zobel ein hût, nâch künne er lihte tæte.                                    .

126,21.22. Die Warnung ist alt. S. die übrigens von Grimm missverstandene Stelle aus einem Gedichte des 12 Jh. bei G. S. 71 zu 109,6.7. Ferner bei Zingerle S. 64 [Fragm. 44 $b$] man seit, swer von der erden Hôhe über sich houwet Unheil in lihte betouwet. Freidank vorgelegen hat aber wol der Winsbeke 33,4 swer gerne ie über houbet vaht, der mohte deste wirs gesigen.

126,27. 127,1. Walther 65,12 ich enwil niht werben zuo der mül u. s. w. Morolf II, 345 ez ist bœse harpfen in der mülen.

129,17.18. S. Anm.

131,3.4. der Welsche Gast 44$^b$ hat: swelch man verkouft sîn frîen muot, der nimt niht gelîchez guot.

131,23.24. Aus dem Winsbeken 25,1 sun, bezzer ist gemezzen zwir danne verhowen âne sin. Hier ist Freidanks erbärmliche Noth, einen Reim zu finden (dan zeinem male vergeʒʒen) so handgreiflich, dass man die Macht der fixen Idee bewundern muss, die leider Grimm beherrschte. Es ist doch deutlich, dass es in dem Zimmermannsspruche eben darauf ankommt, vor dem verhauen zu warnen. Was Freidank bei seinem vergeʒʒen sich gedacht haben möge, wissen die Götter.

132,6 Freidank polemisirt gegen die Ansicht, die Nib. 256,7.1 ausgesprochen ist: swaʒ sich sol gefüegen wer mac daʒ understên? S. Cap. III.

134,22.23. G. sagt S. 13 'Liechtenstein scheint sich nur um die Dichtungen von Artus und der Tafelrunde bekümmert zu haben: mit Freidank kommt einiges gemeinsame vor, doch die Übereinstimmung müsste entschiedener sein.' Dann citirt er 95,14, was freilich für Freid. 90,25 nichts beweist und 340,25:

> guot gedinge derst vil guot:
> lieber wân noch sanfter tuot.

Die Stelle geht aber weiter:

> swer lieben wân bî kumber hât,
> des mac mit freuden werden rât.

Es ist nicht zu zweifeln, dass unser Text diese ganze Stelle in seiner Weise sich zurechtgemacht hat. Das Zusammentreffen in v. 23 deist guot gedinge und lieber wân wäre wunderbar. Also auch den Frauendienst kannte Freidank? S. S. 367 Anm.

136,17—137,8 Freidank nennt selbst Isidor als Quelle. Er schöpfte aber kaum direct daraus. S. zu 143,7—12.

137,23—26. = Spervogel Str. 11.5—9 (bei P. S. 208 ff.)

> Swâ ich erkenne des wolves zant
> in mînes vriundes munde,
> dâ wil ich hüeten miner hant,
> daʒ er mich iht verwunde,
> sîn bîʒen swirt von grunde.

P. S. 252 ff. weist ganz überzeugend die Behauptung G's. zurück, wonach die bei Freidank fehlende Zeile ein 'missglückter Zusatz' wäre.

138,17.18.    Wól sprichwörtlich. S. Zingerle 73 und 74. Carm. bur. CCIV,15.

138,21.22.    Morolf 2.605 der fuhs der sich müsens schampt, von hunger er ergramt.

139,4 *a—u.*    Reinhart Fuchs S. 363 [nur in NO].

143,7—12.    S. Gereimte Überarbeitung eines Physiologus des XII Jh. (bei Wackernagel Lesebuch 5 Aufl. Sp. 354. Auch von dem folgenden noch manches, z. B. 143,19 ff. 144,11—26, 145,1.2. und 3—10 ist aus gleicher Quelle geschöpft.

1441—2    Vgl. Nib. 131,6,1.

145,19.20.    Nach Wolfram Lied V. 20 wie bin ich sus iuwelnslaht? si siht mîn herze in vinsterr naht. Die Entlehnung eines so ganz individuellen Bildes, wie iulenslaht, ist beweisend.

P. S. 256 'Die Entlehnung Freidanks liegt hier ebenso auf der Hand, wie die Verflachung, die der Spruch, den er eigentlich erst dazu gemacht hat, erfahren hat.'

169,10—13.    Nach Spervogel Str. 3,2 (er ist ein tôre swer . . .) und liuget so, daz man im niht geloubet.

Freidank, der den Reim nimmt, wo er ihn zunächst findet, entlehnt aus Zeile 5 auch noch das Reimwort roubet.

177, 21. 22.    = Klage (überarbeitete) 3545,46. G. bemerkt S. 9 scheln in dieser bildlichen Bedeutung gebrauchen nur wenige. Ich füge noch eine Stelle hinzu: Wittich 1362 nach der Insprucker Handschrift (s. Germania IX, 52.) Kannte Freidank also die Klage, so ist um so viel glaublicher, dass ihm das Nibelungenlied nicht unbekannt war.

182,3 = die Winsbeken 19,2 [G. S. 12.] si sagent wîp hant kurzen muot, dâ bî doch ein vil langez hâr.

# VII.

# Zeitbestimmung.

Es ist klar, dass aus dem Nachweise der Entlehnungen der sicherste Anhalt für die Zeitbestimmung der Bescheidenheit gewonnen werden muss. Wir haben sichern Anhalt schon durch das Verhältniss zu Rudolf von Ems allein, dessen guten Gerhard Freidank kannte (s. zu 39, 6—9) und in dessen Wilhelm er rühmend erwähnt wird, ob als noch lebend oder bereits todt, ist dort nicht zu erkennen. Nun ist der Wilhelm vor 1241 gedichtet, während Gerhard genauer Datirung entbehrt. Da jedoch Freidank entschieden den Wigalois kannte (vor 1208—10) und nicht nur das Nibelungenlied (c. 1210?) sondern sogar die überarbeitete Klage, die nach Lachmann vor 1225 vollendet gewesen sein muss, da er Wolfram's Lieder kennt und wahrscheinlich die um 1220 gedichtete Krone (s. zu 88,15), jedenfalls aber die niederrheinische Bearbeitung des Salomon und Marcolfus, die Lieder und Sprüche Walther's, ja Konrad Fleck*), so werden wir nichts riskiren, wenn wir allein hiernach schliessen, die Bescheidenheit wird nicht vor 1225 verfasst worden sein. Dabei ist von dem Abschnitte von Akers noch ganz abgesehen, der in der ältesten Hdschr. A sich findet [nur ist Grimm im Irrthum, diese Hdschr. als sicher dem 13. Jh. angehörig zu bezeichnen. Das ist bei dem von ihr mit fast allen andern getheilten Zustande der Verderbniss unmöglich zu denken] und vor 1229 nicht wohl kann bekannt gewesen sein. Da es fraglich ist, ob dieser Abschnitt (zu dem der von Rôme gehört) schon der ursprünglichen Bescheidenheit zugehörte oder erst später angeschoben ward, so sagen wir, Alles übrige kann c. 1225 dagewesen sein.**) Im Alexander Rudolfs von Ems ist Freidank bereits todt, da auf die Grabschrift angespielt wird, ebenso wie in Heinzeleins Minnelehre. Der Alexander ist nach 1241 gedichtet.

Der Stricker, der 1240 starb, kennt Freidank nicht. Das kann Zufall sein, kann aber auch so zusammenhängen, dass die Be-

---

*) Der nach der gewöhnlichen Annahme erst nach 1230 angesetzt wird, von P. jedoch höher hinauf gerückt ward. **) 134, 22. 23. zwar widerspricht, doch wird es spätere Zuthat sein.

scheidenheit — und dann gehören die Stücke von Rom und Akers von Hause aus dazu — erst 1229. 1230 vorlag und des Stricker's dichterische Thätigkeit damals bereits abgeschlossen war. Einer Hinausrückung des vorher gewonnenen Datums bis auf 1229. 1230 reden auch noch andere Beziehungen das Wort. Schon die niederrheinische Bearbeitung des an ungefuoc so reichen Gedichtes von Salomon und Markolf wird man nicht gern in den Anfang des Jahrhunderts setzen wollen, wenn auch nicht über 1225 hinaus und Walther's Gedichte mögen als abgeschlossenes Buch auch kaum früher gangbar gewesen sein.

Ein Wort über Freidanks Verhältniss zu Thomasin's Welschem Gast ist hier an der Stelle. G. sagt, immer aus seiner Annahme heraus, dass alle Welt Freidank müsse ausgeschrieben haben 'bei Thomasin ist mir Bekanntschaft mit Freidank noch wahrscheinlicher' (als bei dem Winsbeken und der Winsbekin). Die Stellen, die Über Freidank S. 12 zusammengesetzt sind, zeigen Abweichungen, die an sich es zweifelhaft lassen, wer von beiden etwa den andern gekannt hätte [s. zu 89,22 64,18. 111,2. 99,11. 43,20. 131,3]. Ich bin jedoch der Meinung, dass auch hier die Benutzung von Seiten Freidanks zu erkennen ist, deutlich 64,18.19. wo, 'wer in zorn ist wol gezogen' durch Thomasin's guotiu zuht veranlasst und die Reimzeile 'dâ hât tugent untugent betrogen' zwar bestechend, aber doch gezwungen erscheint. Doch das wäre Geschmackssache und G. kann auch hier verlangen, dass wir seiner Aufstellung mit stichhaltigen Gründen begegnen.

Gut. Thomasin dichtete, wie er selbst uns sagt, den Welschen Gast 28 Jahre nach der Wiedereroberung Jerusalems durch Saladin (2 Oct. 1187) d. h. 1215 oder 1216.

Nach G. würde er Freidank's Bescheidenheit gekannt haben. Ist es da denkbar, das er gerade ein Buch, wie die Bescheidenheit sich ersehnen konnte? Man lese die folgenden Zeilen [eben sind die Epiker, die uns vil der âventiure in tiusche zungen hânt verkêrt, gepriesen worden]:

> v. 1139 Doch wold ich in danken baz,
> und heten si getihtet daz,
> daz vil gar ân lüge wære;

des heten si noch grœʒer êre.
swerʒ gerne tuon wil,
'der mag uns sagen harte vil
von der wârheit: daʒ wær guot.
er beʒʒert ouch unsern muot
mit der wârheit michels baʒ
denn mit der lüge: wiʒʒet daʒ.*)
swer an tihten ist gevuoc
der gewinnet immer gnuoc
materje an der wârheit:
diu lüge sî von im gescheit.
dâ von sol ein hüfsch man,
der sich tichten nimet an,
vil wunderwol sîn bewart,
daʒ er niht kome in die vart
der lüge.

Was ist dagegen natürlicher, als dass Freidank eben durch diese Aufforderung mitbestimmt ward, seine Krone aller tugende, die Bescheidenheit zu verfassen? Dass zwar er an tihten nicht eben gevuoc war, haben wir sattsam gesehen, aber solcher œden Geister bedurfte es, um der des Sinnes für wirkliche Poesie so schnell verlustig gewordenen Zeit zu gefallen. Scheint ihn doch selbst Rudolf ehrlich zu preisen und war er gewiss ein berühmter Mann, als die deutschen Herren des Fondaco zu Venedig ihm ihre Wände zu lehrreichen Sprüchen hergaben.

Ja wahrhaftig schnell ist es mit der Blüte deutscher Dichtung vorbei gegangen. Aber wer die Bescheidenheit an den ersten Beginn des Jahrhunderts oder wol gar noch in das Ende des 12. zu setzen sich getraut, der muthet uns zu, die Auflösung, die Fäulniss der überreifen Frucht mit der Blüte zusammenzudenken. Das vermögen wir nicht.

---

*) Vgl. Frd. 22, 41. 86, 12. 97, 22 [90, 20 merket daʒ] wo jedesmal der Reim baʒ : daʒ.

# VIII.

# Über eine Stelle in des Rudolf von Ems Wilhelm von Orlens.

'Ich muss auf eine vielfach angefochtene Stelle in Rudolfs Wilhelm von Orlens zurückkommen, die in allen, ziemlich zahlreichen Handschriften immer gleichlautend erscheint', sagt Wilh. Grimm, Über Freidanc S. 6.

Auch wir sehen uns genöthigt, auf die Stelle näher einzugehen, weil daran liegt, auch diese Stütze einer ganz wunderlichen Hypothese wegzuziehen und der Litteraturgeschichte vielleicht einen kleinen Dienst zu erweisen.

Die betreffende Stelle liest man:

> Wold iuch meister Fridanc
> getihtet han, so wæret ir
> baʒ für komen danne an mir,
> oder von Absalcne:
> hæt er iuch alsô schône
> berichtet als diu mære
> wie der edel Stoufære,
> der keiser Friderich verdarp
> und lebende hoheʒ lop erwarp.

Die Zeile oder von Absalone ist in der That eine Crux. Wilh. Grimm meinte sie aus der Welt zu schaffen, indem er las od der von Akône [oder Akarône]. Der von 'Akon oder Akers sei nun kein anderer, als der anonyme Dichter der in der Bescheidenheit befindlichen Sprüche von Akers — mit denen die von Rome eng zusammengehören — der, wie Grimm sagt, füglich so habe genannt werden können, da er in Akers eine Zeit lang lebte und dort das Werk dichtete, von dem diese Bruchstücke uns erhalten sind. Rudolf von Ems unterscheide ihn zwar von Freidank, aber er habe eben nicht wissen können, was vor Grimms Walther-Freidank-Hypothese freilich kein Mensch hätte wissen können, dass Walther in die angeblich von ihm gedichtete Bescheidenheit, die er unter dem Pseudonym Freidank herausgab,

Citate aus einem ebenfalls von ihm, diesmal unter der Verkleidung des von Akone, gedichteten Werke hineingesetzt hätte.

Grimm findet es natürlich, dass der, welcher die Schicksale Friedrichs [des zweiten!] bei dem Kreuzzug erzählte, auch Barbarossas und seines traurigen Unterganges gedachte.

Die Worte Rudolfs sehen nun nicht darnach aus, als meinten sie ein Gedicht von Kaiser Friedrich II. Diu mære, wie der edel Stoufære verdarp, denn damit ist der Hauptinhalt des ganzen Gedichtes und nicht etwa eine zufällige oder meinetwegen selbst nahe liegende, jedenfalls beiläufige Erwähnung, bezeichnet, ich meine, diese Märe kann nur von Friedrichs I. Kreuzzug und Tod (1190) gehandelt haben. Es wäre einer der wunderbarsten Zufälle, wenn derselbe Dichter, der diese Märe gedichtet, volle 40 Jahre später [die Sprüche von Akers erwähnen des zwischen Friedrich II. und Sultan Malek-Kamel am 20. Februar 1229 abgeschlossenen Friedens und des durch den Erzbischof von Caesarea in Folge desselben über die heiligen Orte verhängten Interdictes, Freid. 160,18 ff. 162,12 ff,] von dem Kreuzzuge Friedrichs II. gedichtet hätte, doch es ist ja blosse Phantasie Grimms, die Stelle Rudolfs mit den Sprüchen der Bescheidenheit in Verbindung zu bringen.

Abzulehnen also ist seine Vermuthung sicherlich. Aber man wird uns fragen, was denn sonst

oder von Absalone

besagen wolle.

Man könnte einen Augenblick glauben, dass Absalon wirklich der Name eines uns unbekannten und merkwürdigerweise eben nur Rudolf von Ems bekannt gewordenen Dichters sein möchte und in der That, W. Wackernagel, der sonst Grimm so naiv glaubende, lehnt schliesslich die Conjectur des Meisters [von Akone] ab und sagt im Altdeutschen Handwörterbuch: 'Absalôn, Absolôn — Name oder örtlicher Zuname (von Absalone) eines mhd. Dichters.'

Sehr schön: oder örtlicher Zuname, nur hat sich Wackernagel um die Auffindung eines Ortes, der Absalon hiess und von dem ein deutscher Dichter benannt sein konnte, kein graues Haar wachsen lassen.

Also Name? Gewiss, es begegnen Absalons. Man kennt einen Bischof Absalon von Rothschild, der später Erzbischof von Lund war. Der Mann ist geboren 1128 und 1201 gestorben (s. Pontoppidan, Annales ecclesiae danicae) aber er hat weder an einem Kreuzzuge Theil genommen, noch hat er selbst etwas geschrieben und die deutsche Litteraturgeschichte hat ihm gewiss nichts zu danken, wenn auch die Mythologie es ihm hoch anrechnen mag, dass er den Saxo Grammaticus zu seinem interessanten Werke angeregt.

Noch weniger ist an einen Canonicus in Speier des Namens Absalon zu denken, der am Anfang des 12. Jh. lebte.

Rudolf von Ems spricht aber, wie die Fortlassung des eigentlichen Namens und die blosse Erwähnung des Ortes beweist, von einem allgemein bekannten Dichter. Wenn er so vorher 'den Ouwære' nennt, so wusste von seinen Lesern jeder, dass der Dichter Hartmann gemeint ist, der von sich selbst sagt, 'dienstman was er ze Ouwe', nennt er 'den von Eschenbach' so hat er nicht nöthig Wolfram's Namen hinzuzufügen.

So hier: 'oder von Absalone.'

Lassen wir uns nur durch die Grimm'sche Fiction von dem Versteck spielenden Walther von der Vogelweide nicht irren. Stellen wir die Frage: ein bekannter, deutscher Dichter, der eine Märe von Kaiser Friedrichs I. Kreuzfahrt und Tod gedichtet hat und aus einem Orte, der Absalon geschrieben werden konnte, wer kann, wer muss das sein?

Nützlich ist es immer, die Handschriften einzusehen. Die beiden Haager Hdschr. bieten:

oder von absolone

die Stuttgarter:

absolon

Rudolf schrieb:

oder von sabione

das ist kein anderer, als Leutold von Seben. Ihm musste der tirolisch-italienische Name der Burg Sæben : Sabiona geläufig, wie den Abschreibern fremdartig sein, dazu kommt, dass er auf

schöne reimen wollte. Von den Abschreibern brauchte nur der
erste das s zu verstellen:

absione =
abslone

so war der Absolone resp. Absolon und dann der unglückliche
Absalon der Hdschr. erzeugt.

Tilgen wir ihn nun aus der 'vielfach angefochtenen Stelle.'

Die Consequenzen unserer Herstellung zu ziehen ist hier nicht
der Ort, es genüge des willkommenen Lichtes uns zu erfreuen,
das damit wieder auf die dichterische Thätigkeit Leutolds fällt,
den schon Reimar der Fiedeler als einen wahren Leute-hold
preist, der mit werder kunst den liuten kürzet langez jâr.

# INDEX.

biderbe, der in C D 58, 17. ohne
Grund.

Bienen s. zu 81, 21. 22.

biscolve (Bischöfe) 87, 6 herzu-
stellen.

blecken für hecken 146, 15 herzu-
stellen, ebenso 130, 10.

Bligger von Steinach s. zu. 97, 26. 27;
zu 34 21. 22 und Cap. VI, 97, 26. 27.

börnen zu 89, 12.

bœse in horwic zu ändern 21, 19.

bœse, der 89. 10 unecht.

bœsen, die in huuden zu bessern
87, 22.

in kinde (nd. bœren) zu bessern
89, 12.

bœzte, daz nicht das geringste
119, 21.

Boner Cap. VI. 80, 2.

Boppo Boppe Cap. VI, 43, 24. 25.

brechen, die helle, Cap. VI, 11, 21. 22.

den himel zerbrechen 4, 4. 5.

brien pl. in unvuoge zu bessern
58, 22.

in kœse zu ändern 83. 27.

Verderbniss, das auf wie er
beruht 58, 22.

brot, begozzen brôt s. zu 109, 13 d

bruder, testiculi s. zu 139, 5. 6.

buden (D) = ünden s. zu 63, 19.

### C.

Credo = Trauwol, Triuweswol s. zu
116, 1. 2.

### D.

d für b Ursache des Verderbnisses in
87, 6.

daran = von welchem 127, 9.

daz in des zu bessern 96, 18.

für den (dann) zu lesen 109, 7.

dazehant = dâzehant s. zu 106, 8—11,

David von Augsburg, Cap. VI,
24, 10. 11.

dechân s. zu 87, 6.

dem in ime zu bessern 126, 8.

den (I dem) 109, 6 in dem zu än-
dern, jedoch umzustellen.

der tuot wol 109, 6 in dem zu bes-
sern.

in daz zu ändern 19, 9 und 11.

des guoten, abs. = in Betreff des Guten,
zu 132, 6—9.

des für dazs = daz des 105, 19.

des dritte, unberechtigtes Ein-
schiebsel 106, 11.

des man da gît in als manege
er gît zu bessern 39, 12.

die in daz si zu bessern, zu 160, 18 ff,

die = dise 33, 14.

Dietmar von Eist, Cap VI. 63, 20. 21.

— der Sezzer, Cap. VI. 74, 21. 22.

disen = daz den 160, 25 (N O).

dinc für zît herzustellen 117, 18.

s. zu 129, 25.

in tier (nd. dier) zu bessern
129, 25.

stât, s. Cap. III.

doch 48, 16. beizubehalten.

dort, hie und dort s. zu 153, 15—22.

drî = dru = drouwe 33, 14.

dritte, richtig 19, 17.

drin, wan driu = driuwen, entriuwen
s. zu 75, 19.

dru (D) 33, 14. s. drî.

dürchel, dürkel, Cap. III.

dulcor, dulcedo 35, 21.

duwiles (tiufels) von N verlesen
des wîns 94, 14.

dzs = die, 160, 18 ff.

### E.

ê (quondam) als ê (matrimonium) ver-
standen 75, 19.

edel aus êlich verderbt 126, 7.

ehant = kint s. zu 106, 11.

Eilebeute. zu 150, 26 ff.

ein in einwiht als Artikel ge-
nommen, zu 7, 6—17.

eintzleht (L) 82, 14 aus kentliche
verderbt.

en = er, zu 100, 6. 7.

visch, aus velschlich (E) hergestellt 112, 4.
Fischbart, zu 103, 17.
Flecke, Konrad Cap. VI, 107, 22. 23.
Flickwörter Cap. VI. 30, 23. 24; 54, 22 23; 116, 25. 26.
fliuht 100, 8 in triutet zu bessern.
vol, ze vol für ze wol hergestellt 18, 18.
volgen, beistimmen c. gen. in einer Sache 61, 2. s. zu 132, 6—9.
Volksepos. s. Cap. III.
Volkslied 104, 11 *g—m.*
volleist, persönlich 93, 5.
Fondaco in Venedig s. Cap. I.
vorsinen (Görl. Hdschr.) s. zu 48, 9.
vr=w, zu 58, 17.
vr=ir, zu 64, 24.
fragen, im Zorne, ganz verderbt (s. er toben) 64, 24.
Franzosen, die Christen in Akers s. zu 155, 3—12.
Frauendienst, s. Liechtenstein.
vrâz zu zorn und zeren verderbt 48, 9.
Freidank, Elsässer? s. zu 173, 20. 21. braucht ein specifisch basler-isches Wort 103, 17. spricht nicht von sich selbst 129, 17—22, tadelt sein Vaterland nicht, im Gegentheil (s. zu 153, 19. ff.). ist nicht selbst der Ordner der Be-scheidenheit nach Stichwörtern, s. zu 81, 21. 22. schwerlich Pla-giator an sich selbst wie 155, 13. ff. Verhältniss zu dem Nibelungen-liede, s. Cap III. geistliche Um-dichtung, zu 34, 21. 22. seine Sittenlehre s. zu 5. 20. *a b.* seine sittliche Anschauung, s. zu 169, 19 *a—o.* seine Meinung von Fürsten, zu 63. 6. 7. ist clerical, zu 133, 13. 14. der lateinische Frei-dank ohne grössere Autorität als die Handschriften zu 49, 9. 10. über den lat. [Freidank Cap. V.

lat., ohne Ahnung des richtigen 64, 24.
Grab in Padua<br>Grabschrift } s. Cap. I.
freide, frêdig, s. zu 127, 18.
frete, die, erklärt 127, 18.
Frid-anc (Grion) s. zu 1, 1—4.
Friedrich II. Kaiser, s. zu 158, 4. ff.
frigen muot in B 58, 22 durch brigen noc veranlasst.
vrĕmd=wŏrld. s. zu 58, 17.
frömde 112, 27 in übrige zu bessern.
frum, der frume steht für werld-man 58, 17.
vrumen, 87, 23 in muude zu bessern.
vrumes 119, 18. für lebend zu setzen.
fruot 40, 10 in frumt zu ändern.
frvt=frvmt s. zu 40, 10.
für 139, 6 in umb zu bessern.
vürhtet 94, 6 in rûnet zu bessern.
fuez s. valke 143, 13. 14.

### G.

g mit z vertauscht, s. zu 41, 12—15.
gæbeclîche, kein Wort 71, 4.
Gänse s. zu 114, 15. 16.
gant, die s. zu 93, 18 ff.
gât für gît verschrieben 37, 1.
geahten 111, 8 in gesaten zu bessern.
gedense (s.) [:gense] s. zu 114, 15. 16.
Gedicht des 12. Jahrhunderts (Vo-rauer Hdschr.) s. zu 109, 6. 7. Cap. VI, 126, 21. 22. vom Endekrist s. Cap. IV.
geenden, in genden zu bessern 93, 18 und 20.
gefangen ûf den lîp, s. zu 113, 6.
Geiler, zu 34, 21, 22.
geistliche Höfe, zu 87, 6. 7. Umdichtung, s. zu 34, 21. 22.
geleite = depositum, zu 152, 4. 5.
gelîch, aus êlîch verderbt 126, 7.
geligen sin, in kentliche zu bessern 82, 14.

gelückes vil, in liegennes zu bessern 50, 7.

gelücke sinewel s. u. sinewel.

genden, genten s. zu 93, 18 und 20.

genvc für vnvuc genommen 58, 22.

gen vn, in gnvc (A) verderbt 165, 3.

geschehen, swaʒ geschehen sol daʒ geschiht, Widerspruch dagegen 132, 6—9.

gesellen 63, 22.

gestanden, gestanden swert? gestanden friunt, Cap. VI, 95, 18. 19.

gewalt, mit gewalte 66, 15 s. zu 38, 13—16.

gewinnen, gewan in zeran zu bessern 41, 14.

geworhteʒ glas s. Cap. VI, 24, 10. 11.

Glosse, de vrunt für de hereden 21, 1 und 9.

    vorhte für drowe 38, 14.

    s. Lesarten zu 48, 13—16.

    übrige wât für müeʒec wât s. zu 49 9.

    vient für erbolgen 73, 7.

    kintheit für tumpheit 84, 16.

    daʒ wirt im leit für in þevilt 96, 18.

    od halst für triutet 100, 6.

    wer si libet für triutet s. zu 100, 8. 9.

    der ir gert für swer si triutet s. zu 100, 8. 9.

    übel für dürchel 112, 10.

    bœser für horwic 21, 19.

    locherichten sac (Görlitzer Hdschr.) für dürchel 112, 10.

    lebend für vrumes 119, 18.

    eigen für huoben 120, 5.

erschrecken für erkomen 123, 27.

gouch, uneheliches Kind, s. Cap. III.

Grion, Frid-anc, zu 1, 1—4.

    über Freidanks Grab in Treviso! s. Cap. I.

Gudrun Cap. VI, 114, 27.

güsse aus nd. goese (gänse) entstanden, s. 114, 15.

guot, aus nuz herzustellen 126, 11.

gut, unrechtes gut, s. zu 38, 14—16.

gut, verschrieben für söt (süss), s. zu 34, 21. 22.

### H.

habeu, ze den tôren, rechnen zählen 116, 2 hergestellt.

halsen. od halst 100, 6 ist Glosse.

bân 91, 23 richtig.

handeloser man, s. zu 131, 25—132, 5

Handschriften. Die Übereinstimmung aller ohne Gewähr, zu 10, 15. 16 Schluss.

    alle zeigen Verderbniss 4, 9 a—m; 41, 15; 49, 9; 50, 7; 58, 22 (genuoc für unvuoc); 73, 7; 94, 14; 103, 17 111, 8; 115, 13 (jeger); Mehrzahl der Hdschr. hat Verderbniss 82, 14. Werth der Hdschr. B D E H L N f g h i, s. zu 123, 26. 27.

Hdschr. A selbständig 71, 4 und 10.

    „   „ B leitet 105, 21. 22 auf das richtige. Görlitzer Hdsch. ed. Joachim, giebt 123, 27 das echte irkomen allein; hat 135, 25 a das richtige niugerne.

Hdschr. H hat zwei verschiedene Exemplare benutzt, das eine in 115, 12. 13 besser als alle übrigen. Handschrift N (Myllers Druck). Werth derselben, s. zu 10, 15. 16. kann nicht als Grundlage für andere Hdschr. betrachtet werden, s. zu 58, 21. 22.

Handschrift N giebt 19, 17 das falsche als Conjectur, zeigt sich 49, 9. 10 frei vou dem Einflusse des niederdeutschen Exemplars. Werth derselben, s. 57, 4.

    bietet 58, 22 blosse Conjectur (des wins) jedoch unabhängig von den andern.

    in 70, 5 mit audern dem echten näher stehend als C D E.

    87, 6 die Lesart die ule setzt

eine Reihe von Verderbnissen voraus.

hat 126,11 (tugentlich) leere Conjectur. Niederdeutsche Vorlage s. zu 108,17. Stettiner Hdschr. (s.) in 82,14 bietet allein das richtige; hat auch 97, 27 das richtige niugerne.

Handwerkersprüche, s. zu 79, 15—18 und 79, 19—80, 1.

Hartmann, Rede vom heiligen Glauben s. zu 100, 6. 7 und Cap. VI, 100, 6. 7., zu 173, 20. 21.

Hartmann von Ouwe, Erec s. zu 40, 15. 16. (Cap. VI, 40, 15. 16.) Iwein Cap. VI, 54, 1. Cap. VI, 57, 6—9. Armer Heinrich Cap. VI, 31, 1. Cap. VI, 31, 16. 17. Cap. VI, 39, 18, 19. Cap. VI, 71, 7. 8. Gregorius Cap. VI, 2, 14. 15. Cap. VI, 39, 18. 19. Zweites Büchlein Cap. VI, 50, 6. 7. Cap. VI, 102, 18. 19.

hauen, über houbet s. Cap. VI. 126, 21. 22.

haupt s. hauen und zu 109, 6. 7.

haʒ, âne haʒ s. Cap. III.

hecken 146, 15 in blecken zu bessern.

heiligen (N) 161, 23 für Walchen verderbt.

Heinrich von Türlein (Krone) s. Cap. VI, 88. 15. 16.

Heinzelein von Constanz (Minnelehre) s. Cap. I.

Helbeling, zu 85, 23.

herberge, s. zu 49, 9. und zu 112, 27.

het 104, 11 *h* für ti't = tint verschrieben.

hie und dort, s. zu 153, 15—22.

hîrât, ingesibber s. zu 75. 6. 7.

hiure, Gegensatz von ze jâre 109, 6. 7.

hochgemüete s. Cap. VI. 2, 4. 5.

Höfe, geistliche und weltliche in der Knauserei gleich s. zu 87, 6. 7.

hœnde, in den hœnden sweben, in ünden zu bessern s. zu 63, 19.

honec — galle, s. Cap. VI, 31, 1.

hulfe, daʒ hulfe 59, 28 in dast hilfe zu bessern.

hunden (A) 63, 19 = ünden.

huoben 120, 5 herzustellen.

## I. J.

jaget 100, 9 in fliuhet zu bessern.

ich daʒ wol uim 105, 21 arge Verderbniss.

jeger, des herzen jeger, s. zu 115, 13.

iht gebecliche, (A) Verderbniss 71, 4.

jiht in 70, 5 herzustellen.

jihtecliche, jihteliche 71, 4 und 10 herzustellen.

incantare, it. incauto s. genden, zu 93, 18 ff.

in den muot = widermuot, zu 37, 1.

ingesibbe, adj. 75, 7 hergestellt.

Interpunction, richtige dient zur Erklärung 158, 4 ff.

ir in er zu bessern 38, 26.

irriu wîp 48, 9.

Isidorus, s. Cap. VI, 136, 17—137, 8.

it = ill, s. zu 112, 3. 4.

Jugend, Glück der Tumpheit, zu 84, 16. 17.

iule s. Eule.

iulenslaht, s, Cap. VI, 145, 19, 20.

iunc, aus unki verschrieben, s, zu 101, 15.

iunc wîp (C) 101, 15 in unkiuschiu zu bessern.

jungesten, 172, 12 einzufügen.

## K.

K, initiales ausgelassen, s. zu 82, 14.

kæse (Bezzenberger 83, 27) ist kœse zu lesen.

kagel, kegel, kogel, kögel s. zu 126, 7. 8.

Kay (H) 126, 7 enthält das richtige kagel.

keveren 73, 17 in scheren zu bessern.

kentliche sin in 82, 14 hergestellt.

keusch (i) aus trevt verderbt, s. zu 100, 8. 9.

kinde, 89, 12 herzustellen.

kintlich (I) 82, 14 für kentliche verschrieben..

kinscheheit = magetuom, s. zu 75, 18—21.

Klage, die, s. Cap. VI, 177, 21. 22.

klösterliute, die tumben, s. zu 133, 13. 14.

kœse, ist immer fem., s. zu 83, 27.

kolben (Boner) 83, 27 nicht zuzulassen.

komen, kumt 59, 16. 17. richtig.

Konrad, Meister, Flecke? s. Cap. VI, 120, 25. 26.

kraneches schrite der hochvart s. zu 30, 13.

krank, kranke sinne, s. zu 1, 1—4.

künne (enkünne) in enkünde zu ändern, 5, 20 a b.

kumt, es kumt wol c. dat. 59, 16.

kunst, der bescheidenheit gegenübergestellt als die theoretische Erkenntniss, das Wissen s. zu 126, 9 ff.

kunt ist richtig 62, 11. nicht unkunt.

kunt Görlitzer Hdschr. 40, 9 aus kumt verderbt.

kupfer = Trichter s. zu 45, 5.

kurz und lang zu vertauschen 113, 7.


## L.

Lachmann, zu 87, 6.

lag'e (M) für (ge)lücke verschrieben 115, 12.

lân in 91, 23 nicht nöthig für hân zu setzen.

lân, sich lân, Gegensatz zu sich wern, s. zu 99, 8.

lang und kurz sind zu vertauschen 113, 7.

lant, des landes genesen, s. zu 160, 18 ff.

's landes 161, 3 fälschlich eingedrungen, s. zu 160, 18 ff.

lant des = landes 41, 14.

lantlint, die s. zu 155, 3—12.

laster sagen c. dat. schimpflich machen. 89, 13.

leben 75. 18. in lehen zu bessern.

lebend 119, 18 in vrumes zu bessern.

leisten 112, 3 zu beiten verderbt.

lemtige, der, = lebendige, s. zu 109, 6. 7.

lêren, nicht docere, sondern discere 78, 17 und 19.

lêret in lêrent (discunt?) zu bessern 87, 6.

lerk s. zu 50, 17.

lerz s. zu 50, 17.

lenen steht Q 74, 22 für lehen s. zu 75, 18.

lieb, Falke Symbol des Geliebten, s. zu 31, 13.

liebe und leit s. zu 34, 21. 22 und Cap. III.

Liechtenstein, Ulrich von, s. Cap. VI, 40, 15. 16. Cap. VI, 134, 22. 23.

lîhter, daz lîhter bœser, Cap. VI, 107, 22. 23.

lîp, ûf den lîp gefangen, 113, 6.

lip = lieb 31, 13 richtig, nicht liute. 58, 18 liep herzustellen.

liute 58, 18 in liep zu bessern. linte verdächtig, auch 91, 18.

liut und lant 164, 9 hergestellt für manic, manegiu lant.

Lintold von Seven s. Cap. VIII.

Lobgesang auf Christus und Maria s. Cap. VI, 13, 23—14, 1.

Lobwasser, s. zu 5, 20 a b.

löbelin (I) lobelein (H Q) lovelin (G) s. zu 103, 17.

lönelin in löselin zu bessern 103, 17.

löselin hergestellt 103, 17.

los = klos = Sau, zu 103, 17.
losen, vb., s. zu 108, 21. 22.
lucht  
Luchterhand } s. zu 50, 17.

### M.

m = ne, 64, 24.
m = rl, zu 58, 17.
m = vr, zu 87, 23.
mac 62, 8 besser als sol.
machen, gemachet friunt 95, 16
   in genâbert zu bessern.
machent 108, 23 in machet zu
   ändern.
machet 164, 20 in stiftet zu bes-
   sern.
mære sagen, sich unterhalten 63,
   22. ff.
maget 7, 10 besser in reine zu
   ändern. s. zu 7, 6—17.
magetuom = kiuscheheit, s. zu
   75, 18—21.
-manger, in man der verschrieben
   zu 39, 12.
manic 164, 19 in liut und zu bessern,
manslecke, der = Kämpfer, Mörder
   s. zu 109, 6. 7.
maravedi s. zu 150, 26. ff.
Markolf für Marolt zu lesen 81, 4.
   s. auch Cap. VI zu 81, 3. 4.
Mathesius, J., zu 75, 6. 7.
Maximianus s. Cap. V.
meine, ich meine in mîn zu ändern
   75, 19.
Melanchthon, zu 99, 5—8.
mensch, drei wunderbare Arten
   der Entstehung, s. zu 19, 7—20.
merbote erklärt 150, 26—151, 2.
messe s. 14, 27—15, 6.
mich in in ouch zu bessern 74, 9.
mich aus niht verderbt 127, 9.
mîdet (Brant) statt fürhtet 94, 6
   Conjectur.
milte 99, 7 in minne zu bessern.
mîn aus ich meine hergestellt
   75, 19.

mîn für sîn herzustellen 129, 14.
minne aus milte herzustellen 99, 7.
minne (süeziu arebeit) s. zu. 34, 21. 22.
minneut in winnent (gewinnent)
   verschrieben 106, 11.
mîn selbes erzeugt die Lesart
   mensch 18, 20.
mirdeyt (b) = irdopt (ertobet) s. zu
   64, 24.
missetât, (süeziu), s. zu 55, 19. ff.
mit iu zu niht (en) verderbt 94, 6.
Morolf, Cap. VI. 106. 8—11; 121,
   2. 3; 126, 27. 127, 1; 138, 21. 22.
mort 164, 20. einzufügen.
müezec wât = müezec kleit in
   müezekeit zu bessern 49, 9.
Müllenhof und Scherer, Cap. VI
   48, 19. 20; 79, 19—80, 1.
munde für vrumen hergestellt
   87, 23.
muoter 125, 8 einzufügen.
Mystik, angeblich Freidank fremd
   s. aber zu 4, 7 a—m; 11, 15—20
   13, 23—14, 1. (letztere Stelle auch
   bes. in Cap VI.) und 103, 17.

### N.

n = den einzufügen 146, 15.
nabern vb, s. zu 95, 16. 17.
namen (des todes namen) in zant
   zu bessern 10, 15. 16.
— durch bœsen namen s. 21, 16.
Neander, Michael, s. Cap. VI,
   118, 21. 22.
Negation, verloren gegangen 119, 20.
ng = zz oder tz, s. zu 100, 6. 7.
Nibelungenlied s. Cap. III und
   Cap. VI, 18, 26. 27; 34, 13. 14;
   51, 4; 58, 3, 4; 63, 20. 21; 85, [17]
   18; 87, 18. 19; 91, 2. 3; 96, 21. 22;
   97, 2. 3; 99, 5; [128, 4]; 132, 6—9;
   144, 1—4.
nie = niht 41, 14.
Niederdeutsche resp. nieder-
   rheinische Vorlage unserer
   Handschriften (über N siehe

unter Handschriften) erhellt aus
dem zu folgenden Stellen an-
gemerkten: 28, 1 und 9 hereden,
38, 23 schündet 75, 19 endri-
wen 79, 9. bescedekeit 89, 12
de bœren, 114, 15 gœse, 120, 6
tal von telen, 123, 27 erkomen,
irkomen Görl. Hdschr. 127, 18
frete, 129, 25 dier 143, 13 reche
für rîche. Vgl. auch noch unter
erbolgen, erwurchen für er-
langen, tiuvels slach, Wernher
vom Niederrhein und Salomon
und Markolf in der nieder-
rheinischen Bearbeitung.

nieman 82, 16 fälschlich eingedrun-
gen.

niht, ein niht 9, 2 in enwiht zu
ändern.

niht in mit zu bessern 94, 6.

niht in ouch zu bessern 169, 19 b.

niht für mich herzustellen 127, 9

niugerne, bestätigt 97, 27, auch
135, 25 a für niumære herzu-
stellen.

niur zu me wan verderbt s. zu 85, 23.

nobilitatis in novitatis zu bes-
sern, s. zu 97, 26. 27.

noch in umb zu bessern 63, 8.

Nothlüge gerechtfertigt 169, 19 a—o

Notker, s. zu 123, 26. 27.

nüschel 115, 2.

nut=uot s. zu 126, 9, ff.

nutz 126, 11 in guot zu bessern.

### O.

odisse quem laeseris s. zu 96, 17. 18.

omertà, Codex der, s. zu 109, 6. 7.

ôt, Participia auf ôt s. Cap. III.

ouch für niht herzustellen 169, 19 b.

ouch in niht zu ändern 19, 18.

Ovid, s. zu 34, 21. 22.

### P.

p=b s. zu 158, 26. 27.

paciare, placare, placere s. zu
100, 6. 7.

Padua, Freidanks Begräbniss dort,
nicht zu Treviso s. Cap. I.

papistisches Urtheil in den
Sprüchen von Akers, s. zu 158.
4. ff.

urbs Patavina, Cap. I.

Patavinitas, Cap. I Schluss.

permint, so 104, 11 g für permit
zu schreiben.

permit kein Wort, s. permint.

pfaffenwip 109, 13 a

pfezzen, erpfezzen s. zu 100, 6. 7.

Pfinziug, Georg s. Cap. I.

pfligt als Anlass der Verderbniss
pfliht 116, 2.

pfliht 116, 2 zu tilgen.

pfluoc 155, 13. in sluoc zu bessern.

pfluoc, des wuchers, 27, 15 ff. richtig.

pfluoc 168, 13 unechter Zusatz, aus
155, 13 gemacht, s. zu der Stelle.

Physiologus, Cap. VI, 143, 7—12;
143, 19. ff. 144, 11—26; 145 1. 2.
3—10.

Pleier, Meleranz, s. zu 34, 21. 22
und Cap. VI zu derselben Stelle;
Cap. VI, 57, 24. 25.

pornôt = penôte, benôte, s. zu
109, 6. 7.

Priamel, Cap. VI, 85, 5—8.

### R.

Raubebald, s. zu 150, 26. ff.

raumpt Görl. Hdschr. für rûnet,
zu 94, 5. 6.

rêch in der Görl. Hdschr für rîch.
nicht für reht s. zu 143, 13.

rechnen, rechent für ruochet 57, 4.

redelich s. zu 71. 4 und 10.

reht 70, 5 in jiht zu bessern.

ze rehte 50, 17 in ze lerze [nd. ze
luhte] zu bessern.

rehte lebe 71, 4 in jihteclîche
zu bessern.

rehte 143, 13 in rîche zu bessern.

rehten für wâren (erant) genommen
75 19.

smiren = smielen s. Cap. VI, 43, 24. 25.

snel 115, 12 verloren gegangen.

so in eȝ zu bessern 33, 15.

sorclîch 33, 12 einzusetzen.

Speculation, deutsche vgl. Mystik, zu 1, 1—4.

Spervogel, s. zu 34, 21.22; 55, 19; 65, 8—11; 80, 2; 83, 3—4; 93, 18.19; 115, 12. 13; Cap. VI, 2, 8—11; 9, 15—10, 6; 10, 5. 6; 29, 6. 7; 35, 6; 42, 15. 16. [17. 18.]; 43, [8. 9.] 10. 11; 54, 22. 23; 55, 19—22; 59, 10. 11; 61, 1. 2; 63, 2. 3; 64, 22; [und 65, 8—11.]; 66, 5—12 und 38, 17—22; 68, 2. 3; 73, 20. 21; 78, 7. 8; 80, 2; 80, 6. 7; [18. 19.]. 82, 23. 24; 83, 3. 4. 85, 1. 2; 93, 18. 19; 94, 5. 6. 114, 9. 10. [11. 12.]; 114, 27; 115, 12. 13; 116, 21. 22; 123, 24. 25; 126, 3. 4; 137, 23—26; 169, 10—13.

Spero = Wænich, s. zu 116, 1. 2.

spil, geteiltiu spil im Nibelungenliede und bei Freidank 102, 24 ungeteilet spil, erklärt Cap. III.

spiler wîn s. zu 109, 13 c.

spot, âne spot 158, 27 herzustellen.

sprechen, sprechent wol darzuo, segnen den Kaiser deshalb, benedicunt, s. zu 160, 18 ff.

spriche 48, 15, in zîhe zu ändern.

Sprichwort Cap. VI. 111, 10. 11; 115, 14—17; 138, 17. 18.

st = z (stevr = zwir) Cap. V zu v. 295 ff.

staten ze, 113, 1. in ze schaden zu bessern.

Stellung eines Spruches nicht massgebend für seine Beurtheilung, s. zu 4, 9 a—m.

steln 48, 14 zu tilgen.

Stephanus, der Capellan, s. zu 158, 4 ff.

Stichwörter der Bescheidenheit, s. zu 45, 4. 5.

stiftet 164, 20 herzustellen für machet, reizet.

stôle falsche Conjectur Lachmanns 87, 6.

strîter 47, 24 für Reizer geschrieben.

stumm = taub, s. zu 94, 5. 6.

sünde 33, 12 zu tilgen (aus schande entstanden.) s. zu 129, 17—22.

sünde (süeȝiu arebeit) s. zu 34, 21, 22,

sünden, gesündet in gedienet zu bessern 4, 1.

sunden = unden 63, 19.

swâ 16, 1 in swer zu ändern.

swacher gruoȝ s. Cap. III.

swern zu zorn verschrieben 48, 14.


### T.

taubin Görl. Hdschr. für stummen 54, 24 s. zu 94, 5. 6.

telen, erzeugen, s. zu 120, 5. 6.

Thierfabel Cap. VI, 43, 11 a. b. Cap. VI, 82, 10. 11.

Thomas von Aquino Cap. VI, 118 21. 22.

Thomasin von Zirclar, Welscher Gast, Verhältniss zu Freidank s. Cap. VII. Cap. VI, 3, 9—14; 43, 20. 21; 64, 18. 19; 89, 22. 23; 99, 11; 111, 2. 3; Anm. zu 112, 9. 10; Cap. VI. 131, 3. 4.

tier 129, 25. aus dinc herzustellen.

tiufel = bœses Weib 105, 19,

toben, daȝ 67, 2 herzustellen.

tobende = tob unde 94, 5.

tœren, sich tœren lât in sîn toben lât zu ändern 67, 2.

tœt'en (N und andere) falsch für toben 67, 2.

tôren 85, 6 in kalen zu ändern. 133, 10. für trûregen verschrieben.

tôren in trônen zu bessern 81, 21., ob auch 104, 4?

torheit 58, 22. (C G J) schlechte Conjectur.

tôt = tôten, den, s. zu 109, 6. 7.

niht gewan herzustellen 41, 12—15.

zerinnen auch im Nibelungenliede s. Cap. III.

zern 48, 9 in vrâ; zu bessern.

ze sant, 10. 16. hergestellt, aus samen.

zesant 106, 10 hergestellt.

zît 117, 18 in diuc zu bessern, s. zu 129, 25.

zorn 48, 9 falsch statt vrâ;.

zorn s. zu 64, 24.

zündet 38, 23. in schündet zu bessern.

zwelwen 70, 4 besser als zweier.

---

S. 10 Z. 9, 10 sind Punkt und Komma vertauscht. — S. 47 Z. 12 v. u. die Zahl 20 zu setzen. — S. 56 Z. 15 sollte rîchen statt rehten stehen. — S. 60 Z. 11 setze man Komma statt Punkt. — S. 70 Z. 12 v. u. ist die Zahl 94 fortgeblieben. — S. 112 Z. 10 v. u. steht ist doppelt. — S. 148 Z. 6 v. u lese man dass. — S. 155 Z. 12 v. u. deheine; dâ. — S. 193 Z. 12 v. u. Görl. statt Torg. — S. 204 Z. 12 svnden statt tvnden Z. 13 dass — S. 207 Z. 16 laborat Z. 3 v. u. richet — S. 218 Z. 5 von statt vor.

Berlin, Druck von W. Büxenstein.